Der Minutenschläfer

Sue & Wilfried Schwerin von Krosigk

DER MINUTENSCHLÄFER

Kriminalroman

berlin.krimi.verlag
be.bra verlag

Bibliografische Information der Deutschen Nationalbibliothek

Die Deutsche Nationalbibliothek verzeichnet diese Publikation in der Deutschen Nationalbibliografie; detaillierte bibliografische Daten sind im Internet über http://dnb.d-nb.de abrufbar.

KulturBrauerei Haus 2
Schönhauser Allee 37
10435 Berlin
post@bebraverlag.de
Lektorat: Gabriele Dietz, Berlin
Umschlag: Ansichtssache, Berlin,
Foto: © de-sign, photocase.de
Satzbild: Friedrich, Berlin
Schrift: Stempel Garamond 9,5/13,5 pt
Druck und Bindung: Finidr, Český Těšín
ISBN 978-3-89809-544-0

www.bebraverlag.de

Ich öffnete das Fenster und fing das Tier im Fluge.

C.G. *Jung*

Für einen Moment wurde ihm schwarz vor Augen

Selbst wenn er die Zeichen erkannt hätte, die zuweilen von kommenden Ereignissen wie ein Echo bis in die Gegenwart zurückgeworfen werden, hätte seine Fantasie niemals ausgereicht, um sich vorzustellen, dass er, Hartung Siegward Graf von Quermaten zu Oytinghausen, von Familie und Freunden kurz Hasi gerufen, sich in wenigen Tagen vor einer echten Mordkommission zu verantworten haben würde. Fantasie zu haben galt für ihn als Spross einer der Nüchternheit verpflichteten Familientradition als etwas ganz und gar Überkandideltes. Außerdem gehörte Hasi nicht zu der Sorte Menschen, die überhaupt mit der Polizei in Berührung zu kommen pflegten. Wenn er es sich recht überlegte, hatte er bislang noch nicht einmal einen Strafzettel für Fahren ohne Licht erhalten.

Hasi war auf dem Weg zu einem Geschäftstermin, wie immer mit dem Fahrrad. Nur ungern unterbrach er seinen Fahrtschwung, aber ein schleifendes Geräusch vom Hinterrad, das sich inzwischen zu einem handfesten Klappern gesteigert hatte, verhieß nichts Gutes und konnte nicht länger ignoriert werden. Der Störenfried war ein Stück Draht, das sich zwischen den Speichen eingeklemmt hatte und bei jeder Umdrehung innen am Schmutzfänger kratzte. Sonst gab es glücklicherweise keine Schäden, wie er feststellte, nachdem er seine italienische Seidenkrawatte ins Hemd gesteckt hatte, damit sie beim Entwirren des Drahtknäuels nicht litt. Auf gepflegte Garderobe legte Hasi Wert. Bei gewissenhafter Benutzung blieb Kleidung durchaus jahrelang tragbar. Gerade wenn man finanziell ein wenig eingeschränkt war, machte es Sinn, damit achtsam umzugehen.

Nachdem er den Draht herausgezogen hatte, knöpfte er sein für den lauen Maiabend einen Tick zu warmes Tweedsakko zu, schwang sich auf den abgewetzten Sattel und radelte weiter. Vor ihm tauchten die Gebäude der Freien Universität auf. Ein Blick auf die Uhr zeigte, dass er gerade noch genug Zeit für eine Stippvisite in der Cafeteria hatte, um sich ein belegtes Brötchen zum Abendbrot zu genehmigen. Es war nicht ratsam, mit leerem Magen in einen Geschäftstermin zu gehen, Hunger konnte sehr störend sein.

Als er das Universitätsgebäude betrat, wurde ihm ganz warm ums Herz. In den letzten neun Jahren war ihm dieser Ort sehr vertraut geworden, und er hätte seine Studien gerne weiter verfolgt, aber nach achtzehn erfolglosen Semestern gab es in seiner Familie niemanden mehr, der ihm das Studentenleben noch länger finanzieren wollte. Wofür er durchaus Verständnis hatte, denn es war ihm bedauerlicherweise nicht gelungen, in seiner ganzen Studienzeit auch nur eine Prüfung abzulegen, weil ihm seltsamerweise in Stresssituationen regelmäßig die Augen zufielen.

»Was soll's denn sein, Herr Professor?«, fragte die junge Studentin hinter der Theke und lächelte Hasi an.

»Das Käsebrot und einen Kaffee bitte«, antwortete er und zeigte auf das letzte traurige Sandwich in der Auslage.

Hasi stutzte. *Herr Professor*. Hatte sie ihn tatsächlich so genannt? Er drehte sich zurück, aber es war zu spät für eine Richtigstellung, das Mädchen hatte sich schon seinem Hintermann zugewandt. Mit dem Tablett in der Hand steuerte er auf einen freien Tisch zu. Ein paar Studenten machten höflich Platz, auch sie schienen ihn für einen Lehrer zu halten. Hastig verschlang er das verwelkte Toastbrot. Wie ein Hochstapler kam er sich plötzlich vor, und es war ihm zum ersten Mal unangenehm, hier zu sitzen und in staatlich subventionierte Stullen zu beißen.

Als er aufstand, um sein Tablett wegzubringen, betrachtete er unauffällig sein Spiegelbild im Glas der großen Fensterfront. Er sah ganz passabel aus, ein schlaksiger, blonder Mann mit einer widerspenstigen Haartolle, die ihm oft ins Gesicht hing, vielleicht etwas farblos und für polizeiliche Zwecke, etwa eine Fahndung, ohne besondere Merkmale. Ob es an seiner Krawatte und dem Tweedsakko lag, dass man ihn mit einem Mitglied des Lehrkörpers verwechselte? Er erkannte seine Situation in aller Deutlichkeit. Im Vergleich zu ihm waren die Studenten an den Nebentischen im Schnitt fast zehn Jahre jünger, und mit seinen neunundzwanzig Jahren gehörte er hier nicht mehr hin.

Draußen vor dem Eingang zog er seinen Studentenausweis aus der Brieftasche und warf ihn in einen Abfallbehälter. Das gute Stück hatte ihm über einige Jahre gute Dienste geleistet und ihm zu allerhand Ermäßigungen verholfen, aber man musste sich auch trennen können. Er kettete sein Fahrrad los und radelte der Vergangenheit davon, ohne sich noch einmal umzusehen.

Als er an einer Reihe blühender Kastanien entlangfuhr, sog er befreit die würzige Luft ein. So schlecht war seine Lage nicht. Welcher abgebrochene Student konnte schon von sich sagen, dass er auf dem Weg zu einem wichtigen Geschäftstermin war? Seine drei älteren Schwestern hätten ihm das bestimmt nicht zugetraut. Dafür hatten sie mit vereinten Kräften sein Studium finanziert, bis ihnen die Geduld ausgegangen war.

Er trat übermütig in die Pedale, um ein wenig Tempo vorzulegen. Pünktlich zu sein war selbstverständlich bei einem Besichtigungstermin, und er wollte keineswegs außer Atem sein, wenn er das erste Mal einen Kunden begrüßte.

Sich auf dem Arbeitsmarkt zu behaupten war nicht einfach gewesen. Seine wenigen Bewerbungsgespräche waren entweder mit der unangenehmen Frage nach seiner Ausbildung geendet, oder man hatte von vornherein Misstrauen gegenüber einem Bewerber, der einen Grafentitel trug. Von einem ungläubigen Personalchef wurde er sogar gefragt, warum ein »von und zu« sich für eine schlecht bezahlte Arbeit im Call Center bewerben wollte, als ob er etwas Illegales im Sinn hätte. Selbst im Arbeitsamt hatten sie ihn komisch angesehen, und er beschloss daraufhin, diese unfreundliche Behörde ganz bestimmt nicht um Unterstützung anzubetteln. Aber dann war er bei einem Empfang im Grunewalder Löwenpalais auf seinen alten Klassenkameraden Thomas gestoßen.

»Mensch! Ich habe mein Studium auch geschmissen, na und?«, sagte Thomas und reichte ihm eine Visitenkarte. Hasi betrachtete die Karte, die Thomas Beyerle als Immobilienmakler für Luxusobjekte auswies. Die Buchstaben stachen goldumrandet heraus, etwas aufdringlich für seinen Geschmack. »Hab meinen eigenen Laden. Das Geschäft läuft bombig, kann ich dir sagen, alter Freund!«

Hasi war verwirrt und sah Thomas fragend an. Damals im Internat waren sie eigentlich keine besonderen Freunde gewesen, wenn ihn seine Erinnerung nicht täuschte. Und wie konnte Thomas ein Studium aufgeben, wenn er noch nicht einmal das Abitur gemacht hatte, sondern in der elften Klasse von der Schule geflogen war?

Doch bevor Hasi nachfragen konnte, klopfte Thomas ihm schon wieder auf die Schulter wie einem Komplizen und stieß mit ihm an. »Auf die alten Zeiten. Hehe, wir zwei, wir hatten unseren Spaß, was?«

Hasi nickte lächelnd. Wahrscheinlich verwechselte Thomas ihn mit einem anderen Mitschüler.

»Wenn du einen Job brauchst, komm morgen Vormittag in mein Büro«, schlug Thomas vor.

»Danke, sehr freundlich, aber ich verstehe nichts von Immobilien und diesen Dingen.«

»Lass das mal meine Sorge sein«, winkte Thomas ab. So hatte sich dann ihre Zusammenarbeit entwickelt.

Hasi bog in die Rheinbabenallee ein. Von Weitem konnte er schon die quittengelbe Villa sehen, die er heute einem jungen Paar zeigen sollte. Ein Bauzaun stand noch davor. Ein halbes Dutzend Bäume war für einen monumentalen Anbau aus Glas abgeholzt worden. Er kettete das Fahrrad an den Bauzaun und zog das Schlüsselbund hervor. Er war zehn Minuten vor der Zeit und es war noch niemand da. Ausgezeichnet. Er schloss auf und trat in den Flur. Es war pikobello sauber. Nur die Marmorplatten hallten zu laut. Er konnte nicht sagen, dass ihm dieses Entrée zusagte, aber Thomas hatte ihm eingeschärft, dass man im Immobiliengeschäft besser vorankam, wenn man immer »positiv dachte«. Daher zog Hasi ein Faltblatt aus der Seitentasche und setzte sich auf eine Treppenstufe, um sich positiv einzustimmen. Thomas hatte dieses kleine Wörterbuch für Immobilienjargon selbst geschrieben. Er überflog die Begriffe, die allesamt sehr schmeichelhaft ausfielen. Ob hier eine »idyllische Lage« in Betracht kam? Oder war es eher »ruhig und zentral?« – eine Formulierung, über die er einen Augenblick nachdenken musste. War das nicht ein Widerspruch in sich? Angesichts des verschnörkelten falschen Stucks konnte man das Gebäude vielleicht als »Liebhaberobjekt« bezeichnen. Aber besaß es auch »Entwicklungspotenzial?« Wohin sollte es sich entwickeln? Dieses Immobiliendeutsch war nicht leicht zu verstehen. Auf alle Fälle war die Wohnung »lichtdurchflutet«, denn Fenster gab es schließlich überall. Er hörte einen Wagen vorfahren und steckte das Papier weg. Ein Pärchen stieg aus dem Mercedes. Die Dame lächelte überrascht, als er sie an der Haustüre mit einem Handkuss begrüßte.

»Graf von Quermaten«, stellte er sich vor. Eigentlich lag es ihm gar nicht, seinen Adelstitel so herauszustellen. Üblicherweise nannte er sich schlicht und einfach Quermaten, denn wer sich auskannte, redete ihn in aller Form an, und wer nichts davon wusste, den brauchte das auch nicht zu interessieren. Dass er mit seiner Gewohnheit brach, lag nur an den besonderen Geschäftsbedingungen, die Thomas mit ihm ausgehandelt hatte.

»Bei mir brauchst du weder Doktortitel noch Examen, sondern nur deinen guten Namen, und das reimt sich sogar!«, hatte Thomas gerufen und ihm zweihundert Euro als Vorschuss in die Hand gedrückt, bevor er protestieren konnte.

Hasi ging voran, die Stufen hoch, und schloss die Wohnung zum Hochparterre auf. Er hatte die Räumlichkeiten selbst noch nicht gesehen, und jetzt sträubten sich ihm die Nackenhaare, als er den beiden Interessenten durch die Zimmer folgte. Die Proportionen passten nicht zusammen. Man hatte offensichtlich mehrere Appartements in die ehemals hochherrschaftlichen Räume gepfercht. Was für eine Schande!

»Es tut mir leid, aber ich sehe die Wohnung auch zum ersten Mal.«

Der Mann starrte ihn erstaunt an. » Gefällt sie Ihnen nicht?«

»Sie ist schrecklich verbaut. Ich kann Ihnen so etwas nicht

guten Gewissens empfehlen.« Er klopfte gegen eine Stuckverzierung. »Hören Sie, wie das klingt?« Sein Klopfen machte eine kleine Delle in das beleidigte Styropor.

Das Paar warf sich einen Blick zu. »Wieso machen Sie das Appartement schlecht?«

»In dieser Wohnung wird man sich auf Dauer nicht wohlfühlen, das ist mein Eindruck, wenn Sie erlauben.«

»Aber die Lage im Grünen –«, protestierte die Dame.

»Da haben Sie natürlich recht, die Lage an sich ist hervorragend, idyllisch und auch – zentral und ruhig. Aber Sie müssen sich darauf einrichten, dass die neu gepflanzten Bäume im Garten zehn Jahre brauchen, bevor sie Ihnen einen angenehmen Sichtschutz geben.«

Die beiden tuschelten miteinander, dann kam der Mann auf Hasi zu und schüttelte ihm die Hand. »Vielen herzlichen Dank.« Er reichte ihm eine Visitenkarte. »Wenn Sie uns etwas empfehlen können, rufen Sie bitte jederzeit an. Auf Ihren Rat möchten wir gerne hören.«

Hasi verbeugte sich. »Ich danke Ihnen für Ihr Vertrauen.«

Er begleitete die beiden hinaus und öffnete der Dame die Autotür. Als er sich wieder auf sein Fahrrad schwang und sich von dem abendlichen Fahrtwind erfrischen ließ, war er sehr mit sich zufrieden. Schließlich stand er mit dem guten Namen seiner Familie für Qualität ein. Zu bedauern war höchstens, dass er wieder mal keinen erfolgreichen Abschluss tätigen konnte. Seitdem er für Thomas arbeitete, hatte er noch keinen Cent Provision verdient.

Es wurde jetzt schnell dunkel, und Hasi kippte den Dynamo an den Vorderreifen. Während er sich nach vorne bückte, übersah er einen dunkelgrauen Geländewagen mit getönten Scheiben, der von rechts über die Kreuzung fuhr, um dann Gas zu geben und davonzubrausen.

Erschrocken riss er den Lenker zur Seite. Sein Vorderrad sprang über die hohe Bordsteinkante, und er flog in hohem Bogen in eine Hecke. Für einen Moment wurde ihm schwarz vor Augen. Ohne sich zu bewegen, blieb er in der seltsamen Stellung hängen. Die Sträucher hatten seinen Aufprall gedämpft. Er war offenbar unverletzt, zumindest tat ihm nichts weh, abgesehen von einem kleinen Zweig, der ihn in die Nase piekste. Er schob ihn weg und begann sich vorsichtig aus dem Buschwerk zu befreien.

»Hallo, was tun wir denn da?« Eine scharfe Stimme drang in sein ramponiertes Bewusstsein. Mühsam drehte er den Kopf zur Seite. Am Straßenrand stand ein Polizeiwagen. Der Beifahrer hatte das Seitenfenster heruntergefahren und verfolgte Hasis Bemühungen mit skeptischer Miene.

»Ein Unfall«, erklärte Hasi, während er aus der Hecke kletterte und seine Gliedmaßen streckte. »Mir ist aber nichts passiert, danke.« Er hob sein Fahrrad auf und stellte den Lenker wieder gerade. Beim Aufsteigen bemerkte er, dass sein gutes Tweedsakko am Ärmel eingerissen war. Das war nun wirklich etwas ärgerlich, denn so üppig hatte er es momentan nicht dass er sich auf dem Flohmarkt eine neue Joppe leisten konnte.

»Nicht so eilig.« Die beiden Polizisten stiegen aus dem Wagen, und einer griff nach seinem Fahrradlenker. »Steigen Sie bitte ab.«

»Was hatten Sie an der Hecke zu suchen?«, fragte der andere.

»Ich sagte doch schon. Ein Unfall. Ich musste einem Fahrzeug ausweichen.«

Die Polizisten musterten ihn misstrauisch. Natürlich war der Geländewagen inzwischen längst weitergefahren. Offenbar hatte der Fahrer gar nichts von dem Malheur bemerkt. Einer der Polizisten inspizierte die Hecke und schob ein paar Zweige beiseite, sodass die dahinterliegende Villa sichtbar wurde.

»Von hier wollten Sie also ausspionieren, ob jemand zu Hause ist?«

»Wie bitte?« Hasi blickte die Beamten irritiert an. »Ich bin gestürzt, das ist alles. Kann ich jetzt bitte fahren?«

»Einen Ausweis hätten wir gerne noch gesehen.«

»Natürlich.« Hasi suchte in seinem Sakko nach seinem Studentenausweis, die einzige Legitimation, die er üblicherweise bei sich trug, bis ihm einfiel, dass er den Ausweis nach dem

Mensabesuch in einen Abfallkorb geworfen hatte. Er spürte die Blicke der Polizisten auf seiner beschädigten Jacke. Ihm brach der Schweiß aus. »Tut mir leid«, sagte er kleinlaut, »ich habe meinen Ausweis leider nicht mehr. Ich heiße aber Hartung Siegward Graf von Quermaten, das können Sie mir glauben.«

»Warum nicht gleich der Kaiser von China?« Der Polizist verzog müde den Mundwinkel.

»Steigen Sie ein«, sagte der andere und öffnete die hintere Seitentür.

»Ich habe ein Fahrrad. Vielen Dank.«

»Jetzt machen Sie keinen Ärger. Sie kommen zur Feststellung Ihrer Personalien mit auf die Wache.«

»Und mein Fahrrad? Das kann ich nicht einfach hier lassen.«

»Ketten Sie es meinetwegen an einen Baum.«

Hasi bückte sich, um die Kette aufzuschließen, aber dann richtete er sich wieder auf. »Mir ist gerade eingefallen, wo ich meinen Ausweis gelassen habe. Können wir da nicht kurz hinfahren? Es ist ganz in der Nähe.«

Sie wollte schreien, doch er hielt ihr den Mund zu

Die beiden schwarz gekleideten Insassen des grauen Geländewagens, mit dem Hasi um ein Haar kollidiert war, verfolgten von einer Parkbucht aus durch die getönten Scheiben, wie die beiden Polizisten einen Ausweis entgegennahmen, den der Radfahrer mit dem ramponierten Sakko gerade aus einem Abfalleimer vor dem Universitätsgebäude gefischt hatte.

»Warum schmeißt jemand seinen Ausweis in den Müll?«, fragte der Fahrer kopfschüttelnd.

Der Beifahrer zuckte nur mit den Schultern. Sie beobachten schweigend, wie die Polizisten den Ausweis abfotografierten und dann zusammen mit dem jungen Mann wieder in ihren Wagen stiegen. Hätte jemand durch die getönten Scheiben ins Innere des grauen SUVs sehen können, wäre es ihm schwergefallen, die beiden Insassen auseinanderzuhalten. Es waren blonde, hünenhaften Zwillinge, die sich nur durch eine Narbe unterschieden, die sich quer über die rechte Wange des Fahrers vom Ohr bis zum Mundwinkel erstreckte. Der Beifahrer nickte knapp, und der Narbige ließ den Motor an und folgte dem Polizeiwagen in unauffälligem Abstand. Sie überließen nichts dem Zufall. Der unvorhergesehene Fahrradunfall bedeutete ein Sicherheitsrisiko. Deshalb waren sie über ein paar Querstraßen zum Unfallort zurückgefahren, wo sie Zeugen wurden, wie der Radfahrer unverletzt vor den Augen zweier misstrauischer Polizeibeamter aus der Hecke kroch. Anschließend waren sie der Polizei bis zur Mensa der Freien Universität in Dahlem gefolgt und nun zurück an den Ort des Unfalls. Nachdenklich beobachteten sie, wie die Polizei den Radfahrer neben seinem Fahrrad aus dem Wagen entließ und davonfuhr. Der Fahrer ließ den Geländewagen langsam näher rollen.

»Und? Was machen wir?« Der Beifahrer zog sich vorsorglich einen Schlagring über die Finger.

»Nichts«, entschied der Fahrer. »Der Mann ist auffällig geworden, das ist doch gut für uns.«

Sein Nebenmann nickte. »Die Bullen werden denken, er hätte unser Objekt observiert.«

Während Hasi sich auf sein Fahrrad schwang, nicht ahnend, welcher Gefahr er gerade entronnen war, bog der Geländewagen in eine Querstraße ab, um in der Dunkelheit zu verschwinden.

Es dauerte noch gute vier Stunden, bis das Objekt sturmreif war. Erst als die letzten nächtlichen Autofahrer verschwunden waren, rollte der Geländewagen lautlos und ohne Scheinwerferlicht zum zweiten Mal an die Villa hinter der Hecke heran. Die Männer streiften sich schwarze Masken über die Gesichter und drückten ihre Stoppuhren. Von nun an funktionierte jede Bewegung lautlos und mechanisch exakt nach Zeitplan. Den Grundriss der alten Gründerzeitvilla hatten sie sich zuvor genauestens eingeprägt. Durch das nur mit einem leicht auszuhebelnden Eisengitter gesicherte Küchenfenster konnten sie ins Innere gelangen, ohne den Alarm auszulösen. Von da an war es reine Routine, die Alarmanlage mittels Laptop und einer Dechiffriersoftware abzuschalten. Nach den Informationen ihrer Quelle waren die Eigentümer im Urlaub, aber sie verständigten sich aus Prinzip nur mit Zeichensprache. Alles andere wäre völlig unnötig gewesen, da sie genau wussten, was sie wollten und wo das Objekt sich befand. Zielort war die Bildergalerie im Erdgeschoss, und sie waren nur an einem einzigen der dort hängenden Gemälde interessiert. Ein handliches Bild, sie mussten es für den Transport nicht einmal aus dem Rahmen schneiden. Dafür war es ein echter Matisse, ein Meisterwerk aus einer frühen Periode, das auf dem Kunstmarkt ohne weiteres fünfzig Millionen bringen konnte. Natürlich war es völlig ausgeschlossen, ein gestohlenes Werk dieser Provenienz irgendwo auf diesem Planeten zum Kauf anzubieten. Doch um Geld ging es ihrem Auftraggeber nicht.

Die vermummten Eindringlinge zogen eine Schutzfolie über den Matisse, um ihn dann in einem schwarzen Kleidersack zu verstauen, als plötzlich ein Licht im Flur aufflammte.

Die Zwillinge erstarrten mitten in der Bewegung und schauten auf die junge Frau im gelb und lila geblümten Pyjama, die barfuss und verschlafen blinzelnd die Treppe herunterkam und sich mit der rechten Hand die verstrubbelten schwarzen Haare aus der Stirn wischte.

Melinda, Jurastudentin und Tochter des Hauses, war, anstatt in München für ihre Klausuren zu lernen, auf dem Weg nach Mallorca, wo sie mit ihrem Freund Chi ein Studio für Kampftechnik eröffnen wollte. Die Abwesenheit der nicht in ihre Zukunftspläne eingeweihten Eltern wollte sie nutzen, um ohne sich erklären zu müssen einige Sachen packen zu können und abzuhauen.

Ohne rechts und links zu schauen, tapste sie schlafwandlerisch durch den Flur auf die Küche zu und hielt dort ein Glas unter den Wasserhahn. Sie stutzte erst auf dem Weg zurück, als sie das offene Fenster und die aufgebogenen Gitterstäbe bemerkte. Eine Schrecksekunde blieb sie mitten in der Küche stehen. Als sie sich reflexartig umdrehte, stand bereits einer der Maskierten vor ihr wie eine Mauer. Sie wollte schreien, doch er hielt ihr den Mund zu. Im nächsten Augenblick zog er seine Hand mit einem unterdrückten Fluch zurück. Blut von einer Bisswunde tropfte durch den Latexhandschuh. Melinda entwand sich in einer überraschenden Linksdrehung seinem Griff und riss noch in der Bewegung ein japanisches Messer aus dem Messerblock auf der Anrichte.

»Hilfe, Polizei!«, kreischte sie, so laut sie konnte, während sie aus der Küche stürzte. Geschickt tauchte sie unter dem Faustschlag des zweiten Mannes durch und kickte ihm das Knie weg, sodass er ins Taumeln geriet. Als sie mit ausgestrecktem Messer auf ihn losging, sah sie zu spät, wie der andere von der Seite herankam, ihren Arm packte und den Schwung ihrer Bewegung auf sie zurücklenkte. Verblüfft bemerkte sie, wie sich ihre Hand mit dem Messer in einem ausholenden Bogen an ihrem eigenen Hals entlangzog. Sie wollte den Schwung zu einem neuen Angriff nutzen, doch plötzlich bekam sie keine Luft mehr. Ein tiefer Schnitt des japanischen Messers hatte ihre

Kehle gespalten, und nun entglitt es ihrer Hand. Sie sah, wie die beiden hünenhaften Männer vor ihr zurückwichen und sie auf den Boden sinken ließen, ohne sich weiter um sie zu kümmern. Sie wollte wieder schreien, doch aus ihrem Mund kam nur ein Gurgeln. Den fruchtlosen Versuch, ihre Wunde mit der Hand zuzuhalten, musste sie gleich aufgeben, und sie spürte, wie das Leben aus ihren Gliedern langsam herauslief wie das warme Blut aus ihrem Hals.

Mit Mühe hielt sie die Augen offen und beobachtete noch, wie die Diebe mit ihrer Beute durch die Terrassentür verschwanden. Ihr letzter Gedanke zauberte ein Lächeln in ihr Gesicht. Zwei riesige Kerle gegen eine Frau, sie hatte gut gekämpft. Ihr Freund und Lehrer Chi konnte stolz auf sie sein.

Sie machte einen Bogen um die Blutlache

Lydia Klimm fuhr mit offenem Verdeck und ließ sich den Wind durch die grauen Haare wehen. Der brünstig röhrende Sportwagen passte überhaupt nicht zu ihr. Passanten und Neugierige waren regelmäßig irritiert, wenn sie sahen, wie sich eine mütterlich wirkende Zweiundsechzigjährige ächzend aus dem engen Zweisitzer schälte. Und noch größer wurde das Erstaunen für diejenigen, die miterleben konnten, dass die biedere Dame auch noch das Kommando am Tatort hatte. Lydia war Hauptkommissarin und Leiterin der achten Mordkommission. Das Fahrzeug war ein Erbe ihres verstorbenen Mannes, der ein Faible für hart gefederte englische Oldtimer mit Speichenrädern und spritfressenden Motoren gehabt hatte. Ihr eigener Stil war es nicht, aber es gehörte zu ihrer Trauerarbeit, diesen unbequemen Sportwagen so lange zu fahren, bis er seinen Geist aufgab, doch bei der Qualitätsarbeit des Modells war es höchst unwahrscheinlich, dass sie das zu ihren Lebzeiten noch erleben durfte.

Die Zehlendorfer Gründerzeitvilla, vor der sie nun in zweiter Reihe hielt, war bereits mit den Einsatzfahrzeugen von Polizei und Spurensicherung zugestellt. Eine üppige Hecke vor dem Haus hatte es den Einbrechern mal wieder zu leicht gemacht, erkannte sie, als sie auf dem Weg zum Eingang die verbogenen Gitterstäbe des Küchenfensters bemerkte. Ein Nachbar, dem aufgefallen war, dass die Gartenpforte nicht richtig geschlossen war, hatte die Anzeichen eines Einbruchs entdeckt.

»Guten Morgen, ihr Lieben«, grüßte sie die Gestalten in den weißen Schutzanzügen, die mit der Spurensuche beschäftigt waren. Das Opfer lag in einer riesigen Blutlache auf den Marmorfliesen im Flur neben der Tür zur Küche. Ein Metallgestell war über der Leiche aufgeklappt worden, auf dem der Gerichtsmediziner kniete, um bei seiner Untersuchung keine Spuren auf dem Boden zu zerstören.

Auf einem Stuhl neben der Haustür saß Torsten Nagel, Lydias Stellvertreter und der zweite Hauptkommissar des Teams, konzentriert über seinen Laptop gebeugt. »Morgen, Frau Klimm«, murmelte er, ohne aufzublicken.

»Schon was gefunden, Torsten?« Lydia lächelte dem dürren Mann zu. In ihrem Team, in dem sie die meisten mit Vornamen anzusprechen pflegte, blieb sie respektvoll *Frau Klimm*, was nicht nur damit zu tun hatte, dass die anderen vier Kollegen und Kolleginnen der achten Mordkommission zwanzig bis dreißig Jahre jünger waren, sondern auch die Tatsache würdigte, dass sie die Witwe eines exzentrischen Malerfürsten war und sich in Welten bewegte, mit denen die anderen wenn überhaupt, dann nur während einer gemeinsamen Mordermittlung in Berührung kamen.

»Sieht nach Profis aus, so wie sie die Alarmanlage ausgetrickst haben«, erklärte Torsten. »Ich versuche gerade, den Eigentümer ausfindig zu machen.«

»Nicht nötig. Bastian Lorenz, ein Sammler meines Mannes. Wenn er nicht hier ist, hält er sich meistens in seinem Ferienhaus auf Sylt auf.«

Torsten schaute hoch. »Wie sollen wir ihm das am Telefon sagen? Die Tote ist seine Tochter.«

»Sorg bitte dafür, dass ein Kollege auf Sylt ihn ausfindig macht. Er muss es heute erfahren. Stell dir vor, er liest es morgen in der Zeitung. Was ist denn gestohlen worden?«

Torsten zuckte mit den Schultern. »Keine Ahnung. Hier ist nichts durchgewühlt oder so. Vielleicht habe sie die Panik gekriegt und sind abgehauen.«

»Hallo, Frau Klimm! Wollen Sie bitte kommen?« Der kahl geschorene Gerichtsmediziner winkte zu ihr herüber.

Sie trat zu ihm auf die Metallbrücke und betrachtete das tote Mädchen darunter. »Dann legen Sie mal los, Doktor.«

»Also, Todesursache ist der Schnitt durch die Kehle. Ein schneller Tod, eher angenehm, würde ich sagen, auch wenn es gemein aussieht.« Er deutete auf das auf dem Boden liegende japanische Messer. »Beidseitig geschliffen und scharf wie ein Seziermesser, da fühlt man kaum etwas.«

»Und wann ist das passiert?«

»Fortgeschrittener Rigor mortis, etwas beschleunigt wohl noch durch ihren Kampf. Todeszeitpunkt zwischen ein und drei Uhr morgens, würde ich sagen.

»Natürlich«, sagte sie. »Die beste Zeit für einen Einbruch. Fingerabdrücke?«

»Stammen von ihr selbst, sagt die Spusi. Jemand scheint ihr die Hand mit dem Messer geführt zu haben.« Lydia nickte, als er auf eine bläuliche Druckstelle zeigte.

»Und hier haben wir etwas Interessantes«, erklärte er und hob vorsichtig mit einer Pinzette die Oberlippe der Leiche an. »Was sagen Sie dazu?«

Sie beugte sich über das Gesicht des Mädchens. »Sieht aus wie Hautfetzen zwischen den Zähnen. Und Blut. Ich würde sagen, sie hat jemanden gebissen.«

»Sauberes DNA-Material.« Der Gerichtsmediziner strahlte. »Können wir sie jetzt in die Obduktion bringen?«

»Ich brauche noch einen Moment.« Sie stieg von dem Metallgestell hinunter und stellte sich an den Treppenaufgang. Melinda hieß die Tochter, erinnerte sie sich. Sie war ein quirliger Teenager gewesen, als sie das Mädchen das letzte Mal gesehen hatte. Das war acht Jahre her, und da lebte Klimm noch. Sie waren zusammen hier gewesen, weil Bastian ein paar von Klimms Aquarellen erworben hatte. Und jetzt mussten sie ihm den Tod seiner Tochter beibringen, dachte Lydia. Sie sah, dass der Gerichtsmediziner sie ungeduldig beobachtete, und nickte ihm zu. »In Ordnung, wenn die Spusi hier fertig ist, könnt ihr sie haben.«

Sie machte einen Bogen um die Blutlache, um an der Küche vorbei in die hinteren Räume zu gelangen. Ihre Oberkommissarin Anke Baumann, eine dreißigjährige Frau mit dunkel geschminkten Augen und schwarzer Lederjacke, kam ihr entgegen. »Guten Morgen, Frau Klimm.«

»Morgen, meine Liebe. Würdest du dich bitte gleich um den Tatortreiniger kümmern?« Sie wies auf die Blutlache. »Der Vater des Opfers braucht nicht auch noch ihr Blut zu sehen.«

Bastian Lorenz war ungefähr ihr Jahrgang. Wie viele hatte er sein Geld in den Neunzigerjahren gemacht, als Berlin begann, sich in eine Weltstadt zu verwandeln. Ihm gehörten ein halbes Dutzend Mietshäuser und ein paar Firmenbeteiligungen. Was Bastian in ihren Augen auszeichnete, war seine Begeisterung für moderne Malerei. Das Zimmer, das Lydia betrat, erinnerte mehr an eine Galerie als an ein Wohnzimmer. Bis auf wenige edle Sitzgelegenheiten war der große Raum völlig leer. Ein wenig Stolz kam in ihr auf, als sie den Bilderzyklus von Klimm entdeckte. Die Aquarelle hingen immer noch an der gleichen Stelle wie damals. Die Wand daneben füllte eine großformatige Neuanschaffung, ein Clemente, dessen wilde Schönheit sie unwillkürlich einnahm, obwohl sie wusste, dass Klimm außer sich gewesen wäre, eine solche Malerei neben seinen eigenen Werken dulden zu müssen. Klimm hatte nur wenige Künstler als ebenbürtig anerkannt. Einer davon war Matisse, aber dort, wo dessen Gemälde mit den roten Goldfischen gehangen hatte, war nur eine leere Wand mit zwei einsamen Haken.

Sie trat wieder in den Flur, wo das Mordopfer in den Leichensack verschlossen wurde. Vom Eingang kamen zwei Polizisten mit dem Transportsarg herein. Hinter ihnen fand sie Torsten.

»Das war kein normaler Einbruch. Die hatten es auf ein bestimmtes Kunstwerk abgesehen.«

»Da wo die leere Wand ist?«

»Genau. Das letzte Mal, als ich hier war, hing da noch ein Matisse.«

»Sie meinen, die haben das recherchiert?«

»Garantiert. Das waren Experten. Schätz mal, was ein Matisse wert ist?«

Torsten kratzte sich an der Stirn. »Keine Ahnung. Vielleicht hunderttausend?«

Sie lächelte. Plötzlich stellte sie sich vor, wie wütend Klimm gewesen wäre, wenn er hätte erfahren müssen, dass seine Bilder von den Einbrechern verschmäht worden waren. Auch Kunstdiebstahl war ein Ausdruck der Wertschätzung.

»Es gibt Künstler«, sagte sie nachdenklich, »die ihre eigenen Bilder stehlen, nur um sich wichtiger zu machen und ihre Preise hochzutreiben.«

»Aber Matisse ist doch tot, oder nicht?«

»Schon lange. Deshalb sind seine Werke heute Millionen wert.«

»Ach du Scheiße«, entfuhr es Torsten.

»Ich denke, die haben das Haus schon länger observiert. Frag mal nach, ob die Streife hier in letzter Zeit was Auffälliges registriert hat. Irgendwelche herumlungernden Personen zum Beispiel.«

»Wir haben eine komische Meldung bekommen«, erklärte Torsten. »Die Streife hat gestern Abend jemand dabei erwischt, wie er sich offenbar an der Hecke zu schaffen machte. Er gab aber vor, mit dem Fahrrad gestürzt zu sein.«

»Warum erfahre ich das erst jetzt? Wer ist die Person?«

Torsten zuckte mit den Schultern. »Der Bericht ist etwas verworren. Jedenfalls haben sie die Kopie eines Studentenausweises. Ein Graf von und zu irgendwas.«

Sie winkte ungeduldig ab. »Mach den Herren ausfindig und bring ihn mir.«

Hasi war noch nicht ganz wach, als er hörte, wie sich draußen ein Schlüssel im Türschloss drehte und kurz darauf energische Schritte durch den leeren Flur hallten. Schon stand sein Arbeitgeber im Zimmer und rüttelte heftig an seinem Schlafsack.

»Was, noch in den Federn, du alte Filzlaus? Na, komm schon! Der frühe Vogel und so weiter!«, rief Thomas, während er sich dicht über Hasis Gesicht beugte.

»Oje. Wie viel Uhr ist es denn?« Hasi versuchte sich aus der befremdlichen Enge zu winden und richtete sich auf, um seine Hose von einer Sitzgelegenheit zu ziehen, die als Nachtisch und stummer Diener zugleich herhalten musste. Das sterile Einzimmerappartement war nur symbolisch eingerichtet, mit einigen Imitaten aus der klassischen Moderne, gerahmten Postern von einer Mondrian-Ausstellung und einem Regal aus Stahlrohr und Panzerglas mit ein paar Büchern, die ein kulturelles Ambiente suggerieren sollten. Hasi nächtigte seit einigen Tagen auf einem abweisend würfelförmigen Sofa. Er kam sich hier vor, als schlafe er in der Warenauslage eines Möbeldiscounters, aber man wollte sich nicht beklagen, denn dafür durfte er umsonst hier wohnen. Das improvisierte Quartier war eine Musterwohnung, die Thomas in einem halb fertigen Immobilienprojekt direkt an der Autobahnauffahrt Detmolder Straße für kaufwillige Interessenten eingerichtet hatte. Die Fenster gingen nicht auf, dafür hörte man den Lärm der Autobahn glücklicherweise nur gedämpft. Die Küche war nicht angeschlossen, die Schränke waren allesamt Attrappen, und er hatte seinen Fehler vom ersten Tag nicht noch einmal wiederholt, eine Tür aufmachen zu wollen, die er nach einem beherzten Versuch als abgerissene Pappe in der Hand gehalten hatte.

Thomas fing ungeduldig an, Hasis verstreute Habseligkeiten in den Koffer zu werfen, während der sich anzog. »Bitte, das musst du nicht für mich machen«, protestierte er und übernahm das Einpacken, um seine Sachen vor dieser groben Handhabung zu schützen. »Kriegst du Besucher? Soll ich für den Tag das Feld räumen?«

Thomas setzte sich aufs Sofa und sah Hasi vorwurfsvoll an. »Ich wollte nur mal wissen, wie es gestern in der Villa gelaufen ist«, sagte er gedehnt. »Die Kunden wollen auf einmal nicht mehr mit mir reden.« Er bemühte sich sichtlich um Lässigkeit. »Hast du ihnen vielleicht Angst eingejagt?«

»Das kann ich dir erklären«, antwortete Hasi und zog sein Notizbuch aus der Jackentasche. »Ich fürchte, man hat dich bei diesem Objekt zu übervorteilen versucht. Die Wohnung hat ein paar gravierende Mängel, auf die ich die Herrschaften glücklicherweise noch rechtzeitig hinweisen konnte.«

»Das kann nicht sein! Die Baufirma hat erstklassig gearbeitet.«

»Erstklassig kann man die Arbeit nicht mit gutem Gewissen nennen.« Hasi zeigte auf seine Notizen. »Plastik statt Stuck, falsche Säulen, Laminat dort, wo Parkett sein sollte. Bedaure, aber ich kann nur sagen, wie es ist.«

»Und das hast du denen auch so gesagt?«

»Keine Sorge, sie haben es sehr gut aufgenommen.«

Thomas schüttelte betrübt den Kopf. »Mensch Hasi, das waren erstklassige Klienten!«

Hasi nickte. »Meine Beratung hat ihnen gefallen. Ich bin mir sicher, dass sie eine der nächsten Wohnungen kaufen werden, vorausgesetzt natürlich, dass die dann in Ordnung ist und der Preis stimmt.«

Thomas hob die Stimme. »Wo lebst du denn? Es gibt doch in Berlin kaum bezahlbare Wohnungen auf dem Markt. So eine Villenetage kann doch ein Schimpanse verkaufen!«

»Wozu brauchst du mich dann?«, fragte Hasi verwirrt.

»Das frage ich mich allmählich auch.«

Thomas legte fürsorglich eine Hand auf Hasis Arm.

»Entschuldigung. Hasi, du machst dir deine Aufgabe nicht leicht, wirklich nicht. Und ich habe es mir auch nicht leicht gemacht, das kannst du mir glauben, mein Freund. Du hast ein fantastisches repräsentatives Potenzial. Damit kannst du überall was erreichen. Dir steht die Welt offen mit deinem Namen und deinem Auftreten.«

»Danke.« Es war ihm unangenehm, wenn man ihn ausgerechnet für seine Herkunft lobte.

»Denn so, wie die Sache steht«, fuhr Thomas fort, »werde ich leider auf deine Hilfe verzichten müssen.«

»Ach so.«

»Für dich ist das auch besser«, fügte Thomas schnell hinzu. »Jemand wie du sollte die Chance haben, richtiges Geld zu verdienen. Du hast ja bei mir die ganze Zeit umsonst gearbeitet.«

»Bitte mach dir deswegen keine Gedanken. Es hat mir Freude gemacht. Außerdem muss ich ja keine Miete zahlen.«

»Das hätte ich fast vergessen. Du musst hier leider raus.«

»Jetzt gleich?«

»Wenn es dir keine Mühe macht. Wir haben in einer halben Stunde einen Besichtigungstermin. Und dann geht es im Stundentakt weiter.« Thomas hob entschuldigend die Hände. »The show must go on. Übrigens, diese zweihundert Euro Vorschuss …«

»Klar, die bekommst du zurück, selbstverständlich.« Hasi griff nach seinem Portemonnaie, obwohl er das Geld natürlich längst angebrochen hatte. Er konnte nur hoffen, dass der Freund sich vorläufig mit der Hälfte zufriedengeben würde.

Thomas winkte ab. »Bitte, das eilt doch nicht. Wann auch immer.« Er grinste plötzlich. »Was ist dir denn passiert? Kleine Schlägerei unter Rittersleuten? Na, dann möchte ich mal nicht wissen, wie der andere aussieht, haha!«

Hasi folgte seinem Blick. Den hässlichen Riss in seiner Joppe hatte er völlig vergessen, doch wofür hatte man das praktische Gewebeband, das er für Notfälle immer mit sich führte? Es eignete sich fabelhaft dafür, sein kaputtes Sakko von innen so zu kleben, dass die Kalamität nicht weiter auffiel.

Ein erleichterndes Telefonat mit seiner Cousine Kiki später befand Hasi sich auf dem Weg zu ihrem Zehlendorfer Haus, wo zumindest sein Logisproblem für eine Weile gelöst sein würde. Die Sonne schien ihm ins Gesicht, als er die Argentinische Allee in Richtung Westen radelte. Am Mexikoplatz kam er an einem Blumengeschäft vorbei und hielt an, um sein Gastgeschenk zu besorgen. Das künstlerische Arrangement bunter Sommerblumen mit etwas duftigem Grün dazwischen dezimierte sein spärliches Guthaben zwar um weitere achtzehn Euro, aber dafür war er mit dem Resultat sehr zufrieden. Eine charmante Verkäuferin half ihm, den verpackten Strauß auf dem Kofferdeckel zu befestigen, bevor er seine Fahrt am Schlachtensee entlang fortsetzte.

Als er in den Waldsängerpfad einbog, sah er schon von Weitem den verschnörkelten Giebel der Gründerzeitvilla über die Bäume emporragen. Kiki kam ihm durch den Garten entgegen. Sie sah mal wieder ziemlich verboten aus, trug einen Minirock aus giftgrünem Lackleder und ein Männerhemd aus schwarz glänzender Seide, das gut mit ihrer hellblonden Mähne kontrastierte.

»Da bist du ja endlich, Häschen!« Sie gab ihm einen Kuss auf den Mund und grinste, als sie den Koffer und die Blumen auf seinem Gepäckträger sah. »Wie praktisch, du hast gleich deine komplette Wohnungseinrichtung mitgebracht.«

»Die Blumen sind natürlich für dich, Kikilein.« Er wies auf ihren Rock. »Das Grün steht dir übrigens fabelhaft.«

»Habe ich extra für dich angezogen. Du siehst so etwas wenigstens, im Gegensatz zu meinem langweiligen Herrn Gemahl.« Sie gab ihm noch einen Kuss. »Danke für die Blumen. Komm rein. Das Rad kannst du in den Flur stellen.«

Er schob sein Fahrrad in die Eingangshalle, während sie voranging, um eine Blumenvase zu holen.

Kiki, geborene Donata Gräfin von Quermaten, und ihr Mann Dr. Johannes Brandmeier, Vorsitzender der Hamburger Privatbank Brandmeier & Anstetten, lebten seit zehn Jahren die perfekte Symbiose von verarmtem Adel und reichem Bürgertum. Die vor Energie überschäumende, exaltierte Kiki gab dem blassen Bankier etwas Farbe und Glamour, dazu noch ihre gesellschaftlichen Kontakte, und er bot ihr dafür ein solides Auskommen.

»Hasilein, ich muss dir ein Geständnis machen«, sagte Kiki, als sie ins Wohnzimmer gingen. »Der Schuppen im Garten ist leider nicht bewohnbar. Das blöde Dach ist vor ein paar Tagen eingekracht, und die Handwerker kommen erst nächste Woche, frühestens.«

»Aber du hast mir doch gesagt, es wäre alles tadellos.«

Sie lächelte. »Da habe ich wohl geflunkert. Schlimm?«

»Nein, wieso? Nur, ich versteh nicht ganz. Wozu soll das gut sein?«

»Wärst du denn sonst so schnell gekommen?«

Während Kiki in die Küche ging, wanderte Hasi zur Terrassentür und sah in den gepflegt verwilderten Garten hinaus, der sich hinter den großen Fenstern erstreckte. Zwischen rötlichen Kiefernstämmen schimmerte der zierliche weiße Gartenpavillon hervor. Ein abgebrochener dicker Ast hatte sich mitten durch das Dach gebohrt, es sah tatsächlich nicht gut aus.

»Wie ich dich kenne, hast du doch bestimmt Hunger«, sagte Kiki, als sie mit zwei Sektgläsern und einem Tablett mit Sandwiches zurückkam. »Ich freue mich ja so, dass du da bist!«

Hasi prostete ihr zu. »Sekt am Mittag, herrlich! Ich kann bestimmt auch bei Brezel unterkommen, wenn es zurzeit nicht passt.« Er nahm sich ein Sandwich.

»Johannes ist vorgestern nach Chicago geflogen, für eine Woche. So lange kannst du schon mal hier bleiben.«

Hasi strahlte. »Bist du sicher, dass ich dir nicht zur Last falle?«

»Im Gegenteil! Ich kann dich sehr gut gebrauchen, mein Häschen.« Kiki reichte ihm eine Einladungskarte. »Schon heute Abend kannst du dich nützlich machen und mich begleiten. Außerdem werde ich dich mit dem einen oder anderen meiner illustren Gäste bekannt machen. Vielleicht springt ja sogar ein netter kleiner Job dabei heraus. Hast du was zum Anziehen?«

Hasi hatte natürlich einen von Vetter Brezel abgelegten schwarzen Anzug in seinem alten Lederkoffer verstaut, und nachdem Kiki mit ihrem Notfallnähzeug ein Mottenloch unter dem Ärmel gestopft und eine kleine blanke Stelle mit dem Filzstift ausgebessert hatte, war er bestens für seinen Einsatz bei der Benefizveranstaltung vorbereitet.

Er musste hier weg, bevor sie ihm irgendein Angebot machte

Auf der Bühne setzte eine kleine Combo ernster junger Männern mit halb heruntergelassenen Augenlidern an, ihren unbeteiligten Jazz herunterzuspielen. Das Kesselhaus in der Kulturbrauerei im Prenzlauer Berg, sonst eher Clubgängern und Touristen vorbehalten, quoll über vor Berliner Prominenz. Hasi war beeindruckt, wie Kiki es immer wieder schaffte, so viele wichtige Leute auf einmal zusammenzutrommeln und sie dann auch noch dazu zu bewegen, sich freiwillig von ihrem Geld zu trennen. Sie hatte ihn bereits einigen Unternehmern vorgestellt, die ihn auf ihre energische Ermutigung hin auch bereitwillig zu Vorstellungsgesprächen eingeladen hatten. Diese Tour kannte Hasi schon, und es tat ihm leid, Kikis Begeisterung im Vorfeld dämpfen zu müssen. Wenn man seinen mageren beruflichen und akademischen Werdegang unter die Lupe nahm, kühlte das anfängliche Interesse merklich ab, egal wie gut das Gespräch ansonsten auch laufen mochte. Doch Kiki ließ sich von solchen Bedenken nicht entmutigen. »Vertrau mir, Häschen, das ist meine Party, hier traut sich keiner, nein zu sagen«, bekräftigte sie und fügte hinzu, dass sie niemals einen nachträglichen Rückzieher akzeptierte. »Das wäre ja noch schöner! Denen steige ich so lange aufs Dach, bis sie klein beigeben.«

Ein Schwarm von Kellnerinnen strömte jetzt mit Tabletts voller delikater Kleinigkeiten heran. Hasi trat an einen der Stehtische und nahm sich ein Schälchen mit frittierten Garnelen. Eine junge Frau mit seidigen blonden Haaren ging vorbei, und er schluckte schnell seine Garnele hinunter. »Jowitha!«

»Hasi?«

»Darf ich dir sagen, du siehst fabelhaft aus!«

»Danke, Hasi!« Jowitha lächelte. Er sah, dass sich eine feine Haarsträhne aus ihrem damenhaften Knoten gelöst hatte, die sie mit einem kleinen Pusten wegzublasen versuchte. Die mädchenhafte Geste rührte ihn, er hatte sie schon gemocht, als er und Jowitha einige Monate liiert gewesen waren. Auf einmal erinnerte er sich nicht mehr, warum man damals eigentlich auseinandergegangen war.

»Was machst du denn hier?«

»Du siehst doch, ich stehe nur so rum.« Er grinste. »Aber jetzt wo du hier bist, hat sich das Herumstehen schon gelohnt. Es tut mir nur leid, dass ich dich gerade nicht küssen kann.« Er wies auf sein Garnelenschälchen. »Kann ich dir auch etwas holen?«

»Ich glaube, mein Mann bringt mir gerade etwas.«

Hasi stutzte, als er begriff. »Was – du bist verheiratet? Seit wann denn?«

»Die Hochzeit war vor drei Wochen. Es tut mir leid, aber die Feier war nur für den engsten Kreis. Sonst hätte ich dich natürlich –«

Er winkte ab. »Aber bitte, ist doch kein Thema. Ich freue mich für dich. Meinen herzlichen Glückwunsch!« Er merkte, dass seine Stimme mit seiner angestrengten Fröhlichkeit etwas laut geworden war, und räusperte sich dezent. Es war wieder einmal die gleiche Geschichte. Man mochte sich, war vielleicht auch mal verliebt gewesen, aber für eine ernsthafte Beziehung kam jemand wie er offenbar nicht in Frage.

»Da kommt er, Hasi, ich glaube, ihr kennt euch!« Jowitha strahlte.

Er drehte sich um, obwohl er schon ahnte, wer es sein würde. Und so war es natürlich. Auch wenn Sebastian inzwischen an den Rändern etwas unscharf geworden war, erkannte er ihn sofort, den alten Studienfreund, mit dem er in den ersten Semestern eine Bude geteilt hatte. Jetzt hatte er bestimmt schon ein gutes Auskommen und war bereits Partner in einer großen Kanzlei. Hasi gratulierte noch einmal und hörte sich mit halbem Ohr an, was die beiden für Zukunftspläne hatten. Alles entsprach in etwa den üblichen Vorstellungen von Glück: Eigenheim, Karriere und die Aussicht auf einen Badeurlaub auf irgendeiner Insel, deren Namen Hasi sich bestimmt nicht merken würde. »Entschuldigt mich bitte! Meine Cousine sucht mich schon.«

Er bahnte sich einen Weg durch die Menge, um in eine möglichst entfernte Ecke der Halle zu gelangen, wo auch das Licht schummriger wurde und er eine Chance hatte, sich unbehelligt wieder zu sammeln. Natürlich hatte Jowitha völlig recht, sich endlich jemanden zu suchen, der ihr ein gutes Leben bieten konnte, aber ihr so unverhofft zu begegnen, gab ihm einen Stich. So in Gedanken passte er nicht auf und wäre beinahe in eine Dame hineingerannt, die reaktionsschnell ihr Glas vor ihm rettete.

»Pardon«, sagte er, ohne genauer hinzusehen, und wollte bereits weitergehen, als sie sich ihm wieder in den Weg stellte.

»Nichts passiert, aber ich könnte Nachschub gebrauchen, mein Lieber.«

Die tiefe, verrauchte Stimme kam Hasi bekannt vor, er musste sich jedoch anstrengen, um die Frau bei der Beleuchtung zu erkennen. Sie hatte ein verlebtes Gesicht und trug einen zum Turban geschlungenen Seidenschal über ihren blondierten Haaren. Natürlich wusste er jetzt, wer sie war. Kiki nannte sie den »Tiger von Eschnapur«.

»Ah, Frau von Oltingen, ich bitte um Verzeihung.« Er beugte sich zu einem Handkuss vor. Eine Duftwolke aus Patchouli und Vanille wehte ihm entgegen.

»Aber, aber. Nicht so förmlich. Wir waren doch längst beim Du, Schätzchen!« Sie ließ seine Hand nicht los und schaute ihn herausfordernd an. »Ich bin die Angie, oder hast du das etwa vergessen.«

»Wie könnte ich?« Hasi rang sich ein Lächeln ab. Es war zu dumm. Bei den jungen hübschen Mädchen war er zwar als Tanzpartner begehrt, aber Chancen hatte er fast nur bei älteren Damen, denen es völlig schnuppe war, was er beruflich machte. Die nüchterne Kiki führte diese Misslichkeit auf seine mangelhaften Ernährerqualitäten zurück. Das war sein Schicksal, und die Baronin von Oltingen, eine Bekannte aus der Orientgesellschaft, schien das genau zu spüren.

»Warum machst du so ein trauriges Gesicht, Hartung? Liebeskummer?«

»Nein, nein, alles in Ordnung.« Er befreite seine Hand mit einem sanften Ruck. »Darf ich Ihnen etwas zu essen bringen?«

Sie winkte der vorbeikommenden Kellnerin. »Die haben hier keinen anständigen Whisky. Aber gegen den Durst wird das Prickelwasser reichen.«

Hasi nahm zwei Glas Sekt vom Tablett.

»Auf dich und mich!« Sie stieß mit ihm an. »Langweilige Party, lauter Spießer hier, findest du nicht?«

»Meine Cousine –«

»Ich kenne einen verschwiegenen kleinen Club hier ganz in der Nähe. Die haben einen guten Single Malt.«

Natürlich wollte er Frau von Oltingen nicht vor den Kopf stoßen, doch er musste hier weg, bevor sie ihm irgendein Angebot machte, aus dem er sich nur mit Mühe wieder herauswinden könnte. »Es war mir ein Vergnügen«, begann er und wollte einen höflichen Abgang einleiten, aber sie legte ihm einen Finger auf den Mund.

»Ah ... ein Vergnügen ... das freut mich aber. Das freut mich sehr!«

Er schüttelte den Kopf. »Bitte –« Hinter ihrer Schulter sah er seinen Vetter Brezel durch die Menge kommen und winkte ihm zu. Brezel musste die Panik in Hasis Gesicht erkannt haben, denn er schritt mit militärischer Zielstrebigkeit auf ihn zu. Der Korvettenkapitän – ein kompakter Mittfünfziger mit vollem Haarschopf, der akkurat auf seinem Kopf saß wie Kunstrasen – hieß eigentlich Ludwig Baron von Ettal und hätte, wenn man ihn fragen würde, nicht den geringsten Schimmer gehabt, wie er zu seinem komischen Spitznamen gekommen war.

»Mein Lieber, ich dachte schon, du seiest desertiert!«, rief er und griff Hasi am Arm. »Ich werde Ihnen den Kameraden jetzt leider entführen müssen, Frau von Oltingen, unsere Gastgeberin sucht ihn schon. Dienst am Buffet pipapo.«

»Ah ... Brezel, dann muss ich wohl gleich mitkommen!« Mit einer leichten Verbeugung verabschiedete er sich von Frau von Oltingen. »Bedaure, aber Befehl ist Befehl!«

Brezel steuerte Hasi durch das Gedränge. »Was hast du denn mit der Fregatte zu tun? Ist die nicht einen Tick zu alt für dich?«

Hasi grinste nur. »Dienst am Buffet? So frech zu lügen hätte ich dir gar nicht zugetraut.«

»Ach was! Den Feind täuschen gehört zu den vornehmeren unter den Kriegslisten. Schöner Anzug übrigens. Steht dir prächtig.« Brezel fühlte an Hasis Revers. »Und in fabelhaftem Zustand dazu. Lass dich nicht wieder in einen Hinterhalt locken!« Damit verabschiedete er sich auch schon wieder, denn er hatte einen befreundeten Brigadegeneral aus Afghanistan entdeckt. »Neuer Einsatz ruft!«

Hasi fand Kiki, als sie sich gerade aus einer Gruppe älterer Herren löste, die ihr andächtig zuhörten.

»Hasilein, ich habe vielleicht einen Job für dich!«

»Das gibt es doch nicht. So schnell?«

»Doch! Und Studium und so weiter spielt dabei keine Rolle.«

Er schaute sie skeptisch an. »Aber nicht etwa in Immobilien, oder?«

»Immobilien! Wie kommst du denn darauf? Nein, nichts Halbseidenes!« Sie lachte.

»Kikilein, du bist genial! Was soll ich denn tun?«

»Es ist ein Sommerjob –«

Doch bevor Kiki dazu kam, Hasi irgendetwas Näheres zu erzählen, zupfte schon wieder jemand Wichtiges an ihrem Ärmel, und sie verabschiedete sich mit einem entschuldigenden Achselzucken.

Hasi sah ihr nach und kräuselte die Nase, als von hinten eine Wolke Patchouli und Vanille angedriftet kam. Halb bewusst registrierte er die nahende Gefahr, aber es war bereits zu spät.

»Ich hätte auch so etwas wie einen – Sommerjob zu vergeben!« Frau von Oltingen lächelte so bedrohlich, dass sie ihrem Spitznamen alle Ehre machte.

Diesmal kam Hasi niemand zur Hilfe, und er musste sich schließlich unter Vortäuschung eines dringenden Bedürfnisses durch den Notausgang hinter der Herrentoilette vor dem Tiger von Eschnapur ins Freie retten.

Es ging hier nicht um Kunst, sondern um Mord

»Guten Morgen, Ihr Lieben!« Hauptkommissarin Lydia Klimm nickte mit knappem Gruß den Kollegen zu, während sie das Großraumbüro der Achten Mordkommission durchquerte. Sie kümmerte sich schon lange nicht mehr darum, ob ihr jemand einen vorwurfsvollen Blick zuwarf oder eine kritische Bemerkung über die Einhaltung der Dienstzeiten machte. Es waren sowieso nur Neulinge, die Anstoß an ihrem ungewöhnlichen Lebensrhythmus nahmen. Die Alteingesessenen hatten sich längst daran gewöhnt, dass sie sich meist erst gegen Mittag im Büro blicken ließ.

»Mahlzeit!« Der Kantinengruß kam ihr von vereinzelten Kollegen entgegen. Alle wussten natürlich, dass Lydia die verlorene Zeit am Abend mehr als wettmachte und oft noch bis Mitternacht hinter ihrem Schreibtisch saß. Aber eine kleine Stichelei war angesichts des fortgeschrittenen Tages natürlich trotzdem angebracht. Mit nachsichtigem Lächeln verzog sie sich in ihr Zimmer. Ein eigenes Büro war das zweite besondere Privileg, über das sich schon manch ein Kriminalrat oder Staatsanwalt mokiert hatte. In den Mordkommissionen des Landeskriminalamts war Teamarbeit gefragt, und laut interner Dienstvorschrift sollten die Ermittler zwecks besserer Kommunikation in einem Raum und sich hier nach Möglichkeit an Schreibtischen gegenüber sitzen. Lydia dachte nicht daran, in das Gesicht eines Kollegen blicken zu müssen, wenn sie von ihren Akten aufschaute. Dabei kam ihr eine weitere Dienstanweisung zugute, die von den Polizeipsychologen als wichtig erachtet wurde, um dem emotionalen Äquilibrium des Teams Rechnung zu tragen. Schließlich unterlagen die Ermittler einem Dauerstress, der zusammen mit den langen Dienstzeiten leicht in ein Burn-out münden konnte, mit hohem Krankheitsstand und entsprechenden Kosten für den Steuerzahler. Jeder Mitarbeiter war angewiesen, seinen Büroplatz mit wenigstens einem Utensil aus seinem familiären Umfeld auszustatten. Zwischen funktionalen Computern und den unpersönlichen Aktenbergen schmückten Fotos der jeweiligen Liebsten in Bilderrahmen, auf Kaffeetassen, Mousepads oder als Bildschirmschoner die abgewetzten Schreibtische. Dazu gaben einige Sitzkissen, ein Häkeldeckchen, ein Teddybär und krakelige Zeichnungen, die Kinder ihren Vätern mit ernster Miene als Leihgabe mitgegeben hatten, dem nüchternen Büro einen seltsam anheimelnden Touch, den die Psychologen als emotionalen Anker für die Kollegen ansahen. Eine heile Welt, die den nötigen Kontrast zu den menschlichen Grausamkeiten darstellte, mit denen sie tagtäglich konfrontiert wurden. Eigentlich konnte es Lydia daher niemand verwehren, ein wuchtiges, zwei mal zwei Meter großes Werk des Malerfürsten »Der Klimm«, wie ihr Ehemann zu Lebzeiten nur genannt worden war, an die Wand hinter ihren Schreibtisch zu hängen. In grellem Rot und Orange, mit giftgrünen und weißen Kontrasten auf einem gelb-schwarzen Hintergrund mit wilden pastosen Spachteleien, wie mit einem Buttermesser über die Leinwand geschmiert, wirkte es wie ein abstrakter Verkehrsunfall. Nur bei näherem Hinsehen konnte der Betrachter aus diesem explosiven Farbrausch die Gestalt einer nackten jungen Frau herauslesen. Aber selbst wenn jemand in der Mordkommission die Geduld aufgebracht hätte, sich das Bild genauer anzusehen, so wäre ihm kaum aufgefallen, dass es sich bei der versteckten Nackten um ihre Hauptkommissarin in jüngeren Jahren handelte. Vergeblich hatte der Polizeipsychologe versucht, Lydia taktvoll zu erklären, dass dieses gewaltige Bild nicht geeignet sei, um zu einer harmonischen Arbeitsatmosphäre beizutragen. Auf diesem Ohr blieb sie taub. Sie war zweimal verheiratet gewesen, und ihre erste Ehe hatte dem Kriminaldienst mit seinen ständigen Unzumutbarkeiten nur wenige Jahre standhalten können. Dafür war die zweite Ehe umso glücklicher gewesen. »Der Klimm«, ein zwanzig Jahre älterer, selbstherrlicher Bohemien, war viel zu sehr mit seiner Kunst und mit sich selbst beschäftigt gewesen, als dass ihn die unregelmäßigen Arbeitszeiten seiner Frau hätten stören können. Obwohl sie als Kommissarin und Vertreterin von Recht und Ordnung geradezu den Gegenentwurf zu seinem anarchischen

Lebensstil darstellte, harmonierten sie seltsamerweise in jeder Beziehung perfekt miteinander. Sicher hatte es auch mit ihrer mütterlichen Ausstrahlung zu tun. Ihr Geheimnis war, dass sie gar nicht mütterlich war. Es hatte viele Jahre gedauert, bis sie herausbekam, dass sie diese Wirkung auf andere hatte, und inzwischen hatte Lydia gelernt, die Aura einer strickenden Mutti perfekt zu ihrem Vorteil auszuspielen, nicht nur in Verhören, sondern auch gegenüber ihren Vorgesetzten. Sie setzte zudem auf die Beißhemmungen, die ihre Trauer bei anderen auslöste. Und da niemand die Witwe dazu bewegen konnte, das Werk ihres verstorbenen Mannes wieder mit nach Hause zu nehmen, gab es nur zwei Möglichkeiten. Entweder einen formellen dienstlichen Befehl dazu – oder man gab ihr einfach ein eigenes Büro. Da der Polizeipräsident von Berlin ebenfalls ein Werk von Klimm besaß, einigte man sich schließlich auf Letzteres.

Wie immer, wenn Lydia ihr Büro betrat, blieb sie eine Weile stehen, um Klimms Bild zu betrachten. Obwohl sie es schon so lange kannte, fielen ihr immer wieder Formen und Farbklänge auf, die sie bisher noch nie bemerkt hatte. Für eine professionell geschulte Beobachterin, die es gewohnt war, den Tatort eines Verbrechens genau zu analysieren und in ihrem Gedächtnis abzuspeichern, war es rätselhaft, wie sehr sie immer noch überrascht werden konnte. Sie vermutete, dass es mit ihrer jeweiligen Stimmungslage zu tun hatte. Das Bild schien direkt auf die Gefühle des Betrachters zu reagieren. Es war Klimms Lieblingsbild gewesen, vielleicht sogar sein Meisterwerk, und sein Galerist ließ keine Begegnung mit der Künstlerwitwe verstreichen, ohne ihr ein Angebot zu machen, das Bild doch endlich zu verkaufen. Aber wie sollte sie ausgerechnet das Bild weggeben können, das Klimm bei seinen letzten Atemzügen vor Augen gehabt hatte? Er hatte diese Leinwand auf seine Staffelei gestellt und sich davor auf seinen alten Ledersessel gesetzt, um den Giftcocktail zu trinken, über den er immer wieder seit dem Ausbruch seiner Krankheit gesprochen und sich dann, als Lydia es am wenigsten erwartete, tatsächlich zubereitet hatte. Sie wusste, dass die genaue Positionierung – Klimm überließ in seiner Kunst nie etwas dem Zufall – eine letzte Botschaft war. Er bat sie damit, seinen Entschluss zu akzeptieren, sich aus freien Stücken vom Leben zu trennen, solange er noch Herr seiner Entscheidungen war. Sein Tod war inzwischen vier Jahre her, und es hatte sie viel Kraft und Zeit gekostet, bis sie ihren Frieden damit schließen konnte.

Lydia setzte sich hinter ihren Schreibtisch und ließ den Computer hochfahren. Der bohemienartige Lebensstil, den sie aus ihrer Ehe mit Klimm zurückbehalten hatte, hinderte sie natürlich nicht daran, sich akribisch mit ihren Ermittlungen zu befassen.

Auf dem Monitor erschienen die roten Goldfische im Glas. Die Frage war, warum jemand ein so bekanntes Kunstwerk wie diesen Matisse stehlen wollte? Falls es denn überhaupt echt war. Lydia machte sich eine mentale Notiz, Klimms Galeristen einen Besuch abzustatten. Justus Mellenhoff war ein unausstehlicher Schleimer, aber er kannte sich im internationalen Kunsthandel aus, auch in den dunklen Kanälen. Wenn der Matisse irgendwo auftauchte, würde Mellenhoff schon davon erfahren.

Gestern hatte sie die aus Sylt zurückgekehrten Bastian und Maritta Lorenz in Zehlendorf aufgesucht, um ihnen ihr Beileid auszusprechen und natürlich noch die eine oder andere Frage über die Provenienz des gestohlenen Kunstwerks zu stellen. Sie hatte nicht erwartet, dass es ein leichtes Gespräch werden würde, aber dann hatten die trauernden Eltern sie doch überrascht. Lydia hatte Maritta schon früher als neurotische Egozentrikerin erlebt. Dass sie es aber tatsächlich schaffte, sich in der Trauer noch als weinende Madonna in Pose zu werfen und ständig fragte, was sie wohl falsch gemacht hätte, hatte Lydia an den Rand ihrer Nerven gebracht. Manche Leute konnten jede Tragödie so drehen, dass es nur um sie selbst ging. Und der trauernde Vater hatte für ihr Gefühl viel zu oft auf den leeren Platz an der Wohnzimmerwand geschaut, wo sein geliebter Matisse gehangen hatte.

Ein Klopfen an der Tür unterbrach ihre Gedanken. Der junge Kriminalkommissaranwärter Paul Spitzer kam herein und stellte eine dampfende Tasse heißes Wasser auf ihren Schreibtisch.

»Danke, Paul.« Sie nickte ihm lächelnd zu und wählte sich einen Teebeutel aus ihrer Schreibtischschublade, in der sie ein ganzes Sortiment von exotischen Teesorten aufbewahrte. Es war höchste Zeit, dass der Junge eine richtige Bewährungsprobe erhielt, bevor er hier noch ganz zum Butler verkam.

»Was ist mit dem Typen, den die Streife vor dem Haus aufgelesen hatte? Hast du ihn gefunden?«

Paul schüttelte den Kopf. »Ich war im Studentenheim, aber da ist er vor drei Monaten ausgezogen, ohne sich abzumelden. Hat auch keine Adresse hinterlassen.«

Sie betrachtete die Kopie von Hasis Studentenausweis, die Paul ihr reichte. »Ziemlich alt für einen Studenten, oder?«

»Ach so, habe ich noch gar nicht gesehen.«

»Paul, das hätte dir aber auffallen sollen. Der Mann ist neunundzwanzig, hier steht es. Du musst deine Aufmerksamkeit trainieren. Schreib den Mann zur Fahndung aus.«

Paul machte sich eilig davon, und Lydia klickte die Goldfische auf dem Monitor weg. Das Bild lenkte nur ab. Es ging hier nicht um Kunst, sondern um Mord. Die Täter waren Profis, das zeigte schon die Art, wie sie die Alarmanlage gehackt hatten. Fingerabdrücke hatten sie natürlich auch nicht hinterlassen. Aber einen unvorhersehbaren Fehler hatten sie gemacht – sich von Melinda beißen lassen. In einer Woche würde sie die DNA-Resultate aus dem Labor bekommen. Lydia hatte den wahrscheinlichen Hergang inzwischen rekonstruiert: Die Einbrecher hatten nicht damit gerechnet, dass sich jemand in der Villa aufhielt. Nicht einmal der eigene Vater hatte davon gewusst. Er hatte seine Tochter in München beim Büffeln für ihre Juraklausuren gewähnt und war fassungslos gewesen, als er von ihren heimlichen Zukunftsplänen erfahren hatte. Das Mädchen hatte Kampfsportunterricht gehabt und sich mutig, leider viel zu mutig, verteidigt. Wenn sie nicht gekämpft hätte, wäre sie vielleicht noch am Leben, dachte Lydia. Andererseits konnte es auch sein, dass sie einen der Täter wiedererkannt hatte. Vielleicht jemand aus ihrem Bekanntenkreis. Schließlich mussten sie ihre Insiderkenntnisse irgendwoher haben.

Paul steckte den Kopf durch die Tür. »Hauptkommissar Nagel lässt fragen, ob Sie zum Verhör hinzukommen wollen.«

Das Verhör hatte bereits angefangen, als Lydia den Hinterraum der sogenannten Spiegelkammer betrat. Durch das nur einseitig verspiegelte Glas sah sie den überraschend schmächtigen Kampfsportler Chi Ling, ein Deutsch-Chinese, vornübergebeugt und den Kopf zwischen die Arme gestützt am Tisch sitzen. Torsten Nagel, der ihm gegenübersaß, ließ ihm Zeit, sich zu seiner Beziehung und den gemeinsamen Plänen zu äußern. Chi, dessen Aussagen immer wieder durch Schluchzen unterbrochen wurden, zermarterte sich mit Selbstvorwürfen, in dieser Nacht nicht bei Melinda gewesen zu sein, wobei sich ganz nebenbei herausstellte, dass er ein blitzsauberes Alibi für die Tatzeit hatte. Torsten stand auf und bat Chi, sich noch einen Augenblick zu gedulden.

»Und? Sollen wir ihn noch ins Kreuzverhör nehmen?«, fragte Torsten, als er den schalldichten Hinterraum betrat.

»Wozu? Sein Alibi müssen wir natürlich überprüfen.«

»Der Junge ist entweder naiv oder größenwahnsinnig. Er glaubt doch tatsächlich, dass er seine Freundin hätte beschützen können. Dabei hat ihm seine Abwesenheit wohl eher das Leben gerettet. Oder hätte so ein Hänfling gegen bewaffnete Profis eine Chance?«

»Liebe macht halt blind.«

»Ich bin gerührt«, sagte Torsten trocken.

Lydia musterte Chi durch das Spiegelglas. Seine Haltung war unverändert, vornübergebeugt, den Kopf zwischen die Arme gestützt, hockte er am Tisch.

»Er kann uns natürlich auch was vorspielen. Vielleicht ist er ein ganz besonders Abgebrühter. Und Geld für sein Kampfsportstudio auf Mallorca braucht er ja auch, oder?«

Torsten schüttelte den Kopf. »Er hat ein paar Ersparnisse, und Melinda hat ihren nagelneuen Mini, ein Geschenk der Eltern, verkauft. Damit hatten sie genug zusammen.«

»Also gut, was ist dein Eindruck?«

»Auf mich wirkt er authentisch.«

Lydia nickte. »Denke ich auch. Aber er soll sich zur Verfügung halten. Nicht dass er morgen gleich nach Mallorca abfliegt.«

»In Ordnung«, sagte Torsten und ging in das Verhörzimmer zurück.

Man musste dem Jungen noch ein wenig auf den Zahn fühlen

Hasi holperte auf seinem schlecht gefederten Rad mühsam über den gepflasterten Weg. So sehr er die malerischen kleinen Seitenstraßen am Grunewaldsee auch schätzte, für Radfahrer waren die groben Pflastersteine nicht gedacht. Er warf einen schnellen Blick nach unten. Auf keinen Fall durfte er Ärger mit der Fahrradkette bekommen. Er hatte seine Hosenbeine so gut es ging mit Fahrradklammern geschützt, aber der gute Anzug war nicht fürs Radeln gemacht, und der feine englische Stoff wäre bestimmt hinüber, wenn er auf diesem tückischen Pflaster stürzte. Ein korrektes Erscheinungsbild und perfekte Manieren waren sein großes Plus, aber leider auch sein einziges.

Kikis Einfall, ihn auf der Benefizveranstaltung an den Mann bringen zu wollen, war großartig gewesen. Nun war er auf dem Weg zu Herrn Dahlkamp, einem Berliner Unternehmer, der viel in der Welt unterwegs war. Die Adresse lag ganz am Ende der Straße. Dahinter begann bereits der Wald. Hasi kettete sein Fahrrad an einen Laternenpfahl, überprüfte seine Frisur kurz im Seitenspiegel eines parkenden Wagens und ging ein paar Schritte, um seine zerknitterten Hosenbeine wieder in Form zu bringen. Bevor er an dem schmiedeeisernen Gartentor klingelte, blieb er eine Weile stehen, um die überraschende Ansicht zu bewundern. Die Villa war tomatenrot mit goldenen Fensterläden und einer Freitreppe, überdacht von einer geschwungenen chinesischen Pagoda, die von vier Säulen gestützt wurde, von denen goldene Löwenköpfe grimmig auf den Besucher hinabblickten. Der Eingang erinnerte Hasi an das Elefantentor des Berliner Zoos. Die Nachmittagssonne spiegelte sich im plätschernden Wasser eines mit Nixen und Meeresgetier bestückten Springbrunnens, der sich auf einem runden, von einer Blumenrabatte umgrenzten Platz vor dem Haus präsentierte wie vor einem veritablen Schloss. Hasi drückte die Klingel und schritt über den knirschenden Kiesweg auf das Eingangsportal zu.

Der Hausherr, ein großer, sportlich wirkender Mittsechziger in Jeans und kariertem Hemd, kam ihm bereits an der Treppe entgegen. »Graf Quermaten, wie schön, dass Sie es einrichten konnten.«

»Danke, Herr Dahlkamp. Ich habe gerade Ihren Besitz bewundert. Was für leuchtende Farben, besonders jetzt, wo die Sonne darauf scheint.«

Er folgte dem Hausherrn über die rot-weißen Marmorfliesen der Eingangshalle, die von mannshohen chinesischen Kriegerfiguren aus stumpfem, rötlichem Ton flankiert wurden, in einen Salon mit dicken Teppichen, auf denen sich Drachen wanden und ihre eigenen Schwänze zu jagen schienen. Mehrere große Terrassenfenster boten einen Panoramablick über eine gepflegte Rasenfläche und den daran angrenzenden Wald. Herr Dahlkamp war einer von Kikis Lieblingssponsoren und hatte zudem reich geerbt. Wegen krankheitsbedingten Ausfalls seines Hausmeisters suchte er dringend einen vertrauenswürdigen Menschen, der sich während seiner bevorstehenden Auslandsreise um die Villa kümmern konnte.

»Sie möchten diese Mühe also wirklich auf sich nehmen, Herr von Quermaten?«, fragte Dahlkamp.

»Mit dem größten Vergnügen.« Hasi wies zum Fenster. »Um die Pflege des Rasens kümmere ich mich natürlich auch.«

»Das ist nicht nötig, ich bitte Sie.«

»Ich würde das trotzdem gerne machen, wenn Sie erlauben. Ich liebe das Rasenmähen. Und wenn es sehr heiß werden sollte, brauchen die Rosen sicher etwas Wasser.«

Dahlkamp nickte zögernd. Es konnte doch nicht mit rechten Dingen zugehen, wenn dieser wohlerzogene, blasse Aristokrat sich mit Rasenmähen und Blumengießen abgeben wollte. Hatte er nichts Besseres vor? Das eigene Schloss hüten, zum Beispiel? Ohne die erstklassige Empfehlung hätte er geglaubt, es mit einem Hochstapler und Betrüger zu tun zu haben, der sich mit einem wohlklingenden Fantasienamen sein Vertrauen erschleichen wollte und nur darauf wartete, das Haus leer zu räumen. »Hätten Sie freundlicherweise Ihren Personalausweis dabei, damit wir eine Kopie für den Sicherheitsdienst machen können?«

Dahlkamp warf einen kurzen, aber genauen Blick auf den Ausweis, bevor er ihn in den Scanner legte. Alles korrekt, es gab nichts daran zu rütteln, der gute Name war echt. Man musste dem Jungen nur noch ein wenig auf den Zahn fühlen.

»Kommen Sie, ich führe Sie durch meine Sammlung.«

Hasi folgte Dahlkamp durch den Salon und durch das daran anschließende Kaminzimmer zu zwei mit chinesischen Schriftzeichen versehenen roten Flügeltüren, hinter denen sich ein weiteres Wohnzimmer befand, das ehemalige Raucherzimmer, wie der Hausherr erklärte. Eine Reihe von hohen Vitrinen voller chinesischer Artefakte erstreckte sich über die ganze den beiden Fenstern gegenüberliegende Wand.

»Mein Großvater hatte geschäftlich in China zu tun. Diese Schätze hat er vor den Zerstörungen der Kulturrevolution retten können«, erklärte Dahlkamp, während er an den Vitrinen vorbeischritt.

Hasi beugte sich dicht an eine Vitrine, um die vielen exotischen kleinen Objekte zu betrachten. Sie hatten etwas Geheimnisvolles an sich, aber besonders schön fand er sie nicht, für seinen Geschmack waren sie zu überladen mit ihren komplizierten Verzierungen, an denen die Holz- und Elfenbeinschnitzer offensichtlich unendlich viel Arbeit geleistet hatten. Es war ihm schleierhaft, wozu diese Merkwürdigkeiten einmal gut gewesen sein sollten, aber das hatte sicher alles eine tiefe Bedeutung, die er nur nicht verstehen konnte, weil er in Sachen chinesischer Kultur natürlich völlig unbeleckt war. »Sehr interessant«, lobte er, »es muss schwer gewesen sein, diese Antiquitäten sicher aus dem Land zu bringen.«

Sein Gastgeber strahlte. »Allerdings! Der Transport war damals eine logistische Meisterleistung. Ein wahres Wunder, wie es ihm gelungen ist, so viele rare Objekte zu retten.« Er winkte Hasi zu einer Kommode. »So eine fein ziselierte Arbeit finden Sie heute kaum noch irgendwo. Schauen Sie sich nur diese Schnitzereien an. Ganz typisch für die Qing-Dynastie.«

»Aha.« Hasi nickte höflich. Dahlkamps Begeisterung rührte

ihn, und er hätte gerne mehr Zugang zu dem chinesischen Plunder gehabt, der überall herumstand. Truhen und Kommoden, auf denen Skulpturen oder Keramikarbeiten präsentiert waren, Beistelltischchen mit filigranen Einlegearbeiten, handbemalte Paravents sowie Holzstühle und andere Sitzgelegenheiten, die Hasi nicht unbedingt bequem vorkamen. Ein kleines Schränkchen mit einem etwas strengeren Muster gefiel ihm dagegen besser, und er strich vorsichtig über die glatt gelackte Oberfläche.

Dahlkamp trat zu ihm heran. »Bravo! Sie bevorzugen die Ming-Dynastie. Strengere Formen, weniger opulent, die Blüte der chinesischen Möbeltischlerei.«

»Herrlich«, sagte Hasi. Offenbar hatte er bereits begonnen, ein Gefühl für diese Stilrichtungen zu entwickeln.

»Kennen Sie sich mit Alarmanlagen aus?«, fragte Dahlkamp unvermittelt.

»Nicht übermäßig.«

»Das Haus ist natürlich gesichert, zum Schutz meiner Sammlung. Man muss sich ja vor diesen Kriminellen in Acht nehmen, nicht wahr?« Er fixierte Hasi mit strengem Blick. »Haben Sie von dem Mord gehört?«

»Ich habe es in der Zeitung gelesen, ja. Schreckliche Sache.«

»Sie hätten keine Angst allein in meinem Haus?«

»Aber nein, ich habe einen ausgezeichneten Schlaf.«

»Was würden Sie denn tun, wenn ein Einbrecher einsteigt?«

»Ach so! Ja, in diesem Fall würde ich wohl versuchen, die Polizei um Hilfe zu bitten. Außerdem dürfte die Alarmanlage ja angehen, nehme ich an. Und ich würde die Sammlung selbstverständlich verteidigen, darauf können Sie sich verlassen. Wenn nötig mit Waffengewalt, solange es nicht gerade ein Gewehr ist. Ich mag Gewehre nicht, und einen Waffenschein besitze ich auch nicht. Aber gegen einen großen Knüppel wäre nichts einzuwenden.«

Dahlkamp starrte ihn verblüfft an. »Gut. Wenn Sie wollen, haben Sie den Job.«

»Sehr gern und mit Vergnügen. Wann darf ich anfangen?«

»Wenn es Ihnen passt, gleich morgen.«

Dahlkamp reichte Hasi die Hand, und der schlug ein.

Dann deutete er auf eine Vitrine, in der sich eine Anzahl seltsam geformter antiker Hieb- und Stichwaffen befand. »Sie dürfen sich im Notfall aus meinem chinesischen Waffenarsenal bedienen.«

»Vielen Dank«, sagte Hasi, »ich möchte nicht prahlen, aber in der Schulzeit war ich auf Platz drei in der Landesliga meines Jahrgangs im Fechten.«

»Sehr beeindruckend! Aber es wird hoffentlich nicht nötig sein, dass Sie zur Waffe greifen. Wenn Sie die Alarmanlage in der Nacht aktivieren, wird schon nichts passieren.«

Dahlkamp klappte eine Holzvertäfelung im Türrahmen zur Seite. »Hier finden Sie die Bedienungskonsole.«

Hinter dem Holzrahmen verbarg sich ein Schaltbrett mit nummerierten Tasten. Hasi nickte beeindruckt. »Das hätte ich niemals gefunden.«

»Sollten Sie auch nicht. Und ein Einbrecher wird es auch nicht entdecken.« Dahlkamp tippte einen Code ein. »Bitte nicht bewegen, wenn Sie das rote Licht dort oben sehen.« Hasi schaute hoch und hielt die Luft an. Neben der Deckenleuchte glimmte ein rotes Lämpchen. Er atmete erst aus, als Dahlkamp wieder die Tastenfolge drückte und das Signal erlosch. »Bewegungsmelder hier im Erdgeschoss und eine Einbruchssicherung an Fenstern und Türen. Hier kommt niemand herein, ohne dass der Alarm ausgelöst wird.«

Dahlkamp kramte ein Notizbuch aus einer Schublade. Er schrieb eine Nummernfolge hinein und riss das Blatt heraus. »Hier ist der Code. Passen Sie gut darauf auf!«

»Danke.« Hasi nahm den Zettel, faltete ihn und steckte ihn in seine Brieftasche.

»Ach ja, wenn Sie die Haustür aufschließen, müssen Sie ebenfalls den Alarmcode eingeben. Innerhalb von einer Minute. Am besten proben wir das einmal, wenn es Ihnen recht ist.«

Er gab Hasi einen Haustürschlüssel und ließ ihn die Tür von außen abschließen. Wenige Minuten später kam Hasi wie verabredet wieder herein, eilte zur Alarmanlage, zog hastig seine Brieftasche hervor, faltete den Zettel auf und begann so schnell er konnte, die Zahlen einzutippen. Dabei entglitt der Zettel seinen Fingern und flatterte auf den Boden. Er bückte sich, aber Dahlkamp trat schon an die Konsole und gab die Nummern ein.

»Zu spät, es hätte längst zu klingeln angefangen, und der Alarm wäre inzwischen in der Zentrale des Sicherheitsdienstes eingegangen.«

»Tut mir leid, zu dumm.«

»Machen Sie es wie ich. Lernen Sie die Nummer auswendig.«

»Ich fürchte, mit Zahlen stehe ich ein wenig auf Kriegsfuß. Ich weiß nicht einmal meine eigene Kontonummer auswendig.«

»Das Wichtigste ist, nicht nervös zu werden. Nur die Ruhe, Sie haben Zeit genug, Wollen wir es noch mal probieren?«

Beim zweiten Mal klappte alles wie am Schnürchen, und Hasi sah erleichtert, wie das rote Signallämpchen verlosch.

Dahlkamp lächelte zum ersten Mal, seitdem Hasi das Haus betreten hatte. »Kommen Sie!«

Hasi folgte ihm an den Vitrinen vorbei zum Fenster. »Wenn Sie hier bitte alle paar Tage lüften könnten. Die Frischluftzirkulation bekommt den Möbeln gut.« Dahlkamp sah ihn lauernd von der Seite an. »Übrigens, das wertvollste Stück meiner Sammlung haben Sie noch gar nicht bemerkt. Was glauben Sie, welches ist es?«

Hasi überflog die vielen Artefakte. »Ich würde mir lieber keine Wertung erlauben wollen.«

»Raten Sie einfach.«

»Wenn Sie mich so fragen, dann vielleicht das hier?« Hasi zeigte auf eine eher unauffällige Vase, die auf ihrer eigenen Stele vor dem Fenster stand.

Dahlkamp lächelte breit. »Kompliment! Sie haben es erkannt. Das ist eine I Ging-Vase aus der Qianlung-Zeit. Ein ähnliches Stück ist neulich bei Sotheby's für über neunzehn Millionen Pfund versteigert worden.«

»Neunzehn Millionen. Herrschaftszeiten!«

Die Vase war vielleicht gerade mal vierzig Zentimeter hoch, und wenn er es jetzt nicht besser wüsste, hätte er sie ohne weiteres Nachdenken benutzt, um ein paar frische Blumen hineinzustellen. Tante Pudel hatte auch mehrere Vasen dieser Art in ihrem Haushalt. Eigentlich fand er diese verschnörkelten Drachenmotive eher geschmacklos. Wenn man so eine Vase auf dem Flohmarkt angeboten hätte, wäre er bestimmt achtlos daran vorbeigelaufen.

»Die reich gewordenen Chinesen kaufen inzwischen ihre alte Kultur zurück«, erklärte Dahlkamp. »Eine Frage des Stolzes und der Ehre, daher vermutlich dieser Preis.«

Hasi beugte sich vor. Erst jetzt fiel ihm die raffiniert geflochtene Gitterdekoration aus Drachen auf, hinter denen man auf eine hellblau lasierte Oberfläche sehen konnte. Zwischen ihren Klauen hielten die Drachen gelbe Plättchen mit roten Strichmustern, genau wie die Plastikfiguren in Chinarestaurants ihre Menükarten.

»Das sind die vierundsechzig Symbole des I Ging«, erklärte Dahlkamp. »Sie kennen sich aus mit dem I Ging?«

»Nicht direkt«, antwortete Hasi vorsichtig.

»Das I Ging ist das große Buch der Chinesen. So etwa wie die Bibel und unsere griechische Philosophie zusammen. Nur dass es nicht in Psalmen und Traktaten daherkommt, sondern als Orakel. Sie können damit einen Blick in die Zukunft werfen.«

Hasi schaute skeptisch. »Glauben Sie an so etwas – in die Zukunft sehen zu können?«

»Sie haben doch bestimmt von dem Phänomen der Synchronizität gehört. C.G. Jung hat sich sehr damit beschäftigt.«

»Wenn ich ehrlich bin, nein.«

»Na, dann müssen Sie sich unbedingt mal damit befassen, es könnte Ihr Leben verändern. Ich habe ein paar Bücher darüber in meiner Bibliothek.«

Dahlkamp warf einen Blick auf seine Uhr. »Haben Sie noch Fragen?«

Hasi freute sich auf dieses schöne Haus am Waldrand. Er

würde einen herrlichen Sommer hier haben, dafür musste man kein Orakel befragen. »Danke, ich werde hier bestens zurechtkommen«, antwortete er schnell, als er merkte, dass Dahlkamp ihn ein wenig ungeduldig anschaute.

»Das freut mich. Dann müssen wir uns nur noch über Ihre Vergütung einigen.«

»Ich bitte Sie«, protestierte Hasi, »in diesem wunderbaren Haus wohnen zu dürfen ist mir Belohnung genug.«

Dahlkamp runzelte die Stirn. »Ich möchte Sie aber schon für Ihre wertvolle Zeit kompensieren, Herr von Quermaten.«

»Nein danke, auf keinen Fall. Das ist wirklich nicht nötig«, erwiderte Hasi energisch.

»Also gut, wie Sie wollen. Ich kann Sie nicht zwingen. Die Schlüssel gebe ich Ihnen dann morgen, den Code haben Sie ja schon. In der Garage stehen noch zwei meiner Autos. Den Mercedes dürfen Sie benutzen, als kleines Extra. Ich sehe, Sie sind mit dem Fahrrad gekommen.«

»Danke, aber ich habe leider keinen Führerschein.«

Bei seiner Führerscheinprüfung hatte Hasi blöderweise eine rote Ampel übersehen und dann vor Aufregung die Bremse mit dem Gas verwechselt. Er hatte dem netten Fahrlehrer anschließend Blumen ins Krankenhaus gebracht und versprochen, sich in seinem ganzen Leben nicht noch einmal hinter ein Steuer zu setzen.

»Na dann. Eine gute Zeit hier.« Dahlkamp streckte wieder seine Hand aus, und Hasi schlug noch einmal ein.

Erst als er auf dem Rückweg zu Kiki war und kräftig in die Pedale trat, weil er es kaum erwarten konnte, ihr von seinem Erfolg zu erzählen, fiel ihm seine finanzielle Situation wieder ein. Warum um alles in der Welt hatte er nur das großzügige Angebot einer Entlohnung abgelehnt? Was nützte ihm die schönste Villa, wenn er nur noch knapp fünf Euro in der Tasche hatte? Er konnte nur darauf hoffen, dass Herr Dahlkamp seinen Kühlschrank nicht leerte, bevor er abreiste.

Er würde wiederkommen, wenn man sein Gesicht vergessen hatte

Die Touristen auf den Spreedampfern, die an diesem frühsommerlichen Sonnentag hintereinander aufgereiht unter der Weidendammbrücke durchtuckerten, hörten das lärmende Gehupe und schauten neugierig nach oben, um ein paar Schnappschüsse von dem stockenden Berliner Stadtverkehr zu schießen und von den Autofahrern, die mit hochroten Gesichtern aus ihren Fahrzeugen ausgestiegen waren, um ihrem Ärger Luft zu machen. Ein schönes Spektakel, es sah ganz so aus, als könnte jeden Moment ein Tumult ausbrechen.

Der Grund für den Stau war ausnahmsweise keine der üblichen Baustellen auf der Friedrichstraße. Zwei im Halteverbot direkt hinter der Brücke parkende Kraftfahrzeuge blockierten einen Kleinlaster, der zu breit für die Spur war und wiederum die Straßenbahn daran hinderte, die Brücke zu passieren. Was den Unmut der Verkehrsteilnehmer besonders anfachte, waren die Fahrzeugtypen, ein Geländewagen in edlem Grau und ein nachtblauer Porsche Cayman, die beide überdeutlich darauf hinwiesen, dass deren Besitzer es dicke genug hatten, um sich über die Straßenverkehrsordnung zu stellen, während sie in irgendeinem der anliegenden schicken Lokale zu Mittag aßen. Die zwei Politessen, die nun auftauchten, um den unverschämten Falschparkern ihre verdienten Strafmandate unter die Scheibenwischer zu klemmen, wurden ausnahmsweise nicht beschimpft, sondern mit einem wohlwollenden Hupkonzert begrüßt.

Warum das einige Treppenstufen hinunter zur Spree liegende Restaurant »Empire« zur Zeit alle Prominenten und deren Gefolgschaften wie eine Berliner Gaslaterne die Motten anzog, war eine der Gesetzmäßigkeiten, die sich niemand so genau erklären konnte, denen aber von allen, die etwas auf sich hielten, trotzdem Folge geleistet wurde. Von den weich gepolsterten Sesseln hinter den kupferrot getönten Panoramafenstern blickten die Gäste auf das vorbeifließende Wasser und konnten sich hier wie auf einem der beliebten Dampfer fühlen. Orangefarbige Lampen aus den Fünfzigern und glimmende Leuchtsäulen wie aus Bernstein tauchten das Ambiente in das warme Licht eines permanenten Sonnenunterganges. Ein ausgestopfter weißer Hirsch mit goldenem Geweih, ein aus Teakholz geschnitztes Motorrad und ähnliche Objekte aus der Grauzone zwischen Kunst und Nippes fungierten gleichermaßen als Dekoration und Raumteiler. Über das schwarz-rote Bodenmosaik flitzten die Kellner zwischen den Tischen herum, um die Auserwählten zu bedienen, denen es auf die eine oder andere Weise gelungen war, eine der begehrten Reservierungen zu ergattern.

Thomas und seine neuen Geschäftspartner saßen in einer der Nischen auf Plüschsofas und bekamen jeder ein saftiges Porterhousesteak aufgetragen. Er hatte für alle bestellt und lässig so getan, als dürfte er sich hier wie in seinem zweiten Wohnzimmer fühlen. Dabei war er erst ein einziges Mal zuvor hier gewesen, als Anhängsel einer aufstrebenden Nachwuchsschauspielerin aus Stuttgart, der er ein überteuertes Appartement in Reinickendorf angedreht hatte mit der Beteuerung, dass dieser Kiez kurz davor stand, so richtig abzuheben. Heute hatte Thomas nur deswegen einen Tisch bekommen, weil er sich als Graf von Quermaten zu Oytinghausen ausgegeben hatte. So ein Adelstitel galt offenbar immer noch als Eintrittskarte sozusagen per Geburtsrecht, auch wenn Hasi selbst von diesem Laden bestimmt noch nie etwas gehört hatte, und wenn doch, dann würde er sich hier nicht einmal die Vorspeise leisten können. Natürlich waren die Preise reinste Abzockerei, aber das Investment schien sich zu lohnen. Zwischen Vorspeise und Hauptspeise hatte er es geschafft, durch geschickte Argumentation seine beiden Gläubiger zu mithaftenden Gesellschaftern zu machen. Die Idee war von einer eleganten Schlichtheit, auf die einer erst kommen musste. Den Angriff des Gegners zum eigenen Vorteil nutzen zu können, so wie bei einem gekonnten Judogriff, darin zeigte sich der wahre Meister. Anstatt auf die ausstehende Kohle zu bestehen, butterten sie nun sogar noch mehr Schotter in sein Geschäft. Eine Win-win-Situation.

Thomas schaute triumphierend in Richtung des lebensgroßen Haikopfes aus Plastik, der aus einer Wand herausragte. War er nicht auch wie ein Haifisch, unbesiegbar, smarter und aggressiver als alle anderen? Die Gebrüder Müller würden ihn noch kennenlernen. Ihr lächerlicher Allerweltsname war natürlich falsch, um das zu erkennen, musste man nicht Kriminalistik studiert haben. Er prostete ihnen mit einem Glas Pommery zu. »Auf gute Zusammenarbeit!«

»Hm.« Sie nickten gleichzeitig wie siamesische Zwillinge. Beide waren blonde Hünen mit sehr kurz geschnittenem Haar, und sie unterschieden sich nur dadurch, dass einem der beiden eine lange Narbe quer über das Gesicht lief. Die kontrollierte Art, wie sie sich bewegten, wies darauf hin, dass sie lange beim Militär gewesen waren. Er schätzte sie auf Anfang vierzig, aber gut durchtrainiert; sie machten regelmäßig Krafttraining, das sah man ihren straff gespannten Ärmeln an. Einer der beiden hatte ein Pflaster auf dem Handrücken. Thomas wollte lieber nicht daran denken, wie man sich an dieser Stelle eine Verletzung zuziehen konnte. Die Unterhaltung lief inzwischen nur noch stockend. Vorhin beim Aperitif waren sie noch gesprächiger gewesen, aber man konnte schließlich nicht ewig über Sport reden. »Sehen Sie den Typ mit den langen Haaren da vorne?«, hatte Thomas gefragt und mit der Gabel in den Raum gezeigt, um das Thema zu wechseln. »Das ist Jonathan Meese.« Die Zwillinge schauten ihn verständnislos an. »Na, einer der heißesten Künstler zurzeit in Berlin. Aber sorry, ich habe ja vergessen, Sie ziehen die klassische Moderne vor.«

»Vorsicht«, hatte der Narbige nur gemurmelt. Und das war es schon. Thomas hatte einen Fehler begangen, und sein Versuch, es mit einer Flasche Pommery wieder gutzumachen und unverfängliche Themen anzuschlagen, hatte nicht dazu geführt, dass man wieder ins Gespräch kam. Ebenso gut hätte er gegen eine Wand reden können. Und den Schampus rührten sie auch kaum an. Wenn es so weiterging, konnte man auch gleich zum Geschäftlichen kommen.

»Ich weiß immer noch nicht, für wen Sie nun eigentlich arbeiten, meine Herren.«

Der Narbige warf ihm einen gelangweilten Blick zu. »Herr Beyerle, Sie sehen uns doch. Wir sitzen vor Ihnen.«

»Ja klar, schon gut, ich verstehe«, versicherte Thomas und setzte sein bestes Haifischlächeln auf. »Es handelt sich ja auch eher um die Firma. Das Bauprojekt geht nicht weiter, die Handwerker wollen bezahlt werden.«

»Für Sie ist es nur wichtig, Ihr Schuldenkonto auszugleichen, bevor unser Auftraggeber ernstlich verstimmt ist.«

»Und meine Vermittlung? Zählt das gar nichts?« Thomas senkte seine Stimme. »Der Matisse ist mehr wert als alle meine Schulden zusammen.«

Der Narbige taxierte ihn kalt. »Völlig unverkäuflich auf dem Markt, das wissen Sie selbst.«

Der andere beugte sich vor. »Nur damit wir uns richtig verstehen: Unser Auftraggeber freut sich über Geschenke. Sie haben Pluspunkte gesammelt. Aber es macht ihn traurig, sein Geld in einem maroden Geschäft zu versenken.«

»Der Immobilienmarkt boomt, gerade in Berlin«, protestierte Thomas.

»Mag ja sein. Aber Sie sollten sich in Ihrem eigenen Interesse darum kümmern, dass unser Auftraggeber wieder Freude empfindet.«

Thomas schaute die beiden fassungslos an. »Ist das eine Drohung, oder was?«

Der Narbige verzog keine Mine. »Nur ein guter Rat. Ein neues Geschenk würde ihn vielleicht aufheitern.«

»Wie stellen Sie sich das vor?«

»Sie haben doch gute gesellschaftliche Kontakte. Machen Sie was daraus, Herr Beyerle.« Der mit der Narbe tupfte sich den Mund mit einer erstaunlich femininen Geste ab und legte die Serviette neben den Teller.

Wie auf ein Kommando standen die beiden auf und verließen den Tisch, ohne Thomas noch eines weiteren Blickes zu würdigen. Er starrte ihnen empört hinterher. Das superteure Porterhouse hatten sie noch nicht einmal aufgegessen. Behandelte man so einen Gastgeber? Von Höflichkeit hatten diese Kretins wohl noch nie gehört. Er fühlte sich zum Kotzen, der Appetit war ihm vergangen, und er warf seine Serviette auf den Teller. Mit wackligen Knien erhob er sich und machte sich auf den Weg zur Toilette. Zum Glück hatte er noch ein Tütchen Süßstoff dabei.

Als er wieder an seinen Tisch zurückkehrte, ging es ihm schon besser. Er spürte, wie ihn die neue Energie durchpulste. Diese bescheuerte Müller-Kombo, diese armseligen Pappnasen waren nichts weiter als kleine Botenjungen, von denen er sich bestimmt nicht einschüchtern ließ. Aber wer war der große Boss dahinter und wozu dieses Versteckspiel? Er würde dem feigen Hund ein Ultimatum setzen, bis wann er die Kohle rüberschieben müsste, um das Geschäft wieder flottzumachen. Und wenn der Typ so scharf auf Geschenke war, dann würde er eben ein neues Ding vermitteln. Ohne eigenes Risiko, wo war das Problem?

Er winkte den nächstbesten Kellner an seinen Tisch und deutete auf die angegessenen Porterhousesteaks. »Dieses Zeug ist ja ungenießbar. Räumen Sie das weg. Und bringen Sie mir den Geschäftsführer.«

Der Kellner musterte ihn von oben herab. »Sie hatten keinen Appetit?«

Thomas unterbrach ihn mit einer ungeduldigen Handbewegung. »Nun machen Sie schon, ich habe wenig Zeit.« Der Mann trug eine Rolex, die fast so groß war wie seine eigene. Das war ja wohl das Letzte.

Er lehnte sich zurück und wartete. Es dauerte nicht lange, bis der Geschäftsführer an den Tisch trat. »Guten Tag, ich bin Rafael Mironow. Sie wollten mich sprechen?«

Thomas zeigte auf einen Sessel. »Setzen Sie sich.«

»Was kann ich für Sie tun?« Der Mann blieb vor ihm stehen, und Thomas zog die Augenbrauen hoch. »Also Rafael, wenn du willst, dass der ganze Laden mithört, ist das dein Problem.«

»Ich wüsste nicht, dass ich ein Problem habe.« Rafael lächelte, aber er setzte sich doch, und Thomas beugte sich vor. »Dein Problem ist, dass meine Gäste sich hier den Magen verdorben haben. Sie sind gegangen, auf dem schnellsten Weg zur nächsten

Apotheke. Wie peinlich das für mich als Gastgeber ist, kannst du dir wohl vorstellen.«

»Sie hatten das Porterhouse?«

»Ich würde sagen, Gammelfleisch.«

»Unmöglich. Wir führen nur beste Qualität. Jeden Morgen frisch. Ich kontrolliere das selbst. Viele Gäste haben heute bereits das Porterhouse gehabt«, versicherte Rafael. »Und es ist allen vorzüglich bekommen. Ihnen ja auch, wie ich sehe. Vielleicht haben Ihre Gäste einen Magenvirus, das tut mir natürlich sehr leid, aber so was kommt vor.«

»Es tut dir leid, gut, dann hör mal zu. Entweder du bringst mir jetzt zur Beruhigung meines Magens euren besten Cognac auf Kosten des Hauses und stornierst die Rechnung für das verrottete Gammelfleisch – dann werde ich die Sache auf sich beruhen lassen.«

»Oder?«

»Du kannst es ja darauf ankommen lassen.« Er schaute auf seine Uhr. »Ich gebe dir fünf Minuten.«

Rafael starrte ihn einen Moment an und überlegte. Dann erhob er sich wortlos und ging davon. Thomas räkelte sich auf dem bequemen Sofa. Es ging ihm großartig.

Von der Bar kam ein Kellner mit einem Tablett heran. »Einen Frapin Cuvée für Sie, bitte sehr.«

Er schwenkte den Cognac vor seiner Nase. Nicht übel, der Mann hielt Wort. Genießerisch nahm er einen Schluck und prostete Rafael zu, der ihn mit ernster Miene von der Bar her beobachtete. Er ließ sich Zeit, nur nichts übereilen. Noch einmal betrachtete er den weißen Haifischkopf, der aus der Wand ragte, bevor er sich endlich erhob und lässig aus dem Lokal schlenderte. Er würde wiederkommen, vielleicht in ein paar Monaten, wenn man sein Gesicht vergessen hatte. Ein kleiner Geniestreich war es doch gewesen, die Reservierung unter Hasis Namen zu machen. So blieb auch noch der gute Ruf von Thomas Beyerle von diesem kleinen Zwischenfall gänzlich unbelastet.

Dynamisch nahm er die Treppenstufen zur Friedrichstraße

hoch, wo sein Cayman stand, und zerknüllte den Strafzettel, der unter seinem Scheibenwischer steckte. Ein paar Autofahrer hupten, aber er grinste nur. Er war ein Sieger, ihm gehörte die Stadt.

Mit einem leisen Zischen glitt die schwere Stahltür hinter Dr. Gaetano Ortiz ins Schloss. Es dauerte einige Atemzüge, bis er sich an die Dunkelheit gewöhnte. Das Einzige, was er im Dämmerlicht sehen konnte, war Hartmann selbst, dessen geschundener Körper halb zurückgelehnt gelagert war, wie immer in seinem motorisierten Sessel, der ihm in heruntergeklappter Stellung gleichzeitig als Nachtlager diente. Wenn er überhaupt schlief, was Ortiz bezweifelte, denn er hatte ihn noch nie schlafend angetroffen.

Hier in dem fensterlosen Raum roch es nach Medizin, nach Desinfektionsmitteln und irgendwie auch nach altem Staub. Vor Hartmann stand auf einer schlichten Holzstaffelei die neue Akquisition, ein Gemälde, das vor einigen Tagen von diskreten, behandschuhten Helfern hineingetragen worden war und dessen grellbunte Farben im Lichtkegel eines einzelnen Scheinwerfers fast obszön in die tiefe Schwärze des Raums hineinleuchteten.

»Kommen Sie näher, Doktor, teilen Sie meine Freude. Dieses Meisterwerk wird niemand auf dieser Welt jemals wieder zu Gesicht bekommen«, tönte Hartmanns Stimme, die trotz ihrer Heiserkeit erstaunlich kräftig klang.

»Danke«, sagte Ortiz und trat an den Kranken heran. Er konnte Hartmanns Besessenheit für dieses Bild nicht verstehen, er fand es einfach nur schlampig gemalt, wie die meisten Werke französischer Maler dieser Zeit, die er erworben hatte. Es war ihm ein Rätsel, wieso ein Künstler, der offensichtlich nicht einmal in der Lage war, die Proportionen der Gegenstände korrekt abzubilden, einen derartigen Ruhm erlangt hatte. Für dieses Machwerk würden Sammler jede erdenkliche Summe zahlen, wenn es jemals auf dem Kunstmarkt zu haben wäre, hatte ihm Hartmann verraten, und Ortiz hatte es daraufhin für weiser gehalten, sich mit kritischen Bemerkungen zurückzuhalten, obwohl der astronomische Wert das Bild seiner Ansicht nach keineswegs schöner machte. Die Goldfische, die in ihrem schiefen

Glasgefäß herumschwammen, waren für seinen Geschmack viel zu rot geraten, und er fragte sich, wie es kommen konnte, dass der Maler blühende Büsche in die Ecken des Zimmers gepinselt hatte, die es in dieser Größe doch nur draußen in der Natur geben konnte. Schon vor hundert Jahren, als das Bild entstanden war, hatten die Künstler offenbar ungehinderten Zugriff auf Drogen gehabt, die ihren Sinn für die Realität völlig vernebelt hatten. Hartmann aber interessierte sich nicht für die Natur. Draußen, um das geschützte Anwesen herum, wucherte der Dschungel ungeniert und wild, die Schlingpflanzen im Garten brachten prächtigere Blüten zustande, als diese Maler sie je nachempfinden konnten. Doch sein Arbeitgeber hatte seit über einem Jahr kein lebendiges Grün mehr gesehen, keinen der krächzenden, wilden Papageien gehört, die in den Bäumen des Gartens saßen, und nichts vom lärmenden Leben draußen mitbekommen.

»Sie sind so still, Doktor? Sagen Sie was dazu! Aber keine Diagnose. Ihre ganz persönliche Meinung will ich wissen.«

»Ich finde es – sehr schön.«

Hartmann lachte. »Sie sind ein Banause, Doktor. Das Bild ist alles Mögliche, aber nicht schön. Es ist vital, berauschend und spielerisch, es ist pure Lebensfreude, aber kommen Sie mir nicht mit Schönheit! Das ist banal. Sie haben nichts gelernt. Wenn Sie nicht so ein guter Freund wären, hätte ich Sie längst gefeuert.«

»Entschuldigen Sie.« Ortiz stellte seinen Koffer ab und machte sich schweigend daran, den leeren Infusionsbeutel abzunehmen, der an einer Stange hinter seinem Patienten hing wie eine schlaffe Fahne. Hartmann ignorierte ihn, seine ganze Konzentration war auf das Bild gerichtet. Wenn er es nicht anders gewusst hätte, könnte man meinen, Hartmann würde das Bild mit seinen Augen in hungrigen Bewegungen regelrecht scannen. Als Arzt hatte Ortiz jedoch erlebt und über die letzten Monate akribisch dokumentiert, wie der zerstörerische Lupus sich Hartmanns Körper Schritt für Schritt unterjocht und nun auch die Augen so weit angegriffen hatte, dass seine Pupillen heute umherflirrten wie Irrlichter. Der Auslöser für die Krankheit war ein schlichter Virus gewesen, der zu spät erkannt wurde, als Hartmann – damals noch in Deutschland – lediglich über Müdigkeit und Unkonzentriertheit klagte, was keinen, ihn selbst am wenigsten, wunderte. Schließlich verbrachte er damals zwanzig von vierundzwanzig Stunden in kräfteraubender Konzentration vor einer ganzen Batterie von Monitoren. Wer wäre da nicht müde geworden? Ein Virus hatte seine Gesundheit zerstört. Das war die Ironie des Schicksals, denn Hartmann hatte sein Vermögen mit einem Virenschutzprogramm gemacht, das Millionen von Computern vor feindlichen Übergriffen geschützt und Abermillionen Dollar in seine Kasse gespült hatte. Er gehörte zu den Unbekannteren unter den Garagenmillionären, den *Geeks*, die sich nach wenigen Jahren Arbeit unbemerkt aus dem Geschäft zurückziehen konnten. Doch die Software seines eigenen Körpers war nicht mit einem Schutzwall aus Technik zu schützen gewesen. Und der totale Absturz seines Systems war nur noch eine Frage von Monaten, wie Hartmann selbst zu scherzen pflegte. Ortiz teilte seinen Humor nicht.

Hartmann hatte vor einigen Monaten die Order ausgegeben, dass nur noch sein Arzt Zutritt zu den Privaträumen haben durfte. Eine Anweisung, die von den übrigen Angestellten insgeheim mit großer Erleichterung aufgenommen worden war. Denn der Tödliche Schmetterling, wie die entstellende Krankheit sich nannte, die Hartmann eher früher als später in Folge eines unweigerlichen Nierenversagens hinwegraffen würde, hatte ihn nicht nur überempfindlich gegen Licht und Geräusche gemacht, es hatte ihm auch jede Begegnung mit seinen Mitmenschen zur Qual werden lassen. Der anmutigen Form eines Schmetterlings nachgebildet, hatte sich eine rötliche Fläche aus Pusteln über das Gesicht seines Patienten ausgebreitet und ihm etwas Fratzenhaftes gegeben, das nur das medizinisch geschulte Personal unbeeindruckt ließ. Hartmann hatte es nicht laut ausgesprochen, aber Ortiz konnte beobachten, wie tief ihn insgeheim die Verunsicherung und Scheu der Angestellten verletzte, die kaum wussten, wo sie die Augen hinwenden sollten, wenn sie zu ihrem Arbeitgeber zitiert wurden. So war es Ortiz mittlerweile allein übertragen, den Patienten zu waschen, zu betten, damit er sich nicht wund lag, und das Essen aufzutragen, das oft komplett unangerührt wieder in die Küche zurückging.

Obwohl die Gerüchte über den exzentrischen Milliardär und die Gründe für seine Isolation an der Wahrheit völlig vorbeigingen, widersprach Ortiz dem Getuschel der Angestellten nicht, da es seinen Job leichter machte. Bald war er nicht mehr nur für die medizinische Versorgung, für die dreimal in der Woche anfallende Dialyse und die ständig steigende Dosis an Schmerzmitteln, Morphium, Amphetaminen und anderen Substanzen nach Wunsch zuständig, ihm unterstand inzwischen auch die Verwaltung des riesigen Anwesens, und er hatte unbeschränkten Zugriff auf das Vermögen. Hartmann vertraute ihm, und Ortiz tat im Gegenzug dafür alles, was sein Patient von ihm verlangte, auch wenn dessen Wünsche immer häufiger jenseits der Grenze des Erlaubten lagen.

»Haben Sie noch einen Wunsch, Herr Hartmann?«, fragte Ortiz, nachdem er alle Medikamente verabreicht, den Katheter gewechselt und seinen Patienten vorsichtig umgelagert hatte. In der ganzen Zeit hatte Hartmann nichts mehr gesagt und ihn nicht angesehen, sondern das erbeutete Bild betrachtet, als sei er hypnotisiert. Erst als Ortiz die Türe hinter sich schließen wollte, krächzte sein Arbeitgeber hinter ihm her, wie im Nachgedanken: »Wenn Sie schon fragen, Doktor. Bringen Sie mir den Katalog beim nächsten Mal wieder mit.«

Ortiz seufzte und machte sich auf den Weg. Sein Arbeitgeber war gierig wie ein Süchtiger. Die Glücksgefühle beim Schuss hielten immer kürzer vor. Wenn er in diesem Tempo weitermachte, würde er ab jetzt fast täglich neue Beutezüge in Auftrag geben müssen. Mit allem Risiko, das damit verbunden war.

Er hatte gerade noch Zeit, sich frisch zu machen

Ein Windstoß rauschte durch die Baumwipfel am Waldrand und wehte ein paar trockene Blätter auf die Terrasse. Allmählich senkte sich die frühabendliche Kühle auf den Rasen und die bereits tiefstehende Sonne würde bald hinter den Kiefern verschwinden. Hasi erhob sich aus dem Gartenstuhl, um das Laub von den frisch gefegten Steinplatten zu entfernen. Herr Dahlkamp hatte sein Faible für Asiatika auch in dem weitläufigen Garten ausgelebt. Drei rot-weiß gefleckte Kois schwammen in einem von künstlichem Moos umrandeten Teich im Kreis herum wie die Drachen auf dem Wohnzimmerteppich. Überall in der parkähnlichen Anlage standen kleine Tempel aus Stein und grauem Beton, und grinsende Buddhas lugten zwischen exotischen Zwergbüschen hervor, allesamt Sträucher, die Hasi noch nie gesehen hatte und die mit Sicherheit nicht aus der heimischen Flora stammten. Aber auch mitten auf dem kurz geschorenen Rasen waren einige Statuen und interessante Steinhaufen platziert. Das ganze Ensemble erinnerte an eine Minigolfanlage, und er fragte sich, ob sein Gastgeber wohl Krocketschläger besaß.

Hasi schloss die Terrassentür sorgfältig ab und schenkte sich zur Feier des Tages einen trockenen Sherry aus der Bar seines Gastgebers ein. Er war ein Glückspilz, dies würde sein bester Sommer seit langem werden. Seit drei Stunden war er nun allein in der Villa. Am Nachmittag hatte Dahlkamp sich verabschiedet, nachdem er sein Urlaubsgepäck in einen Kleinbus verladen lassen hatte. Kisten aus Aluminium, rätselhafte Bündel aus Nylon und zusammengerollten Schnüren, Pakete mit wetterfest verpackten Ausrüstungsgegenständen. Dahlkamp war auf dem Weg in die Anden, wo er irgendeinen Berg besteigen wollte. Eine Fotogalerie über der Treppe zeugte davon, dass der Villeneigentümer ein richtiger Draufgänger war. Bergsteigen, Paragliding, Fallschirmspringen – es gab offenbar keine halsbrecherische Sportart, die der Mann ausgelassen hatte, und schon vom Ansehen der Fotos wurde Hasi schwindelig.

Das Zimmer, das man ihm im ersten Stock zugewiesen hatte, war viel größer als die üblichen Gästezimmer, die er von seinen Aufenthalten bei Verwandten gewohnt war. In einem Bücherregal fand er eine interessante Auswahl von Kriminalromanen. Doch bevor er den Abend mit einem spannenden Schmöker gemütlich im Wohnzimmer ausklingen lassen wollte, machte er noch einen Kontrollgang durch die Villa und begann mit einem Probelauf der Alarmanlage. Das Ein- und Ausschalten aus dem Effeff zu beherrschen war er seiner Cousine Kiki schuldig. Gestern Abend hatte sie auf einmal kalte Füße bekommen.

»Vielleicht solltest du das doch lieber nicht machen, Häschen. Da hinten ganz alleine am Waldrand, überleg mal. Wenn dort einer einsteigt, bist du geliefert.«

»Aber Kikilein, du hast mir den Job doch selber vermittelt. Außerdem kann ich den Mann jetzt nicht hängen lassen, wie stellst du dir das vor?«

»Wenn ich gewusst hätte, dass Dahlkamp so eine wertvolle Sammlung hat, dann hätte ich dir den Job niemals vorgeschlagen.«

»Aber wenn du schon von dieser Sammlung nichts gewusst hast, wer soll es denn dann wissen?«

»Stimmt auch wieder«, gab sie zögernd zu.

Den Rest des gestrigen Abends hatte Hasi sich bemüht, die Sache mit keinem weiteren Wort zu erwähnen, um Kiki nicht noch mehr zu beunruhigen. Doch in der Nacht hatte er unruhig geschlafen und davon geträumt, wie er immer wieder die Alarmanlage ein- und ausschalten musste und Dahlkamp in Bergsteigerkleidung mit einer Stoppuhr daneben stand und ihn anfeuerte. Dann waren die chinesischen Tonkrieger im Flur lebendig geworden und hatten die wertvolle Vase mit den I Ging-Symbolen von der Fensterbank genommen, um damit Flaschendrehen zu spielen und ihm seine Zukunft vorauszusagen. Ausgerechnet in diesem Augenblick hatte Kiki an die Tür geklopft, um ihn zu wecken, sodass er leider nicht mehr erfahren konnte, was die Zukunft für ihn bereithielt.

Nach dem Testen der Alarmanlage stand an, die Sammlung im ehemaligen Raucherzimmer zu kontrollieren. Er durchquerte den Raum mit den Vitrinen und chinesischen Anrichten und achtete sorgfältig darauf, keines der wertvollen Stücke zu berühren. Um die I Ging-Vase auf ihrer Stele machte er sicherheitshalber einen großen Bogen. Im Kaminzimmer überprüfte er die Fensterläden und in der Diele mit der breiten Treppe nach oben die kleinen, vergitterten Fenster zum Vorgarten. Seine Schritte hallten durch das leere Haus, und fast kam es ihm so vor, als ob sie mit einem kleinen Echo von oben beantwortet würden.

»Dieses Haus ist zu groß für eine Person«, sagte er laut, als er an den grimmigen chinesischen Wächtern vorbeikam und die Treppe hochstieg. Oben schaute er kurz in alle Zimmer, deren Türen offen standen. Es würde ihm schwerfallen, eine Entscheidung zu treffen, in welchem Zimmer man sich aufhalten sollte. Es hatte doch sein Gutes, dass er ein Salär für diese Aufgabe abgelehnt hatte. Er wäre sich sonst wie ein angestellter Hausmeister vorgekommen und hätte sich nur in der ihm zugewiesenen Stube aufgehalten. Stattdessen durfte er nun die Gastfreundschaft des Hausherren genießen und sich den Aufenthalt so angenehm wie möglich gestalten.

Als er mit seinem Rundgang fertig war, stellte er fest, dass sein Magen knurrte. Seit dem Abschiedsfrühstück bei Kiki hatte er nichts mehr zu sich genommen und in der Aufregung den ganzen langen Tag nicht ans Essen gedacht.

Die Küche strahlte wie nagelneu. Der Herd war sogar noch unbenutzt, denn über dem überdimensionierten Kochfeld spannte sich die durchsichtige Schutzfolie. Hasi öffnete den Kühlschrank aus matt poliertem Stahl. Er war zwar in Betrieb, aber bis auf eine gut gekühlte Flasche Mineralwasser und die Eiswürfel im Gefrierfach komplett leer und so sauber, als hätte ihn noch nie ein richtiges Nahrungsmittel von innen gesehen. Diese Küche hatte große Ähnlichkeit mit der Musterküche aus dem Vorzeigeappartement von Thomas. Abgesehen von einer Box exotischer Teebeutel nur leere Schränke, eine leere Speisekammer, nirgends eine Konserve oder wenigstens eine Packung Knäckebrot. Die Mensa war längst geschlossen, und seine vier Euro würden gerade einmal für eine Currywurst reichen, nur dass es natürlich in dieser Gegend keine entsprechende Verkaufsbude gab. Glücklicherweise war heute Freitag, und so machte er sich wieder auf zu seiner Schlafstube, um die Post der letzten Wochen durchzusehen. Hauptsächlich waren es die üblichen Einladungen zu Empfängen und anderen Festivitäten. Und fast überall wurde, wie man es gerne auf den Einladungen ausdrückte, für das leibliche Wohl gesorgt. Hasi hatte für derartige Anlässe immer eine Rolle praktischer Gefrierbeutel in seinem Koffer, damit die Köstlichkeiten ihren Weg nach Hause sauber überstanden.

Heute Abend sollte eine Ausstellung in der Zehlendorfer Villa Palermo eröffnet werden. Er hatte zwar noch nie von dem Künstler gehört, aber angesichts seiner prekären Lage war die Kunst selbst nicht ausschlaggebend. Die Villa gehörte dem örtlichen Kunstverein und lag nur einen Katzensprung entfernt. Er hatte gerade noch Zeit, sich frisch zu machen.

»Arschlöcher!«, brüllte Thomas. Er zitterte vor Wut und Enttäuschung. Die Gebrüder Müller spielten sich auf wie die Heuschrecken, die sein Leben in einer feindlichen Übernahme gekapert hatten. Er griff in seine Jackentasche und vergewisserte sich, dass er noch etwas von seinem Süßstoff in Reserve hatte. Der Stoff half ihm, sich zu konzentrieren. Wenn alles im grünen Bereich war, brauchte er das Zeug überhaupt nicht. Aber so wie es aussah, saß er jetzt richtig in der Klemme. Von wegen »Geschenke« für ihren Boss! Sein Tipp mit dem Matisse war tausendmal mehr wert als die paar Kröten, die sie in sein kleines Unternehmen investierten, und doch hatten sie inzwischen seine Eier fest in der Zange. Er zwang sich, seine Situation Schritt für Schritt durchzugehen. Die Fakten entlasteten ihn. Der Grundriss der Matisse-Villa war kein Geheimnis, und welche Alarmanlage dort eingebaut war, hätte jeder Idiot recherchieren können. Er hatte ihnen nur ganz unverbindlich erzählt, was er über die Kunstsammlung in Erfahrung gebracht hatte. Kein Gericht konnte ihn dafür als Mittäter drankriegen. Er war nicht dabei gewesen, hatte weder von dem Einbruch profitiert, noch sonst irgendetwas mit der konkreten Ausführung zu tun gehabt. Eigentlich wusste er von gar nichts. Den Mord würde er sich jedenfalls nicht anhängen lassen. Was konnte er dafür, wenn diese Typen so blöd waren, das Mädchen gleich zu töten?

Schlimm nur, dass er die Kleine gekannt hatte. Vor ein paar Wochen hatte sie sich bei ihm um einen Job beworben. Sie hatte Biss gehabt, wollte sich von ihren Eltern abnabeln, kein Bock auf ein Jurastudium. Sie erinnerte ihn an sich selbst, und es hatte ihm Spaß gemacht, ein wenig mit ihr zu flirten. Dabei hatte sie von der Villa ihres Daddys erzählt und dass er moderne Kunst sammelte. So hatte Thomas eher zufällig von dem Matisse erfahren. Mit ihrem Background hätte das Mädchen nur zu gut in sein Geschäft gepasst. Allein der Name ihres Vaters konnte Türen für ihn öffnen. Sie war hübsch und wesentlich intelligenter als Hasi, dieses Brötchen, das er dann stattdessen eingestellt hatte. Aber sie war einfach zu jung, um den Käufern gegenüber als seriös durchzugehen. Deshalb hatte er sie ziehen lassen müssen.

Es tat nicht gut, zu viel darüber nachzudenken. Er nahm das Tütchen aus der Tasche und zog sich eine Line in die Nase, nur gerade so viel, wie er brauchte, damit seine positive Energie zurückkehrte. Es wirkte sofort; er stand auf und lächelte sein Spiegelbild zuversichtlich an. Es war seine Idee gewesen, jede seiner Wohnungen mit einem riesigen Spiegel auszustatten, um sie größer wirken zu lassen. Genau genommen waren es natürlich nicht seine, sondern sie gehörten den Investoren, für die er sie verkaufen sollte. Momentan nutzte er das Penthouse für sich selbst. Warum sollte er ein eigenes Apartment mieten, wenn er immer umsonst in bester Lage wohnen konnte? Abgesehen davon schützte ihn der ständige Wechsel seines Aufenthaltsortes vor unliebsamen Überraschungsbesuchen. Thomas blickte aus dem Fenster. Der Panoramablick erinnerte ihn wieder an seine Bestimmung, an das große Ganze. Überall wurde gebaut, wohin das Auge sah. Neue Türme schossen wie Pilze empor und durchstießen kraftvoll die alte Silhouette der typischen Berliner Mietshäuser. Berlin musste expandieren, wuchs in die Höhe, denn die Stadt brauchte neuen Wohnraum, und die Politiker fraßen den Investoren und Spekulanten aus der Hand.

Sein eigenes Stück vom großen Kuchen war schon für ihn reserviert, sagte er sich, als er die Wohnung verließ und den Aufzug nach unten nahm. Aber was er jetzt brauchte, war ein neues sogenanntes *Geschenk*, um seine Gläubiger bei Laune zu halten, bis er wieder flüssig war. Nur wo sollte er auf die Schnelle einen guten Tipp herkriegen? Es gab sicher genug hochkarätige Privatsammlungen in Berlin, doch das wusste er nur vom Hörensagen. Einer, der sich besser damit auskennen musste, war Hasi, der auf allen Einladungslisten der High Society stand. Es tat ihm fast körperlich weh, mit ansehen zu müssen, dass der Trottel nicht das Geringste aus seinen Beziehungen zu machen wusste. Connections, die man noch nicht verbrannt hatte, waren wie bares Geld. Was hatte ihn nur geritten, den Grafen zu feuern, anstatt in aller Ruhe seine Kontakte abzugreifen. Und vor allem hätte er ihn nicht aus der Musterwohnung werfen dürfen. Jetzt hatte er nicht einmal seine Telefonnummer.

Thomas stieg verärgert in seinen Porsche. Hasi musste in den letzten Tagen doch Post erhalten haben, fiel ihm blitzartig ein, und er bremste abrupt ab, sodass ein Kleinwagen hinter ihm nur knapp einen Auffahrunfall vermeiden konnte und mit wütendem Hupen an ihm vorbeizog. Thomas winkte dem Fahrer freundlich zu. Wie genial, dass er daran gedacht hatte! Er gab Gas und brauste in Richtung Bundesplatz, wo sein Projekt, der unfertige Neubau »in verkehrsgünstiger Lage« (direkt an der Stadtautobahn) stand, in dem er Hasi die Wohnung überlassen hatte.

Das Apartment sah wieder völlig unbenutzt aus. Was Ordnung betraf, war auf Hasi Verlass. Nur im Abfalleimer in der Küche lagen ein paar aufgerissene Briefumschläge. Thomas studierte die Absender. Der Kunstverein der Villa Palermo, zwei Galerien, der deutsche Adelsverband. Eine schnelle Recherche auf seinem Tablet verriet ihm, dass die Villa Palermo in der Argentinischen Allee heute Abend eine Vernissage gab. So ein Event mit Verköstigung würde sich der klamme Graf doch nicht durch die Läppchen gehen lassen.

Als Thomas den Mexikoplatz erreichte und in die Argentinische Allee einbog, donnerte er fast auf einen SUV, der rücksichtslos in zweiter Reihe stand. Vor einem hell erleuchteten Prachtbau standen die Zehlendorfer Geländewagen und Luxuskarossen aufgereiht, als gehörte ihnen die Scheißstadt. »Kunstverein Villa Palermo« stand auf dem Messingschild neben der offenen Eingangstür. Hinter den Fenstern konnte er die Besucher sehen, die mit Sektglas in der Hand einer Eröffnungsrede lauschten. An den Zaun war ein verrostetes Fahrrad gekettet. Das sah ganz nach Hasi aus. Na also, das Glück war mit den Tüchtigen.

Er parkte hinter dem letzten Fahrzeug, strich sein Jackett glatt und marschierte auf den Eingang zu. Bei einer Vernissage würde wohl keiner nachfragen, ob er eine Einladung hatte. Den

Vortragsredner und den schluffig danebenstehenden Künstler beachtete er nicht weiter. Was der an den Wänden hängende Schrott bedeuten sollte, interessierte ihn herzlich wenig. Eher beeindruckten ihn die Summen auf einer dezent ausliegenden Preisliste. Wie jemand es schaffte, mit vergilbten Plastikfetzen, rostigen Eisenteilen und ähnlichem Müll einen Reibach zu machen, Respekt. Wenn alle Stricke reißen, kann ich immer noch Künstler werden, dachte er und überflog die feine Gesellschaft mit einem Blick. Hasi musste sich hier irgendwo herumdrücken. Er stieg die Treppe zum Obergeschoss hoch, wo sich eigentlich kein Besucher aufhielt, solange die Reden noch im Gange waren. Dort oben war ein Buffet aufgebaut, und davor stand eine einsame Gestalt, die diverse Delikatessen auswählte und in einem kleinen Gefrierbeutel verstaute.

»Erwischt!«, rief Thomas.

Hasi zuckte zusammen, der Gefrierbeutel entglitt seiner Hand und klatschte auf den Boden. Ein paar Fleischbällchen kullerten über das Parkett. »Ach, Thomas! Du hast mich vielleicht erschreckt.«

»Soso, hier steckst du also. Ich habe dein Fahrrad draußen gesehen.«

»Entschuldige, ich bin gleich bei dir«, antwortete Hasi, während er sich bückte, um alles schnell wieder einzusammeln. Dann steckte er seinen gefüllten Vorratsbeutel in die Jackentasche und reichte Thomas strahlend die Hand. »Da habe ich ja Glück gehabt, dass du mich erwischt hast und keiner von den Gästen.«

Thomas strahlte zurück. »Gut, dass ich dich hier treffe. Du kannst wieder in die Musterwohnung zurück. Jederzeit. Das wollte ich dir nur sagen, alter Freund.«

»Vielen Dank, aber das muss nicht sein.«

»Ach komm schon, Hasi, habe ich extra für dich klargemacht! Du solltest auch wieder für mich arbeiten, eine Position ist gerade freigeworden, genau das Richtige für dich.«

»Würde ich gern, Thomas, nochmals danke für dein Angebot, aber ich habe mich schon anderweitig verpflichtet.«

»Wie, du hast einen Job? Ist ja super für dich! Wo denn?«

»Na ja, ein Job nicht direkt. Ich hüte eine Villa über den Sommer.«

»Ach so, verstehe.« Er bemühte sich, sein Interesse zu drosseln und betrachtete stattdessen angestrengt die Kunstwerke. Rundherum waren unförmige und in sinnloser Weise mit Zahlen und Buchstaben übersäte Dinge zu sehen, die wie überdimensionale bunte Papierknäuel an den Wänden klebten oder wie Lianen von der Decke herunterbaumelten.

Hasi folgte seinem Blick. »Herrlich verrückt, oder?«

Thomas nickte. »Hast du die Preise gesehen? Meine Herren!«

»Wieso? Willst du eins kaufen?«

»Ich denke darüber nach.«

»Wirklich?« Hasi sah ihn erstaunt an. »Aber das sind doch alles Staubfänger!«

Eine Kellnerin kam vorbei, und Thomas nahm zwei Sektgläser von ihrem Tablett. »Prost, auf unsere Freundschaft! Wo ist denn deine neue Residenz?«

»Nicht weit von hier. Direkt am Grunewald.«

»Ach so, erstklassige Lage. Da kann ich mit meinen bescheidenen Wohnungen natürlich nicht konkurrieren.«

Von unten drängten jetzt die Besucher die Treppe herauf, um sich auf das Buffet zu stürzen. Hasi und Thomas traten zurück und warteten, bis der Ansturm vorbei war und sie zu den jetzt fast leeren Ausstellungsräumen hinuntersteigen konnten.

»Sag mal, nur interessehalber, wo liegt deine neue Behausung jetzt eigentlich genau?«, fragte Thomas so beiläufig wie möglich.

Hasi gab ihm arglos seine neue Adresse, ohne zu ahnen, welche Konsequenzen er damit für seine unmittelbare Zukunft heraufbeschwören würde. Hätte ihm jemand heute etwas vorhergesagt, etwa ein Orakel für ihn gelegt, so wäre er an diesem Abend weder hierhergekommen, noch hätte er Thomas auch nur ein Sterbenswörtchen von seinem derzeitigen Aufenthaltsort verraten.

Im gleichen Moment knallte der Schuss

Lautes Vogelgezwitscher riss Hasi unsanft aus dem Schlaf. Sein kleiner Reisewecker zeigte zwanzig Minuten vor acht, eine völlig unmögliche Zeit. Er versuchte sofort wieder einzuschlafen, merkte aber verblüfft, dass er keine Spur von Müdigkeit verspürte. Nur aus alter Gewohnheit blieb er im Bett liegen und lauschte eine Weile den Geräuschen, die durch das halb offene Fenster vom Wald herüberklangen. Die Bäume rauschten leise, Äste knackten, es raschelte im Unterholz, und in der Ferne kläffte irgendwo ein Hund. Beruhigende Geräusche. Hasi schloss die Augen, vielleicht ließ sich doch noch ein Nickerchen machen.

Ein dicker Käfer klopfte mehrfach gegen die Fensterscheibe, als wollte er um Einlass bitten. Hasi versuchte es zu ignorieren, bis das Tier auf einmal laut brummend durch das Zimmer kreiste. An Ruhe oder gar an Schlaf war nicht mehr zu denken. Er sprang aus dem Bett und öffnete das Fenster weit, um den lästigen Brummer unter Zuhilfenahme seines Kopfkissens ins Freie zu scheuchen. In der Morgensonne hatte der davonfliegende dicke Käfer einen goldenen Schimmer, und Hasi verfolgte ihn eine ganze Weile mit den Augen, bis er so klein war wie ein Punkt und schließlich ganz verschwand.

Ein herrlicher Morgen! Der harzige Geruch der Kiefern ließ lang vergessene Bilder aus seiner Kindheit wieder aufsteigen. Wie er als kleiner Junge mit auf die Pirsch kommen durfte. Wie stolz er gewesen war, seinen strengen, wortkargen Vater in den Wald begleiten zu dürfen, ihm den Proviantrucksack zu tragen, und wie verstört er dann war, als ihm mitten im tiefen Wald klar wurde, dass Papá sein Jagdgewehr gar nicht zum Schutz gegen gefährliche Ungeheuer mitgebracht hatte. Als der Vater anlegte, stürzte er verzweifelt aus der Deckung und lief mit ausgebreiteten Armen auf einen arglos an einer Baumrinde knabbernden Rehbock zu. Im gleichen Moment knallte der Schuss, und die Kugel des Vaters verfehlte ihn nur um Haaresbreite. Nachdem sich beide von dem Schreck erholt hatten, gingen sie schweigend zurück, und erst als sie den Waldrand erreicht hatten, murmelte sein Vater, dass er keineswegs absichtlich auf ihn geschossen hatte und man besser kein Wort mehr über die Sache verlieren sollte. Heute war Hasi sich nicht mehr ganz sicher, ob der um seinen Abschuss gebrachte Vater nicht doch aus Frust und Ärger auf ihn gezielt hatte. Ironischerweise war es dann dasselbe Gewehr gewesen, mit dem sich der Vater einige Jahre später aus Gründen der Ehre das Leben genommen hatte.

»Morgen, ihr Schnarchnasen!«, grüßte Hasi die finsteren chinesischen Wächterfiguren im Vorbeigehen, als er angezogen und erfrischt nach der Morgendusche die Treppe hinunterstieg. In diesem Augenblick klingelte es an der Haustür.

»Einen wunderschönen guten Morgen!« Thomas stand mit breitem Grinsen im Eingang und hielt Hasi einen dampfenden Kaffeebecher entgegen. »Vorsicht, ist heiß!«

»Danke, sehr nett, aber ich –« Er hatte sich schon auf seine Tasse Tee gefreut, die er gleich aufgießen wollte, aber Thomas drückte ihm den Becher in die eine Hand und eine Tüte Croissants in die andere.

»War gerade in der Nähe, da dachte ich, der arme Hasi, der kann nach unserer Sauferei bestimmt ein gutes Frühstück vertragen, oder? Alles ofenfrisch vom Bäcker.« Er trat an Hasi vorbei in die Eingangshalle. »So, hier wohnst du also.« Er deutete auf die chinesischen Tonkrieger. »Sind die echt?« Bevor Hasi es verhindern konnte, klopfte er gegen den ersten Wächter. »Hm, nach Plastik klingt das aber nicht.«

»Thomas, bitte vorsichtig«, mahnte Hasi. »Das sind Antiquitäten.«

Thomas nickte und trank einen Schluck von seinem Kaffee. »Ein echter China-Freak, dein Hausbesitzer, oder was?« Er tippte an die Tüte in Hasis Hand. »Gib mir mal eins davon.« Er fischte sich das Croissant heraus, bevor Hasi seinen Kaffee abstellen konnte, und schlenderte an ihm vorbei durch die offene Tür ins Wohnzimmer. »Nett hast du es hier.«

Hasi eilte ihm hinterher. »Entschuldige, aber das sind Privaträume.«

Thomas biss in sein Croissant. »Hm, die sind wirklich gut. Hier! Probier mal.«

Hasi sah, wie ein paar Krümel auf den Chinateppich fielen. »Wir sollten besser in die Küche gehen.«

»Kein Problem«, sagte Thomas und wanderte zielstrebig in den nächsten Raum.

»Zur Küche geht es hier entlang«, rief Hasi, aber Thomas stand schon im Kaminzimmer und blickte von dort auf die über Eck reichende Terrasse hinaus. »Nicht übel, hier kriegst du sogar Morgensonne.«

»Warum setzen wir uns nicht nach draußen?«, schlug Hasi vor und öffnete die Terrassentür.

»Hast du eine Ahnung, was das heißt?« Thomas deutete auf die chinesischen Schriftzeichen, mit denen die beiden roten Flügeltüren zum Raucherzimmer verziert waren.

Hasi schüttelte den Kopf. »Kommst du mit auf die Terrasse?«

Zu seinem Schrecken schob Thomas die Flügeltüren auf und breitete begeistert die Arme aus, als wollte er eine Bühne betreten.

»O Mann, hier wird's ja noch chinesischer!«

Hasi legte Kaffeetasse und Brötchentüte auf dem Fenstersims ab und stellte sich Thomas schnell in den Weg. »Das ist eine Privatsammlung.«

»Warum denn so nervös? Ich mach doch gar nichts. Entspann dich!«

»Gut, dann komm jetzt aber auch bitte.« Hasi machte einen Schritt zur Terrasse, und Thomas witschte lausbübisch an ihm vorbei durch die Flügeltür. »Reingelegt! Haha.«

»Ich bitte dich, Thomas, das ist kein Witz. Ich bin hier verantwortlich für alles.«

»Ist ja gut. Ich will nur mal einen Blick hineinwerfen.« Thomas ging an den Vitrinen vorbei, ohne sich um Hasi zu kümmern. »Mannomann, ist ja wie im Chinaladen. Fehlen nur die Glückskekse, tsching, tschäng, tschong! Aber das Zeug ist alles echt, oder?«

»Antik und unersetzlich. Bitte nichts anfassen!« Hasis Stimme überschlug sich, als Thomas spielerisch mit der Hand über eine Schale strich und sich dem Fenster und der dort stehenden I Ging-Vase näherte. Schnell lief er an ihm vorbei und stellte sich davor. »Das reicht. Wir gehen jetzt raus, Thomas.«

»Oh, oh! Hab ich etwa was falsch gemacht?« Thomas hob in Unschuld seine Hände. »Was ist denn da hinter dir? Kann ich mal sehen? Dann gehe ich auch, versprochen.«

Hasi trat unwillig einen Schritt beiseite. Thomas zuckte etwas enttäuscht mit den Schultern. »Was soll das Theater? Ist doch nur eine olle Vase.«

»Aber sehr wertvoll.«

»Wie wertvoll? Tausend Euro?«

»Mir wurde gesagt, dass ein vergleichbares Stück bei Sotheby's für neunzehn Millionen versteigert wurde.«

»Verarschst du mich jetzt?«

»Nein, die ist original – und sehr alt.«

Thomas tat einen Schritt zurück und starrte verunsichert auf die Vase. »Wer kauft denn so einen Scheiß?«

»Reiche Chinesen, die sich für ihre alte Kultur interessieren, zum Beispiel.«

Thomas trank nachdenklich einen Schluck von seinem Kaffee. »Und du passt also auf dieses gute Stück und all das hier auf.«

»Genau. Deshalb soll hier auch niemand drin sein. Gehen wir?«

»Momentchen noch. Habe gerade eine Message bekommen. Hältst du mal?« Thomas reichte Hasi den Kaffeebecher, zog sein Smartphone hervor und hantierte damit vor seinem Gesicht herum, während er geschäftig auf und ab ging. Dann steckte er das Handy wieder ein und lächelte entschuldigend. »Termine, Termine. The show must go on. Du musst leider ohne mich frühstücken, Alter.«

»Das tut mir leid«, sagte Hasi und bemühte sich, seine Erleichterung zu verbergen, als er Thomas zur Haustür brachte.

Erst als er sich davon überzeugt hatte, dass sein Besucher tatsächlich abgefahren war, konnte Hasi die verbliebenen Croissants und seinen Kaffee auf der Morgenterrasse genießen.

Die Beschaffungsmethoden seiner Geschäftspartner waren barbarisch

Doktor Gaetano Ortiz gab seinem Assistenten Alfonso Anweisungen für den nächsten Tag und sah auf die Uhr. Es war kurz vor fünf. Sein Auftraggeber bestand darauf, dass die täglichen Visiten in seinem hermetisch abgeschotteten Bunker pünktlich auf die Minute stattfanden.

Die »Esperanza«, wie die Angestellten die kleine Kolonie auf der Privatinsel nannten, funktionierte reibungslos in durchgetakteter Routine. Die Insel lag vierhundert Kilometer vor Venezuela in der südlichen Karibik, von der Welt unbeachtet. Der einzige Zugang war ein Hubschrauberlandeplatz. Die meisten Bewohner waren mit ihren Familien auf die Insel gezogen, und seit zwei Jahren gab es sogar eine kleine Schule, die von einem Privatlehrer geleitet wurde. So hatte keiner Grund, die Insel zu verlassen und durch unnötigen Flugverkehr auf sie aufmerksam zu machen. Ortiz' Hauptaufgabe war, jederzeit auf Abruf für seinen Patienten zur Verfügung zu stehen. Nur er hatte den Zugangscode zu der schweren Stahltür, die Hartmann hermetisch von der Außenwelt trennte.

»Was haben Sie für mich, Doktor?«, fragte Hartmann unvermittelt, als Ortiz seinen Blutdruck gemessen und die Wunden im Gesicht versorgt hatte.

Ortiz zog eine Mappe aus seinem Koffer und legte sie Hartmann vor. Ausgerechnet er als Arzt, der für Überflüssigkeiten wie Kunst weniger Sinn hatte als für die praktischen Aspekte des Lebens, musste sich mittlerweile täglich mit vergriffenen Katalogen großer Auktionshäuser, mit Expertisen und Museumsarchiven auseinandersetzen, um immer neue verwegene Akquisitionen vorschlagen zu können. Doch wenn er als Wissenschaftler vorurteilsfrei dem Prinzip von Ursache und Wirkung gehorchen wollte, musste er zugeben, dass die Artefakte und Kunstwerke, die aus aller Welt ihren verschlungenen Weg hier in den *Safe Room* seines Patienten fanden, diesen inzwischen länger am Leben hielten, als er als Arzt es für möglich gehalten hatte.

Hartmann blätterte hastig durch die Abbildungen expressionistischer, kubistischer und surrealistischer Gemälde sowie ein paar primitiver Figuren, die offenbar aus Afrika stammten, während Ortiz sich im Hintergrund hielt und insgeheim hoffte, sein Arbeitgeber würde sich für eines der sündhaft teuren Kunstwerke entscheiden, die sich ganz legal auf einer Auktion ersteigern ließen. Doch er hatte inzwischen den Verdacht, dass es Hartmann nicht mehr allein auf die Qualität der Arbeiten ankam. Je unmöglicher es war, eine Sache zu beschaffen, desto mehr schien seine Gier zu wachsen, sie in seinen Besitz zu bekommen.

»Warum ist das so unscharf?«, riss ihn Hartmanns heisere Stimme aus seinen Gedanken. Ortiz beugte sich vor und blickte auf das verwackelte Foto einer Vase. Mit einem Bearbeitungsprogramm hatte er die Abbildung noch ein wenig verbessern können, aber die Qualität ließ immer noch zu wünschen übrig.

»Tut mir leid. Das ist die Handyaufnahme aus einer Privatsammlung.«

»Eine private Sammlung. Und wo?«

»In Berlin.«

»Kommt mein Matisse nicht auch aus Berlin?«

»Nicht aus dieser Sammlung. Das ist reiner Zufall.«

Hartmann nickte nachdenklich und studierte das Foto. »Was können Sie mir über das Exponat sagen?«

Ortiz unterdrückte einen Seufzer. Die Beschaffungsmethoden seiner Berliner Geschäftspartner waren barbarisch und behagten ihm gar nicht. »Haben Sie schon den Picasso gesehen? Ein ganz seltenes Bild aus der blauen Periode.«

»Ach was, Picasso. Davon habe ich genug.« Hartmanns Stimme überschlug sich. Ein Hustenanfall marterte seinen Körper. Ortiz reichte ihm schnell einen Becher Wasser. »Sehen Sie, was Sie mir antun!«, keuchte Hartmann, als er wieder zu Atem kam. »Ich höre.«

»Eine antike chinesische I Ging-Vase. Wert um die neunzehn Millionen Pfund.«

»I Ging. Das chinesische Orakel?«

Ortiz zuckte die Achseln. Er hatte keine Ahnung.

»Auf einer Vase, hm. Das war mir neu. Besorgen Sie mir Fachliteratur, Doktor. Ich will alles über das I Ging wissen.«

»Natürlich, sehr gern. Bis morgen haben Sie genug Lesestoff darüber.« Ortiz lächelte, erleichtert über diesen kleinen Aufschub.

»Ja, ja«, sagte Hartmann ungeduldig. »Trotzdem – diese Vase will ich haben. So schnell wie möglich. Wir haben ja nicht unendlich Zeit.« Er lehnte sich zurück und schloss die Augen. »Danke, Sie können gehen.«

Ortiz kontrollierte seine Enttäuschung und steckte die Mappe zurück in seinen Arztkoffer. Dann öffnete er die schwere Stahltür und verließ wortlos den dunklen Raum.

Schon ihr Name suggerierte etwas Gewalttätiges

Hasi stellte den Staubsauger ab und wischte sich den Schweiß von der Stirn. Den ganzen Vormittag hatte er gesaugt, gewischt und gefegt, um die Räumlichkeiten auf Vordermann zu bringen. Morgen würde der Garten drankommen. Dahlkamp sollte sich bei seiner Rückkehr über nichts beklagen können. An der Tür zum Raucherzimmer zog Hasi seine Schuhe aus, um keinen Dreck in den Raum mit den größten Kostbarkeiten zu tragen. Einige der chinesischen Schalen waren etwas angestaubt, und er lief noch einmal zurück, jetzt in Socken, um den großen, fedrigen Staubwedel aus der Küche zu holen. Während er vorsichtig das Porzellan und die Skulpturen abstaubte, erinnerte er sich daran, dass der Hausherr ihm aufgetragen hatte, diesen Raum gelegentlich zu lüften. Er ging vorsichtig an der Vase mit den I Ging-Symbolen vorbei und öffnete die beiden Fensterläden dahinter. Draußen bewegten sich die Büsche leicht raschelnd im lauen Sommerwind, und der schwere Duft der Linden wehte zu ihm herüber. Einige Minuten gestattete er es sich, die Augen auf dem satten Grün des Gartens ruhen zu lassen. Wie wunderbar die Welt eingerichtet war, dachte er. Es wäre doch so viel anstrengender für die Augen, wenn die Natur aus grellen Farben bestünde!

Plötzlich hatte er das Gefühl, als hätte er aus seinem Augenwinkel sich etwas bewegen sehen. Eine winzige, aber deutliche Bewegung in einer Ecke des Raums. Mit erhobenem Staubwedel fuhr er herum. Alles war unverändert. Offenbar hatte er nur die Bewegung seines eigenen Spiegelbildes in der Fensterscheibe gesehen. Er wollte das Fenster schließen, doch schon wieder sah er etwas an der äußersten Peripherie seines Sichtfeldes tänzeln, und diesmal drehte er sich blitzschnell um und ließ seinen Blick systematisch durch den Raum wandern. Es war nichts und niemand zu sehen. Er blieb absolut still stehen und beschloss zu warten, bis das Etwas sich wieder regte.

Das Geräusch, ein leises Flattern, hörte er zuerst. Und dann sah er den Eindringling endlich. Ein großer Schmetterling flatterte im Raum umher. Während Hasi noch den Atem anhielt, landete der Falter auf dem Rand eines bunt verzierten Kruges. Hasi ließ den Staubwedel sinken und bewunderte das ungewöhnlich schöne Insekt. Auf seinen Flügeln leuchteten Kreise in Orangetönen mit einer kräftigen schwarzen Zeichnung auf weißem Hintergrund. Im Flattern, im Auf- und Zusammenfalten schienen die Flügel ihn anzuzwinkern. Die leuchtenden Farben passten perfekt zu dem chinesischen Muster, auf das der Schmetterling sich, wie von einem Artgenossen angezogen, gesetzt hatte.

Er schlich auf Zehenspitzen heran, um den Falter zu fangen und nach draußen zu befördern. So schön der Schmetterling auch war, er gehörte keinesfalls in diesen Raum. Womöglich war das Insekt imstande, seine Notdurft auf einem der wertvollen Artefakte zu verrichten oder seine Eier hier auszubrüten, sodass die Larven sich an chinesischer Seide mästen konnten. Schon die Vorstellung war beunruhigend. Und dann erst der Schmetterlingseffekt! Ein einziger Flügelschlag irgendwo in Asien sollte Unwetter anderswo auf der Welt auslösen können. Diese Theorie kam ihm zwar unwahrscheinlich vor, aber sie zeigte, dass Schmetterlinge vielleicht doch nicht so harmlos waren, wie sie aussahen. Schon ihr Name suggerierte etwas Gewalttätiges.

Der Schmetterling schien seine Absicht zu ahnen und flatterte hinüber auf die nächste Vitrine. Mit dem Staubwedel versuchte Hasi ihn vorsichtig von dort wegzuscheuchen, doch der Falter flatterte jetzt von der Vitrine auf die Kante eines mit bemalter Seide bespannten Paravents. Mit einem ausholenden Schlenker des Staubwedels dirigierte Hasi das Vieh in Richtung Fenster. »Ab in den Garten mit dir!«, kommandierte er laut in die Stille hinein und eilte hinterher, um dem Schmetterling jeden Gedanken an eine Kursänderung aus dem Kopf zu schlagen. In der Hast blieb er mit den Zehen in den Fransen eines Läufers hängen. Er stolperte, ruderte mit den Armen. Es gab einen hellen kleinen Klang, als der lange Stiel des Staubwedels gegen die I Ging-Vase schlug. Das Artefakt kippelte bedenklich.

»Vorsicht«, schrie Hasi unwillkürlich auf und streckte die Arme aus. Mit den Fingerspitzen versuchte er, die Vase auf ihrem Podest zu balancieren. Sein freier Fuß landete neben dem Teppich auf dem Parkett, und für einen Moment glaubte er, die Vase auffangen zu können. Doch er hatte nicht mit der Glätte seiner Socken gerechnet; als der Fuß rutschte, geriet er vollends aus dem Gleichgewicht und knallte in ganzer Länge auf den Boden. Die Vase kippte leicht zur Seite und drehte noch einen schwankenden Halbkreis auf ihrem Podest, bevor auch sie endgültig die Balance verlor und neben ihm auf das harte Parkett aufschlug. Mit einem lauten Scheppern zersprang das alte Porzellan in tausend Stücke, während der Missetäter wie zum Spott noch eine Pirouette drehte und aus dem Fenster davonflatterte.

Benommen rappelte Hasi sich auf und starrte ungläubig auf die Scherben. Wie in Trance bückte er sich und sammelte die vielen Bruchstücke möglichst schnell in eine Schale auf, als könnte er den Unfall dadurch ungeschehen machen. Er sah, dass sich die vierundsechzig I Ging-Symbole aus den Klauen ihrer Drachen befreit hatten. Sie lagen wie die Steine eines Brettspiels mit geheimnisvollen Regeln überall auf dem Boden verstreut. Kein Trost, dass ausgerechnet diese hässlichen Täfelchen unbeschädigt geblieben waren, dachte er, während er sie mechanisch zusammensuchte und in eine zweite Schale legte.

Gerade als er die letzten beiden Plättchen aufsammelte, fiel sein Blick in das angrenzende Kaminzimmer, und er erstarrte mitten in der Bewegung. Durch die offene Tür konnte er sehen, dass ein paar Schritte neben dem Kamin eine junge blonde Frau auf dem Fußboden lag.

Hasi schloss die Augen, um das Trugbild zu verscheuchen. Eine Frau im Kaminzimmer, auf dem Boden liegend noch dazu, das konnte nicht sein. Bestimmt war das nur Einbildung, oder er schlief gerade und träumte schlecht. Das wäre das Allerbeste, denn wenn er aufwachte, wäre vielleicht auch die Vase wieder heil. Langsam öffnete er die Augen und blinzelte vorsichtig. Etwas Schwarz-Orangefarbenes erschien in seinem Gesichtsfeld. Entsetzt riss er die Augen auf. Dort, nur ein paar Meter entfernt von ihm, lag eine blonde Unbekannte in einer auffällig gemusterten Seidenbluse mit psychedelischem Muster in Orange und Schwarz. Hatte er die Terrassentür offen stehen gelassen, oder wie hatte sie sich unbemerkt ins Haus geschlichen? Und warum lag sie mitten im Zimmer auf dem Parkett?

Hasi holte tief Luft und trat ein paar Schritte näher heran. Die geheimnisvolle junge Frau hatte die Augen geschlossen und schien tief zu schlafen. Sie sah aus wie eine Madonna, ihre goldblonden Haare umkränzten ihr ovales Gesicht wie ein Heiligenschein. Eine Ohrmuschel war freigelegt, eine Strähne war streng dahinter geklemmt, und am Ohrläppchen trug sie eine Perle. Ihre Lippen waren seltsam blass, fast bläulich. Über dem Mund entdeckte er einen kleinen Schönheitsfleck, nicht größer als ein Stecknadelkopf, und er dachte einen Moment darüber nach, wie es wohl kam, dass diese winzig kleine Imperfektion die Schönheit ihres Gesichts nur noch unterstrich. Vorsichtig beugte er sich vor und streckte seine Hand aus, um sie sanft zu wecken, aber ihm stockte der Atem, als er etwas Dunkles hinter dem Kopf der Unbekannten sah. Auf dem Boden unter ihren Haaren hatte sich eine dunkelrote Lache gebildet. Erst jetzt bemerkte er, dass der Glastisch neben der Liegenden zersplittert war. Eine blutige Spur befand sich auf dem Glas, so als sei das Mädchen mit dem Hinterkopf dort aufgeschlagen und dann über die Kante auf den Boden gerutscht. Hasi kniete neben der Verletzten nieder. Sie atmete nicht, und ihre glatte Haut fühlte sich kalt und leblos an. Er schob den Ärmel ihrer gemusterten Bluse hoch und versuchte vergeblich, den Puls zu fühlen. War sie tot oder ohnmächtig? Das war schwer zu beurteilen, denn er hatte noch nie einen Toten gesehen und auch mit Bewusstlosen keine Erfahrung gemacht. Man konnte hier nichts weiter tun, als den Notarzt zu informieren.

Endlich sprang er auf, wie aus einer Ohnmacht erwacht, und stürzte zum Telefon in der Eingangshalle. Während er sich den Schweiß von der Stirn wischte, drückte er die einprogrammierte Nummer der Polizei.

»Hallo, ist da die Polizei? Bitte kommen Sie sofort mit einem

Notarzt vorbei. Es ist dringend. In meinem Haus liegt eine Frau, sie ist schwer verletzt oder tot – ich kann es nicht genau sagen. Nein, es ist nicht meine Frau! Entschuldigen Sie bitte, aber ich kenne sie gar nicht. Ich habe sie gerade eben erst entdeckt. Nein, sie lag einfach da. Ich weiß nicht, wie sie hereingekommen ist. Beeilen Sie sich bitte!«

Der Beamte am anderen Ende der Leitung schien endlich verstanden zu haben und fragte jetzt nur noch nach seinen Personalien und der Adresse. Anschließend trat Hasi vor die Haustür, um dort auf die Polizei zu warten. Ihm war schwindelig vor Aufregung, und er setzte sich auf die Treppenstufen des Säuleneingangs.

Aus der Ferne konnte er bereits nach wenigen Minuten die Martinshörner hören. Er atmete erleichtert durch. Auf die Ordnungshüter war Verlass. Hasi erhob sich und eilte zum Gartentor, als mehrere Polizeiwagen mit Blaulicht und ein Krankenwagen in die Straße bogen. Die Kolonne kam vor dem Haus zum Stehen, und er öffnete den herausspringenden Polizisten die Pforte.

»Guten Tag, das ging aber sehr schnell.«

»Wo ist sie?«, blaffte ihn ein Polizist an, während die anderen einfach an ihm vorbei zum Hauseingang rannten.

»Im Kaminzimmer. Das liegt nach hinten zur Terrasse, neben –«

»Tatort Kaminzimmer, nach hinten durchgehen«, rief der Polizist dem Notarzt und zwei Sanitätern zu, die mit einem Notfallkoffer vom Krankenwagen heranliefen. Er packte Hasi grob am Arm. »Sie kommen mit!«

»Bitte, nach Ihnen«, antwortete Hasi und versuchte, sich aus dem Griff zu befreien. Doch der Polizist ließ nicht locker, und so musste er für sein Gefühl viel zu dicht neben dem Beamten herlaufen.

»Ist das Ihre Freundin da drinnen? Hatten Sie Streit?«, fragte der Beamte.

»Ich kenne sie gar nicht.«

»Eine Professionelle also?«

»Nein! Wie können Sie das denken?«, protestierte Hasi, während er sich bemühte, die unangenehme Nähe zu ignorieren. Im Flur kamen ihm die beiden Sanitäter entgegen und warfen ihm einen seltsamen Blick zu.

»Wie geht es ihr?«, fragte er, doch sie zuckten nur mit den Schultern und gingen hinaus zu ihrem Wagen. Hasi meinte, bei einem der beiden den Anflug eines Grinsens im Gesicht bemerkt zu haben, als der Polizist ihn weiterzog. Im Kaminzimmer konnte er vor lauter Menschen nicht einmal sehen, wo die verletzte Frau lag. Ein paar Polizisten standen unschlüssig um den Notarzt herum, einer schüttelte den Kopf, als sie eintraten, und Hasis Begleiter entließ ihn endlich aus seinem Klammergriff.

»Sehr freundlich«, sagte Hasi kühl und rieb sich den Arm. Er trat an den Notarzt heran. »Herr Doktor, wie geht es der Frau, bitte? Ist sie sehr schwer verletzt?«

Der Arzt schüttelte müde den Kopf und wandte sich den Polizisten zu. »Ich muss dann mal weiter. Wiedersehen.«

Die Männer nickten. Hasi schaute ihm verblüfft hinterher. »Ja aber, was ist denn jetzt mit –«

»Setzen Sie sich«, sagte einer der Beamten und deutete auf das Sofa neben dem Kamin. Es schien unter diesen unhöflichen Leuten offenbar üblich zu sein, ihm ständig ins Wort zu fallen und keine seiner Fragen zu beantworten. Er nahm Platz und verschränkte beleidigt die Arme. Der Einsatzleiter setzte sich ihm gegenüber in den Sessel und sah auf seinen Zettel. »Sie waren es, der uns angerufen hat. Herr Quermaten, richtig?«

Hasi nickte verwirrt. Kümmerte sich denn hier niemand um die schwer verletzte Frau?

»Was tun Sie in diesem Haus? Sie sind hier nicht gemeldet.«

»Herr Dahlkamp, der Hausbesitzer, ist im Urlaub und hat mich gebeten, so lange hier aufzupassen.«

»Ach so, und da dachten Sie, man kann ja mal eben testen, wie schnell die Polizei ist.«

»Wirklich außerordentlich schnell, aber das habe ich Ihren Kollegen bereits gesagt.« Hasi schüttelte konsterniert den Kopf. »Ich würde jetzt lieber endlich erfahren, wie es der verletzten

Frau geht. Wo ist sie überhaupt?« Er blickte sich um. Irgendetwas stimmte hier nicht.

»Sagen Sie uns, was mit ihr ist. Wir haben niemanden gefunden.«

»Aber das ist doch Blödsinn. Sie lag hier!« Plötzlich wusste er, was nicht stimmte. Der kleine Glastisch war wieder heil, ohne den geringsten Sprung. Blutflecken waren auch nicht zu sehen, selbst die große Blutlache auf dem Boden war weggewischt, der Boden so sauber, als ob nie etwas gewesen wäre.

»Ich sage Ihnen, was Blödsinn ist!« Die Stimme des Einsatzleiters wurde scharf. »Der falsche Notruf wird teuer, das kann ich Ihnen versprechen. Sie werden den Einsatz aus eigener Tasche bezahlen, einschließlich Notarztwagen. Und Anzeige wird auch erstattet. Das nennt man Vortäuschung einer Straftat nach Paragraph 145 Strafgesetzbuch. Darauf stehen bis zu drei Jahren Gefängnis.«

»Aber ich habe nichts vorgetäuscht, sie lag doch hier«, stammelte Hasi. »Jemand muss sie versteckt haben, als ich draußen gewartet habe. Und dann hat er die zersplitterte Tischplatte gegen eine heile ausgewechselt und saubergemacht. Anders kann ich mir das nicht erklären.«

»Hören Sie wenigstens jetzt auf mit diesem Unsinn«, schnaubte der Einsatzleiter.

»Ich verstehe das nicht. Sie lag auf einmal da und war mit dem Kopf auf die Glasplatte gefallen. Da war eine große Blutlache, und sie war ohnmächtig oder vielleicht tot, ich weiß es ja nicht. Aber Sie müssen mir glauben, bitte.« Er hielt erschöpft inne und fuhr sich durchs Haar. Diese Sache ging über seinen Verstand.

»Am besten sprechen Sie mal mit jemandem darüber. Dafür gibt es schließlich Ärzte.« Der Polizist erhob sich. »Männer, Abmarsch!«, rief er, und seine Kollegen, die die Befragung beobachtet hatten, trollten sich Richtung Haustür.

Hasi wollte sich erheben, doch der Einsatzleiter ohne Manieren drückte ihn in das Sofa zurück. »Bleiben Sie sitzen, Herr Quermaten, wir finden schon den Weg.«

Plötzlich spürte er etwas Metallisches an seiner Wange

Zwei Stunden zuvor war ein dunkelgrauer Geländewagen in die ruhige Stichstraße am Waldrand eingefahren und langsam über das holprige Pflaster gerollt, um dann am Straßenrand schräg gegenüber der tomatenroten Villa unauffällig einzuparken.

Die Männer saßen im Wagen und schwiegen. Die beiden blonden Hünen auf den Vordersitzen aus Gewohnheit, Thomas aus schlecht kaschierter Nervosität. Er hatte jeden Versuch einer Unterhaltung mit seinen mundfaulen Geschäftspartnern frustriert aufgegeben und kam sich vor wie in einem schlechten Film. »Unser Auftraggeber bedankt sich. Kompliment, er mag Sie sehr.« So hatten sie ihn auf höchst durchschaubare Weise zu beschwichtigen versucht und die gute Zusammenarbeit mit ihm gelobt. Dabei war es nichts anderes als ein Ablenkungsmanöver, denn bei dieser »gemeinsamen Besichtigung«, wie sie es nannten, handelte es sich schlicht und einfach darum, ihn als Geisel dabeizuhaben. Er ruckelte frustriert an der Handschelle, mit der Müller Eins sein rechtes Handgelenk an die Befestigung des Sicherheitsgurtes gekettet hatte. Als ob es nicht genügte, dass er ihnen den Tipp gegeben hatte, inklusive einer Skizze der Räumlichkeiten, die er aus dem Gedächtnis angefertigt hatte. Der Wert dieser dämlichen Chinavase war doch mehr als ausreichend, um alle seine Schulden zu begleichen, fand Thomas. Doch er hatte das Misstrauen seiner hartleibigen Gläubiger unterschätzt. Die Sache war auch äußerst dumm gelaufen, musste er zugeben. Ausgerechnet beim Kofferpacken hatten sie ihn erwischt. Es war zum Totärgern! Wären sie auch nur zwei Stunden später erschienen, dann wäre er jetzt auf der Autobahn in Richtung Usedom, wo er eine unverkäufliche, asbestverseuchte Baracke sein Eigen nannte. Doch jetzt war es zu spät.

Eine Weile warteten sie nun schon im Wagen, ohne dass er eine Ahnung hatte, was sie überhaupt im Schilde führten. Es begann in seinem Gedärm zu rumoren. Das allzu bekannte Gefühl war der Vorbote einer neuen Einsicht, die dabei war, sich energisch aus seinem Unterbewusstsein an die Oberfläche zu drängen: Wenn es hart auf hart käme, würden all die Erklärungen und Rationalisierungen, die er sich für seine – ehrlich! – unfreiwillige Beteiligung an den verschiedenen Aktivitäten bereitgelegt hatte, niemanden überzeugen.

Der Beifahrer Müller – wenn der wortkarge Zwilling ohne Narbe im Gesicht denn so hieß – nahm einen kleinen Feldstecher aus dem Seitenfach. Auf seinem Handrücken bemerkte Thomas die verschorften Spuren einer Bisswunde, als er das Fernglas auf die Villa richtete. Auch so ein Schläger war nicht unverletzbar, dachte er, und der Gedanke beruhigte ihn wieder ein wenig. Er schaute aus dem Seitenfenster über die Straße. Die Sache wirkte harmlos genug. Es war ruhig, weder im Haus noch im Garten war irgendeine Bewegung zu bemerken. Und doch war Hasis Anwesenheit nicht zu übersehen, wie Thomas an dem jämmerlichen Drahtesel erkennen konnte, der im gepflegten Vorgarten herumstand wie zur Müllabfuhr herausgestellt. Müller Eins wandte sich fragend an den Fahrer, der ein Messinstrument hervorgezogen hatte und die Ausschläge auf einer Skala studierte, während er an ein paar Knöpfen drehte. »Alarm ist aus«, verkündete er. Wie er das auf dem Gerät erkennen konnte, war Thomas ein Rätsel. Aber er war ja schließlich nur ein anständiger Immobilienmakler und kein professioneller Einbrecher und gedungener Mörder. Müller Eins reichte seinem Komplizen den Feldstecher. Der schaute eine Weile zur Villa und nickte dann. »In Ordnung. Warum sollen wir warten.«

Thomas bemerkte, dass dies nicht etwa als Frage gemeint war, und geriet ins Schwitzen, als ihm dämmerte, was das für ihn bedeutete. »Ich nehme nicht an, dass Sie das Risiko einer Begegnung mit einem potenziellen Zeugen eingehen möchten. Wenn sich das – vermeiden lässt?«, fragte er vorsichtig.

Müller Zwo drehte sich um und taxierte ihn schweigend. Thomas setzte so viel Maklercharme ein, wie er in dieser Situation noch mobilisieren konnte. »Sie wissen ja, dass ich meine persönlichen Kontakte eingebracht habe, um Ihnen dieses Objekt zugänglich zu machen. Und, keine Frage, das hatte ich auch versprochen. Mein Interesse am Gelingen dieser Operation müsste ich damit ja nun hinlänglich bewiesen haben. Es wäre der Sache aber nicht zuträglich, wenn der derzeitige Hausbewohner mich identifizierte. Sie sollten mich lieber außen vor lassen. Nur zu Ihrer Sicherheit, natürlich.«

»Eins nach dem anderen«, sagte Müller Zwo kühl und gab den Feldstecher an seinen Bruder zurück.

Während Thomas fieberhaft nachdachte, was er damit gemeint haben könnte, ging die Tür der Villa auf und Hasi trat heraus auf die Eingangstreppe. Unwillkürlich duckte sich Thomas, obwohl ihm im gleichen Moment klar wurde, dass es durch die verdunkelte Scheibe und auf die Entfernung hin nicht möglich war, gesehen zu werden. Umgekehrt konnte er aus dem Wagen heraus deutlich erkennen, dass Hasi einen hochroten Kopf hatte und insgesamt eine uncharakteristisch derangierte Erscheinung abgab. Das Hemd hing ihm aus der Hose, und seine blonde Tolle fiel ihm ins verschwitzte Gesicht. Er lehnte die Haustür an, setzte sich auf die oberste Treppenstufe und legte den Kopf in die Hände.

Thomas atmete dramatisch aus. »Tja, meine Herren. Es sieht so aus, als sollten wir die Aktion für heute abblasen. Sehr bedauerlich, aber morgen ist ja auch noch ein Tag.«

Die Zwillinge sahen sich fragend an. Schließlich sagte Müller Eins: »Wir bleiben. Wir warten.«

»Wie Sie wollen.«

Thomas zuckte betont gelangweilt mit den Schultern. Er begann zu schwitzen und konnte riechen, wie sich die Ausdünstungen seiner Gefühlslage im Wageninneren unangenehm ausbreiteten.

»Könnten Sie wenigstens das Fenster öffnen, bitte?«, fragte er, während er betete, dass irgendetwas passieren möge, um ihn aus seiner Not zu erlösen.

Bewegung in die Sache kam anders, als Thomas erwartet hatte. Als Erstes hörte er das Heulen der Sirenen, und dann sah er das Blaulicht einer Ambulanz, die in die Straße einbog. Zuerst dachte er noch, der Wagen würde an ihnen vorbeifahren, doch dann wurde ihm bewusst, dass sie ja nicht in einer Durchfahrtsstraße standen, vor ihnen endete die Straße in einem Wendehammer, und dahinter begann der Grunewald. Zu seiner Bestürzung blieb die Ambulanz direkt neben ihnen stehen, sodass ihr Auto blockiert wurde. Sie saßen in der Falle.

»Was ist da los.« Müller Eins taxierte Thomas im Rückspiegel.

»Keine Ahnung. Ehrlich, das schwöre ich! Vielleicht ist jemandem schlecht geworden. Oder es hat wer einen Herzinfarkt bekommen. Das passiert doch andauernd.«

»Die Bullen«, sagte Müller Zwo tonlos und sah in den Außenspiegel.

Thomas bemühte sich, seine Erleichterung nicht zu zeigen, als zwei Polizeiwagen hinter dem Rettungswagen zum Stehen kamen.

Müller Eins beugte sich über die Rückenlehne, und Thomas spürte plötzlich etwas Metallisches an seiner Wange, den Schalldämpfer einer Waffe. »Wollten Sie uns vielleicht deshalb nicht begleiten?«

»Ich habe nichts damit zu tun. Ich schwöre es. Ehrlich, das macht doch gar keinen Sinn«, stotterte Thomas. »Ich bin ja nicht blöd.«

Müller Eins sah ihn einen langen Augenblick an, dann steckte er die Pistole weg und drehte sich nach vorne zurück.

»Könnte auch häusliche Gewalt sein«, unterbrach Thomas das Schweigen. »Streit mit der Freundin zum Beispiel oder einfach ein Unfall. Das muss die Polizei aufnehmen. Schon für die Versicherung.« Er merkte, dass seine Stimme sich überschlug wie bei einem pubertierenden Jungen. Die Zwillinge schienen ihn nicht gehört zu haben. Sie starrten weiterhin angespannt durch die getönte Windschutzscheibe.

»Wir brechen ab«, sagte Müller Zwo endlich. Wie auf Kommando öffneten sie gleichzeitig ihre Wagentür.

»He – und was ist mit mir?« Thomas' Stimme überschlug sich.

»Morgen um die gleiche Zeit sind wir wieder hier.«

Müller schloss den Wagen von außen ab. Die Fensterscheibe

dämpfte seine Stimme. Thomas hörte, wie er im Weggehen noch sagte: »Legen Sie sich auf die Rückbank, bis alles vorbei ist.«

Für einen Moment glaubte er, sein Herz bliebe stehen. Das konnten sie mit ihm nicht machen. Ungläubig sah er ihnen nach, wie sie die Straße hinunterschlenderten wie Sonntagsspaziergänger.

Er rüttelte an der Handschelle, obwohl er wusste, dass es keinen Zweck hatte.

Täter machen Fehler, wenn sie in Panik sind

Die Galerie Mellenhoff, die Klimm exklusiv und weltweit vertreten hatte und sich nun auch um seinen künstlerischen Nachlass kümmerte, lag am Fasanenplatz und war eine der arriviertesten Kunstadressen in der Stadt. Lydia wusste, dass Justus Mellenhoff es sich nicht nehmen lassen würde, sie mit allem Pomp zu empfangen, obwohl sie am Nachmittag ohne Voranmeldung bei ihm aufkreuzte. Aber für die Witwe seines besten Pferdes im Stall, wie er Klimm auch nach seinem Tod gerne nannte, rollte er jederzeit den roten Teppich aus.

»Lydia, meine Liebe, was für eine schöne Überraschung! Willst du mir endlich dein wunderbares Bild verkaufen? Du weißt, ich zahle jeden Preis dafür, dich nackt zu sehen.« Mellenhoff verlor keine Zeit, während er seine hübschen Assistentinnen anwies, Tee und Gebäck aufzufahren.

»Man kann nicht alles im Leben haben, Melli, das weißt du doch.«

»Ach Lydia, du bist zu streng mit mir.«

Sie setzte sich auf den angebotenen Platz in seinem Büro, schlürfte einen Schluck Tee und nickte anerkennend. »Jasminblütentee! Du weißt, was ich mag.«

»Selbstverständlich weiß ich das, meine Liebe!«, sagte Mellenhoff mit gespielter Entrüstung.

»Jetzt sei nicht gleich beleidigt. Ich weiß, dass du über deine Klienten Buch führst.«

Er schaute ertappt. »Was führt dich denn zu mir, wenn es nicht unser gemeinsames Lieblingsbild ist? Willst du mich verhaften? Habe ich einen Künstler auf dem Gewissen?«

»Das will ich lieber nicht wissen«, sagte sie trocken. »Mir geht es um ein Kunstwerk.«

»Den Matisse meinst du?«

»Das hat sich wohl schon herumgesprochen.«

»Natürlich. *Le poisson rouge*, der Goldfisch von 1910. Ein wunderbares Bild.« Mellenhoff lachte. »Die Eremitage in Petersburg glaubt doch tatsächlich, es hängt bei ihnen.«

»Und das stimmt nicht?«

»Aber nein. Sie besitzen eine Fälschung. Hervorragend gemacht und auch aus der gleichen Zeit, aber eben nicht von Matisse. Jedes berühmte Gemälde hat seine individuelle Biografie. Unter welchen Umständen es entstanden ist, wer es vom Künstler erworben hat und dann eine lückenlose Kette von Weiterverkäufen.« Mellenhoff lehnte sich zurück. »Der hochpreisige Kunstmarkt ist wie eine Familie. Da kennt jeder jeden, und es gibt genauso viel Neid wie Missgunst.«

»Und warum hängt die Fälschung dann immer noch als offiziell echt in der Eremitage?«

»Weil es Bastian Lorenz so ganz recht war. Nur die Eingeweihten wussten, dass er das Original besitzt – besaß.« Mellenhoff strich sich über die edle Krawatte. »Lydia, du ahnst ja nicht, wie geheimnistuerisch die großen Kunstsammler sich verhalten!«

»Was kann denn jemand mit gestohlenen Bildern anfangen?«

»Normalerweise macht der Dieb einen Deal mit der Versicherung. Die zahlt ihm ein paar Milliönchen, natürlich nur einen Bruchteil von dem Wert, den sie bei einer Schadensersatzforderung berappen müsste. Dann vereinbaren sie eine Übergabe, ohne Polizei natürlich.« Mellenhoff legte seine Hand auf ihre. »Tut mir leid, Lydia, aber ihr könnt schließlich nicht überall dabei sein. Oder der Eigentümer ist selber mit von der Partie. Das wäre dann Versicherungsbetrug, ist schon oft genug vorgekommen.«

»Das Bild war nicht versichert. Der Eigentümer ist außer sich. Man könnte fast glauben, ihm lag mehr an dem Matisse als an seiner Tochter.« Sie schüttelte den Kopf, als sie an die Reaktion des aus dem Urlaub zurückgeeilten Vaters dachte.

»Du unterschätzt die Leidenschaft der Sammler. Was bedeutet schon ein mickriges kleines Menschenleben im Vergleich zu einem Meisterwerk?« Mellenhoff lächelte. »Als Galerist lebe ich davon. Übrigens nicht ungewöhnlich, dass keine Versicherung abgeschlossen wurde. Bei dem heutigen Marktwert eines Matisse gehen die Prämien richtig ins Geld.«

»Das heißt, der Dieb wird jetzt versuchen, das Bild irgendwo anzubieten?«

»Das kann er vergessen. Jeder in der Branche weiß inzwischen, dass der Goldfisch gestohlen wurde.«

»Was macht er dann damit?«

»Wer weiß? Viele gestohlene Werke verschwinden spurlos. Oder sie tauchen nach ein paar hundert Jahren wieder auf.« Mellenhoff machte eine kleine Pause, um seinen Tee auszutrinken. »Es gibt auch schwarze Schafe. Reiche Sammler, die alles dafür tun, um so ein Bild nur für sich allein zu besitzen.«

»Verstehe. Du meinst, ein geheimnisvoller Auftraggeber dieser Art könne dahinterstecken.«

Mellenhoff breitete die Arme aus. »Ich habe nichts gesagt, meine Liebe. Schließlich bin ich nur ein harmloser Kunsthändler.«

Viel hatte sie dieser Besuch nicht weitergebracht, dachte Lydia resigniert, als sie ins Büro zurückkehrte. Paul Spitzer erwartete sie bereits mit ihrem Nachmittagstee. Keine Ergebnisse, aber immerhin der gewohnt gute Service.

»Und, Paul? Was gibt's Neues von dir? Hast du den Zeugen gefunden? Irgendwas?«

»Die Fahndung ist raus. Aber ich habe nichts«, sagte er mit trauriger Miene. »Nichts Besonderes zumindest.«

»Es geht nicht um etwas Besonderes, Paul, ich will alles wissen. Täter machen Fehler, wenn sie in Panik sind. Denn dieser Mord war nicht eingeplant, da bin ich mir ziemlich sicher. Jedes noch so kleine Vorkommnis könnte eine Bedeutung haben. Autounfälle, Randalierer, Betrunkene, Lärmbelästigung, was auch immer.«

Sie nahm den Teebeutel aus der Tasse und schlürfte genüsslich einen Schluck. Es ging einfach nichts über einen guten Jasminblütentee. Dann blickte sie Paul an. »Geh noch mal die Nachtprotokolle der Telefonanrufe durch, man kann nie wissen.«

»Mir ist gerade noch etwas eingefallen. Ich dachte, es hätte sich erledigt, aber jetzt, wo Sie es sagen –«

»Ja bitte, nur keine falsche Scheu. Alles ist wichtig.«

»Abschnitt 43 hat einen Einsatz in Zehlendorf gemeldet. Hat sich aber als falscher Alarm herausgestellt. Deshalb dachte ich –«

Sie schenkte ihm wieder ihr mütterliches Lächeln. »Geh der Sache nach. Auch ein falscher Alarm hat seine Geschichte.«

Eine Leiche konnte sich doch nicht in Luft auflösen

Von seinem letzten Geld kaufte Hasi im Supermarkt Toastbrot, Butter und Salz. Auf nüchternen Magen ließ sich nur schwer ein klarer Gedanke fassen, und er musste doch jetzt in Ruhe nachdenken. Er war immer noch ganz aufgewühlt von diesem Schlamassel. Mehrmals in der Nacht war er schweißnass aus Alpträumen aufgeschreckt, in denen er von bösartigen Schmetterlingen verfolgt wurde. Erst am Morgen, nachdem er sich überwinden konnte, einen vorsichtigen Blick in das Kaminzimmer zu riskieren, hatte er sich davon überzeugt, dass alles wieder in Ordnung war und keine weiteren Leichen im Haus herumlagen. Doch was war eigentlich schlimmer – dass dort eine Leiche gelegen hatte, oder dass die Tote spurlos verschwunden war? Eine Leiche konnte sich doch nicht einfach in Luft auflösen. Oder spukte es in diesem Haus? Vielleicht war er auch dabei, verrückt zu werden? Oder hatte sich jemand einen makaberen Scherz mit ihm erlaubt? Und wie konnte man Dahlkamp die dumme Sache mit der zerbrochenen Vase erklären? Er war noch ganz in Gedanken, als er sein Fahrrad durch das Tor der Villa schob und am Eingang fast über eine ältere Dame stolperte, die dort auf einer Treppenstufe saß und eine Zigarette rauchte. Sie stand auf und lächelte mütterlich, während sie einen Ausweis aus ihrer Blazertasche fischte.

»Guten Tag, Lydia Klimm mein Name. Kriminalhauptkommissarin, Kripo Berlin. Sie sind Herr von Quermaten?«

Hasi stutzte. Die gepflegte Dame sah so gar nicht wie eine Kommissarin aus. Andererseits kannte er Kommissarinnen nur aus dem Fernsehen, wo sie jung und attraktiv waren, meistens abgetragene Jeans und verwegene Lederjacken trugen und mit Pistolen hantierten.

»Kommen Sie doch bitte herein, darf ich vorweg gehen?« Hasi nickte ihr lächelnd zu. Diese biedere Dame wirkte sehr vertrauenerweckend, und er war dankbar für jede Begegnung, die ihm ein Gefühl von Normalität zurückbrachte. Er legte die Schlüssel ab und wies den Weg zum Wohnzimmer.

»Hier entlang, bitte.«

Die Kommissarin schaute sich interessiert im Hausflur um. »Ein schönes Haus, und so viele fantastische Kunstobjekte!« Sie zeigte auf die lebensgroßen Wächter aus Ton. »Kompliment, diese Qín Shihuángdìs sind ja hervorragend erhalten!«

»Das sind nicht meine«, sagte Hasi bescheiden. »Ich hüte hier nur das Haus über den Sommer.«

»Ja, das haben mir die Kollegen erzählt. Deswegen wollte ich mal nach Ihnen sehen. Sie sind ja in letzter Zeit ein wenig vom Pech verfolgt, wenn ich das richtig verstanden habe.«

Hasi dachte kurz nach. Konnte die Kommissarin von der zerstörten Vase gehört haben?

»Ich bin – nicht ganz sicher, was Sie meinen.«

Sie legte ihre Hand auf seinen Arm. »Nun ja, erst haben Sie so einen gefährlichen Sturz mit dem Fahrrad und dann diese Sache mit dem mysteriösen Einbruch. Das muss ganz schön an die Nieren gehen.«

Hasi atmete erleichtert auf. Endlich glaubte ihm jemand! Dieser Grobian von Einsatzleiter hatte ihn so angeblafft, dass er von sich aus der Kommissarin gegenüber die Leiche niemals erwähnt hätte. »Haben Sie denn die Tote gefunden?«

»Nein – leider nicht. Aber wir suchen noch«, versicherte sie ihm.

Hasi zeigte auf das ausladende Sofa.

»Bitte setzen Sie sich doch! Darf ich Ihnen einen Tee anbieten?«

»Tee. Nichts lieber als das. Haben Sie vielleicht auch Jasmintee? Den mag ich besonders.« Sie klopfte ermutigend auf das Sitzpolster. »Und dann erzählen Sie mir einmal in aller Ruhe, wie es Ihnen in den letzten Tagen so ergangen ist.«

»Ich habe leider nur Lapsang Souchon«, entschuldigte sich Hasi, als er mit einem Tablett und vernünftigem Teegeschirr aus weißem Porzellan, das er glücklicherweise in der Küche entdeckt hatte, zu der netten Dame zurückkehrte. Sie hörte ihm geduldig zu, als er ihr die ganze Geschichte so genau wie möglich erzählte, abgesehen von seinem Malheur mit der chinesischen Vase, das ihm ein wenig peinlich war. Zu seiner Erleichterung widersprach sie nicht, sondern äußerte sich mitfühlend über den Schock, den er erlitten haben musste, und lenkte anschließend höflich, wie es sich gehörte, ihre Unterhaltung auf allgemeinere Dinge.

»Und Sie haben wirklich keine Angst hier alleine, Herr von Quermaten?«, fragte sie zum Abschied und sah ihn dabei so besorgt an, dass er sich verpflichtet fühlte, ihre Sorgen zu zerstreuen, obwohl er dieses Spukhaus lieber heute als morgen verlassen würde und keine ruhige Minute mehr hatte, bevor er wusste, was mit ihm los war.

»Danke, aber ich komme bestens zurecht, und es wird schon nichts passieren. Dies ist ein wunderbares Haus, in dem man sich wohlfühlen kann, und außerdem möchte ich auch den Hauseigentümer nicht im Stich lassen.«

»Für den Fall, dass Sie doch Hilfe brauchen, dürfen Sie mich jederzeit anrufen.«

Hasi nahm mit einer Verbeugung ihre Visitenkarte entgegen. »Herzlichen Dank, Frau Klimm, das ist gut zu wissen.«

Aus dem Augenwinkel nahm er eine Bewegung wahr

Mit einem unterdrückten Fluch klatschte Thomas sich eine Mücke von der Stirn. Seit drei Stunden harrte er nun in dieser unnatürlichen Position aus, und er war inzwischen total zerstochen. Es war lächerlich, dass er hier in seinem guten Maßanzug zwischen Büschen und Bäumen am Waldrand hockte, doch ehrlicherweise musste er sich eingestehen, dass er sich die Sache selbst eingebrockt hatte, und während seine Füße allmählich abstarben und er das Gefühl hatte, im Gebüsch zu verdursten, wollte er sich ohrfeigen, weil er dieses bescheuerte Handyfoto von dieser bescheuerten Vase verschickt hatte.

Er rieb sich die müden Augen, stand kurz auf und stampfte im Kreis herum, um wach zu bleiben, bevor er sich wieder hinter seinen Busch verdrückte, von wo aus er die Villa ausspähen musste. Am liebsten würde er sich einfach ins Unterholz hauen und so lange im künstlichen Koma liegen bleiben, bis dieser Alptraum vorbei war. Aber an Schlaf war nicht zu denken, er war gleichzeitig hundemüde und hellwach, sein ganzer Körper kribbelte, und es fühlte sich so an, als würde ein Heer von Ameisen ihn von allen Seiten anfallen wie einen Ameisenleckerbissen. Vielleicht war es aber auch nur der erzwungene Entzug. Seine Notreserve hatte er sich gestern im verschlossenen Wagen zur Beruhigung genehmigt, nachdem die Bullen endlich abgezogen waren. Eigentlich wollte er nur bis Mitternacht auf der Rückbank in seinem Gefängnis ausharren, dann mit dem Fuß die Seitenscheibe des Autos eintreten und sich auf schnellstem Weg zum Hauptbahnhof begeben. *Arrivederci* die Herren. Wie hätte er ahnen können, dass seine beiden Geschäftspartner plötzlich rechts und links aus der Dunkelheit neben dem SUV auftauchen und seinen Fluchtplan vereiteln würden? Geschäftspartner war eine mehr als beschönigende Bezeichnung für zwei paranoide Killer. Unschuldig unter die Räuber gefallen, dachte er. Wie im Märchen, das seine Mutter ihm als Kind zum Einschlafen vorgelesen hatte, und mit der Kindheitserinnerung kamen ihm plötzlich die Tränen. Es war alles so unfair!

Eine sehr unschöne Situation, dachte er voller Selbstmitleid, vor allem weil er keinen Nachschub mehr hatte. Ohne neuen Süßstoff bekam er keinen klaren Gedanken auf die Reihe, aber das war den beiden offenbar egal. Die Idioten behandelten ihn wie einen Botenjungen. Er war froh gewesen, dass sie davon abgesehen hatten, noch in der gleichen Nacht bei Hasi einzubrechen, um die Chinavase zu klauen, aber dafür musste er jetzt für sie die Drecksarbeit machen.

Die Villa lag da wie ausgestorben. Davor der protzige Springbrunnen, dessen aufdringliches Plätschern ihn wie eine chinesische Wasserfolter immer wieder dazu nötigte, sich in gebührendem Abstand von seinem Versteck im Gebüsch zu erleichtern. Und dann diese Mücken. Arschlöcher.

Dabei lief hier überhaupt nichts ab. Nur Hasis verrostetes Fahrrad neben der Haustür ließ vermuten, dass er zu Hause war und wer weiß was trieb. Womit beschäftigte sich wohl ein degenerierter Adliger, der nicht alle Murmeln in der Schüssel hatte? Prince Charles züchtete immerhin Gemüsesorten, hatte er mal in einer Illustrierten gelesen. So wie er Hasi kannte, würde er noch nicht einmal das hinkriegen, ohne Flurschäden anzurichten.

Trotz seiner Schläfrigkeit brachte ihn die Vorstellung auf eine Idee. Er richtete sich auf und ging zum Wald. Wenn er einen Bogen um das Grundstück herum machte, ließe sich sicher feststellen, ob Hasi hinter dem Haus im Garten arbeitete. Er wettete fast darauf, dass es so war. Noch bevor er um die Ecke gebogen war, klingelte sein Handy und er blieb hinter einem Baum stehen.

»Beyerle Immo, Ihr Partner für Luxus-Immobilien in Berlin, guten Tag.«

»Wieso entfernen Sie sich von Ihrem Posten?«

»Ich habe mich nicht entfernt.«

In der Leitung herrschte unbeeindrucktes Schweigen.

»Ich meine – ich gehe nur um das Haus herum, um besser sehen zu können.«

»Sie gehen nirgendwo hin, verstanden. Ihr Posten ist vor dem Haus.«

»Ist ja gut. Ich wollte doch nur sehen, ob der Hausbewohner im Garten ist, mein Gott. Das ist doch wichtig für Sie.«

»Wir sagen Ihnen, was wichtig ist. Sofort zurück an Ihren Standort, ist das klar?«

»Klar, wie Sie wollen. Bin schon unterwegs.« Er kickte verärgert einen Stein ins Unterholz, während er das Handy einsteckte und sich auf den Rückweg machte. Das GPS-System registrierte offenbar jeden Zentimeter, den er sich von seinem Busch entfernte. Sie hatten es ihm wie eines dieser All-inclusive-Bändchen für Pauschalurlauber fest am Handgelenk fixiert. Jeder Versuch, es durchzuschneiden, würde einen Alarm auslösen, und das wiederum würde er nicht wollen, hatten sie ihm versichert. Der einzige Weg abzuhauen, dachte er deprimiert, wäre, seine eigene Hand abzuhacken und sie zusammen mit dem GPS an seinem Posten zurückzulassen.

Aus dem Augenwinkel nahm er eine Bewegung wahr. Die Haustür unter dem chinesischen Säulenportal hatte sich geöffnet, und Hasi trat zusammen mit einer ältlichen Mutti in den Eingang. Er beobachtete, wie sie sich verabschiedeten, und zückte sein Smartphone, um ein paar Schnappschüsse von der Frau zu machen, bevor sie mit einem vor der Villa parkenden Wagen abfuhr. Dann drückte er die Nummer seiner Bewacher.

»Gerade ist eine Frau aus dem Haus gekommen. Könnte seine Mutter sein. Ich habe ein paar Fotos gemacht.«

»Gut. Schicken Sie uns die Aufnahmen bitte sofort.« Ihr Ton war höflicher geworden, dachte er, während er ihnen die Bilder mailte.

»Ich könnte ihm auch einen Besuch abstatten, er scheint jetzt allein zu sein.«

»In Ordnung. Aber keine Tricks!«

Er fegte ein paar Kiefernadeln von seinem Jackett und machte sich auf den Weg. Vor dem Eingang atmete er ein paar Mal tief durch, dann drückte er die Klingel.

»Hallo Sportsfreund, was macht die Kunst? Alles schick?« Thomas lächelte breit, als Hasi die Haustür öffnete.

»Ja, wieso? Alles bestens. Was tust du denn hier?« Hasi musterte ihn unschlüssig. »Bist du krank? Du siehst etwas blass aus.«

Thomas winkte ab. »Nur die Arbeit, habe im Moment unheimlich viel an der Backe. Hatte gerade einen Termin hier in der Straße. Die Lage ist ja so was von gefragt. Hast du eine Ahnung, ob dein Villenbesitzer vielleicht auch verkaufen will?«

»Nicht dass ich wüsste.«

Thomas wartete, aber Hasi machte keine Anstalten, ihn hereinzubitten.

»Ich wollte auch nur fragen, ob du ein Glas Wasser für mich hättest. Mein Mund ist völlig ausgedörrt. Vielleicht bin ich ja doch krank, wer weiß.«

»Natürlich! Bitte, komm doch herein.«

Thomas verkniff sich ein Grinsen, als er in den Hausflur trat. Der älteste aller Hausierertricks funktionierte bei Hasi wie frisch erfunden.

»Ich bin gerade beim Saubermachen. Wir gehen am besten gleich in die Küche.« Hasi ging vor.

»Das gibt's doch nicht! Keine Putzfrau?« Thomas schüttelte bekümmert den Kopf, während er Hasi folgte und sich dabei unauffällig umsah. Leider waren alle Türen zu den Wohnräumen geschlossen.

»Finde ich nicht in Ordnung, Hasi. Wirklich nicht. Du passt hier auf seine wertvolle Sammlung auf, und er lässt dich auch noch für ihn putzen.«

Thomas setzte sich auf einen Stuhl, während Hasi ihm an der Theke ein Glas Leitungswasser einschenkte. Er trank einen Schluck. »Danke, das tut gut.« Er lehnte sich zurück. »Hattest du Besuch?«

»Wieso? Warum fragst du?«

»Nur so. Ich habe eine ältere Dame aus dem Haus kommen gesehen. Schätze, das war deine Mutter, stimmt's?«

»Meine Mutter ist leider verstorben.«

»Oh, mein Beileid. Jetzt kürzlich?«

»Nein, nein, das ist schon neun Jahre her.«

Thomas grinste anzüglich. »Aha! Also Damenbesuch. Du stehst wohl auf ältere Semester?«

Hasi überlegte einen Moment. Sollte er verraten, dass sein Besuch eine Kriminalkommissarin gewesen war? Besser nicht. Man wusste nie, was Thomas für Schlüsse daraus ziehen würde. Dann doch lieber eine ältliche Liebhaberin.

Thomas ging mit einem Augenrollen über Hasis Schweigen hinweg. »Also – du hast keinen Ärger mit der Polizei?«

Hasi merkte, wie er rot wurde. »Nein, was denkst du denn? Warum sollte ich?«

»Das ist gut. Danke für den Drink. Mir geht es schon wieder viel besser. Bis bald.«

Thomas ging beschwingt zur Straße zurück. Er hatte wieder alles unter Kontrolle und konnte den Jungs berichten, dass sie hier freie Bahn hätten. Die Sache mit der Polizei war blinder Alarm gewesen. Offensichtlich eine Verwechslung, wenn es für Hasi nicht einmal erwähnenswert war.

Lydia warf einen amüsierten Blick über die Runde der Anwesenden. Ihr Stellvertreter Torsten Nagel, Kriminalkommissaranwärter Paul Spitzer und der gerade zum Oberkommissar ernannte Klaus Fischer saßen zusammengepfercht auf dem Sofa wie die Kieler Sprotten. Anke, ebenfalls Oberkommissarin, die mit ihren schwarz geschminkten Augenlidern etwas von einer Eule hatte, hockte auf einem zu kleinen Fußschemel und hielt sich an ihrem Notizblock fest, und die fünfundzwanzigjährige feingliedrige Computerspezialistin Sabine Fritsch, die fast ein wenig zu zart für die Mordkommission wirkte, hatte es sich mit ihrem iPad auf dem ergonomischen Kniestuhl bequem gemacht, den Lydia von ihrem Orthopäden verschrieben bekommen hatte, um ihre Haltung zu verbessern, und den sie nach einem Tag entnervt zum Besucherstuhl umfunktioniert hatte.

Wie immer beachtete niemand das angeblich so verstörende Bild von Klimm, obwohl es fast die gesamte Wand hinter ihrem Schreibtisch einnahm. So viel zu den Befürchtungen des Polizeipsychologen, der gewarnt hatte, dass die heftige Malerei sich unvorteilhaft auf den Stimmungszustand ihrer Kollegen auswirken könnte, dachte Lydia. Stattdessen hatte ihr Team sich daran gewöhnt wie an ein Grundrauschen, das sich nach einiger Zeit unter die Schwelle der bewussten Wahrnehmung senkte. Klimm hätte natürlich getobt vor Wut über diese Ignoranz, doch Lydia war es ganz recht, denn so konnte sie die Teambesprechungen in ihrem Büro abhalten, anstatt den sterilen Konferenzraum nehmen zu müssen, der sie immer an ein Klassenzimmer erinnerte und in dem sie sich vor der Tafel wie eine Oberlehrerin vorkam. Sie nahm einen Schluck Jasminblütentee und beugte sich vor.

»Hartung Siegwart Graf von Quermaten zu Oytinghausen«, deklamierte sie langsam. »Der Arme kann ja nichts für seinen Namen«, fügte sie hinzu, als sich das eine oder andere Grinsen in die Gesichter der Kollegen schlich. »Also, ich fasse zusammen«, fuhr sie fort, »die verdächtige Person wurde von den

Kollegen der Schutzpolizei in Zehlendorf dabei erwischt, wie sie vermutlich den Tatort ausspionierte. Quermaten behauptete, in einen Verkehrsunfall verwickelt worden zu sein, was sich höchstwahrscheinlich um eine – nicht sehr plausible – Schutzbehauptung handelt. Und vier Tage nach der Ermordung der Tochter des Villenbesitzers, als dessen Matisse gestohlen wurde, alarmierte unser Mann von seinem augenblicklichen Domizil in Zehlendorf aus die Polizei, um einen angeblichen weiteren Mord zu melden. Ein falscher Alarm, wie wir wissen, aber das muss nicht heißen, dass Quermaten nichts mit dem ersten Mordfall zu tun hat. Ganz im Gegenteil. Ich glaube, er ist stärker in den Einbruch verstrickt, als ihm lieb ist, und mit dem wahrscheinlich unvorhergesehenen Mord ist ihm die Sache offenbar über den Kopf gewachsen. Ein falscher Alarm kann durchaus ein Hilferuf sein. Oder er dreht einfach durch. Bislang machte er auf mich einen gefassten Eindruck, aber das kann sich schnell ändern, wenn wir die Daumenschrauben ansetzen. Doch ich will keinen Zugriff zu diesem Zeitpunkt. Auf gar keinen Fall. Solange er nicht merkt, dass er unter Verdacht steht, haben wir die Chance, durch ihn an die Hintermänner heranzukommen.« Lydia trank einen Schluck Tee und lehnte sich abwartend zurück.

»Sabinchen, was sagt das Netz?«

Die Computerexpertin sah kurz von ihrem iPad auf.

»Der Typ hat so gut wie keine digitale Identität. Keine Facebook-Account, keine IP-Adresse, keine Mobilfunkhistorie, keine Schufa-Auskunft. So was erleben wir ziemlich selten, außer bei Obdachlosen, Insassen von Psychiatrien oder Off-The-Grid Aktivisten.« Sabine wischte sich eine Haarsträhne aus dem Gesicht, ohne den Blick von ihrem iPad zu nehmen.

»Dafür ist er schon mal als Gewalttäter auffällig geworden«, sagte Torsten. »Es gibt eine alte Anzeige gegen ihn. Das Verfahren wurde wegen Minderjährigkeit eingestellt.«

»Wie alt war er denn?«

»Zwölf Jahre. Laut Polizeibericht hat er im Internat einem Mitschüler die Zahnspange ausgeschlagen. Das war drei Monate, nachdem sein Vater Selbstmord begangen hatte. Klingt für mich nach posttraumatischer Störung.«

»Interessant.« Lydia schlürfte nachdenklich ihren Tee. »Und seitdem liegt nichts gegen ihn vor?«

»Nur noch ein Unfall bei der Führerscheinprüfung. Hat den Wagen zu Schrott gefahren und seinen Fahrlehrer ins Krankenhaus gebracht.«

»Vielleicht war das ja gar kein Unfall, sondern ein passiv-aggressiver Akt. Wir setzen da mal unseren Psychologen dran.« Lydia stellte ihren Tee ab. »Äußerlich wirkt er wie Mister Nice Guy, aber das sind ja bekanntlich die Schlimmsten. Fressen alles in sich hinein, um dann irgendwann wie aus heiterem Himmel mit der Kalaschnikow im Anschlag in ein Schnellrestaurant zu stürmen. Und er versucht, etwas zu verheimlichen, das war bei meinem Gespräch ganz offensichtlich.«

»Dazu hat er auch allen Grund. Ich habe nämlich seine finanzielle Lage ausgecheckt«, meldete sich der breitschultrige Oberkommissar Klaus Fischer zu Wort. Seit seiner Beförderung vor zwei Monaten war sein Enthusiasmus kaum noch zu bremsen. Etwas an ihm erinnerte sie an Klimm, dachte Lydia. Es war seine Selbstgefälligkeit, die Art, wie er sich in Positur warf, wenn er redete. Es gab Männer, die deklamierten, anstatt normal mit einem zu reden, als trügen sie eine Verlautbarung vor. Das war eine von Klimms weniger von ihr geliebten Eigenschaften gewesen.

»Dieser feine Pinkel pfeift aus dem letzten Loch«, fuhr Klaus fort. »Ein totaler Versager. Kein Studienabschluss, keine Berufsausbildung, kein Job, kein Geld. Es ist mir ein Rätsel, wovon der überhaupt lebt. Wahrscheinlich ein Schnorrer oder ein Hochstapler. Keine Ahnung, womit er den Hauseigentümer dazu überreden konnte, ihm die Villa für den Sommer zu überlassen.«

»Aber er steht auf den Gästelisten von allen möglichen hochkarätigen Vereinen, zum Beispiel dem Berliner Yachtclub, dem Derby Club oder der Orientgesellschaft«, erklärte Anke, »und der Vereinigung des norddeutschen Adels sowieso. Was seine gesellschaftlichen Kontakte betrifft, kann er sich sehen lassen.«

»Das ist sein Kapital.« Lydia nickte. »Der klassische Informant, der seiner Bande die Tipps gibt, in welcher Villa was zu holen ist.«

»Und jetzt hat er kalte Füße bekommen«, ergänzte Klaus. »Den kochen wir uns weich.«

»Aber behutsam, ich sage es noch mal«, mahnte Lydia. »Wir wissen nicht, wie seine Kontakte zum kriminellen Milieu funktionieren. Er scheint mir doch eher ein Amateur zu sein. Vielleicht hat er sich auch mit den falschen Leuten angelegt. Deshalb dieser merkwürdige Notruf. Er will, dass wir auf ihn aufmerksam werden.«

»Warum steigt er nicht einfach aus und geht direkt zur Polizei?« Torsten runzelte die Stirn.

»Wenn es sich tatsächlich um eine organisierte Bande handelt, dann ist mit den Leuten nicht zu spaßen. Vielleicht haben sie ihn in der Hand, oder er wird bedroht, wer weiß. Ich möchte, dass er rund um die Uhr beschattet wird.« Sie schaute nachdenklich in die Runde, bis ihr Blick an Paul hängen blieb, der sich nicht mehr allzu lange mit Kaffeeholen aufhalten sollte. Jetzt bot sich die Gelegenheit, dem Jungen endlich seine Bewährungsprobe zukommen zu lassen.

Auch seine Höflichkeit hatte ihre Grenzen

Fast eine halbe Stunde vor der verabredeten Zeit stellte Hasi sein Fahrrad vor dem mit Efeu bewachsenen Haus in der Mommsenstraße ab und schloss es mit seiner dicken Fahrradkette an das schmiedeeiserne Gitter. Bei der angegebenen Adresse handelte es sich keineswegs, wie es bei dem Wort »Gruppentherapie« durchaus auch möglich gewesen wäre, um eine Volkshochschule oder gar nach Schweiß müffelnde Sporthalle, wo man spärlich bekleidet auf Matratzen umhersprang und seine Gefühle herausschrie, so wie er es einmal in einem verstörenden Dokumentarfilm gesehen hatte. Im Gegenteil, das typische Berliner Gründerzeithaus machte einen gediegenen, seriösen Eindruck, so als ob man hier in aller Ruhe über seine Probleme sprechen konnte. Und obwohl er noch nie etwas mit Therapie oder Nabelschau überhaupt zu schaffen gehabt hatte, kribbelte es ihn in gespannter Erwartung des kleinen Abenteuers, das ihn hier erwartete. Bereits das Telefonat mit dem Therapeuten hatte, wie von Kiki vorhergesagt, Hasi vorsichtigen Optimismus gegeben, seinen überkandidelten Zustand in den Griff bekommen zu können. Sie war bei ihm aufgekreuzt, um nach dem Rechten zu sehen, und hatte ihn nur einmal anschauen müssen.

»Hasi, was ist los?«

So war ihm nichts anderes übrig geblieben, als ihr alles von der zerdepperten Vase und seinem eingebildeten Leichenfund zu erzählen. »Glaubst du jetzt, ich bin plemplem oder so?«

»Ach was, das ist nur der Stress. Passiert einem ja nicht jeden Tag, dass man eine zig Millionen teure Vase zerstört.«

»Dahlkamp wird mich umbringen.«

»Mach dir keine Sorgen, Hasilein, du hast der Polizei doch den Schaden angezeigt. Das dürfte reichen für die Versicherung.«

Hasi schüttelte kleinlaut den Kopf. »Die Vase habe ich in der Aufregung völlig verschwitzt.«

»Na ja, da finden wir schon noch eine Lösung. Jetzt brauchst du erst einmal einen Therapeuten.«

»Du willst, dass ich zum Irrenarzt gehe?«

»Quatsch. Der Mann ist spezialisiert auf Stressbewältigung. Das ist gut für dich.«

In der Nacht hatte er dann zum ersten Mal seit Tagen wieder tief und traumlos geschlafen, so wie er es gewohnt war. Was schon allein das Verabreden eines ersten Termins bewirken konnte! Glücklicherweise war in der Stressbewältigungsgruppe gerade ein Platz frei geworden. Kikis Therapeut Herr Mahler hatte ihn herzlich eingeladen, gleich an der heutigen Sitzung teilzunehmen. Er hatte zwar keinen Doktortitel, dafür aber eine tiefe, warme Stimme, die Hasi auf Anhieb sympathisch war. Er bestätigte ihm am Telefon, dass Stress heutzutage ein weit verbreitetes psychisches Problem sei und sich in vielen körperlichen und seelischen Symptomatiken äußerte, man aber auch lernen könnte, damit besser umzugehen. Noch dazu würde man in so einer Therapiegruppe auch eine Menge über sich erfahren, fügte der Therapeut hinzu, als bräuchte es noch eine Zugabe. Das Einzige, was Hasis ersten guten Eindruck ein wenig getrübt hatte, war die abschließende Frage des Therapeuten, ob er damit einverstanden sei, in der Therapie geduzt zu werden, denn das sei in seinen Sitzungen so üblich und diene dem »vertrauensbildenden Prozess in der Gruppe«.

Der Gedanke daran ließ ihn wieder nervös werden, und er musste sich zwingen, auf die Messingklingel zu drücken. Das eiserne Tor öffnete sich mit einem automatischen Summer, und auch die Wohnungstür ging beim Klingeln von alleine auf. Es war keiner da, um ihn persönlich zu empfangen. Hasi betrat unschlüssig die Praxis, die eher wie eine normale Altbauwohnung wirkte. Der Flur war wie das Treppenhaus in Jugendstilmuster tapeziert und mit einer Garderobe ausgestattet, die unter dem Gewicht von Jacken und Handtaschen ächzte. An der Wand entlang reihten sich die unterschiedlichsten Schuhe. Daneben standen ein Korb mit Wollsocken und ein Schild aus Pappe, das dazu aufforderte, doch bitte zuzugreifen.

Er hörte Gemurmel und das Scharren von Stühlen. Schon ging die Türe auf und eine Handvoll Leute kam aus dem Raum.

Niemand sprach, und niemand beachtete ihn weiter, alle zogen die Wollsocken aus und stiegen in ihre Schuhe, jeder versunken in seine Gedanken.

»Entschuldigung! War das gerade die Stressbewältigungsgruppe?«, fragte er eine robust aussehende Frau, die sich gerade in ihre zu kleine Jacke zwängte.

»Nee, wir sind die Essstörung!«, brüllte sie und lief hinaus, die Haustüre hinter sich zuknallend. Hasi musste einen plötzlich aufkommenden Impuls unterdrücken, es der flüchtenden Dame gleichzutun. Als Letzter kam ein schlanker, großer Mann in Jeans und Leinenhemd aus dem Raum. Er hatte seine langen grauen Haare zu einem Dutt hochgesteckt. Eine Frisur, die zu Hasis Überraschung seiner männlichen Ausstrahlung keinerlei Abbruch tat. Der Mann grinste Hasi an.

»Tachchen! Du musst Hartung sein, stimmt's?«

Hasi nickte. »Guten Tag, Herr Mahler.«

»Einfach Uwe«, sagte der Therapeut und schaute auf seine Uhr. »Die Stressgruppe beginnt erst um sechs. Vielleicht magst du dir hinten aus der Küche einen Kaffee holen. Du kannst dich auch gerne schon in den Raum setzen. Ich gehe jetzt auf den Balkon, eine rauchen.«

Hasi sah bekümmert auf seine Füße, und der Therapeut folgte seinem Blick.

»Wir haben ein *no-shoe policy* hier. Ich hoffe, das geht mit dir in Ordnung?«

»Mit Vergnügen, jedenfalls wenn ich heute keine Löcher in den Socken habe.«

Uwe legte ihm die Hand auf den Arm. »Damit würden wir auch fertig werden, Hartung. Wir sehen uns gleich.«

Hasi zog seine Schuhe aus, holte sich aus der gemütlichen Wohnküche einen Pott mit Kaffee und betrat den leeren Therapieraum. Das Fenster war weit geöffnet, eine laue Sommerluft kam herein, und man konnte auf einen großen Kastanienbaum im Innenhof sehen. Er zählte neun Stühle, die im Kreis aufgestellt waren. In der Mitte des Raumes stand auf dem Boden eine Vase mit Feldblumen, daneben eine Kerze. Vielleicht war jemand gestorben, sein Vorgänger in der Gruppe zum Beispiel?

Er setzte sich hin und sah konzentriert auf seine Füße in den ausgeliehenen Wollsocken. Die Wartezeit war eine gute Gelegenheit, sich auf sein Stress-Problem zu fokussieren. Wie konnte er fremden Menschen sein Erlebnis beschreiben, ohne dass man ihn für verrückt hielt? Am besten so objektiv und nüchtern wie möglich, er wollte ja auch keineswegs jemanden mit einer Räuberpistole verschrecken. Vielleicht könnte man das Problem so angehen, als sei nicht er selbst der Betroffene, sondern ein Bekannter, der nur keine Zeit hatte, zur Therapie zu kommen? Und dann würde er vom Therapeuten einen guten Tipp mit auf den Weg bekommen, die Therapiesache wäre erledigt, und er könnte sich wieder angenehmeren Dingen zuwenden.

Während Hasi sich seine Strategie zurechtlegte, trudelten nacheinander die Teilnehmer ein. Alles Frauen, keine unter vierzig nach seiner Schätzung. Bei den ersten drei stand er noch zur Begrüßung auf, so wie sich das gehörte. An ihren Reaktionen erkannte er jedoch, dass dies offenbar kein in diesen Kreisen übliches Verhalten war, und von da an nickte er nur noch knapp, wenn wieder jemand den Raum betrat. Schließlich kam noch ein Mann hinzu, und Hasi registrierte erleichtert, dass er damit nicht der einzige männliche Teilnehmer war. Sein Geschlechtsgenosse war ein jungenhafter Mittdreißiger mit Stoppelhaarschnitt und Cargohose und sah aus wie jemand, der sein Geld damit verdiente, sich die Nächte vor Computermonitoren um die Ohren zu schlagen. Auf die Wollsocken hatte er verzichtet und kam barfuss, dazu trug er ein T-Shirt mit dem Slogan »Physiker tun es in Superpositionen«. Hasi war selbstverständlich in Sakko und mit Binder erschienen und fand sich inzwischen in der Runde ein wenig *overdressed*. Der junge Typ setzte sich ihm gegenüber und hob die Hand zum Gruß. »*Hey, man!*«

Und Hasi antwortete: »Hey, Mann!«

Endlich betrat auch Uwe den Raum und schlenderte zum letzten freien Stuhl. Er blickte in die Runde und wies dann auf Hasi. »Ihr seht, wir begrüßen heute ein neues Gruppenmitglied.

Das ist Hartung.«

»Hallo, Hartung«, sagten die Teilnehmer im Chor.

»Ich schlage vor, wir beginnen unsere heutige Runde damit, dass jede oder jeder sich vorstellt und ein paar Worte über sich sagt und wie es ihr oder ihm heute geht. Dann hast du alle Zeit, hier in der Gruppe anzukommen, Hartung. Und wenn du magst, sagst du uns am Ende, warum du hier bist und wie du dich heute fühlst. Wäre das so okay für dich?«

Hasi nickte. »Danke, sehr angenehm.« Er wusste zwar nicht, was es jemanden angehen sollte, wie er sich fühlte, zumal er sich auch selbst keine Gedanken darüber machte, aber es gab ja offenbar auch keinen Zwang, unbedingt darüber reden zu müssen.

»Du wirst sehen, hier in der Gruppe ist alles erlaubt. Und alles, was passiert, bleibt natürlich hier im Raum. Wir haben nur wenige Regeln. Die sind: *Everyone is his own chairperson*. Jeder ist für sich selbst verantwortlich. Wenn wir reden und wenn wir Feedback geben, reden wir immer über uns selbst und unsere Gefühle. Wir sind wertschätzend und kritisieren einander nicht. Und natürlich haben wir ein absolutes Gewaltverbot.«

»Dann werde ich mich wohl etwas zurückhalten müssen«, sagte Hasi und lächelte spitzbübisch.

Niemand lächelte zurück, stattdessen dehnte sich betretenes Schweigen im Raum aus, und einige runzelten die Stirn, als sei jemandem ein kleines Malheur passiert.

»Neigst du denn zur Gewalt, Hartung?«, fragte Uwe ernst.

»Natürlich nicht! Das war doch nur ein Scherz!«

»Auch Worte können Gewalt sein, auch Worte können wehtun«, sagte eine kleine blonde Frau rechts neben ihm, während sie an ihrem langen Rock nestelte.

»Entschuldigt bitte, ich meinte nur …« Hasi merkte zu seiner Bestürzung, dass er errötete. »Ich meinte gar nichts. Dumme Bemerkung. Tut mir leid.«

Uwe lenkte ein. »Alles in Ordnung. Aber vielleicht ist es erst einmal am besten, keine Ironie anzuwenden, bevor die Gruppe dich etwas besser kennt. Scherze können leicht zu Missverständnissen führen.«

»Sage, was du meinst – und meine, was du sagst!«, ergänzte seine blonde Nachbarin eilfertig.

»Hast du noch eine Frage, Hartung, bevor wir beginnen?«, fragte Uwe.

»Im Moment nicht, danke.«

»Dann fangen wir mal an.«

»Ach, ich habe doch noch eine Frage«, fiel Hasi ein. »Wie ist das mit der Stressbewältigung? Gibt es da bestimmte Techniken oder Übungen, die ich hier lernen kann?«

»Versuche dich einfach auf den Prozess einzulassen, Hartung! Nicht vergessen«, und damit zog Uwe mit dem Finger einen Kreis und zeigte auf die ganze Runde, »wir sind hier zusammen eine Gruppe. Und ihr seid genauso Experten für euch und eure Gefühle wie ich. So unterstützen wir uns alle gegenseitig in unseren Problemen mit Stress.«

»Manchmal steckt ja ganz was anderes dahinter«, ergänzte Hasis Nachbarin, die ihn allmählich an die Klassenbeste in seiner Internatszeit erinnerte.

»Danke«, sagte Hasi und fragte sich, ob der Therapeut wohl sein Geld wert war. Wenn er seine ganze Arbeit auf die Teilnehmer verteilte, machte er es sich ja wohl ziemlich leicht.

»Gut! Wer möchte heute den Anfang machen?« Uwe sah sich um, und nach einem kurzen Schweigen meldete sich die blonde Nachbarin mit einem kleinen Handzeichen.

»Also, dann fange ich mal an. Ich bin Birgit, aber alle nennen mich Biggi.« Sie lächelte Hasi von unten an. »Ich bin vierzig Jahre jung. Und bin seit zwei Jahren in der Gruppe. Die Gruppe war mir eine super Hilfe, als es mit meinem Burn-out und dem Mobbing – und mit der Kündigung am schlimmsten war. Ich habe sehr viel gelernt von euch. Vor allem, besser auf mich aufzupassen.« Sie berührte ihr Herz. »Und auf meine Gefühle zu hören. Danke.« Biggi sah sich in der Runde um, und einige nickten wissend.

Zwei Jahre!, dachte Hasi entsetzt. Vielleicht hatte er sich verhört und sie hatte zwei Monate gesagt, aber selbst das wäre doch viel zu lang, nur um ein bisschen Stress auszukurieren.

»Aber heute ... « Biggis Stimme begann zu zittern, und während sie weitersprach, hielt sie die Augen geschlossen. »Heute bin ich ganz klein hier. So klein.« Sie zeigte mit Zeigefinger und Daumen, wie klein sie heute war, und fing an, jämmerlich zu schniefen.

Hasi wartete darauf, mehr darüber zu erfahren, aber es breitete sich wieder Stille im Raum aus. Er fand ein Papiertaschentuch in seiner Jacketttasche und reichte es Biggi. Sie schluchzte auf und nahm das Taschentuch durch einen Tränenschleier lächelnd entgegen. »Darf ich?«, fragte sie. Und bevor Hasi verstand, was seine Nachbarin von ihm wollte, ergriff sie seine Hand und pflanzte sie fest auf ihren Schoß, als klammere sie sich um ihr Überleben an ihn. »Danke, das tut mir gut!«

Die Vorstellungsrunde ging weiter, aber er konnte sich nicht konzentrieren, weil er fieberhaft darüber nachdachte, wie er es anstellen sollte, seine Hand zurückzubekommen, ohne unhöflich zu werden. Die Nachbarin hielt sie fest zwischen ihren leicht klebrigen Händen und schluchzte dazu leise vor sich hin. Die Beerdigung seines Vaters kam ihm in den Sinn. Seine älteste Schwester hatte in der Kirche ebenfalls weinend seine Hand genommen und nicht mehr loslassen wollen. Doch damals hatte er sich gewaltsam von ihr losgerissen und war weggelaufen. Er hatte nicht übel Lust, es jetzt genauso zu machen. Nur mit halbem Ohr bekam er die Vorstellungen der anderen mit. Eine Mutter hatte Probleme damit, sich von ihren nervigen Kindern »abzugrenzen«, eine Managerin war chronisch überarbeitet, und eine grauhaarige Frau, die extrem laut sprach, hatte Probleme mit einem Tinnitus, der ihrer Meinung nach eindeutig auf Ärger mit ihrem Mann zurückzuführen war.

Als Letzter kam der junge Mann gegenüber an die Reihe.

»Ich bin der Ingo.« Er blickte Hasi an und zeigte auf den Spruch auf seinem T-Shirt. »Und ich bin Physiker. Zurzeit zwischen zwei Anstellungen. Also nicht in meinem Job tätig. Obwohl ich sogar promoviert habe. Ein arbeitsloser Akademiker, haha!« Ingo lachte laut auf, aber Hasi fand nicht, dass der Mann irgendetwas Komisches gesagt hatte.

»Und um nicht weiter Hartzer zu sein, verdiene ich gerade meine Brötchen im Mediendiscounter. In der Bastelwerkstatt, super Job! Hahaha!«

Für Hasis Gefühl klang das nach einem fabelhaften Job, und er verstand nicht, warum der Mann so aufgebracht war. Vielleicht gehörte es auch einfach dazu, sich vor dem Publikum hier ein wenig theatralisch zu geben. Er schaute interessiert zu, wie Ingo nun seine Fäuste ballte und schwieg. Es dauerte ewig, und Hasi fragte sich, ob Schweigen im Raum schon zu den Übungen gehörte, die er in dieser Gruppe zu erlernen hoffte.

Schließlich sah er Uwe fragend an. »Soll ich jetzt …?«

Ingo schaute auf und hob die Hand wie ein Indianer: »Bitte! Nur zu! Das war's heute von mir – over and out!«

Hasi löste seine Hand aus Biggis, endlich, und räusperte sich. »Also, ich heiße Hartung. Ich bin neunundzwanzig Jahre alt, lebe in Berlin, und bis letzte Woche gab es keine besonderen Vorkommnisse, aber seit kurzem scheine ich unter Stress zu stehen.« Er sah sich um, um jeden anzusprechen. »Und deswegen bin ich heute hier. Ähm … over and out!«

Uwe nickte lächelnd. »Danke, Hartung! Möchtest du noch ein bisschen mehr erzählen, was mit dir los ist? Und was du von der Gruppe erwartest?«

Hasi zögerte. Jetzt erwarteten sie sicher einen Ausbruch an Ärger oder Tränen, so wie es die anderen Teilnehmer vorgemacht hatten. Das Theatralische war ihm eher fremd, aber er konnte ja versuchen, sein Erlebnis so unterhaltsam wie möglich zu schildern. Doch bevor er etwas sagen konnte, platzte Ingo mit hochrotem Kopf in die Runde.

»Sorry! Ich muss einfach was loswerden!« Seine Stimme überschlug sich und er schaute Hasi wütend an. »Ich weiß, du bist neu und so. Aber ich werde sonst wahnsinnig.«

Biggi meldete sich empört. »Nee, Ingo. Das geht *gar* nicht!«

»Aber bitte«, sagte Hasi. »Ich lasse ihm gerne den Vortritt.«

»Ist das wirklich in Ordnung für dich, Hartung, dein Anliegen zurückzustellen?«, fragte Uwe.

»Überhaupt kein Problem. Es ist ja nicht so dringend!«

Ingo pustete laut aus. »Danke, Mann! Also, es geht um meinen Chef.« Beim Wort *Chef* machte Ingo mit den Fingern Anführungszeichen in der Luft. »Ihr kennt ihn ja schon. Der – Arsch! hat mich heute vor allen zur Sau gemacht wegen einer Kundenreklamation. Da war bei der Reparatur ein Teil an einer Platine im Receiver abgebrochen, und der war an den Kunden rausgegangen, ohne noch mal überprüft zu werden. So was ist natürlich Scheiße. Aber an dem Tag war ich gar nicht im Dienst. Nur, der nimmt das natürlich wieder als Vorwand, um mich zu mobben!«

»Zu bossen, heißt das. Ich meine, wenn es der Chef ist, der das macht«, warf die Frau mit dem Tinnitus ein. Ingo ignorierte sie.

»Dabei sind das die Kollegen, die mich angeschwärzt haben. Die haben mich auf dem Kieker, weil ich promovierter Akademiker bin und diese Idioten nur Sonderschulschwänzer. Aber das Schlimmste war, ich konnte ihm, dem *Chef*«, wieder machte er seine Anführungszeichen in der Luft und rollte mit den Augen, »ich konnte ihm in dem Moment nicht kontern. Nichts zurückgeben. Null. Nada. Meine Kehle war wie verschnürt, und ich bin total rot geworden. Wie ein Kind, es ist mir so peinlich!« Er senkte den Kopf, und seine Stimme wurde leiser. »Na ja, ihr könnt mir da auch nicht helfen«, sagte er lahm.

Hasi sah, dass er mit den Tränen kämpfte.

»Gibt es Feedback für Ingo?«, fragte Uwe.

Die überarbeitete Managerin meldete sich zu Wort.

»Das ist doch Scheiße! Dein Chef ist ein Arschloch!« Sie hielt sich die Hände vor den Bauch. »Hier tut es mir weh, und alles zieht sich zusammen, wenn ich das höre!«

Die Frau mit dem Tinnitus sagte laut: »Du Armer. Mit mir macht das auch was. Ich fühle mich – so traurig. Soll ich dich in den Arm nehmen?«

Ingo schüttelte den Kopf. »Nee, lass mal.«

Fast eine halbe Stunde diskutierte die Gruppe über Ingos Situation. Die meisten sagten in anderen Worten das Gleiche, und Hasi verstand gar nicht, was das mit Stressbewältigung zu tun hatte, wenn sie Ingo nur beruhigen wollten, anstatt ihm zu helfen, sein Problem zu lösen.

»Darf ich etwas dazu sagen?«, fragte Hasi.

Ingo sah überrascht hoch. »Klar, Mann!«

»Wenn so ein Missgeschick passiert, kann man auch freiwillig die Verantwortung übernehmen.«

Biggi meldete sich zu Wort. »Ingo will bestimmt keinen sogenannten guten Ratschlag. Wir sprechen hier über unsere eigenen Gefühle.«

Hasi setzte neu an. »Gut. Also, ich habe das Gefühl, wenn ich das so sagen darf – du solltest die Verantwortung für das Missgeschick übernehmen!«

Seine Nachbarin blieb hartnäckig. »Nein, Hartung! Ich meinte, wir sprechen über unser eigenes Gefühl.«

»Wieso? Es ist doch nicht mein Problem, sondern Ingos!« Allmählich ging ihm die Geduld aus, auch seine Höflichkeit hatte ihre Grenzen.

»Warum soll ich die Verantwortung übernehmen, wenn ich das doch gar nicht war? Das ist unfair!«, rief Ingo empört.

Hasi zuckte mit den Schultern. »Wieso? Verantwortung übernehmen ist doch gut, erst recht, wenn man es nicht selber war. Das zeigt Führungsqualität.«

Es dauerte einen Moment, dann leuchtete Ingos Gesicht auf. »Hey, das klingt gar nicht schlecht. Du meinst, damit mache ich mich selbst zum Alphatier.«

»Wenn man so will.«

Hasi war stolz. Er hatte sein erstes therapeutisches Feedback gegeben. Das war gar nicht so schwer gewesen, und er hatte das Gefühl, Ingo wirklich geholfen zu haben.

»Wie ist das für dich, Ingo«, warf Uwe ein, »kannst du Hartungs Vorschlag wirklich annehmen?«

Ingo strahlte. »Ja. Kann ich. Denen zeige ich es!«

Uwe schaute auf seine Armbanduhr. »Unsere Zeit ist fast um. Lasst uns noch eine Abschlussrunde machen.«

Die Zeit verging im Flug, als alle noch sagten, wie es ihnen jetzt am Ende der Sitzung ging. Als Hasi an die Reihe kam, war es keineswegs gelogen, als er sein Gefühl überprüfte. »Ich fühle mich gut. Ich glaube, ich kann schon viel besser mit Stress umgehen!«

Die Gruppentherapie war besser gelaufen als erwartet, dachte Hasi froh, als er nach draußen trat. Erst als er sein Fahrrad aufschloss, fiel ihm ein, dass er ja kein einziges Wort über sein eigenes Problem erzählt hatte und wohl doch noch einmal wiederkommen müsste.

Der Verdächtige und die Frau küssten sich

Kriminalkommissaranwärter Paul Spitzer fischte das letzte Gummibärchen aus der Tüte und stellte seine Rückenlehne etwas schräg, sodass er bequemer saß und trotzdem gerade noch über die Motorhaube schauen konnte. Es fühlte sich so an, als säße er bereits seit zwölf Stunden in diesem unauffälligen Kleinwagen, um die rote Villa schräg gegenüber zu beobachten. In Wirklichkeit waren es zwar erst knapp vier Stunden, aber er hatte sich das Observieren wesentlich spannender vorgestellt.

Er war so stolz gewesen, als seine Chefin ihn endlich mit einem echten Einsatz betraut hatte. Frau Klimm hatte ihn vom ersten Tag an unter ihre Fittiche genommen und sofort auch geduzt, was ihm gleich das gute Gefühl gegeben hatte, zu ihrem Team dazuzugehören. Doch jetzt erinnerte Paul sich an das Grinsen der Teamkollegen über seinen Eifer bei der Auftragseinteilung. Er hatte ihre Reaktion völlig falsch interpretiert, wie ihm nach diesen Stunden lähmender Langeweile allmählich klar geworden war. In der ganzen Zeit war die verdächtige Person nur zwei Mal aus dem Haus getreten, zunächst, um eine völlig normale Abfalltüte in den Mülleimer zu werfen, und später, um die Treppenstufen am Eingang zu fegen. Er hatte diese Bewegungen gewissenhaft im Observationsheft notiert, weil es offenbar notwendig war, um ein vollständiges Charakterprofil zu erstellen, aber interessanter wurde das Ganze dadurch nicht.

Etwas tat sich gerade, denn die Haustür unter der roten Pagoda ging wieder auf. Paul stöhnte, als er den Gartenschlauch erkannte, den der Verdächtige im Vorgarten auszurollen begann. Dann fing er auch schon an, die Rasenfläche und das Blumenrondell zu besprengen. Hatte der Mann denn überhaupt keine Fantasie, was er mit seinem Leben anfangen sollte? Wenn er arbeitslos war, bot es sich doch an, Bewerbungen zu verschicken, sich um Jobinterviews zu kümmern oder wenigstens einen Fortbildungskurs zu besuchen! Aber sein Verhalten konnte natürlich auch Tarnung sein, um mit dieser zur Schau gestellten Harmlosigkeit zu verschleiern, dass er in Wirklichkeit dunkle

Geschäfte tätigte. Paul schaute auf seine Uhr, um den exakten Beginn der Gartenbewässerung zu notieren. Dann lehnte er sich wieder zurück und unterdrückte ein Gähnen. Die Gummibärchen und was immer für chemische Zusätze in ihnen steckten, hatten ihn bisher vom Einnicken abgehalten, aber nun waren seine Vorräte erschöpft. Der Verdächtige war bereits mit der vorderen Hälfte des Rasens fertig und wandte sich ein paar einzelnen Zierbüschen zu. Paul vertrieb sich die Zeit, indem er die verschiedenen Blumenbeete, Sträucher und Bäume zusammenzählte, um hochzurechnen, wie lange es dauern würde, bis der Mann seine Arbeit beendet hatte.

Ein schwarzer Geländewagen rollte vorbei und parkte vor der Villa. Interessiert richtete er sich auf. Eine junge Frau in Reithosen schwang sich aus dem Wagen und ging zum Gartentor. Er reckte den Kopf, um an dem Wagen vorbeisehen zu können. Der Verdächtige und die Frau küssten sich, wechselten ein paar Worte, die im Geräusch des plätschernden Brunnens untergingen, und traten dann zusammen ins Haus. Paul stieg schnell aus, um sich das Kennzeichen des Geländefahrzeugs zu notieren. Endlich passierte hier etwas.

Kiki hatte ihre Reithosen an, weil sie direkt vom Reitstall zu Hasi gefahren war.

»Wie war es beim Therapeuten, Häschen? Hat es sich gelohnt?«

»Es war schon – ganz originell, aber es wurde so viel diskutiert, dass man sich noch nicht mit meinem Anliegen beschäftigen konnte. Ich werde wohl noch mal hingehen müssen, fürchte ich.«

Kiki ging an ihm vorbei ins Kaminzimmer und deutete auf den Teppich mitten im Raum.

»Hier soll deine verschwundene Leiche also gelegen haben?«

»Ein bisschen weiter links«, korrigierte Hasi und zeigte widerstrebend auf den Platz zwischen Kamin und Glastisch. »Sie lag da auf dem Boden zwischen den beiden Teppichen, und die Tischplatte war zersplittert und voll Blut.«

»Hm …« Kiki schaute flüchtig auf die Stelle, um sich dann den Terrassenfenstern zuzuwenden. »Wir müssen nur eines der kleinen Seitenfenster einschlagen, durchgreifen und von dort aus die Terrassentür aufschließen. Das reicht doch, um den Einbruch glaubhaft zu machen, was meinst du?«

»Wozu brauchen wir denn einen Einbruch?«

»Für deine Chinavase natürlich. Du meldest morgen früh den Einbruch und die Zerstörung der Vase und bist fein raus. Genial, oder? Ist mir gerade beim Reiten eingefallen.«

»Ich weiß nicht.« Hasi zuckte unschlüssig mit den Schultern.

»Wäre es dir angenehmer, den Rest deines Lebens Schadensersatzforderungen abzustottern?«

»Aber ein falscher Einbruch ist doch bestimmt strafbar.«

»Mag sein. Aber dafür muss man uns ja erst einmal erwischen.«

»Apropos erwischen. Ich hatte schon Besuch von einer Hauptkommissarin.«

»Ach so. Dann haben sie dich also auf dem Kieker. Wie lästig.« Kiki runzelte die Stirn und dachte nach. »Du hast recht, vergessen wir den Einbruch. Dumme Idee von mir.«

Hasis Gesicht erhellte sich. »Können wir nicht versuchen, die Vase wieder zusammenzukleben?«

»Wo ist sie überhaupt?« Kiki öffnete die chinesischen Flügeltüren und schaute sich um. Hasi wies auf eine große Schale voller Porzellanscherben und eine kleinere mit den Täfelchen des I Ging.

»Glaubst du, das lässt sich reparieren?«

Kiki betrachtete die vielen Scherben. »Für einen Experten ist das ein Klacks, Häschen.«

»Fabelhaft.« Hasi strahlte und gab ihr einen Kuss. »Du machst mir Mut.«

»Nicht so voreilig. Erst mal brauchen wir einen Restaurator.«

»Vielleicht kennt Tante Pudel jemanden aus der Restaurationsabteilung vom Pergamonmuseum. Sie ist ja Mitglied in der Orientgesellschaft.«

»Na dann viel Vergnügen – und lass dich nicht von ihr schikanieren!« Kiki grinste und schaute auf ihre Uhr. »Ich muss los. Halt mich auf dem Laufenden, ja?«

»Aber klar«, sagte er und brachte sie zur Tür.

Paul hob desinteressiert den Kopf, als er sah, wie die Frau in Reithosen wieder aus dem Haus kam. Die Zentrale hatte inzwischen das Kennzeichen überprüft, und er wusste, wer sie war. Observieren würde er von der Liste der Tätigkeiten streichen, für die er sich noch einmal freiwillig melden würde, egal wie sehr er sich bei Frau Klimm bewähren wollte.

Es tat so weh, dass ihm Tränen in die Augen schossen

Der nachtblaue Porsche Cayman war immer seine letzte Bastion gewesen, in dessen luxuriösem Schalensitz Thomas Zuflucht fand, wenn der Druck überhandnahm. Doch obwohl er auch jetzt hinter seinem handgenähten Lederlenkrad saß und die beruhigenden Vibrationen der zweihunderfünfundneunzig PS spürte, konnte er die Fahrt nicht wirklich genießen. Schuld daran war sein ungebetener Gast.

Müller Eins lümmelte sich auf dem Beifahrersitz, während Müller Zwo in seinem eigenen Wagen hinterherfuhr. Thomas drückte unwillkürlich auf das Gaspedal, sodass der Porsche mit aufröhrendem Motor richtig abzog und Müller Zwo mit seinem Wagen weit zurück ließ.

»Runter vom Gas! Was soll der Quatsch?«, blaffte Müller Eins und schlug ihm mit dem Handknöchel gegen das Ohr. Es tat so weh, dass ihm Tränen in die Augen schossen.

Müller Eins betrachtete mitleidig seine Fingerknöchel. »Sehen Sie, wozu Sie mich zwingen? Glauben Sie denn, mir macht das Freude, Herr Beyerle?«

»Mir ist der Fuß ausgerutscht, kann doch mal passieren, Scheiße, oder?«

»Wir machen lieber keine Fehler mehr, das ist besser für alle.« Müller Eins nahm sein Handy. »Alles okay. Unser kleiner Freund ist schon vom Gas gegangen.«

Thomas knirschte mit den Zähnen und starrte nach vorne. Wo blieb die Dankbarkeit dafür, dass er ihnen Hasis Chinavase quasi auf dem Tablett servierte? Gestern Nachmittag hatten sie ihm ein Päckchen Tabletten mitgebracht. Er sollte ihnen vertrauen, die Pillen würden ihm sehr gut bekommen. Sie hatten neben ihm gestanden, bis er zwei davon geschluckt hatte. Thomas wusste bis jetzt nicht, was sie ihm da besorgt hatten. Fakt war aber, seine innere Unruhe und der Juckreiz waren weg, er hatte tatsächlich durchgeschlafen und fühlte sich heute auch ohne Koks wieder fast fit. Abends hatten sie dann zusammengesessen, und er war es schließlich, der auf den genialen und einfachen Plan gekommen war, der auch so nebenbei den Vorteil hatte, dass er selbst als der Gute aus der Sache rauskam und sein Freund Hasi nicht als Kollateralschaden mit draufging. Er würde mitten am helllichten Tag völlig unverdächtig in seinem Porsche bei Hasi aufkreuzen, seinen Begleiter Müller Eins als alten Freund vorstellen und sich unter einem Vorwand Zutritt verschaffen. Dann würde Müller Zwo mit Strumpfmaske über dem Gesicht an der Tür klingeln und einen Überfall vortäuschen. Während der »gute« Müller Hasi vor dem Angreifer in Sicherheit brächte, würde der »böse« Müller sich mit der Vase davonmachen. Natürlich müsste alles so schnell über die Bühne gehen, dass Hasi keine Chance haben würde, zu peilen, dass der Überfall getürkt war. Der Plan konnte natürlich nur funktionieren, wenn jemand Müller Zwo den Weg zum richtigen Exponat zeigte. Ohne ihn klappte hier gar nichts, und deshalb sollten sie ihn gefälligst besser behandeln, dachte Thomas wütend und schaltete brav einen Gang runter, um in die kopfsteingepflasterte kleine Straße am Grunewald einzubiegen. Im Rückspiegel sah er, dass Müller Zwo außer Sichtweite der Villa stehen blieb.

»Langsam heranfahren. Ganz normal«, kommandierte Müller Eins.

»Normal ist langsam für mich nie«, murrte Thomas, doch er hielt sich wohlweislich an die Anweisung und rollte im Schritttempo über das Pflaster. Gerade wollte er vor dem Haus auf dem Bordstein einparken, als Müller ihm plötzlich auf den Arm tippte.

»Weiterfahren. Ganz ruhig bis zum Wendehammer und dann drehen.«

»Wieso denn? Wir sind doch da.«

»Das Haus wird observiert«, sprach Müller in sein Handy, ohne Thomas mit einer direkten Antwort zu würdigen. »Wir fahren langsam zurück. Und nicht zur Seite sehen, verstanden?« kommandierte er, als Thomas den Wagen gewendet hatte.

Aus dem Augenwinkel konnte Thomas im Vorbeifahren flüchtig einen silbergrauen Golf wahrnehmen, der schräg gegenüber von Hasis Villa am Straßenrand stand. An der Ecke wies Müller ihn an, den Wagen abzustellen und auszusteigen.

»Nur ein kleiner Waldspaziergang.«

Wie die Sonntagsspaziergänger schlenderten sie noch einmal die Straße entlang in Richtung Grunewald. Als sie an dem silbernen Golf vorbeikamen, sah Thomas auf dem Fahrersitz einen jungen Mann in halb liegender Position. Sein Kopf war zur Seite gefallen und er schlief tief und fest. Trotzdem setzte Müller ihren Spaziergang fort, bis sie den Waldrand erreicht hatten. Hinter den ersten Bäumen machten sie halt.

»Ein Bulle«, berichtete Müller ins Handy.

»Ein schlafender Bulle«, korrigierte Thomas. Die Sache war gelaufen. Fast war er enttäuscht, dass sein schöner Plan nun doch nicht zum Einsatz kommen würde.

Müller warf ihm einen finsteren Blick zu. »Was soll das bedeuten? Warum wird er observiert?«

»Ich habe nicht die geringste Ahnung.«

»Wir machen eine Runde um das Objekt«, sagte Müller.

Von hinten konnten sie durch das Buschwerk einen Blick auf das Grundstück werfen. Wie Thomas bereits bei seiner ersten Erkundung vermutet hatte, war Hasi tatsächlich mit Gartenarbeit beschäftigt. Eine Weile beobachteten sie, wie er die Rosenbeete vor der Terrasse goss.

Müller hatte immer noch das Handy am Ohr. »Scheint gute Kontakte zur Polizei zu haben. Ich denke, das Objekt wird rund um die Uhr bewacht. Sonst wäre der Bulle vor dem Haus nicht so müde.«

»So sieht es allerdings aus«, pflichtete Thomas eilfertig bei.

Auf dem Rückweg kamen sie wieder an dem Polizisten vorbei, der jetzt wach war und in sein Handy sprach, während er die Villa beobachtete, ohne den beiden Spaziergängern, die gerade den Wald verließen, auch nur einen Blick zu schenken.

»Ich glaube, wir müssen dieses Projekt aufgeben«, sagte Müller Zwo, als sie die Fahrzeuge erreicht hatten.

»Tut mir leid, ehrlich.« Thomas bemühte sich, seine Erleichterung nicht zu zeigen.

Müller Eins nickte. »Ich werde einen Bericht machen.«

Er stieg in den Porsche und reichte Thomas den Autoschlüssel. »Wir werden über andere Wege nachdenken, wie Sie Ihre Schulden zurückzahlen können, Herr Beyerle.«

»Natürlich, kein Problem.« Er musste sich sehr bremsen, um nicht übermütig auf das Gaspedal zu drücken. Die Sache mit Hasi war erledigt, und was das Business betraf, war er diesen beiden Dumpfbacken haushoch überlegen.

Wenn ihm allerdings die Tatsache prophezeit worden wäre, dass er nur noch wenige Tage zu leben haben würde, hätte sich sein Übermut wohl in Grenzen gehalten.

Hasi holte tief Luft. »Natürlich möchte man niemandem den Tod wünschen, aber ich glaube nicht dass ich so viel daran denken müsste, wenn die Polizei wirklich eine Leiche gefunden hätte. Ist das irgendwie – unnatürlich?«

Jetzt hatte er es gesagt. Die ganze Geschichte von der Vision im Kaminzimmer bis zur Begegnung mit den Polizisten hatte er gewissenhaft geschildert und dabei sogar darauf verzichtet, das Erlebte einer anderen Person anzudichten. Und selbstverständlich ohne dabei ins Lamentieren zu verfallen. *Never complain, never explain* war nicht nur das Motto der englischen Royals, auch in seiner Familie galt es als ausgesprochen unhöflich, andere mit seinem Gejammer zu langweilen. In der Gruppe hier schien diese Rücksichtnahme jedoch unbekannt zu sein, denn für Hasis Gefühl passierte hier kaum etwas anderes, als dass sich alle ständig über ihr Leben oder ihr Befinden beklagten.

Mit einem Gefühl der Leere im Kopf lehnte er sich zurück. Es kam ihm vor, als sei auf einmal eine schwere Last von ihm abgefallen. So funktionierte Therapie also. Angenehmer und schneller als erwartet, hatte sich ein Ergebnis eingestellt, mit dem man durchaus zufrieden sein durfte. Diese zweite Stunde hatte ihren Zweck vollständig erfüllt, und was ihn betraf, könnte die Therapie jetzt auch beendet sein. Er warf einen verstohlenen Blick auf seine Uhr. Leider gab noch mindestens dreißig Minuten zu füllen.

Das Schweigen kannte er bereits. Alle schwiegen immer erst einmal ausführlich, nachdem jemand etwas von sich preisgegeben hatte. Nur sein leerer Magen meldete sich mit einem peinlichen Knurren in die Stille hinein. Vor Beginn der Sitzung hatte er sich zwar mit einem Becher Kaffee stärken können, doch leider wurde hier kein Gebäck dazu gereicht. Irgendetwas musste schleunigst gegen seinen Versorgungsengpass getan werden.

Uwe, der Therapeut, strahlte Hasi beglückt an und brach das Schweigen. »Schön, dass du dein Thema mit uns geteilt hast, Hartung. Vielen Dank für dein Vertrauen! Wie geht es dir jetzt?«

»Ausgezeichnet. Danke der Nachfrage.« Dass er seit zwei Tagen nur von Toastbrot, Butter und Tee lebte, ging natürlich keinen etwas an.

»Und, möchtest du Feedback von der Gruppe?«

»Mit Vergnügen.« Er hätte auch gut darauf verzichten können, aber er wollte keine Spaßbremse sein. Dieses sogenannte Feedback brachte immer alle in Stimmung.

Biggi, die Blonde mit den Taschentüchern, meldete sich als Erste zu Wort. Hasi hatte sich heute vorsorglich zwischen die Frau mit dem Tinnitus und die stachelige Managerin gesetzt, um nicht wieder von Biggis Händen umklammert zu werden.

»Ich kenne das nämlich sehr gut, was Hartung erlebt hat«, sagte Biggi und schaute ihn bedeutungsvoll an. »Kurz nach meiner Kündigung ist mir mein Chef nachts in der Küche erschienen. Er war nackt und hat sich direkt vor meinen Augen mehrere Schaschlikspieße in den Bauch gerammt. Wahnsinnig gruselig – aber irgendwo auch schön.« Sie lächelte in sich hinein.

»Und ist dein Chef wirklich tot, oder lebt er noch?«, fragte Hasi.

»Natürlich lebt er noch«, sagte Ingo und zwinkerte ihm zu wie einem Komplizen. »Und wenn sie ihm nach der Kündigung ins Gesicht gesagt hätte, was er für ein Arschloch ist, dann wäre sie diesen unterdrückten Ärger schon lange los.«

»Ich wünsche mir, dass du nicht in der dritten Person über mich sprichst«, rief Biggi.

»Bist du sicher, dass das überhaupt eine Halluzination war?«, fragte die Managerin mit der schwarzen Brille dazwischen. »Klingt für mich eher wie ein feuchter Traum!«

Biggi schniefte beleidigt. »Ich muss mich nicht rechtfertigen.«

Hasi hörte interessiert zu, wie die Gruppe nun hin- und herdiskutierte, ob Biggis Erfahrung eine Halluzination oder vielleicht ein Wachtraum oder nur eine Wunschfantasie gewesen war, und es wurde immer lauter, bis Uwe schließlich einschritt und mit den Händen ein T-Zeichen machte, von dem Hasi erfuhr, dass es »Auszeit« bedeutete. Als es wieder ruhig war, schlug Uwe vor, dass jeder nun einfach sein eigenes Erleben zum Gruppenprozess besteuern sollte, anstatt den anderen abzuwerten.

Hasi war erstaunt, dass er offenbar eine richtige Lawine losgetreten hatte, und es erleichterte ihn ungemein, dass er nicht der Einzige war, der Halluzinationen hatte. Die Frau mit dem Tinnitus hörte regelmäßig schrille Vogelstimmen, die Managerin beeilte sich, von einem *Out-of-body*-Erlebnis zu erzählen, bei dem sie sich selbst von oben gesehen haben wollte. Hasi war sich nicht sicher, ob er das glauben sollte, zumal Ingo ihm verstohlene Zeichen machte und mit den Augen rollte. Alice, die Witwe, die bislang noch nie etwas gesagt hatte, erzählte, dass ihr toter Mann ihr manchmal im Schlafzimmer erschien, wenn sie sich auszog. Das interessierte die Runde ungemein, aber alle waren etwas enttäuscht, als Alice jede Erotik abstritt und erklärte, dass ihr Mann, genau wie zu Lebzeiten, nur stumm in seinem Sessel säße.

Hasi merkte, dass seine Gedanken abdrifteten. Gerade als er sich vorstellte, wie es wäre, wenn er noch genug Geld hätte, um sich eine doppelte Portion Kartoffelsalat mit Würstchen in der Unimensa leisten zu können, schreckte Biggi ihn aus seiner Träumerei.

»Ja, ich habe eine totale Wut auf meinen Chef«, brüllte sie unvermittelt in die Runde. »Ich wünschte, dieses fette Schwein wäre tot! Ja!« Dabei schlug sie mit beiden Fäusten auf das robuste Therapiekissen ein, das Uwe für noverbale Kommunikation bereitgelegt hatte.

Alle beglückwünschten sie zu diesem Ausbruch. Die Frau mit dem Tinnitus umarmte Biggi, und beide fingen an zu weinen. Hasi bemühte sich, unauffällig ein wenig von den Frauen abzurücken. Wenn es nach ihm ginge, hätte man Biggis Entgleisung besser ignoriert, anstatt sie auch noch mit Aufmerksamkeit zu belohnen. Und dass die beiden Frauen nun gemeinsam heulen mussten, war völlig unangebracht. Wenn er hier der Therapeut gewesen wäre, hätte er diesem Treiben durch sein komisches Auszeit-Zeichen jetzt ein Ende gesetzt. Er warf Uwe einen kurzen Blick zu, doch der schaute nur zufrieden in die Runde.

Plötzlich löste sich Biggi aus der Umarmung ihrer Nachbarin und blickte Hasi mit großen, tränenumflorten Augen an. »Du Armer, du hast auch sehr viel Ärger in dir, nicht wahr?«

»Ich, wieso?«

»Deine Vision ist so gewalttätig. Was hat dir diese Frau angetan, dass sie für dich sterben musste?«

»Sie hat mir nichts angetan. Ich kenne sie doch gar nicht.«

Die Managerin neben Hasi tippte ihm auf den Arm. »Warum stellst du dir wohl eine unbekannte Frau vor, die blutig ermordet wird? Denk mal nach!«

»Ich habe sie mir nicht vorgestellt. Sie lag einfach da.«

»Wie kann man eigentlich über eine Person halluzinieren, die man gar nicht kennt?«, fragte Ingo und beugte sich interessiert vor.

»Ich glaube, unser netter Hartung hat eine unbewusste Wut gegen Frauen allgemein«, vermutete die Managerin.

»Bestimmt nicht!«, versicherte Hasi.

»Woher kommt denn deine Wut dann?«, forschte Biggi weiter. »Wir können dir helfen, das gemeinsam herauszufinden und durchzuarbeiten. Du musst dich nur auf den Prozess einlassen.«

»Vielen Dank, aber ich bin überhaupt nicht wütend. Wirklich nicht. Mir geht es blendend.«

»Oje, ich sehe da aber ganz viel Abwehr«, stellte die Frau mit dem Tinnitus kopfschüttelnd fest.

»Möchtest du gerne erzählen, was vor deiner Vision geschehen ist, Hartung?«, schlug Uwe vor. »Vielleicht findet sich dort ein Auslöser für dein Erlebnis.«

»Ach so«, sagte Hasi, »es kann sein, dass ich doch etwas ärgerlich war.«

»Siehst du«, jubelte Biggi. »Lass deine Wut raus, Hartung!«

»Deine Freundin hat dich verlassen, stimmt's?« Die Frau mit dem Tinnitus strich ihm sanft über den Unterarm.

»Nein, ähm ja, aber das ist schon über vier Jahre her. Ich habe mich nur geärgert, weil mir eine Vase heruntergefallen war.«

»Wegen einer Vase bringt man keine Frau um, auch nicht in der Vorstellung«, verkündete die Managerin.

»Aber das war eine antike chinesische I Ging-Vase und sehr wertvoll. Außerdem gehörte sie nicht mir, was besonders unangenehm ist.«

»Steh zu dir, Hartung, bitte! Öffne dich! Wir wollen dir doch alle nur helfen«, mahnte Biggi mit leichtem Vorwurf in der Stimme.

»Moment! Was ist das mit dem I Ging?«, fragte Ingo dazwischen. »Waren da alle vierundsechzig I Ging-Symbole auf der Vase?«

»Ja genau, auf kleinen Plättchen, die von Drachen gehalten wurden. Eine sehr filigrane Porzellanarbeit«, stimmte Hasi zu, froh, dass endlich jemand auf die wertvolle Vase einging und ihm nicht neue Vorwürfe machte.

»Und was ist mit den Symbolen passiert, als die Vase herunterfiel?«

»Na ja, alles ist kaputtgegangen, in Scherben, bis auf diese Plättchen, die habe ich dann alle einzeln aufgesammelt.«

»Interessant.« Ingo blickte triumphierend in die Runde. »Er hat gar keine Halluzination gehabt. Das war eindeutig ein Synchronizitätsphänomen.«

»Wir reden nicht in der dritten Person über Menschen, die sich hier im Raum befinden«, sagte Biggi streng, doch Ingo kümmerte sich nicht um sie.

»Er hat mit den Plättchen das I Ging-Orakel geworfen, als die Vase herunterfiel.«

»Entschuldigung, aber ich habe nichts geworfen. Die Vase ist mir versehentlich umgefallen.«

»Nicht absichtlich, aber das ist unerheblich. Weißt du, was das bedeutet?« Ingo fuhr fort, ohne eine Antwort abzuwarten. »Das I Ging ist die Schnittstelle zwischen Geist und Materie.«

»Hör auf mit diesem Eso-Quatsch, Ingo. Das geht alles von unserer Zeit ab«, warf die Managerin ein.

»Das ist keine Esoterik. Carl Gustav Jung hat das gesagt.« Ingo strahlte. »Jung hat das I Ging in seiner Theorie der Synchronizität besonders erwähnt.«

Hasi runzelte die Stirn. Irgendwo hatte er dieses komische Wort Synchronizität schon mal gehört. »Und was bedeutet das?«

»Es bedeutet, dass eine akausale Ereignisverknüpfung stattgefunden hat. Die Welt der Möglichkeiten hat sich mit Hilfe des I Ging-Orakels in der Wirklichkeit konkretisiert, wie Jung das in seiner Theorie der psychisch bedingten Relativität von Raum und Zeit dargelegt hat.«

»Aha.« Hasi starrte ihn verständnislos an.

»Das ist total cool, Mann. Du hast echt in die Zukunft gesehen!«

»Das fände ich aber nicht gerade beruhigend, wenn ich das sagen darf.«

Ingo nickte ihm zu. »Das kommt nicht von mir, das ist die reine Wissenschaft. Mit dem I Ging-Orakel kann man in die Zukunft sehen.«

»Ich würde eher sagen, *deine* Wissenschaft«, sagte die Managerin laut. Dann wandte sie sich an Hasi und murmelte: »Und wahrscheinlich der wahre Grund, warum er keinen Job als Physiker findet!«

»Ich weiß gar nicht, was dein Theoretisieren soll, Ingo«, sagte Biggi und schielte diskret nach dem Therapeuten. »Anstatt über deine eigenen Gefühle zu sprechen, flüchtest du dich in die unpersönliche Ebene.«

»Genau, das ist Ingos Muster«, pflichtete die Managerin bei.

»Unsere Zeit ist fast um. Möchtest du noch etwas sagen, Hartung?«, fragte der Therapeut. »Wie geht es dir mit den Angeboten der Gruppe?«

Es war seltsam. Obwohl Hasi rundherum nur skeptische Gesichter sah, ging es ihm gut. Nicht etwa, weil er dem Unsinn von Ingo auch nur einen Funken Glauben schenkte, sondern weil alle anderen im Raum offensichtlich viel verrückter waren als er selbst. Wenn es so normal war, ab und zu eine Halluzination zu haben, dann war das auch nicht weiter schlimm, und er musste sich keine Sorgen machen. Er suchte nach einer diplomatischen Formulierung, um niemanden zu kränken.

»Ich finde das, was Ingo gesagt hat, sehr interessant. Aber auch alle anderen Beiträge. Vielen Dank, dass ihr alle das von euch – mit mir geteilt habt.« An dem glücklichen Lächeln der Gruppenmitglieder sah er erfreut, dass er den richtigen Ton für sein Feedback getroffen hatte.

Nach der Sitzung schwang er sich erleichtert auf sein Rad. Die Sache mit der Gruppentherapie hatte sich glücklich erledigt. Als er losradeln wollte, kam Ingo atemlos angelaufen und blockierte seinen Weg. »Hartung, hättest du Lust, noch einen Kaffee trinken zu gehen?«

»Geht leider nicht«, sagte Hasi. Die Vorstellung, sich jetzt von Ingo weitere komplizierte wissenschaftliche Vorträge anhören zu müssen, war unerträglich, und außerdem musste er dringend etwas gegen sein Hungergefühl unternehmen.

»Wo wohnst du? Kann ich dich mal zu Hause besuchen?«

»Tut mir leid, aber das ist zurzeit ungünstig.«

»Morgen Nachmittag? Bitte! Ich muss unbedingt diese I Ging-Plättchen sehen. Und die Stelle, wo die Leiche gelegen hatte. Ich kann dir helfen. Ehrlich!«

»Danke vielmals, aber das ist nicht mehr notwendig.«

»Ich bringe auch einen Kuchen mit.« Ingo legte nach, als ahnte er Hasis Schwachstelle. »Einen selbst gebackenen Apfelkuchen. Meine Spezialität. Und dazu gibt es Schlagsahne und Vanilleeis. Alle meine Freunde lieben das.«

Hasi spürte, wie sein leerer Magen sich wie auf Kommando meldete. Für einen Moment wurde ihm schwarz vor Augen.

»Super!«, rief Ingo glücklich, »bis morgen Nachmittag dann also. Ich freue mich schon!« Er schüttelte ihm zum Abschied die Hand und ging davon. Hasi blickte ihm verdattert hinterher. Hatte er Ingo etwa ohne es zu merken seine Adresse gegeben? Sein hungriger Magen machte ihn offenbar ganz willenlos.

Er trank einen langen Schluck Tee, um sich zu sammeln

Erschöpft wischte Hasi sich den Schweiß von der Stirn. Das Rasenmähen war mit Tante Pudels verrostetem Handmäher um einiges mühevoller, als er es in Erinnerung hatte. Doch sie hatte ihm zwanzig Euro versprochen und dazu noch Tee und Sandwiches in Aussicht gestellt, wenn er die verwilderte Grasfläche hinter ihrem Haus in Ordnung brachte. Josephine Freifrau von Rettwitz, wie Tante Pudel mit vollem Namen hieß, wohnte in einem efeubewachsenen Häuschen an der Krummen Lanke. Das Mähen um die Bäume und Büsche herum gestaltete sich als kompliziertes Manöver, und Hasi hatte viel Zeit darauf verwenden müssen, altes Laub und Geäst zu entfernen, bevor er überhaupt anfangen konnte. So war er nun schon seit fast zwei Stunden bei der Arbeit und fand, dass er sein Honorar sauer verdient hatte. Tante Pudel stand auf der Terrasse, stieß ihren kleinen vogelartigen Kopf vor und musterte ihn ungnädig.

»Das nennst du fertig?«

»Ich denke schon.«

»Papperlapapp. Anstatt zu denken solltest du lieber die Gartenschere holen und die Kanten beschneiden, du Hornochse. So sieht doch kein Rasen aus.«

Hasi nickte ergeben. Mit Tante Pudel zu diskutieren war erfahrungsgemäß wesentlich anstrengender als die Gartenarbeit selbst, und wenn es noch eine weitere Stunde ackern in der prallen Sonne bedeutete.

Während er auf Zeitungspapier kniend den Rasensaum begradigte, dachte er über Tante Pudels Streitlust nach. Ob das etwa ihr persönliches Muster war? Ob sie wohl auch einen unterdrückten Ärger in sich trug, der sich in regelmäßigen Beschimpfungen Ausdruck verschaffte? Konnte es wirklich gesund sein, seinen Ärger herauszulassen? *Wuthygiene* hatte jemand in der Gruppentherapie dazu gesagt. Aber wieso sollte Wut hygienisch sein? War es nicht viel angenehmer, ein ärgerliches Gefühl zu ignorieren, bis es von selbst wieder abgeflaut war? Die Therapiestunde ging ihm mehr nach, als er eigentlich wollte, was ihm erst richtig auffiel, als er ein Büschel Petunien in der Hand hatte, die er, ohne es zu merken, mit Gewalt aus dem Beetrand gerissen hatte. Konnte der Vorwurf stimmen, dass er in seinem tiefsten Innern ein Frauenfeind war, fragte er sich, als er die armen Blumen in seiner Hand betrachtete. Einer, der Frauen am liebsten hatte, wenn sie tot auf dem Boden in ihrem Blut lagen? Das war doch blanker Unsinn! Die Damenwelt hatte sich noch nie über sein Benehmen beschwert. Die traurige Tatsache war, dass kein einziges Mädchen eine dauerhafte Beziehung mit ihm eingegangen war – aber deshalb würde er doch keine von ihnen umbringen! Er strich über seine Stirn, wie um das lästige Grübeln wegzuwischen. Es war besser, sich auf die zerbrochene Vase zu konzentrieren, wegen der er schließlich hierhergekommen war.

»Das sieht ja ganz passabel aus«, lobte Pudel, als er nach getaner Arbeit auf die Terrasse trat. »Und jetzt könntest du noch meine Rosen gießen, wenn du schon mal hier bist. Ich setzte uns in der Zwischenzeit einen schönen Tee auf.«

»Und Sandwiches«, wollte er sie erinnern, doch sie war bereits im Haus verschwunden. Als er das Wohnzimmer betrat, trug Tante Pudel ein Tablett herein, auf dem sich zu seiner Erleichterung auch ein kleiner Teller mit vier gebutterten dünnen Toastecken befand. Sie goss ihm eine Tasse Tee ein und musterte ihn aus ihren schwarzen kleinen Vogelaugen, während er sich heißhungrig über den Toast hermachte. »Also raus mit der Sprache. Was ist los? Mir kannst du nichts vormachen!«

»Entschuldigung. Ich habe heute kein Mittagessen gehabt, das ist alles.«

»Quatsch. Ich spreche nicht von deinen Manieren, sondern von deiner Flappe. Du bist bedrückt, das sehe ich doch.«

Er trank einen langen Schluck Tee, um sich zu sammeln.

»Mir ist da ein kleines Malheur passiert«, begann er, und dann erzählte er ihr von dem Bruch der chinesischen Vase, wobei er darauf achtete, den Polizeieinsatz und die verschwundene Leiche mit keinem Wort zu erwähnen. Überkandideltes Zeug würde Tante Pudel auf die Palme bringen.

Sie stand auf und winkte ihn zu einer kostbaren Porzellanschale. »Das war auch mal ein einziger Scherbenhaufen. Aber kannst du jetzt noch irgendeine Bruchstelle sehen?«

Hasi beugte sich über die Schale, die in der Tat völlig unbeschädigt aussah.

»Fabelhaft. Und wer kann so etwas?«

»Die Restaurationsfritzen vom Pergamonmuseum. Die tun den ganzen Tag nichts anderes, als alte Scherben wieder zusammenzukleistern.«

»Aber machen die so etwas auch privat?«

»Ich bin morgen beim Sommerfest der Orientgesellschaft, und du kommst mit«, sagte Tante Pudel energisch. »Ich stelle dir dann Frau von Oltingen vor, die sehr gut mit dem Leiter der Restaurationsabteilung befreundet ist.«

Hasi seufzte. »Ich habe bereits die Bekanntschaft von Frau von Oltingen gemacht.«

»Umso besser. Morgen Abend also. Zieh deinen Smoking an.«

»Tut mir leid, Tante Pudel, aber Frau von Oltingen und ich hatten eine – ähm – Meinungsverschiedenheit.«

»Sie ist schon eine penetrante Schreckschraube.« Tante Pudel verzog ihren Mundwinkel zu einem halben Lächeln und sagte mit tiefer Stimme: »Schätzchen, hast du etwa keinen Whisky im Haus.«

»Gut getroffen!«

»Dann werde ich mich stattdessen mal für dich umhören.«

»Vielen Dank. Mir fällt ein Stein vom Herzen.«

Er trank noch eine Tasse Tee und unterhielt sie mit einer ausführlichen Beschreibung von Kikis letzter Benefizveranstaltung. Als es Zeit zum Aufbruch wurde, merkte er, dass Tante Pudel sein Honorar für das Rasenmähen vergessen zu haben schien, und seine dezenten Hinweise, wie schön doch der Garten jetzt wieder sei, überhörte sie geflissentlich. Es gab bei ihr nichts umsonst, und seine Gartenarbeit sollte offenbar der Preis dafür sein, dass sie nun etwas für ihn tun wollte. Damit konnte man leben, dachte Hasi resigniert.

Im Hausflur bückte er sich, um eine auf den Boden gefallene Karte aufzuheben.

Tante Pudel schnaubte verächtlich. »Geh mir bloß weg damit. Mellenhoff, dieser aufdringliche Halunke, versucht mir meine Kunstsammlung abzuschwatzen. Aber da kann er noch so ein Brimborium machen, mich kann er damit nicht beeindrucken.«

Hasi warf einen Blick auf die Karte, eine pompöse Einladung zu einer Vernissage. Mit ziemlicher Sicherheit wurden dort Häppchen serviert. Schon der Gedanke daran ließ das Wasser in seinem Mund zusammenlaufen.

»Gehst du denn nicht hin?«, fragte er unschuldig.

»Das wäre ja noch schöner! Du kannst die Einladung haben, wenn du Lust hast. Sauf ihm seinen Champagner weg, mit den besten Grüßen von mir.«

In einem Verhör würde er in kürzester Zeit einknicken

Der familiäre ranzige Geruch von Leinöl schlug Lydia entgegen, als sie die dunkle Holztür zu ihrer Altbauwohnung in Schöneberg aufschloss. Sie hatte sich nie daran gewöhnt, sondern wurde immer wieder aufs Neue wie von einem Tsunami der Erinnerungen an Klimm überwältigt, wenn sie nach Hause kam. Es waren natürlich Jahre vergangen, seitdem er im Berliner Zimmer, das ihm als Atelier diente, seine wuchtigen Leinwände gemalt hatte. Und doch hielt sich der eindringliche Geruch von Öl, Terpentin und Zigaretten hartnäckig in den Wänden, so als sei es die Wohnung selbst, die ihre Erinnerungen an ihren Bewohner nicht gehen lassen wollte.

Lydias Schritte hallten auf den Holzdielen, als sie den langen Flur entlang in die Küche ging, wo in einer offenen Flasche auf der Theke noch ein letzter Rest Rotwein vom Vorabend stand, mit dem sie sich auf den Balkon setzten konnte. Sie ließ ihren Blick über die Dächer und Baumkronen wandern, um die Ereignisse des Tages noch einmal Revue passieren zu lassen, so lange der Wein ihrem Verstand die scharfen Konturen noch nicht genommen hatte.

Sie waren mit ihren Ermittlungen im Matisse-Mord gegen eine Wand gefahren, wie ihr Staatsanwalt Geyer, ein dröger Mittsechziger kurz vor der Pensionierung, mit der Herablassung eines Gymnasiallehrers vorgehalten hatte, als handelte es sich um einen traurigen Charakterfehler. So wunderte es sie nicht weiter, dass bereits einige aus ihrem Team abgezogen worden waren, um einen neuen Fall zu bearbeiten. Ein Mann war von seiner Lebensgefährtin aus dem Fenster gestürzt worden. Reine Routinesache und einer dieser Fälle, die in weniger als einer Woche gelöst wurden. Glückliche Kollegen. Die DNA-Analyse der Hautpartikel unter den Fingernägeln der ermordeten Melinda war mittags vom Labor eingetroffen, es wäre aber zu schön gewesen, wenn es einen Treffer in der Datenbank gegeben hätte. Die weiteren Zeugenbefragungen Tür zu Tür in der Nachbarschaft hatten nichts ergeben. Ebenso wenig die Observierung des Grafen Quermaten in seiner Chinesenvilla. Paul noch einen Tag im Auto hocken zu lassen war reine Zeitverschwendung, sie würde ihn abziehen müssen. Leider. Sie war froh gewesen, ihm endlich eine Aufgabe übertragen zu können, damit er nicht ständig an ihren Rockschößen hing. Vielleicht könnte er morgen die Telefonate übernehmen, um bei Scotland Yard Amtshilfe zu beantragen, denn ihr eigenes Englisch war ziemlich eingerostet. Die großen Auktionshäuser Sotheby's und Christie's würden einer deutschen Behörde bestimmt nicht freiwillig die Listen ihrer wichtigsten Sammler herausrücken. Aber es würde sich lohnen, zu überprüfen, ob es Auffälligkeiten gab bei den größeren Verkäufen moderner Kunst. Zugegeben alles ziemlich vage, dachte Lydia, als sie den letzten Schluck herunterkippte. Auf einen Impuls hin stand sie auf und beschloss, heute keine zweite Flasche Merlot aufzumachen, sondern noch auszugehen. Im Flur lag ein Stapel mit Einladungen von Galerien und Museen, zu denen sie in den seltensten Fällen ging, aber heute wollte sie nicht zu Hause hocken und ihrer Frustration nachgeben.

Im Kleiderschrank suchte sie nach dem langen, mit indischen Stickereien besetzten Kleid, das sie früher gerne zu Vernissagen getragen hatte. Dazu musste sie die Reihe von Klimms schwarzen Leinenanzügen zur Seite schieben. Nach seinem Tod hatte sie seine Garderobe in ihrem gemeinsam Kleiderschrank hängen lassen in einem Anflug magischen Denkens, als könnte sie auf diese Weise ihren toten Mann dazu bringen, wieder zurückzukommen, um seine nutzlos im Schrank vermodernde Kleidung wieder mit Form und Sinn zu füllen. Inzwischen war der trauerbedingte Wahnsinn vorbei, und doch hinderte sie irgendetwas noch immer daran, die Sachen in die Altkleidersammlung zu bringen.

Eine halbe Stunde später zwängte sie sich am Fasanenplatz aus Klimms Oldtimer. Schräg gegenüber versammelte sich ein Grüppchen trinkend und rauchend vor dem riesigen Schaufenster der Galerie Mellenhoff. Durch das Fenster konnte sie schon von hier aus grelle, überdimensionale Objekte ausmachen, gemarterte und gepfählte Comicfiguren, blutig und zerfetzt. Melli musste aus dem letzten Loch pfeifen, wenn er auf diese Weise hoffte, ein junges Käuferpublikum anzusprechen. Klimm hatte immer gesagt, jeder Haufen Kinderkacke würde Eindruck schinden, wenn man nur die Frechheit hatte, ihn riesig aufzublasen. Die Kunst war vor Langeweile gestorben, sie war seit Jahren mausetot. Und die Kunstgänger, die sich bei ihrem selbstzufriedenen Geschwätz an ihre Weingläser klammerten, befanden sich in Wirklichkeit auf einer Beerdigung, nur hatten sie es noch nicht mitbekommen. Lydia überlegte schon, wieder umzukehren, als sie an der hinteren Wand der Galerie eine Gestalt erblickte, die sich an der Champagnertheke herumdrückte. Der blasse junge Mann mit der blonden Tolle war eindeutig der verdächtige Graf aus der Villa. Lydia lächelte und betrat die mit Punktstrahlern dezent ausgeleuchteten Ausstellungsräume. Mal wieder hatte sich ihr Lieblingsprinzip *Serendipity* bewährt. Für das englische Wort gab es keine Übersetzung, es bezeichnete – so benannt nach dem alten Namen für die Insel Ceylon – einen glücklichen Fund, nach dem man gar nicht gesucht hatte. Serendipity zu folgen war die Bereitschaft, dem Zufall einen Platz im Leben einzuräumen.

Justus Mellenhoff stand in einer kleinen Gruppe von Interessenten und erklärte ein Exponat, einen gekreuzigten Enterich, mit der Begeisterung eines Gebrauchtwarenhändlers. Lydia nutzte die Gelegenheit, um an den jungen Mann heranzutreten.

»Guten Abend, Herr von Quermaten.«

Er drehte sich um, und seine Stirn kräuselte sich. »Sie werden entschuldigen …«

Lydia setzte ihr verständnisvollstes Lächeln auf. »Manchmal ist es schwer, jemanden zu erkennen, wenn man ihn woanders sieht als erwartet.«

Hasis Gesicht leuchtete auf. »Ach, Frau Kommissarin! Tut mir leid, ich war mit den Gedanken gerade ganz woanders. Darf ich Ihnen etwas zu trinken holen? Der Champagner hier ist ganz passabel.«

Sie deutete auf die Objekte an der Wand. »Interessieren Sie sich für diese Kunst?«

Er zuckte mit den Schultern. »Man versucht, sich auf dem Laufenden zu halten.«

»Mir geht es genauso. Immer wieder gehe ich auf Vernissagen und bin dann doch enttäuscht, dass es nichts Neues unter der Sonne gibt.«

»Aber die Bewirtung macht den fehlenden Kunstgenuss oft wett«, sagte Hasi entwaffnend. »Wollen wir uns nicht eine Kleinigkeit vom Buffet holen? Ich sterbe vor Hunger.«

Sie folgte ihm zu dem im Hinterraum aufgebauten Buffet, wo ihnen zwei befrackte Kellner kleine Teller mit Tapas zusammenstellten. Während Hasi sich über ein paar Garnelenspießchen hermachte, musterte sie ihn von der Seite. Sollte seine finanzielle Lage so desolat sein, dass er gezielt wegen des Essens hierher gekommen war? Schon an seinem offensichtlich mehrfach ausgebesserten Anzug war zu sehen, wie viel Mühe es ihn kostete, die Fassade zu wahren.

»Es scheint Ihnen wieder gut zu gehen?«

»Ein Therapeut hat mir geholfen, danke.« Er stutzte. »Oje, jetzt halten Sie mich bestimmt für halbgar.«

»Im Gegenteil«, sagte sie mit einem warmen Lächeln. »Es ist nichts Ehrenrühriges daran, sich Hilfe zu holen.« Sie machte sich im Geiste eine Notiz: labiler Charakter. Hatte er sich verschuldet, wurde er ausgenutzt? Wenn man den jungen Mann ordentlich unter Druck setzte, wäre er bestimmt leicht als Komplize zu gewinnen. Aber auch in einem Verhör würde er in kürzester Zeit einknicken.

»Jedenfalls hat man mir diese Sache nun erklärt. War alles nur Einbildung. Es gab in der Tat keine Leiche. Ich hatte eine Halluzination. So etwas passiert offenbar öfter, als man meinen würde, besonders unter Stress.«

»Wirklich? Stehen Sie denn so unter Druck?«

»Nun ja. So ein großes Haus macht schon viel Arbeit. Und ich fürchte, ich habe mich da in etwas hineinmanövriert. Eine dumme Sache, aber es wird schon wieder in Ordnung kommen, hoffe ich.«

»Jetzt haben Sie mich aber neugierig gemacht.«

Hasi lachte nervös. Lydia wartete darauf, dass er mehr darüber sagte, doch ihr Gespräch wurde unterbrochen, als Mellenhoff zu ihnen herüberkam. Er küsste sie auf die Wange. »Lydia! Meine liebste Künstlerwitwe! Was für ein bezauberndes Kleid!«

»Guten Abend, Melli. Danke für die Blumen.«

Mellenhoff wandte sich an Hasi, und die beiden stellten sich gegenseitig vor.

»Ich soll Sie herzlich von meiner Tante grüßen, Frau von Rettwitz.«

Lydia konnte förmlich sehen, wie Mellenhoffs Puls höher schlug.

»Ah, grüßen Sie die Baronin bitte ganz besonders herzlich von mir zurück! Sagen Sie ihr, dass ich immerzu an ihre großartige Kunstsammlung denken muss. Das eine oder andere Bild würde ich mir gerne beizeiten mal wieder ansehen.« Mellenhoff lauerte wie eine Hyäne.

Zu Lydias Überraschung wurde der junge Mann rot und geriet ins Stottern, als er antwortete. »Ich bedaure. Die Bilder sind gar nicht im Haus. Meine Tante lässt gerade renovieren. Aber die Grüße richte ich natürlich gerne aus.«

Der Junge log schlecht. Vielleicht hatte er auch hier seine Hände im Spiel und scheute sich noch nicht einmal, das Haus seiner eigenen Tante für einen Beutezug freizugeben. Ihre Sympathien für den Informanten schwanden. Unter einem Vorwand lehnte sie Mellenhoffs Einladung zum Essen für die »engsten Freunde« ab und bekam gerade noch mit, dass dessen Freundeskreis sich an diesem Abend um ein neues Mitglied erweitert hatte, denn Hasi nahm die Einladung dankend an. Der schnöselige Kostgänger nutzte seine Chance, dass er sich auf einen Schlag für den Galeristen interessant gemacht hatte. Und wo konnte es einfacher sein als bei Mellenhoff, um sich unverdächtig umzuhören, in welchen Berliner Villen die wertvollen Kunstsammlungen zu finden waren? Wie gut, dass sie heute Abend hierher gekommen war, dachte Lydia zufrieden. Auf ihren Instinkt konnte sie sich immer noch verlassen. Und Paul würde sie morgen doch wieder auf seinen Observierungsposten schicken.

Er hatte mit Schmetterlingen nichts zu schaffen

Kriminalkommissaranwärter Paul Spitzer quälte sich steif aus dem Observierungswagen, um ein paar gymnastische Dehnübungen zu machen. Die Mittagssonne hatte die letzten Stunden ununterbrochen auf das Dach gebrannt, und trotz des Duftbäumchens, das traurig am Rückspiegel baumelte, müffelte es im Auto inzwischen unangenehm nach ihm selbst. Während der Observation herumzulaufen war zwar streng genommen gegen die Vorschrift, aber wahrscheinlich auch nicht schlimmer als den »Kicker« von vorne bis hinten zu lesen, dazu die Bildzeitung und aus reiner Verzweiflung noch eine alte Ausgabe der Polizeigewerkschaftszeitung, die er unter dem Beifahrersitz gefunden hatte.

Die Sonne verschwand hinter einer Wolke in dem Moment, als Paul mit seinen Übungen begonnen hatte. Dunklere Wolken brauten sich westlich am Himmel über dem Grunewald zusammen und näherten sich wie eine graue Wand. Aus der Entfernung war dumpfes Grollen zu hören. Paul machte sein Zwanzigerpäckchen Kniebeugen zu Ende und ging ein paar Schritte auf und ab. Dabei schaute er unauffällig zum Objekt auf der anderen Straßenseite. Nichts rührte sich in der roten Villa, und nur das rostige Fahrrad neben dem Hauseingang zeigte, dass der Bewohner zu Hause war. Am Vormittag hatte er ihn dabei beobachtet, wie er den Kiesweg vor dem Haus geharkt hatte, dann kam der Postbote, und kurz darauf fuhr wieder die hübsche Frau vor, die, wie er inzwischen wusste, eine Verwandte der Zielperson war. Sie blieb genau sechsunddreißig Minuten, wie er sorgfältig notierte, und seitdem war absolut tote Hose.

Zehn Meter weiter am Waldrand sah Paul einen Abfallbehälter, und er holte die Überreste seines Verpflegungspaketes aus dem Wagen, um sie zu entsorgen, bevor er seinen Beobachtungsposten wieder einnahm. »We kehr for you« stand auf dem Mülleimer, und die Spaziergänger schienen das Angebot verlockend zu finden, denn während der Behälter selbst fast leer war, lagen Verpackungsreste und Flaschen auf dem Boden herum wie Fetische um einen Altar. Paul schob den Müll mit dem Fuß ein wenig näher an den Abfallbehälter. Vielleicht war es Neid und Missgunst angesichts der Luxusvillen hier am Waldrand, der die Leute dazu brachte, die Natur zu verschandeln, die sie doch zur Erholung nutzten. Menschen waren als Spezies inkonsequent und kurzsichtig. Eine unscharfe Bewegung im Augenwinkel verhinderte, dass er diesen interessanten Gedanken weiter verfolgen konnte. Ein junger Mann auf einem Rennrad, mit Helm und einem Rucksack auf dem Rücken hielt vor der roten Villa und klingelte an der Gartentür.

Paul war auf einmal hellwach. Der Radfahrer trug eine Sonnenbrille, und für einen Moment sah er einen blonden Stoppelhaarschnitt, bevor der Mann sein Hoodie über den Kopf zog. Am Interessantesten war jedoch der auffällige weiße Verband, der um seinen rechten Handrücken gewickelt war. Paul stockte für einen Moment der Atem. Das könnte der Einbrecher sein, in dessen Hand das Mädchen ihre Zähne versenkt hatte. Zu dumm, dass er sein Handy im Wagen gelassen hatte. Von seinem Standort beobachtete er, wie die Zielperson an der Haustür erschien und den Ankömmling förmlich begrüßte, wobei dieser ihr ein Paket überreichte. Sowie die beiden im Haus verschwunden waren, lief er zum Auto zurück, um Meldung zu machen, während er das Fenster hochfuhr. Gerade rechtzeitig, denn die ersten dicken Regentropfen trommelten aufs Dach, und das Gewittergrollen kam näher.

»Was ist denn so besonders an einem Radfahrer mit Rucksack?«, fragte Lydia am anderen Ende ohne große Begeisterung. »Sieht für mich nach einem einfachen Kurier aus.«

Paul wurde rot. »Immerhin ist der Typ noch nicht wieder aus dem Haus gekommen.«

»Dann sieh mal zu, dass du einen ordentlichen Blick auf die beiden durchs Fenster kriegst. Zur Not vom Garten aus, da musst du nur über den Zaun klettern. Wenn sich irgendwas Verdächtiges tut, melde dich wieder.«

Paul sah aus dem Autofenster. Inzwischen schüttete es aus Kübeln. »Klar Chefin, wird gemacht.«

Er griff sich die Gewerkschaftszeitung als notdürftige Kopfbedeckung, klappte den Kragen hoch und ging widerwillig in den Regen hinaus. Hätte er doch seine Klappe gehalten.

Ein Duft von Vanille und Zimt stieg Hasi in die Nase, als er die Backform mit dem Kuchen aus der Alufolie wickelte. »Herrlich! Und den hast du selbst gebacken?«

Ingo stand neben ihm in der Küche und deutete auf seinen Verband. »Ich habe mir beim Herausholen aus dem Ofen sogar die Hand verbrannt.«

»Oje. Das tut mir leid.«

Ingo winkte ab. »Halb so schlimm. Hast du vielleicht 'ne Cola?«

»Leider nur Leitungswasser und Teebeutel.«

»Macht ja nichts. Zeigst du mir jetzt die I Ging-Vase?«

»Aber erst müssen wir deinen Kuchen probieren.«

Beide aßen ein Stück, nachdem Hasi ihn mit einem Brotmesser zerteilt hatte. Als er hineinbiss, bekam er prompt einen Hustenanfall. Es fühlte sich an, als hätte er einen Sandsturm eingeatmet. Der Duft des Kuchens war eindeutig das Beste daran gewesen. Er schmeckte, als habe man ihn aus einem zweitausend Jahre lang verschlossenen Pharaonengrab geborgen. Mit einem Glas Wasser half Hasi dem Verzehr nach, um nicht unhöflich zu sein.

»Was hast du – sonst noch mitgebracht?« Er warf einen Blick auf Ingos Rucksack.

»Meine Instrumente«, sagte Ingo mit vollem Mund und stand auf. »So. Ich bin satt.«

»Gut. Hier geht es lang.« Auf seine Bitte hin wartete Ingo mit seinem Rucksack im Kaminzimmer, während er die Schale mit den chinesischen Plättchen der I Ging-Vase aus dem Raucherzimmer holte. Inzwischen regnete es in Strömen, und er verriegelte schnell die Terrassentür, bevor ein Windzug sie erfasste.

»Mann, da bin ich ja gerade rechtzeitig gekommen!«, sagte Ingo mit Blick auf den schwarzen Himmel. Es war so dunkel geworden, dass Hasi eine Lampe anmachte, bevor er die Schale auf den Couchtisch stellte.

»Bitte nicht berühren«, mahnte er, aber Ingo griff schon in die Schale.

»Ich bin ja ganz vorsichtig, Mann.« Er legte die Plättchen in einem Quadrat auf dem Boden aus.

»Muss das denn wirklich sein?«, fragte Hasi mit leicht erhobener Stimme.

»Ich will nur sehen, ob alle Symbole dabei sind. Kennst du dich aus mit dem I Ging?«

Das hatte Dahlkamp auch schon gefragt, dachte Hasi, und er bereute, der Empfehlung seines Hausherrn nicht nachgegangen zu sein und sich aus der Hausbibliothek die einschlägigen Bücher wenigstens einmal angesehen zu haben.

»Und sind alle Plättchen noch da?«, fragte er.

»Sind sie«, strahlte Ingo. »Das magische Quadrat, das ist so was von genial, Mann, da muss erst mal einer drauf kommen.«

»Also, für mich sieht das eher aus wie ein Memory-Spiel.«

»Das ist kein Spiel. Hier ist die ganze Welt als Mikrokosmos in vierundsechzig Symbolen dargestellt. Jedes Zeichen ist eine Kombination von Yin und Yang.«

Ingo nahm ein Plättchen in die Hand. »Hier! Yin und Yang sind die beiden Urkräfte Himmel und Erde, Mann und Frau, oder, wie ich als Wissenschaftler sie nenne: Geist und Materie.«

Ein Blitz durchzuckte den Raum, und Ingo ließ vor Schreck das Plättchen fallen.

»Shit!« Er hob es vom Teppich. »Nichts passiert, sieh selbst!«

Hasi raufte sich die Haare. »Bitte lass die Plättchen in Ruhe!«

»Ist ja gut. Wo bin ich stehen geblieben?« Ingo legte die Scherbe zu den anderen. »Yin und Yang werden durch eine ganze beziehungsweise eine unterbrochene Linie dargestellt. Und jedes der Symbole besteht aus sechs dieser Linien. Hier!« Er wies auf die Zeichen. »Das ist sozusagen ein *finetuning* der Kräfte, eine Differenzierung, wenn man so will.«

Hasi beugte sich vor und studierte die Strichlinien.

»Und wozu soll das gut sein?«

»Du legst damit ein Orakel, um dir deine Zukunft vorherzusagen.«

»Glaubst du denn an so was?«

»Gute Frage.« Ingo nickte lächelnd. »Ich habe ja Physik studiert. Früher im Grundstudium hätte ich das I Ging wahrscheinlich für Esoterik gehalten. Aber seitdem ich gelesen habe, was Jung dazu sagt, sehe ich das anders.«

»Ach so, die Synchronizität meinst du.« Hasi freute sich, dass er sich wenigstens einen Begriff gemerkt hatte.

»Ja, genau!« Ingo schaute ihn überrascht an. »Du kennst dich ja doch damit aus. Jedenfalls geht Jung davon aus, dass diese Symbole im I Ging auf Archetypen verweisen, die sich unmittelbar auf die Realität auswirken, wenn du das Orakel legst. Deshalb hat er das I Ging als Schnittstelle zwischen Geist und Materie bezeichnet. Und die neue Forschung in der Physik bestätigt das. Hast du schon mal von der Kognitonentheorie gehört?«

»Kognitonen?«

»Mentalteilchen. Nach meinem Doktorvater Krosigk werden Gedanken aus Kognitonen gebildet, allerkleinste Partikel, genauso wie zum Beispiel das Licht aus Photonen besteht, die Gravitation durch die Gravitonen bewirkt wird oder der Magnetismus durch die Elektronen. Wenn wir denken, nehmen wir diese mentalen Partikel auf. Unser Gehirn ist auch nur ein Empfangsorgan, so wie das Ohr oder das Auge.«

»Aber dann gäbe es ja gar keinen Unterschied mehr zwischen Geist und Materie. Dann wäre doch eigentlich alles aus kleinen Teilchen, oder?«

»Cool, Mann. Du hast es erfasst.« Ingo nickte anerkennend. »*Everything is one.* Deshalb lassen sich die Synchronizitätsphänomene inzwischen naturwissenschaftlich untermauern.«

Hasi strich sich durchs Haar. Ingos Theorien klangen doch sehr hanebüchen. Ihm wäre es eindeutig lieber, wenn seine Einbildung auch eine Einbildung blieb und nicht aus irgendwelchen Teilchen bestand.

»Wo lag sie übrigens?«, fragte Ingo.

»Wie bitte?«

»Na, die Leiche dieser Frau. Du hast sie doch hier im Raum liegen gesehen, oder?«

»Ach so. Dort neben dem Glastisch. Du stehst gerade mit deinem linken Fuß auf der Stelle.«

Ingo zuckte zurück. »Warum sagst du das erst jetzt, Mann?« Er öffnete seinen Rucksack und entnahm ihm einige Messinstrumente. »Gibt es hier eine Steckdose in der Nähe?«

»Was hast du denn vor?«

»Messungen machen, was sonst? Ist vielleicht die erste Chance der Wissenschaft, ein dokumentiertes Synchronzitätsphänomen vermessen zu können.«

»Aber hier ist doch längst nichts mehr.«

»Da täuschst du dich aber sehr, mein Freund. Die Leiche liegt hier, egal ob wir sie sehen oder nicht.« Ingo deutete auf den Boden. »Sie ist nur in der Zeit nach vorne verschoben, aber nicht im Raum. Deshalb hoffe ich, dass sich hier jetzt etwas von ihrer zukünftigen Präsenz messen lässt.« Er baute ein paar Geräte um die Stelle herum auf. »Bei Geistermanifestationen hat man einen Temperaturabfall im Raum gemessen. Daher auch die bekannten Nebelerscheinungen. Und auch die Elektrizität in der Luft könnte erhöht sein, das wurde auch schon oft beobachtet. An dieser Stelle befindet sich mit Sicherheit eine Art Kraftfeld, die Frage ist nur, ob es mit unseren Dimensionen interagieren kann.«

Hasi schaute neugierig zu, wie Ingo seine Geräte feinjustierte, mit einer Art Wünschelrute die Stelle des Leichenfundes umkreiste und an mehreren Stellen sogar hoch in die Luft sprang, um auch die Schwingungen weiter oben im Raum erfassen zu können. Wenn er nicht so gebannt von Ingos kurioser Vorstellung gewesen wäre, hätte ihm vielleicht auffallen können, dass es noch einen interessierten Beobachter gab, der von draußen in den hell erleuchteten Raum starrte, trotz des strömenden Regens äußerst zufrieden wirkte und nun mit gutem Grund zum Handy griff, um Verstärkung anzufordern.

Auf Ingos Skalen zitterten Zeiger, die Spannungen, Luftdruck, Luftfeuchtigkeit, Temperatur und andere Dinge anzeigte, von denen Hasi noch nie etwas gehört hatte. Wie zum Beispiel die Aura, die Ingo mit einer Spezialkamera zu fotografieren versuchte. Nur war auf dem Display nicht der von Ingo erhoffte Umriss einer in Zukunft hier zu erwartenden Leiche zu sehen, sondern nur der Glastisch und der leere Fußboden. Enttäuscht richtete Ingo sich auf. »Hier ist so gut wie nichts.« Zur Sicherheit wiederholte er seine Messungen noch an ein paar anderen Stellen im Raum und verglich die Ergebnisse miteinander. Dann sah er Hasi betrübt an. »Da kann man nichts machen. Meine Instrumente sind einfach zu unpräzise.«

»Wie wird dieses Orakel eigentlich gelegt?«, fragte Hasi.

»Die klassische Art ist mit Schafgarbenstängeln. So ähnlich wie Mikado kannst du dir die vorstellen. Man nimmt eine Handvoll und teilt sie immer wieder nach dem Zufallsprinzip. Dann wird das alles nach einem mathematischen System ausgezählt, und daraus wird das Symbol abgeleitet, das für dein persönliches Orakel bestimmend ist. Münzen werfen geht auch, ist aber nicht so präzise im Resultat.«

»Dann wundert es mich nicht dass du nichts gemessen hast. Es hat ja gar kein Orakel gegeben. Ich habe weder Stäbchen noch Münzen geworfen, tut mir leid. Mir ist die Vase mit den I Ging-Plättchen einfach nur heruntergefallen. Ein dummer Zufall, mehr nicht.« Hasi war froh, das geklärt zu haben, denn die ganze Sache wurde allmählich etwas mühsam.

Doch Ingo schien gar nicht daran zu denken, jetzt schon aufzugeben, sondern runzelte angestrengt die Stirn. »Das ist allerdings seltsam. Von so einem Fall habe ich noch nie gehört Aber ich glaube nicht an Zufall, das ist unwissenschaftlich. Da muss noch mehr passiert sein.«

Hasi verschränkte die Arme. Die Hartnäckigkeit seines Besuchers ging über die Grenzen der Höflichkeit hinaus. »Bestimmt nicht. Hier war nichts passiert. Ich war ganz alleine hier.«

»Lass uns bitte genau rekonstruieren, wie es zu dem Bruch der Vase gekommen ist. Nur um sicherzugehen. Dann bist du mich auch los.«

»Na gut, von mir aus. Ich habe hier gelüftet und das Porzellan abgestaubt. Mit einem Staubwedel. Dann flog ein Schmetterling durch das Fenster und –«

»Aha, ein Schmetterling!«, unterbrach Ingo begeistert. »Wie sah der aus?«

»Mit Flügeln. Wie Schmetterlinge eben so aussehen.« Hasi zuckte mit den Achseln.

»Geht das auch genauer? Versuch mal, dich zu erinnern.«

»Er hatte so ein Muster in Orange und Schwarz, glaube ich. Wie diese Seidenmalerei.« Hasi zeigte auf den chinesischen Paravent. »Deshalb wollte er sich da wohl auch draufsetzen.«

»Siehst du, da hört der Zufall schon auf. Und der Schmetterling hat dich dann zu der Leiche geführt, oder?«

»Nein, so war das nicht. Der Schmetterling war schon wieder weggeflogen. Aus dem Fenster. Die Frau habe ich erst gesehen, als ich die Scherben aufsammelte.«

»Wie sah sie aus? Beschreib doch mal.«

»Blond, sehr schön und ganz friedlich, als ob sie schlief. Sie trug eine Seidenbluse –«

»Ha! In Orange und Schwarz!«

»Ja genau, woher –?«

Ingo lächelte triumphierend. »Der Schmetterling hatte das gleiche Muster auf seinen Flügeln, oder?«

»Stimmt, du hast recht.« Hasi schaute ihn verblüfft an. »Komisch, das war mir noch gar nicht aufgefallen.«

»Da haben wir den akausalen Zusammenhang, der das Orakel aktiviert hat, als dir die Vase mit den Symbolen runtergefallen ist. Ich wette, dieser Schmetterling hat eine besondere Bedeutung für dich.«

»Wieso? Das macht doch keinen Sinn. Ich habe mit Schmetterlingen nichts zu schaffen.«

»Das glaube ich nicht. Irgendwo in deinem Leben, vielleicht schon in der frühen Kindheit, hat er bei dir etwas ausgelöst.«

»Ich wüsste nicht, woher –« Hasi stockte.

»Ja und? Es fällt dir ein, oder?«

»Das ist jetzt schon merkwürdig«, sagte Hasi und strich sich verwirrt die Haartolle aus der Stirn. »Es gab da wirklich einen Schmetterling. Mein Vater hatte über seinem Schreibtisch so einen Schaukasten hängen. Darin war hinter Glas ein großer, aufgespießter Schmetterling. Als Kind habe ich das als sehr grausam empfunden. Der arme Schmetterling.« Hasi hüstelte. »Aber das ist lange her. Ich denke nicht, dass –«

»O doch. Gerade!«, unterbrach ihn Ingo. »So ein traumatisches Erlebnis prägt dich fürs Leben.«

Hasi blieb skeptisch. Es waren eher die größeren Jagdtrophäen seines Vaters gewesen, die bleichen Gehörne und Hirschgeweihe an den Wänden oder die borstige Schwarte eines Keilers mit ausgestopftem Kopf, die vor dem Kamin lag. Wenn überhaupt, dann hätte er davon ein Trauma bekommen können, aber doch nicht von einem Insekt, das war lachhaft.

»Frauen sind ja auch irgendwie wie Schmetterlinge, oder?«, fragte Ingo. »Dieses Flatterhafte zum Beispiel. Immer fliegen sie weg, wenn es ernst wird. Also, bei mir ist es jedenfalls so«, räumte er ein.

Hasi nickte widerstrebend. »Nicht dass ich etwas gegen Frauen sagen möchte, aber das ist mir auch gelegentlich schon passiert.«

Lydia stand unter einem Regenschirm neben einem der beiden Polizeiwagen, die in dezentem Abstand von der roten Villa geparkt hatten, und musterte den triefend nassen Paul. »Wir beide gehen jetzt rein. Schätze, das hast du dir verdient.«

»Gerne. Vielen Dank, Frau Klimm.«

Sie nickte den Polizisten aus dem zweiten Wagen zu. »Ihr bleibt in Bereitschaft.« Sie fühlte am Halfter und entsicherte ihre Dienstwaffe. »Wird wohl nichts sein, nur für alle Fälle. Also, Paul, dann wollen wir mal.«

Paul strahlte. Heute hatte er sich endlich seinen Platz im Team verdient. Er folgte Lydia über den knirschenden Kiesweg zum Eingangsportal. Dann drückte sie die Klingel. Es tat sich nichts, und gerade wollte sie noch einmal klingeln, als die Tür geöffnet wurde und Hasi erschien. Er schaute die Hauptkommissarin verwundert an.

»Tut mir leid, ich wusste ja nicht, dass Sie noch einmal – ich habe Sie hoffentlich nicht zu lange warten lassen.«

»Dürfen wir hereinkommen?«

»Bitte sehr! Worum geht es denn?«

»Wo ist Ihr Freund?«

»Warum? Ich verstehe nicht. Was ist denn überhaupt los?«

»Die Fragen stelle ich«, sagte Lydia. »Gehen Sie bitte vor.«

»Natürlich«, sagte er und öffnete die Tür zum Wohnzimmer.

Ohne aufzuschauen, starrte Ingo auf die Skala eines seiner Messgeräte. »Ich habe hier vielleicht doch eine kleine Abnormalität, Hartung. Wir sollten die Messungen noch einmal wiederholen. Ich glaube, das lohnt sich.«

»Entschuldige, Ingo, hier ist jemand, der dich zu sprechen wünscht.« Er trat einen Schritt zur Seite. »Darf ich bekannt machen: Kriminalkommissarin Frau Klimm – Ingo, ähm, tut mir leid, deinen Nachnamen weiß ich leider nicht.«

»Polizei?« Ingo schaute ihn groß an. »O Mann, gleich die Bullen rufen, das hätte ich nicht vor dir gedacht.«

»Ich war das nicht!«

»Wie kann man nur so tief sinken!« Ingo schüttelte vorwurfsvoll den Kopf.

»Darüber dürfen Sie sich später unterhalten«, unterbrach Lydia. »Jetzt hätte ich gerne einen Ausweis gesehen, und dann erklären Sie mir bitte, was das hier soll.« Sie betrachtete die Instrumente, die auf dem Boden herumstanden.

»Das ist Privatsache«, sagte Hasi, dem das Ganze plötzlich gar nicht recht war. »Was wollen Sie von uns? Haben Sie überhaupt einen Durchsuchungsbescheid?«

»Sie haben uns doch selbst hereingebeten.« Sie deutete auf Ingos Messapparate. »Ein eindrucksvoller Haufen Elektronik, nicht handelsüblich, wie ich vermute. Testen Sie hier Alarmanlagen?«

»Das geht Sie einen Dreck an«, empörte sich Ingo. »Zeigen Sie erst mal Ihren Dienstausweis. Und Ihre Begleitung auch.«

»Mein Ausweis genügt, ich leite die Ermittlungen.« Lydia wartete, bis Ingo ihren Dienstausweis genau studiert hatte, dann steckte sie ihn wieder ein. »So. Jetzt sind Sie dran.«

»Leben wir hier in einem Polizeistaat?«, protestierte Ingo.

»Wenn Sie nicht kooperieren, muss ich Sie mitnehmen.«

»Ach ja. Und warum?«

»Wegen Mordverdacht, zum Beispiel.« Lydia beobachtete genau, was für eine Wirkung ihre so leicht dahingeworfene Behauptung auf die beiden Männer machte. Ingo lachte nur verächtlich, doch Hasi schaute sie entsetzt an. »Haben Sie die Leiche denn inzwischen gefunden?«

Sie setzte ihr mütterlichstes Lächeln auf. »Nicht *Ihre* Leiche. Es geht um die Ermordung einer jungen Frau während eines Einbruches. Die Adresse dürfte Ihnen bekannt sein, Herr von Quermaten.«

Ingo wandte sich an Lydia. »Wenn er in krumme Dinger verwickelt ist, dann nehmen Sie ihn mit, meinetwegen. Aber ich habe nichts damit zu tun. Ich kenne ihn kaum.« Er griff nach seinem Rucksack und begann, seine Instrumente einzupacken.

»Sie kommen mit. Und zwar beide«, erklärte Lydia. »Sie haben die Wahl, uns freiwillig zu begleiten oder abgeführt zu werden.«

»Muss das sein? Es regnet in Strömen!«, sagte Hasi empört.

»Bei unseren Ermittlungen können wir keine Rücksicht auf das Wetter nehmen.«

»Ich kann nicht weggehen!«, protestierte er vergeblich. »Ich bin für dieses Haus verantwortlich.«

»Das sagt ja der Richtige«, merkte Paul an, der sich Ingo gegriffen hatte.

»Faschisten!«, schimpfte Ingo, aber dann ließ er sich vom Kriminalkommissaranwärter abführen, während Hasi unter Lydias Augen noch die Alarmanlage aktivierte.

Zum ersten Mal hatte er das Vertrauen seines Arbeitgebers missbraucht

Dr. Gaetano Ortiz stand am Rande der staubigen Piste und blinzelte in die untergehende Sonne. Am Horizont war der Helikopter noch klein wie eine schwarze Mücke vor der roten Scheibe zu sehen. Er blickte auf die Uhr. Es war kurz nach sieben und immer noch so heiß, dass seine Nase beim Einatmen brannte und sein weißes Hemd von der schwülen Hitze nass auf dem Rücken klebte. Die drei Küchenjungen hockten in ihren weißen Schürzen im Schatten der Baracke vor dem Palmenwald und teilten sich ein Zigarillo. Sie würden erst in letzter Sekunde herauskommen, wenn sie das Schrappen des ausgedienten Militärhelikopters über sich hörten, und herübersprinten, um sich vom Wind der Rotoren einmal kräftig durchpusten zu lassen, bevor es daran ging, die Kisten auf die Ladefläche des Pritschenwagens umzuladen und in die Großküche der »Esperanza« zu fahren.

Er musste jetzt anfangen, konkret für die nächste Zukunft zu planen, dachte er, während der Helikopter sich näherte. Sein großzügiger Arbeitgeber würde realistischerweise in weniger als vier Wochen nicht mehr am Leben sein. Gestern hatte Hartmann zum ersten Mal über Schmerzen in der Herzgegend geklagt, und sein Blutdruck war kurzzeitig über beunruhigende 230 hochgeschnellt. Ortiz versuchte, die nagende Stimme seines ärztlichen Gewissens auszuschalten, und sagte sich immer wieder, dass sein Patient es so und nicht anders wollte, doch er gehörte eindeutig auf die Intensivstation einer guten Klinik und nicht in ein dunkles Zimmer auf einer einsamen karibischen Insel, wo er nur mit Hilfe von Morphinderivaten und psychoaktiven Substanzen zufriedengestellt werden konnte. Und wie sollte es weitergehen, wenn sein Arbeitgeber nicht mehr lebte? Seit der verschrobene Computermillionär aus Deutschland ihn vor zehn Jahren aus über fünfhundert Bewerbungen ausgewählt hatte, waren sie nun schon hier. Seine Frau Marirosa, die sich zu Anfang mit der Bockigkeit eines Andenesels gegen den Umzug auf die bis dahin unbewohnte Urwaldinsel gewehrt hatte, war zu einer stattlichen *First Lady* geworden – und nicht nur wegen der zwanzig Kilo, die sie inzwischen mehr auf die Waage brachte, womit sie sich mit jedem Jahr mehr seinem barocken Schönheitsideal annäherte. Inzwischen konnten sie sich beide keinen Platz mehr in der Welt vorstellen, wo sie lieber leben wollten. Ihre Kinder wuchsen hier frei und ohne Gefahr auf. Marirosa hatte als »Mutter der Esperanza« ihre Bestimmung gefunden und waltete über den großen Haushalt mit einer Mischung aus Strenge und Fürsorglichkeit, die sie zugleich beliebt machte und gerade genug gefürchtet, damit der Laden reibungslos lief. Und er selbst vermisste nichts von der Zivilisation, solange er mit der Welt durch das Netz verbunden war. Bei Hartmanns Vorleben als Computergenie war es selbstverständlich, dass hier auf der Insel sowohl ein Funkturm als auch ein eigener Server standen. Sonnenkollektoren stellten den nötigen Wasserstoff für die Stromversorgung durch Brennstoffzellen her. Die Insel war ein Paradies, nur ohne die Schlange. Und nach all den Jahren, in denen sie gehorsam Funkstille bewahrt hatten, eine von Hartmanns Bedingungen war der Abbruch aller alten Beziehungen, wartete da draußen nichts mehr auf sie. Ganz abgesehen davon, dass er als Krankenhausarzt in Caracas Marirosa niemals das gute Leben bieten können würde, an das sie sich hier gewöhnt hatten.

Ortiz genoss für einen Moment den Wind des landenden Helikopters und winkte den trägen Küchenjungen, dass sie ihre Hintern hochkriegen und mit dem Ausladen beginnen sollten. Er selbst wartete bis zuletzt, um die kostbarste Fracht der heutigen Lieferung entgegenzunehmen. Er konnte nur hoffen, dass sich Hartmann damit eine Weile ablenken ließ und nicht wieder nach dieser verfluchten chinesischen Orakelvase fragte. Denn nach der letzten Mail aus Berlin schien es bei der Akquisition erhebliche Schwierigkeiten zu geben. Dem Bericht zufolge wurde das Objekt rund um die Uhr von behördlichen Einsatzkräften bewacht. Ortiz wusste nicht viel über Deutschland, aber er hatte den Eindruck, es handelte sich um einen regelrechten Polizeistaat.

Als der Pritschenwagen mit den geladenen Kisten abgefahren war, nahm Ortiz einen silberfarbenen Koffer aus dem Cockpit in Empfang. Zur Sicherheit überprüfte er den Inhalt noch am Rande der Piste, bevor er dem Piloten das Daumen-hoch-Zeichen gab, damit er wieder abfliegen konnte. Das Innere des Koffers war mit Schaumstoff gefüttert, und eine Kuhle, nicht größer als ein Dessertteller, war in der Mitte ausgestanzt, um das Artefakt, das nach dem spektakulären Raub aus einem Privatmuseum in Wales über verschlungene Wege nun endlich den Weg hierher gefunden hatte, vor Stößen zu schützen. Auf den ersten Blick sah die Figur aus grauem Stein, die kaum größer als zwei Fäuste maß, enttäuschend unspektakulär aus und erinnerte Ortiz an eine alte Kartoffel. Niemals hätte er auch nur einen Blick auf diesen verbeulten Klumpen verschwendet, aber wie so oft hatte Hartmann ihn mit einem Vortrag über die steinzeitliche Venus von Dyffryn Ardudwy belehrt, wie die Figurine nach ihrem unaussprechlichen Fundort genannt wurde. Die Venus stand für den Beginn der Kunst und stellte einen entscheidenden Entwicklungsschritt in der Menschheitsgeschichte dar. Doch dass dieser wichtige Schritt ausgerechnet wie eine alberne Kartoffel aussehen sollte, verwunderte Ortiz. Er drehte das knubbelige Ding vorsichtig in den Händen und sah es sich von allen Seiten an. Die glatt geschliffenen Beulen im Stein waren in Wirklichkeit primitive Nachbildungen von Gesäß und Brüsten und einer dicker Wampe mit Bauchfalte. Sogar die Vulva war zwischen dicken Schenkeln zu erkennen. Zu seinem Erstaunen erinnerte der Stein ihn plötzlich an seine Marirosa. Gerührt legte er die Figur zurück in die Schaumstoffmulde, verschloss den Koffer und machte sich auf den Weg zu Hartmann.

Beim Betreten des privaten Flügels auf der »Esperanza« schlug ihm die klimatisierte Luft hinter der Schleuse ins Gesicht wie ein nasser Waschlappen. Seine Schritte hallten im leeren Gang, als er die kostbare Fracht zu seinem Patienten trug. Vor der Stahltür zu Hartmanns privatem Reich blieb Ortiz noch einen Augenblick stehen und bemühte sich, sein schlechtes Gewissen zu ignorieren. Zum ersten Mal in seiner langjährigen

Dienstzeit hatte er das Vertrauen seines Arbeitgebers missbraucht. Ohne mit ihm Rücksprache zu halten, hatte er die Berliner Mittelsmänner angewiesen, ihre Aktion abzubrechen. Keine Vase der Welt war es wert, unnötige Risiken einzugehen. Es ging schließlich nicht nur um Hartmann, dem die Konsequenzen wohl egal sein konnten, sondern auch um seine eigene Zukunft, und er hatte kein Interesse daran, für den Rest seines Lebens auf den Fahndungslisten der Interpol geführt zu werden.

Am einfachsten wäre es, wenn sich das Problem durch Hartmanns voraussehbares Ableben von selbst erledigen würde. Der beruhigende Gedanke ließ die Sorgenfalte auf seiner Stirn verschwinden, als er den Öffnungscode für den Türmechanismus eingab.

Während Hasi neben der Kommissarin herging, immer dicht gefolgt von einem Polizisten, der offenbar damit rechnete, dass er jederzeit ausbüchsen könnte, nahm er sich vor, diese absurde Verhaftung wie ein Abenteuer zu betrachten, über das er bald lachen würde wie über eine kuriose Anekdote. Schon das pompöse Monumentalgebäude in der Keithstraße war wie eine lächerliche Spielzeugburg mit viel zu großen Steinquadern und der gotisch angehauchten Imitation eines mittelalterlichen Burgtors. Die Eingangshalle des Landeskriminalamtes war auf unfreiwillig komische Weise in pseudomittelalterlicher Dramatik gestaltet, mit einem falschen Tonnengewölbe und einem falschen Kamin, der groß genug wäre, darin ganze Wildschweine am Spieß über dem Feuer zu drehen, wie die alten Burgritter der Quermatens es früher getan hatten. Spätestens im zweiten Stock wich Hasis interessierte Belustigung der Ernüchterung, als man ihn zusammen mit dem protestierenden Ingo in die funktionalen Büroräume der Mordkommission führte. Hier waren die Decken tiefer gehängt, es gab Linoleumböden und Neonröhren, und es roch nach Putzmitteln und abgestandenem Kaffee, was ihn unangenehm an seinen kurzen Besuch im Jobcenter erinnerte. Hasi bemühte sich, keinen Aufwand um die Angelegenheit zu betreiben, damit man schnell alles hinter sich brachte, eine Taktik, die er schon im Internat mit Erfolg praktiziert hatte. Doch Ingo war von dem Moment an, in dem ein Polizist seinen Kopf in den Polizeiwagen gedrückt hatte, nicht mehr zu beruhigen gewesen und machte Krach für zwei.

»Ich will einen Anwalt. Sofort! Ich kenne meine Rechte.«

»Aber Herr – jetzt sagen Sie uns doch wenigstens, wie Sie heißen«, versuchte die Kommissarin ihn zu beschwichtigen, wobei sie mit einer mütterlichen Geste die Hand auf seinen Arm legte. Hasi kannte die falsche Liebenswürdigkeit dieser Dame schon. Noch einmal würde er nicht darauf reinfallen.

»Fass mich nicht an!«, schrie Ingo und zog seinen Arm weg. »Glaubt ihr, ich merk nicht, was hier gespielt wird?« Dann wandte er sich an Hasi. »Und du, das hast du dir ja fein ausgedacht!«

»Was soll ich mir ausgedacht haben?« Er schaute Ingo mit vorwurfsvoll erhobenen Augenbrauen an, um ihm zu signalisieren, dass sie besser zusammenhalten sollten. Schließlich wusste man doch aus jedem dusseligen Krimi, dass die Polizei als Erstes versuchen würde, sie gegeneinander auszuspielen.

»Mann, bin ich blöd, oder wie?« Ingo wandte sich an die Kommissarin. »Mir hat er gesagt, er hätte eine Vision gehabt. Von einem echten Mord ist nie die Rede gewesen!« Ingo schnaubte verächtlich. »In diese Sache lasse ich mich nicht hineinziehen, da können Sie Gift drauf nehmen.«

»Was meinen Sie denn für eine Sache?«, fragte die Kommissarin. »Hat das mit Ihren Messinstrumenten zu tun?«

»Das hätten Sie wohl gern! Mir werden Sie nicht irgendwas in die Schuhe schieben.«

»Das versucht auch niemand. Bitte beruhigen Sie sich doch!«

»Ich kenne den da überhaupt nicht – jedenfalls nicht privat.«

Ingo machte eine Kopfbewegung in Richtung Hasi, ohne ihn dabei anzusehen. »Er hat mich in sein Haus eingeladen, und ich war so blöd, auch noch zu kommen. Meine Schuld, hahaha.«

»Wir wollen nur Ihre Identität feststellen. Und eine Speichelprobe hätten wir gerne. Alles reine Routine.«

»Reine Routine, sehr witzig!« Ingo lachte viel zu laut.

Hasi schüttelte den Kopf. »Entschuldige, Ingo, es gibt nicht das Geringste zu befürchten. Alles wird sich schnell aufklären, die Polizei tut nur ihre Pflicht.«

Die Kommissarin fasste ihn am Arm. »Herr von Quermaten, würden Sie bitte mit mir kommen?«

»Nur wenn Sie mich sofort loslassen.« Hasi löste sich aus dem Griff der Kommissarin und nickte Ingo ermutigend zu. »Keine Sorge, das kann nur ein Missverständnis sein. Mach's gut.«

»Mach's gut? Was soll ich denn gut machen? Du hast mich benutzt, und jetzt soll ich für dich den Sündenbock spielen, das hättest du wohl gerne! Aber wir reden dann in der Gruppe darüber! Ich bin gespannt, was Uwe dazu sagt.«

An die Therapiegruppe hatte Hasi überhaupt nicht mehr gedacht. Wie gut, dass er beschlossen hatte, nicht mehr hinzugehen. Wenigstens musste er Ingos absurde Anschuldigungen nicht auch noch mit den überspannten Frauen durchdiskutieren! Sich erst aufdringlich in sein Haus einzuladen und ihm dann in den Rücken zu fallen – dieser Mensch hatte keine Ehre im Leib, da konnte er noch so viel an sich gearbeitet haben, wie es in der Gruppe hieß. Und was nützte das ganze Therapieren, wenn man sich unter Druck aufführte wie ein trotziges Kind?

Die Kommissarin öffnete die Tür zu einem Zimmer.

»Warten Sie hier, ich bin gleich zurück.«

Hasi überflog die spartanisch ausgestattete Stube. Zwei Bürostühle, ein einfacher Tisch, auf dem Wasser stand und einige Kaffeetassen, ein fenstergroßer Spiegel an der Wand. Dieses Interieur war nun wieder ganz so, wie er es im Fernsehen schon einmal gesehen hatte. Auf einen Schlag wurde ihm seine Lage klar. Man hatte ihn doch allen Ernstes verhaftet und würde ihn nun verhören.

Während er auf die Rückkehr der Kommissarin wartete, die ihn vergessen zu haben schien – oder war es Schikane? –, betrachtete er sich lange im Spiegel. Das machte er sonst nur, wenn er sich morgens rasierte und das Haar aus dem Gesicht kämmte, man war ja nicht eitel. Das grelle Licht war nicht gerade vorteilhaft, er sah müde aus und sein Gesicht älter, als er es in Erinnerung hatte. Zum ersten Mal seit langem musste er an seinen Vater denken. Wahrscheinlich, weil er ihm in diesem Moment so ähnlich sah. Sein Vater war wahrlich kein Rollenvorbild für ihn gewesen. Schon alleine wegen seines unrühmlichen Abgangs, als er sich nach seiner ruinösen Fehlspekulation die Kugel gab und damit die Familie im Stich ließ. Doch eines hatte Hasi in frühester Kindheit vom Vater gelernt und seitdem eisern befolgt: sich niemals von der Staatsgewalt beeindrucken zu lassen oder sich gar mit der Autorität gemein zu machen. Das gehörte sich einfach nicht. Es wurde nicht denunziert und nicht kooperiert und nicht kollaboriert. Er hätte jetzt gern Ingo erzählt, wie er als Junge einmal von diesem eisernen Prinzip profitiert hatte, als sein verzweifelter Deutschlehrer zu den Eltern nach Hause kam, um sich über Hasis mangelhafte Beteiligung am Unterricht zu beschweren. Der Vater hatte den Lehrer ohne großes Federlesen wieder hinauskomplimentiert mit den Worten: »Wenn mein Sohn sich an Ihrem Unterricht nicht beteiligt, dann müssen Sie wohl etwas an Ihrem pädagogischen Geschick arbeiten!« Die Erinnerung daran rührte Hasi zu Tränen. Trotz all seiner Schwächen war es für den Vater selbstverständlich gewesen, die Familie ohne zu zögern zu verteidigen wie ein Löwe. Erst nachdem der Angriff des Fremden erfolgreich abgewehrt worden war, fragte er beim Betroffenen nach, wer denn hier eigentlich im Recht war. »Putative Notwehr« hatte der Vater sein Handeln genannt, und obwohl Hasi nicht genau wusste, was das hieß, hatte er das Prinzip bestens verstanden.

So gewappnet, erwartete Hasi mit verschränkten Armen die scheinmütterliche Kommissarin, als sie sich endlich wieder in den Verhörraum bequemte. Sie stellte eine Schale mit Gebäck auf den Tisch und eine Kanne Kaffee. »Darf ich Ihnen eine Tasse anbieten?«

Hasi dankte ihr nicht, die Zeiten der Höflichkeit waren vorbei. »Erklären Sie mir lieber, warum Sie mich hier festhalten. Ich habe jetzt lange genug gewartet und verlange, dass Sie mich auf der Stelle in die Villa zurückbringen.«

»Herr von Quermaten, hier geht es um Mord! Es steht Ihnen frei, sich zur Sache zu äußern oder nicht auszusagen. Oder wollen Sie lieber einen Anwalt benachrichtigen?«

»Wozu? Ich bin mir keiner Gesetzesübertretung bewusst. Und einen Mord habe ich schon gar nicht begangen, nicht einmal in meiner Einbildung.«

»Umso besser für Sie. Was hatten Sie und Ihr Freund also mit diesen elektronischen Geräten zu schaffen?«

»Er ist nicht mein Freund. Ich kenne ihn nur aus einer Therapiegruppe. Ich hatte Ihnen doch bereits erzählt, dass ich eine

Therapie für Stressbewältigung besuche. Mehr habe ich dazu nicht zu sagen.«

Sie nickte und machte sich zu seinem Erstaunen eine Notiz. »Warum ist der junge Mann denn so unkooperativ?«

»Ich kann grundsätzlich nur über mich selbst sprechen«, antwortete Hasi.

»Dann schießen Sie mal los. Wozu dienen diese Messungen, die Sie mit Ihrem Bekannten in der Villa durchgeführt haben?«

»Das müssen Sie ihn schon selber fragen. Ich verstehe nichts von Technik.«

»Aber Sie haben ihn doch wohl beauftragt?«

»Bedaure.« Hasi schüttelte den Kopf. Auch wenn man ihn gefoltert hätte, wäre es ihm nicht möglich gewesen, diese Frage zu beantworten. Was Ingo mit seinen Instrumenten vorhatte, war schon für ihn selbst nicht zu verstehen. Die verrückten Theorien über das I Ging-Orakel konnte man beim besten Willen niemandem ernsthaft erklären, ohne dabei als gaga abgestempelt zu werden.

Glücklicherweise klingelte in dem Moment das Handy der Kommissarin. »Ja? Augenblickchen, ich komme.« Sie sah ihn ernst an. »Herr von Quermaten, Sie müssen sich doch etwas dabei gedacht haben. Wenn ich zurück bin, will ich vernünftige Antworten haben.«

Hasi blickte ihr hinterher, als sie die Tür hinter sich schloss. Sein Magen meldete sich mit einem lauten Knurren. Ingos trockener Kuchen hatte nicht lange vorgehalten. Er griff in die Schale, um einen der Kekse zu essen. Die Schokoladenfüllung war gar nicht übel. Zum Glück hatte er noch einen Gefrierbeutel in der Hosentasche. Flink nahm er eine Handvoll Kekse aus der Schale und verstaute sie für später in seiner Jacke. Gerade rechtzeitig, denn schon ging die Tür wieder auf, und die Kommissarin erschien mit einem Laptop, den sie auf den Tisch legte.

»Also, noch einmal. Worum ging es bei diesem Besuch? Wir wissen jetzt, Ihr Bekannter heißt Ingo Tauber. Da brauchen Sie sich schon mal keine Mühe mehr zu machen.«

»Es ging um ein Thema aus der Gruppentherapie. Ingo hat mich besucht, um sich darüber mit mir zu unterhalten. Wir haben uns gegenseitig Feedback gegeben«, improvisierte er.

»Was für ein Thema?«

»Tut mir leid, darüber darf ich nicht sprechen. Das unterliegt der ärztlichen Schweigepflicht.« Gut, dass ihm das noch gerade rechtzeitig eingefallen war.

»Erzählen Sie mir von dem Abend, als Sie vor dem Haus in der Rheinbabenallee in der Hecke aufgegriffen wurden.«

»Ich wurde nicht aufgegriffen. Ihre Kollegen von der Polizei waren so freundlich, mir aufzuhelfen, nachdem ich einen misslichen Fahrradunfall hatte.«

»Ausgerechnet vor dem Haus, wo danach eingebrochen und ein Mord verübt wurde.«

»Reiner Zufall. Dafür kann ich nichts.«

»Das glauben Sie doch selbst nicht, Herr von Quermaten. Sie haben das Haus ausgespäht, geben Sie es doch endlich zu. Ihre Komplizen sind wenige Stunden später dort eingedrungen. Und eine junge Frau wurde bei dem Einbruch getötet.«

»Ich habe nichts ausgespäht. Ich wurde von einem Auto von der Fahrbahn gedrängt und bin dabei in ein Gebüsch gestürzt. Aber das habe ich Ihnen doch alles schon erzählt. Ich dachte, Sie hätten mir zugehört. Das scheint jedoch nicht der Fall gewesen zu sein.«

Die Kommissarin gab sich unbeeindruckt. »Wer sind Ihre Komplizen? Werden Sie bedroht oder erpresst? Für wen haben Sie das Haus observiert?«

»Was wollen Sie mir denn jetzt andichten?«

»Sie behaupten, eine Leiche gesehen zu haben, eine Leiche, auf die es keinerlei Hinweise gab. Wollten Sie mit Ihrem Notruf nicht in Wirklichkeit auf Ihre Notlage aufmerksam machen? Ist Ihnen nach dem Tod von Melinda Lorenz, die von Ihren Freunden beim Einbruch getötet wurde, die Sache zu heiß geworden?«

Hasi wusste nicht, wer Melinda Lorenz war, und die Frage der Kommissarin verwirrte ihn. Hatte Ingo etwa recht und die

Polizei wollte ihnen irgendetwas in die Schuhe schieben? Es war vielleicht besser, nichts mehr zu sagen, bevor er sich noch in Teufels Küche brachte. Er hatte doch andere Dinge zu tun, er musste die Vase wieder zusammenkleben und sah sich schon mit einer Tube Kleber auf dem Boden sitzen, um die Scherben wie ein großes Puzzlespiel zusammenzusetzen.

Plötzlich fühlte er die Hand der Kommissarin auf seinem Arm. »Hallo, sind Sie eingeschlafen?«

»Ich? Nein, wieso?« Er brauchte einen Moment, um seine Orientierung wiederzufinden. Richtig, er war ja in einem Verhör und musste sich konzentrieren.

Die Kommissarin musterte ihn verwundert. »Geht es Ihnen nicht gut?«

»Doch, doch, alles in bester Ordnung.«

Sie rückte mit dem Oberkörper näher über den Tisch. Hasi wurde warm. Er mochte es gar nicht, wenn jemand ihm so auf die Pelle rückte. Die aufdringliche Dame aber ließ nicht locker und legte ihm schon wieder ihre Hand auf den Arm.

»Wissen Sie, was ich glaube, Herr von Quermaten? Sie wollen mit mir reden! Sie wollen sich entlasten. Deshalb haben Sie diesen Notruf gemacht, und das war auch die richtige Entscheidung. Also bringen Sie es jetzt zu Ende. Es wird Ihnen gut tun, und das haben Sie die ganze Zeit schon gespürt.«

Hasi schwieg und sah auf die Tischplatte. Wie lange dauerte diese Fragerei jetzt schon? Er hatte jedes Zeitgefühl verloren. Die Kommissarin schwieg ebenfalls. Eine gefühlte Ewigkeit saßen sie am Tisch, während sie ihn taxierte. Schließlich klappte sie seufzend ihren Laptop auf.

»Ich möchte, dass Sie sich noch ein paar Fotos ansehen. Kommt Ihnen irgendeine dieser Personen bekannt vor?«

Die Kommissarin klickte eine schier endlose Reihe von Fahndungsfotos im Computer durch, und Hasi betrachtete jedes einzelne Bild gewissenhaft und gründlich. Es waren fast ausschließlich Männer, und keiner von ihnen wirkte vertrauenerweckend.

»Ich kenne niemanden von diesen Leuten, da bin ich ganz

sicher«, sage er schließlich, als er mit der Durchsicht fertig war. Sie schaute ihn noch einmal prüfend an und nickte dann.

»Das wäre dann alles fürs Erste. Halten Sie sich bitte in den nächsten zehn Tagen zu unserer Verfügung.«

»Was bedeutet das?«

»Dass Sie nicht verreisen dürfen. Auf Wiedersehen, Herr von Quermaten, und versuchen Sie, mehr Vitamine zu sich zu nehmen. Obst und Gemüse, das hält wach.«

Und mit diesen Worten hatte die Kommissarin ihn entlassen. Verreisen, was für eine lächerliche Idee! Er war froh, dass sie wenigstens ihren Assistenten angewiesen hatte, ihn wieder nach Hause zurückzufahren. Noch nicht einmal für ein Busticket reichte sein Geld, und den ganzen Weg von der Keithstraße bis zum Grunewald durch strömenden Regen zu Fuß laufen zu müssen, wäre nach den Strapazen des Tages einfach zu viel gewesen.

Er bemühte sich, das schaurige Bild zu verdrängen

Einen Tag nach seiner Verhaftung steckte Hasi der Ärger über diese Erfahrung immer noch in den Knochen. Ein Scheppern schreckte ihn aus seinen Gedanken, als er beim Decken des Tisches eine Tasse auf ihren Untersetzer knallte. Natürlich sollte er Tante Pudel eigentlich dankbar sein, dass sie ihm für das Malheur mit der Vase eine Restauratorin organisiert hatte, aber lieber hätte er die nächsten Tage alleine verbracht, ohne sich klug unterhalten zu müssen. Gartenarbeit hielt doch wunderbar den Kopf frei, und die Natur war – ganz im Gegensatz zum Menschen – einfach und geradeheraus, dachte er, während er hinausging, um eine paar Rosen für den Kaffeetisch abzuschneiden.

Die junge Dame, die er zum Tee erwartete, absolvierte gerade ein Praktikum am Pergamonmuseum. Das hatte Tante Pudel ihm am Telefon wortreich erzählt. Man habe sich fabelhaft bei dem Fest der Orientgesellschaft unterhalten, und im Übrigen, versicherte sie, die Restauratorin mache einen anständigen Eindruck und würde sich gerne die Vase ansehen. Wie gerne jemand bereit war, seine Zeit für Tante Pudels Belange zu opfern, konnte man sich bei ihr allerdings nie ganz sicher sein. Hasi konnte sich nur zu gut vorstellen, wie seine Tante jedes Zögern elegant überhört und die wehrlose junge Frau scheinbar beiläufig in die Pflicht genommen hatte. Das Mindeste, was er jetzt tun konnte, war, seinem Gast den Besuch so angenehm wie möglich zu machen. Er füllte eine Schale mit den polizeilichen Plätzchen, die er sich eingesteckt hatte, als man ihn im Verhörraum schmoren ließ. Wenigstens eine Sache konnte man dieser Begegnung mit der Obrigkeit gutschreiben. Die Kekse waren das einzige Essbare, was er noch im Hause hatte. Seine finanzielle Lage wurde langsam zum Problem. Vielleicht sollte er bei Gelegenheit doch auf das Angebot von Thomas zurückkommen und noch einmal für ihn arbeiten.

Hasi hatte gerade die Rosen in eine Vase gestellt, als im Flur der Gong ertönte. Er streifte sein Sakko über und eilte zur

Haustür, wobei er im Vorbeigehen am Spiegel noch schnell seine blonde Tolle aus dem Gesicht strich.

Der von innen steckende Schlüssel klemmte im Schloss. Während er daran rüttelte, konnte er die Silhouette seiner Besucherin durch das geschliffene Milchglas erahnen.

»Eine Sekunde noch, bitte!«

»Keine Eile!«, antwortete eine Frauenstimme von draußen.

Als die Tür schließlich mit einem Ruck aufsprang, erstarb ihm die Begrüßung auf den Lippen. Vor ihm stand eine zierliche junge Frau mit langen blonden Haaren, einem hübschen Gesicht und einem strahlenden Lächeln. Hasi starrte sie entgeistert an, ein Anblick schrecklicher als jede Chimäre aus seinen schlimmsten Alpträumen! Bevor er den Gedanken noch richtig fassen konnte, hatte er die Haustüre schon mit Schwung zugeknallt. So fest, dass es klang, als hätte er geradewegs eine Schrotflinte abgefeuert, in deren Rückstoss die schmalen Milchglasscheiben in ihrem Rahmen klirrten.

Das konnte nicht sein! Die grazile junge Frau vor seiner Haustür war niemand anders als die Leiche aus dem Kaminzimmer! Nur lebendig. Wahrscheinlich. Wenn er richtig hingesehen hatte. Hasi überlegte fieberhaft, während er sich zur Beruhigung an der Klinke festhielt. War er gerade wieder das Opfer einer Halluzination? Konnten sich solche Visionen wiederholen oder gar verselbstständigen und ihn verfolgen? Er trat unwillkürlich einen Schritt zurück und stieß dabei gegen den vordersten der chinesischen Krieger, der daraufhin leicht ins Wanken geriet. Geistesgegenwärtig hielt er die Figur fest, damit sie nicht gegen ihren Nachbarn stoßen und einen Dominoeffekt hervorrufen konnte. Das hätte ihm gerade noch gefehlt.

Von draußen drang ein unbeirrtes »Huhu!« durch die Türe. »Alles in Ordnung?«

Nichts war in Ordnung. Nichts. Seine Welt war soeben stärker ins Wanken geraten als der tönerne Chinese.

»Wer sind Sie?«, rief er mit zitternder Stimme.

»Ich bin Feli. Hat deine Tante mich nicht angekündigt?«

Der Gong ertönte wieder, diesmal ungeduldig und mehrmals hintereinander.

»Hallo?! Ist wirklich alles okay?«

Ganz ruhig, sagte er sich und starrte auf die geschlossene Haustür, atmete tief durch und wischte sich die Haartolle aus der Stirn. Vielleicht hatte das Verhör bei der Mordkommission seine Nerven überspannt. Die junge Frau schien echt zu sein, durch das Milchglas sah er, wie sich ihre Silhouette bewegte. Oder konnte eine Halluzination sich auch noch als Schattenriss bemerkbar machen? Es gab nur eine Möglichkeit, das herauszufinden. Er gab sich einen Ruck und öffnete vorsichtig die Tür. Diesmal grinste die junge Frau ihn an.

»Lässt du die Tür jetzt auf, oder muss ich etwa meinen Fuß dazwischensetzen?«

»Entschuldigung, ich dachte – ach egal, das war keine Absicht, das mit der Türe«, sagte er schwach und machte eine Geste, um sie hereinzubitten.

»Danke!«, sagte sie und lachte freundlich. »Keine Angst, ich verkaufe auch keine Versicherungen.«

»Das, das, das – finde ich sehr gut.« So eine saublöde Antwort. Wenn er sich jetzt nicht am Riemen riss, würde sie ihn für einen absoluten Volltrottel halten.

Die junge Frau trug Jeans und eine gestreifte Bluse. Ihre seidigen langen Haare fielen offen über ihre Schultern. Sie schüttelte eine Strähne aus dem Gesicht, als sie sich ohne seine Hilfe aus dem Mantel schälte, weil er immer noch so paralysiert dastand, als hätte er einen Geist gesehen – was ja möglicherweise auch zutraf. Dazu hatte der Geist eindeutig das süßeste Lächeln, das er jemals gesehen hatte, und der Anblick ihrer großen, etwas weit auseinanderstehenden tiefblauen Augen ließ ihn erröten wie einen Teenager. Was ihn erschreckte, war der ihm bereits bekannte kleine Schönheitsfleck über ihrem Mund. Und auch an den Perlenohrring erinnerte er sich deutlich. Wie auch immer man es drehen und wenden wollte, er hatte sie schon einmal gesehen. In seiner Halluzination war sie zwar anders gekleidet, aber sie lag dort tot in einer Blutlache vor seinem

Kamin. Er bemühte sich, das schaurige Bild zu verdrängen. Es war einfach zu verrückt, um weiter darüber nachzudenken. Und überhaupt, sie stand ja hier sehr lebendig und charmant vor ihm. Er träumte nicht, sondern war hellwach. Bestimmt hatte er sich geirrt. Wie sollte er sie in seiner Einbildung vorhergesehen haben? Er kannte sie doch gar nicht.

Glücklicherweise merkte Feli offenbar nichts von seinen fieberhaften Überlegungen und sah sich unbekümmert im Flur um. Sie klopfte gegen einen der chinesischen Tonkrieger. »Interessante Sammlung! Gibt es noch mehr davon? Bestimmt, oder? Deswegen bin ich ja hier!«

Hasi kämpfte mit einem Anfall von Sprachhemmung und war noch dabei, sich eine Antwort zu überlegen.

»Entschuldigung! Ich habe mich noch gar nicht richtig vorgestellt, ich dumme Nuss! Ich bin Felicitas Schumann, die Restauratorin«, sagte sie unbeirrt von seinem perplexen Schweigen. »Sag einfach Feli zu mir.«

»Ich bin Hasi, und du musst bitte meine schlechten Manieren entschuldigen, ich bin heute etwas – durcheinander.«

»*Hasi* – soso!«

Hasi merkte bestürzt, dass er schon wieder errötete. »Du kannst mich auch Hartung Siegward nennen, wenn du möchtest.«

»Nein, nein. Ich finde den Namen süß, auch wenn er gar nicht so richtig zu dir passt.«

»Wie meinst du das?«

»Na, wie ein Hase siehst du eigentlich nicht aus.«

»Ähm. Danke für das Kompliment! Komm doch bitte herein!«

Er führte sie ins Wohnzimmer und kniff sich unauffällig in den Arm, um ganz sicher zu gehen, dass er nicht träumte. Aber vielleicht sollte er stattdessen besser sie berühren? Mit den Fingerspitzen tippte er an ihre Schulter. Alles echt. Sie war keine Halluzination.

Feli warf ihm einen Seitenblick zu. »Dass du ein Draufgänger bist, hat deine Tante mir aber nicht gesagt!«

Er räusperte sich verlegen. »Verzeih. Kann ich dir einen Tee anbieten? Bitte setz dich doch, ich bin gleich zurück.« Was sollte sie nur von ihm denken?

Doch Feli schien sein merkwürdiges Verhalten nicht aufzufallen. Statt sich im Wohnzimmer hinzusetzen, folgte sie ihm in die Küche, wo sie interessiert vor den Fotos an der Küchenwand stehen blieb. »Ist das der Hausbesitzer?«

»Ja, genau. Herr Dahlkamp.«

»Scheint ja ein richtiger Abenteurer zu sein.«

»Er ist gerade in den Anden unterwegs. Wollen wir wieder in die Wohnstube gehen?«

Feli nahm auf dem Sofa Platz und machte sich über die Schokoladenkekse her.

»Wo ist denn nun das beschädigte Artefakt, das ich mir ansehen soll?«

»Natürlich! Entschuldigung, ich stehle dir hier deine Zeit.« Er stand auf.

»Nein, bitte, du kannst ruhig deinen Tee austrinken. War nur meine Neugier. So eilig habe ich es nicht.«

»Du arbeitest also im Pergamonmuseum?«, fragte er, nachdem er sich wieder gesetzt hatte.

»Nur als Praktikantin. Hab gerade meinen Master in Restauration gemacht und dann diesen Platz bekommen. Das macht sich gut auf dem Lebenslauf, aber ich habe da kaum was Richtiges zu tun. Deshalb habe ich ja auch Zeit.«

»Das ist wohl mein Glück! Und woher kennst du meine Tante?«

»Aus der Orientgesellschaft. Ich wurde ihr neulich vorgestellt. Und da hat sie mich gefragt, ob ich deine Vase restaurieren könnte. Zeig sie mir doch einfach mal.«

»Sie ist nebenan. Vielmehr das, was von ihr übrig geblieben ist.«

Hasi öffnete die Doppeltür mit den chinesischen Zeichen und ließ sie eintreten.

»Nicht schlecht«, sagte sie und ging interessiert auf die Vitrinen zu. »Sind das Messermünzen?« Sie bückte sich dicht an das Glas eines Schaukastens, um die kleine Beschriftung zu entziffern. »Aus der Zhou-Dynastie. Die müssen ja mindestens 2500 Jahre alt sein.«

»Der Großvater des Hausbesitzers hatte in China zu tun und konnte alle diese Dinge vor der Kulturrevolution retten.«

»Unglaublich.« Sie ließ ihren Blick langsam durch den Raum wandern. »Das ist absolut museumsreif.« Sie schaute ihn auffordernd an. »Und wo ist nun diese Vase?«

»Hier«, sagte er betreten und zeigte in die beiden Schalen.

»Oh.« Sie trat heran und schaute schweigend auf den Scherbenhaufen.

»Wenn sich da nichts mehr machen lässt, ist es natürlich auch nicht schlimm«, versicherte er. »Ich dachte nur, weil meine Tante –«

»Das ist ja eine echte I Ging-Vase«, unterbrach sie und nahm eines der Orakelplättchen aus der Schale.

»Aus der Ming-Dynastie, glaube ich zumindest mich zu erinnern.«

»Ming-Dynastie?« Sie hob den Kopf und blickte ihn skeptisch an. »Das kann nicht sein.« Sie nahm eine der Scherben und studierte sie sorgfältig. »Für mich kommt das aus der Quianlung-Periode, und da herrschte die Qing-Dynastie.«

Er nickte beeindruckt. »Du kennst dich aber gut aus.«

»China ist mein Spezialgebiet.«

Sie nahm behutsam ein anderes Orakelplättchen aus der Schale. Ihre Sorgfalt und Ernsthaftigkeit gefielen ihm.

»Hast du dir das I Ging-Orakel schon mal legen lassen?«, fragte sie plötzlich.

»Ich? Nein, niemals, das ist nichts für mich!«

»Warum denn nicht? Hast du Angst vor der Zukunft?«

»Ich habe prinzipiell nichts gegen die Zukunft. Aber ich muss sie nicht schon vorher kennen.« Ihm wurde plötzlich sehr warm, ein paar Schweißtropfen sammelten sich in seinem Nacken, und noch bevor er wusste warum, überkam ihn der unbestimmte Wunsch, Feli möglichst schnell aus dem Haus zu haben. Sie merkte nichts von seiner Anwandlung und plapperte weiter, sodass er sich Mühe geben musste, ihr zu folgen.

»Aber wenn du weißt, was dich erwartet, kannst du doch besser darauf reagieren«, insistierte sie.

»Ändert das denn etwas an der Zukunft?«

»Kommt darauf an, was du dem I Ging für eine Frage gestellt hast. Also, mir hat es sehr geholfen.«

»Ach, du hast es dir legen lassen. Wann denn etwa?«, fragte er und bemühte sich, seine Aufregung zu verbergen. Vielleicht hatte auch sie etwas gesehen, was ihre eigene grausige Zukunft anging!

»Nach meinem Abschlussexamen. Ich hatte ein paar Angebote und konnte mich nicht entscheiden. Es hat mir gesagt, dass ich das Praktikum im Pergamonmuseum machen soll.«

»Woher kennt das I Ging denn das Pergamonmuseum?«

Feli lachte. »Ich sehe, du kennst dich wirklich nicht aus. Eigentlich ist das I Ging ein Buch. Das Buch der Wandlungen heißt es. Und darin werden die vierundsechzig Symbole erklärt. Wenn du das Orakel legst, erhältst du am Ende ein Symbol für dich, und das muss speziell für deine Frage ausgelegt werden. Bei meinem Orakelzeichen lief es darauf hinaus, dass ich strategisch handeln sollte, auch wenn der nächste Schritt nicht unmittelbar zum Sieg führen würde. Im I Ging geht es viel um Krieg und Kriegstaktik. Das muss man sich dann für seine eigene Situation übersetzen. Der Rat war ein klarer Hinweis auf das Praktikum im Pergamonmuseum, oder? Und die Zukunftsprognose war, dass ich mich bald entfalten werde. Wie ein Schmetterling, so stand es im Orakel. Das ist doch schön, oder?«

Hasi nickte benommen. Er spürte, wie ihm ein Rinnsal von Schweißtropfen den Rücken hinunterlief. Schon wieder dieser Schmetterling! So viel Zufall konnte es nicht geben. Wenn er bisher noch Zweifel gehabt hatte, so war es jetzt damit vorbei. Er hatte die Zukunft gesehen, eindeutig. Und das Orakel hatte sie ebenfalls vorgewarnt, nur dass die Arme die Zeichen offensichtlich nicht zu deuten wusste. Sie sollte strategisch handeln. Vielleicht war das ein Ausweg. Vielleicht war ihr Schicksal doch noch änderbar. Alles was er tun konnte, war, auf Feli aufzupassen. Auf jeden Fall musste er sie von hier fernhalten.

»Es tut mir leid, dass meine Tante dich hierhergeschickt hat. Sie dachte offenbar, die Vase hätte nur einen einfachen Bruch. Aber hier kann man natürlich nichts mehr machen. Wollen wir?« Vorsorglich nahm er sie am Ellbogen, um sie sanft aus dem Zimmer zu bugsieren.

Sie lächelte zu seinem Erstaunen und ignorierte seinen Versuch, sie hinauszuführen. »Du solltest mal in die Restaurationsabteilung kommen. Da werden komplette Vasen zusammengebaut, obwohl die Bruchstücke Jahrtausende alt sind und nicht einmal vollständig vorhanden. Dagegen ist dieser kleine Scherbenhaufen das reinste Vergnügen.«

»Trotzdem nicht nötig! Wirklich nicht. Ich möchte dir das nicht zumuten. Du hast bestimmt Wichtigeres zu tun.«

»Vielleicht. Vielleicht aber auch nicht.« Feli sah ihn mit einem seltsamen Blick an. »Jedenfalls ist das meine Sache.«

Sie wandte sich von den Schalen ab und ging ins Wohnzimmer zurück. »Gut, dann mache ich mich auf den Weg. Das nächste Mal bringe ich mein Werkzeug mit.« Sie überflog mit einem prüfenden Blick das Kaminzimmer und wies dann auf den Boden. »Es wäre gut, wenn du den Teppich wegnehmen und die Möbel beiseitestellen könntest, damit ich den Fußboden mit Millimeterpapier auslegen kann.«

»Was? Wozu denn?«

»Um die Scherben auszulegen. Kleben ist relativ einfach. Die Zuordnung ist das Schwerste.«

Sie sah seinen besorgten Gesichtsausdruck und interpretierte ihn natürlich falsch. »Keine Sorge, über diese Vase gibt es bestimmt Literatur. Ich werde mal recherchieren.«

»Wann wolltest du denn anfangen?«

»Übermorgen.« Sie strahlte ihn an. »Und am Abend gehen wir dann zusammen irgendwo essen, ja?«

»Gerne, ich freue mich«, antwortete er automatisch. Normalerweise hätte er bei so einer Einladung vor Glück Luftsprünge gemacht. Aber jetzt war die Situation nun mal ganz und gar nicht normal.

Entweder war er ein abgefeimter Lügner oder ein krankhafter Kleptomane

Lydia saß an ihrem Schreibtisch, trank einen Schluck Tee und betrachtete aufmerksam den Monitor, wo die Aufzeichnungen der Überwachungskamera aus dem Verhörraum abliefen. Nützlicher als die Befragung selbst fand sie es oft, nachträglich die Mimik des Befragten zu analysieren. Schon minimale Zuckungen im Mundwinkel, ein kaum wahrnehmbares Flattern der Lider oder ein zu nervöses Nicken konnten Indizien dafür sein, dass der Betreffende versuchte, auszuweichen oder die Wahrheit zu unterdrücken. Der junge Mann am Tisch hatte untadelige Manieren, hinter denen er sich verschanzte wie in einer Festung. Was sich hinter dieser Fassade abspielte, blieb ihr ein Rätsel. Sie hatte sonst die Erfahrung gemacht, dass oft ein paar scheinbar dahingeworfene Fangfragen genügten, um einen Verdächtigen aus der Reserve zu locken, bevor er sich dessen überhaupt bewusst wurde. Doch offenbar war ein Jahrhunderte lang eingeübter Verhaltenskodex, der unter dem Deckmantel der Einhaltung von *Contentance* im Wesentlichen auf der Verleugnung von Gefühlen beruhte, nicht so leicht zu unterlaufen. Und wenn die Fragen ihn in Bedrängnis brachten, schlief er einfach ein. War das nun ein angelernter Reflex, der sich ganz automatisch einstellte, oder hatte er simuliert, um sie zu manipulieren? Vielleicht war der Mann ja auch wirklich krank, so blass und dünn wie er aussah. Auf jeden Fall war er äußerst seltsam. In ihrer langen Laufbahn hatte Lydia noch nie erlebt, dass ein Verdächtiger sich der Vernehmung durch Schlaf zu entziehen versuchte.

Auf dem Monitor sah sie nun sich selbst, wie sie aufstand, um hinter Quermaten den Raum zu verlassen. Sie wollte gerade zum letzten Teil der Vernehmung im Schnelllauf vorspulen, da bemerkte sie, wie der junge Mann leicht den Kopf drehte, als wollte er sich davon überzeugen, dass sie auch tatsächlich den Verhörraum verlassen und die Tür hinter sich schließen würde. Mit neuem Interesse sah sie genauer hin. Der Verdächtige schien etwas geplant zu haben. Erst schaute er sich noch einmal um, als befürchtete er, beobachtet zu werden, dann beugte er sich wieder zu dem Tablett mit Kaffee und Keksen vor, das Lydia üblicherweise zu Beginn eines ersten Verhöres bringen ließ, um der Befragung die Aura eines gastfreundschaftlichen Gespräches zu geben. Er aß schnell einen Keks, dann durchsuchte er seine Taschen und zog einen Gefrierbeutel aus der Sakkotasche. Sie beobachtete, wie der wohlerzogene junge Mann mit schnellem Griff eine Handvoll Plätzchen in dem Tütchen verstaute, das er anschließend dezent in seinem Sakko verschwinden ließ. Sie musste laut auflachen. Also doch. Sie hatte ihn erwischt. Entweder war er ein abgefeimter Lügner oder ein krankhafter Kleptomane, wobei das eine das andere natürlich nicht ausschloss. Und sein angebliches Nickerchen war natürlich ein Trick, auf den sie fast hereingefallen wäre.

Paul steckte den Kopf zur Tür herein. »Soll ich heute wieder observieren?«

Sie winkte ab. »Das bringt nichts mehr. Er ist jetzt gewarnt.«

»Sie halten ihn also immer noch für verdächtig?« Paul schaute sie hoffnungsvoll an. Seitdem sich seine große Aktion als falsche Fährte herausgestellt hatte, war er etwas geknickt.

»Paul, es ist nicht deine Schuld«, sagte sie. »So etwas passiert oft genug. Du hast dich absolut korrekt verhalten.«

»Danke, aber was machen wir denn jetzt mit ihm?«

»Abwarten. Wir behalten ihn einfach auf dem Schirm.« Was den Matisse-Fall betraf, war Quermaten nichts nachzuweisen, aber er verhielt sich verdächtig – und auf irgendeine vertrackte Weise war er in die Sache verstrickt, das hatte sie im Gefühl.

»Was ist mit den Geräten dieses Physikers?«

Paul zuckte mit den Schultern. »Alles total harmlos. Die Kollegen von der Technik vermuten, dass er das Gewitter vermessen wollte. Luftdruck und Luftfeuchtigkeit, elektrische Spannung. Sogar einen Geigerzähler hatte er dabei.«

Sie nickte grimmig. Der hektische junge Mann war ihr gewaltig auf die Nerven gegangen. Offensichtlich hatte es ihm Spaß gemacht, die Mordkommission mit seinen Spielchen zu

Überstunden zu zwingen. Er war Angestellter in einem Mediendiscounter, keine Vorstrafen, und er hatte letztendlich auch noch ein einwandfreies Alibi für die Zeit des Einbruchs und Mordes an Melinda Lorenz geliefert. Nur über den Zweck seiner Geräte schwieg er sich aus, ebenso wie sein Freund Quermaten, obwohl die beiden jede Freundschaft miteinander bestritten. Viel zu heftig, fand sie. Vielleicht waren sie ja ein schwules Pärchen. Aber was für ein Experiment die beiden veranstaltet hatten und warum sie sich so strikt weigerten, darüber zu reden, war ihr trotzdem schleierhaft. Sie hatte sich von beiden Männern Speichelproben für einen DNA-Vergleich geben lassen, aber das war nur Routine. Sie seufzte und stand auf.

»Paul, setz dich an einen Computer und such weiter nach DNA-Übereinstimmungen mit der Hautprobe. Gefängnisse, private Sicherheitsdienste, auch bei der Bundeswehr könnte der Täter früher gewesen sein, so professionell, wie er vorging.«

»Kann ich nicht mit Ihnen kommen?«

»Glaub mir, Paul, wenn du dir Lorbeeren verdienen willst, dann hast du hier bessere Chancen«, sagte sie und widerstand dem Impuls, ihn in den Arm zu nehmen. Er sah so kläglich aus, wie ein Kind, das etwas ausgefressen hatte.

Doch sie konnte ihn bei ihrem Besuch in der Galerie Mellenhoff wirklich nicht gebrauchen, dachte sie auf dem Weg zum Parkplatz. Sie musste Melli etwas geben, wenn sie von ihm Klatsch und Tratsch aus der Kunstszene bekommen wollte. Am Telefon hatte sie ihm mit ein paar geheimnisvollen Andeutungen den Mund wässrig gemacht, und als sie wenig später am Fasanenplatz vorfuhr, eilte er schon heran, um ihr den Wagenschlag zu öffnen.

»Ich freue mich ja so, Lydia, meine Lieblingskünstlerwitwe! Du hast es so spannend gemacht, du willst dich bestimmt doch noch von einem guten Stück trennen.«

Lydia ignorierte die inzwischen zum Mantra geronnene Provokation des Galeristen. »Hättest du ein Tässchen Tee für mich?«

»Aber natürlich. Komm, wir setzen uns ins Separée, da sind wir ganz ungestört.«

Lydia nahm auf einem der Corbusier-Sofas Platz, während eine ausgesprochen hübsche Assistentin ein Tablett mit Tee brachte.

»Kriegst du deine Schönheiten von einer Modelagentur?«

»Mit hübschen Mädchen lassen sich nicht nur Automodelle verkaufen.«

Sie bemerkte zwei kleinere Arbeiten in Öl von Klimm an der Wand gegenüber. Mellenhoff folgte ihrem Blick. »Die sind aus meiner Privatsammlung. Aber es wäre wundervoll, wenn wir Klimm einmal wieder in seiner ganzen Fülle und Pracht zeigen könnten. Einiges zum Verkauf, einiges nur zum Betrachten, ganz wie du willst.«

»Gibt es eigentlich was Neues in Sachen Matisse?«, fragte sie.

»Matisse ... ach, du meinst die Goldfische. Vielleicht.«

»Hast du etwas gehört? Weißt du, wo der Matisse ist?«

»Nur Gerüchte, meine Liebe. Davon lebt die Kunstwelt.«

Lydia zögerte, bevor sie den Köder auslegte.

»Jetzt, wo ich die Räume noch mal sehe, finde ich, dass Klimms zeichnerische Arbeiten sich sehr gut hier machen würden, du nicht auch? Ich habe noch ganze Schränke voller unbekannter Aquarelle und Zeichnungen.«

Wie erwartet, leuchtete das Gesicht des Galeristen auf.

»Wundervolle Idee. Die unbekannte Flachware! Groß aufgemacht mit Katalog. Aber ein paar größere Arbeiten müssten schon dabei sein.«

»Hast du denn Namen für mich?«

»Es gibt Sammler, denen man durchaus zutraut, über Leichen zu gehen, wenn sie etwas haben wollen. Und was ist mit deinem schönen Bild? Dem Akt?«

»Melli, du weißt, dass ich meinen Klimm nicht verkaufe. Höchstens als Leihgabe.«

»Aber dazu noch mindestens fünf große Formate aus dem Atelier.«

»Drei kann ich dir geben. Wenn du mir Namen sagst.«

Mellenhoff seufzte. »Ach Lydia, du bist so streng mit mir! Vier Bilder müssen es schon sein, sonst sieht es zu kahl hier aus.«

Sie nickte. »Und was hast du Interessantes für mich?«

»Gerüchte nur, wie gesagt. Sagt dir der Name Kai Hartmann etwas?«

Sie schüttelte den Kopf. »Wer soll das sein?«

»Ein Dot.com-Millionär oder sogar Milliardär, wer kann das schon wissen? Hat ein riesiges Vermögen mit Computersoftware gemacht und dann rechtzeitig verkauft.«

»Und jetzt sammelt er Kunst?«

»Und zwar sehr aggressiv, wie gemunkelt wird. Er dürfte eine der weltweit hochkarätigsten Sammlungen moderner Klassiker haben.«

»Und wo finde ich diesen Hartmann?«

»Das weiß niemand. Vielleicht in Südamerika oder in Asien, oder er schippert auf seiner Yacht über die Weltmeere und sieht sich die Sachen in einem Tresorraum an. Jedenfalls ist er garantiert irgendwo, wo man keine Steuern zahlen muss. Aber bei wichtigen Kunstauktionen mischt er international kräftig mit. Und die Auktionen sind ja nur die Spitze des Eisbergs. Die richtig guten Sachen gehen unter der Hand weg. So wie ich das sehe, wäre Hartmann der Typ, der keine Fragen über die Provenienz stellt, solange er bekommt, was er haben will. Tut mir leid, Lydia, aber an so jemanden kommt eine Berliner Kommissarin nicht ran.«

»Aber vielleicht an seine Mittelsmänner«, sagte sie. »Egal wo der geheimnisvolle Milliardär sich versteckt, irgendjemand muss ihm die Sachen schließlich bringen.«

Mellenhoff war mit den Gedanken längst wieder bei seinem Lieblingsthema.

»Wie wäre es mit einem Gläschen Champagner auf unseren großen Klimm?«

Lydia lächelte. »Das wäre jetzt genau das Richtige, Mellilein.«

Hasi war entrüstet wie noch selten in seinem Leben. »Also wirklich, Uwe! Wenn so eine – entschuldige bitte – *hanebüchene* Diagnose tatsächlich auf mich zuträfe, woher könnte ich dann wissen, dass meine Halluzination siebenundzwanzig Jahre alt ist, Felicitas Schumann heißt und als Praktikantin in der Restaurationsabteilung des Pergamonmuseums arbeitet?«

Bei aller Gefühlsduselei, die Uwe als Anführer seiner Psychogruppen an den Tag legte, zeigte der Mediziner unter vier Augen nun sein wahres Gesicht. Genau wie andere Ärzte konnte auch er sich nicht anders helfen, als den Zustand seiner Klienten mit einem Krankheitsetikett zu versehen. Narkolepsie! Eine Schlafkrankheit, bei der das Gehirn einen zum Einschlafen zwang, immer wenn es gerade brenzlig wurde. Das war einfach nur – Kokolores! Natürlich konnte er diesen Unsinn nicht auf sich sitzen lassen. Noch nie in seinem Leben hatte er mehr als nur einen Schnupfen gehabt, und auch jetzt fühlte er sich völlig gesund. Er bereute es bereits, diese für seine Verhältnisse viel zu kostspielige Einzeltherapiestunde genommen zu haben.

Kiki hatte ihn dazu überredet, aber erst nachdem sie ihm ordentlich die Leviten gelesen hatte. Er musste schon ein ganz schön jämmerliches Bild vor seiner Kusine abgegeben haben. Wie der gestrige Tag angefangen hatte, lag irgendwo verschwommen im Nebel. Er erinnerte sich nur noch daran, dass sie ihn um die Mittagszeit aus dem Bett geholt hatte, nachdem er das wiederholte Klingeln des Telefons ignoriert hatte, um sich stattdessen weiter unter der Bettdecke zu verkriechen.

»Häschen, du siehst ja vielleicht scheiße aus!«, sagte sie, als er schließlich an die Tür schlurfte. »Wieso bist du noch im Schlafanzug? Und warum gehst du nicht ans Telefon? Ich habe ungefähr dreitausendmal bei dir angerufen.«

»Möchtest du reinkommen?«, fragte Hasi und hoffte sehr, sie würde nein sagen und ihn in Ruhe weiter versumpfen lassen.

»Nur kurz, keine Sorge. Ich wollte dir dieses Körbchen bringen. Hat Johannes für irgendein Jubiläum bekommen, aber er frisst das Zeug nicht. Ich dachte, du kannst das gut gebrauchen.«

Sie stellte einen großen Geschenkekorb mit einer Champagnerflasche und allen möglichen Delikatessen vor ihm ab.

»Danke, Kiki«, murmelte er.

Sie musterte ihn besorgt. »Johannes wartet draußen im Auto. Eigentlich sind wir auf dem Weg zum Lunch im Club, aber ich gehe hier nicht weg, bevor ich weiß, was mit dir los ist!«

Und damit rauschte sie an ihm vorbei in die Küche, um mit Expertengriff die monströse Espressomaschine anzuwerfen. Hasi lief ihr mit hängenden Schultern hinterher.

»So kenne ich dich gar nicht, mein Hase! Bist du krank, deprimiert, liegst du im Sterben? Was ist los?«

Schließlich konnte er nicht mehr anders, als Kiki vom Besuch der Restauratorin zu erzählen, der ihn so verstört zurückgelassen hatte und die Erklärung dafür war, warum er sich immer noch nicht angezogen hatte.

Kikis Telefon brummte in der Kostümtasche. »Das ist Johannes.« Sie ging ran. »Ich brauche noch fünf Minuten, du Quälgeist!«

»Bitte, geh ruhig, Kiki. Du willst deinen Mann doch nicht warten lassen«, sagte Hasi schwach. »Es ist nicht so wichtig, wirklich!«

Doch Kiki war hartnäckig wie immer. »Der Mann kann ruhig mal warten. Also: Wie kannst du dir so sicher sein, dass diese Feli die Frau aus deiner Vision war? Überleg doch mal. Du hast die Leiche damals nur ganz kurz gesehen, und dabei warst du auch noch im Schock wegen der Vase.«

»Stimmt. Aber trotzdem – der Schönheitsfleck über dem Mund, ihr Gesicht, ihre Frisur und auch der Perlenohrring. Ich könnte das nie vergessen. Glaub mir, das ist die Frau. Erst liegt sie als Tote vor dem Kamin, dann steht sie lebendig vor meiner Haustür. Ich wollte sie erst gar nicht hereinlassen.«

»Und warum hast du es dann doch getan?«

»Hätte ich sie etwa draußen stehen lassen sollen? Tante Pudel hatte sie doch extra zu mir geschickt, da musste ich ihr wenigstens einen Tee anbieten.« Er seufzte. »Was soll ich denn jetzt machen, Kiki? Ich habe solche Angst, dass ihr womöglich was Schlimmes passiert – und das auch noch meinetwegen!«

»Aber du bist doch nicht schuld an allem, was auf der Welt passiert, mein Häschen! Oder wirst du auf deine alten Tage vielleicht noch größenwahnsinnig?«

»Ich denke inzwischen, vielleicht war meine Vision ja doch keine Einbildung. Mit diesen I Ging-Dingern auf der Vase soll man in die Zukunft sehen können, habe ich gehört. Dann könnte ich ja gar nichts verhindern, noch nicht einmal, wenn ich ihr Hausverbot erteilte.«

»Das ist Mumpitz. Alles reiner Aberglaube. Vergiss es einfach, du machst dir doch sonst nicht so viele Gedanken.«

»Ich kann die junge Frau aber nicht vergessen!«

»Es muss doch eine andere Erklärung geben«, sagte sie, während sie ihm den Espresso hinhielt. »Trink ihn schön heiß, dann geht es dir gleich besser! Ist sie eigentlich hübsch?«

»O ja.«

»Aha. Das dachte ich mir schon.« Kiki grinste siegessicher.

»Nein, du brauchst gar nicht so zu gucken! Ich habe nichts mit ihr. Ich kenne sie ja kaum.«

»Immerhin gut genug, dass du sie schon als Leiche gesehen hast. Also, wenn das nicht intim ist.«

»Ich finde das nicht lustig.«

»Entschuldigung, Hasi. Du hast ja recht.«

»Schon gut, eigentlich ist es so absurd, dass es wirklich zum Lachen ist, so gesehen.«

»Und? Entspricht die junge Frau auch deinem Beuteschema?«

Draußen hupte es. Kiki machte das Küchenfenster auf.

»Jetzt halt aber mal den Ball flach, Johannes, ich komme gleich!«, rief sie in Richtung Straße. Hasi dachte – und das nicht zum ersten Mal –, dass es nicht leicht sein dürfte, mit Kiki verheiratet zu sein.

»Hat sie langes blondes Haar, eine elfenhafte Figur und so weiter und so fort?«

»Wenn du so willst.«

»Jetzt hab ich's!« Sie strahlte ihn an. »Diese Halluzination, als du die Vase umgeschmissen hast ... Sie war vielleicht nur so was wie ein Prototyp. Das Ideal, von dem du sowieso immer träumst. Und damit überhaupt keine bestimmte Person.«

Er schaute sie skeptisch an. »Aber warum sollte ich mir als Schönheitsideal eine Leiche vorstellen?«

»Nun ja. Wann hat deine letzte Freundin mit dir Schluss gemacht?«

»Ich glaube, jetzt machst *du* dir zu viele Gedanken.«

»Sorry – es sind nur so ein paar Ideen. Ich bin ja keine Halluzinationsexpertin.«

Kiki rannte in den Hausflur und hob ihre Tasche auf. »Jetzt muss ich aber wirklich los!«

»Danke, dass du gekommen bist. Grüß mir Johannes.«

An der Haustür drehte sie sich noch einmal um. »Eine Sache noch! Warum nimmst du nicht eine Einzelstunde bei deinem neuen Therapeuten? Er kann dich bestimmt besser beraten als ich.«

Wenn Kiki sich etwas in den Kopf gesetzt hatte, ließ sie nicht mehr locker, und sogar das Geld für die Therapiestunde hatte sie ihm zugesteckt und anschließend noch drei Mal angerufen, um ihn wegen des Termins zu ermahnen.

So kam es, dass Hasi jetzt im Schneidersitz auf einem Kissen allein in dem großen Therapieraum Uwe gegenübersaß und sich von ihm anhören musste, was ihm fehlte.

»Hartung!« Die Stimme schien von weither zu kommen.

»Hartung!« Jemand rüttelte ihn sanft, aber fest am Arm.

»Hallo!« Hasi schlug die Augen auf und erschrak, weil er plötzlich Uwes Gesicht so nah vor seinem eigenen sah.

»Was – was ist los, bitte?«

»Du warst eingenickt«, sagte Uwe mit leiser Stimme und lächelte ihn verständnisvoll an. Auf diese hinterhältige Therapeutenart, die Hasi gar nicht leiden konnte.

»Es ist auch ... sehr warm hier. Das ist alles. Ich bin nicht krank!« Er fächelte sich Luft zu und versuchte, einen klaren

Kopf zu kriegen. Wenn Uwe glaubte, er würde ihm jetzt recht geben, hatte er sich gewaltig getäuscht! »Ich bin gleich bei dir, mir ist nur etwas … schwummrig gewesen.«

Uwe stand auf und schenkte Hasi ein Glas Wasser aus einer Karaffe ein, in der Ingwerstücke lustlos herumschwammen, und setzte sich wieder zu ihm auf den Boden.

»Du musst dir keine Sorgen machen, Hartung. Narkolepsie ist viel weiter verbreitet, als man glaubt. Es ist so etwas wie ein Sekundenschlaf, nur länger. Nennen wir es Minutenschlaf. Die meisten wissen nicht einmal, dass sie darunter leiden. Genau wie du«, sagte Uwe und wartete, bis die Neuigkeit eingesunken war, während er seine Hände auf den Bauch legte wie ein Buddha.

»Ich leide aber nicht«, protestierte Hasi. »Außerdem habe ich diese Leiche nicht nur gesehen, sondern sie auch angefasst. Ich habe ja sogar versucht, ihren Puls zu fühlen. Wie kann ich das geträumt haben?«

»Geträumt würde ich nicht sagen. Bei Narkolepsie können sowohl visuelle als auch taktile Halluzinationen auftreten. Sie sind völlig realistisch und für den Betroffenen nicht von der Realität zu unterscheiden. Bei dir hat der Schreck über die heruntergefallene Vase offenbar dieses Erlebnis ausgelöst.«

Hasi schüttelte den Kopf. »Nein, ich glaube das einfach nicht. Warum sollte ich ausgerechnet über eine tote Frau halluzinieren? Und dann auch noch so ein ausnehmend hübsches Mädchen. Lebendig wäre sie mir wesentlich lieber.«

»Eines dieser hübschen Mädchen, die dich wegen deiner mangelnden beruflichen Qualifikation nicht als Beziehungspartner haben wollen?«

»So ist es leider«, gab Hasi zu.

»Und wie fühlst du dich, wenn du darüber redest?«

»Ich weiß nicht. Wie sollte ich mich denn fühlen?«

»Das weiß ich nicht. Ich sehe nur, dass du deine Hände gerade in das Kissen krallst.«

Zu seinem Erstaunen sah Hasi, dass er in der Tat dabei war, sein Kissen mit den Händen zu erwürgen.

»Bist du jetzt wütend?«

»Ich? Nein, warum?«

»Weil diese schönen Mädchen dich sitzen gelassen haben.«

»Man soll sich nicht beklagen.« Er mühte sich ein Lächeln ab. »Irgendwann wird es schon klappen.«

»Verstehe.« Uwe schaute ihm forschend in die Augen. »Du hast dir einen ganz gut funktionierenden Selbstschutz aufgebaut.«

Hasi rückte auf dem Kissen hin und her. Von dem ungewohnten Schneidersitz fingen seine Kniegelenke langsam an zu schmerzen, und sein linker Fuß war eingeschlafen. Hinter Uwes Rücken sah er, wie zwei Spatzen unruhig auf dem Fensterbrett herumtrippelten. Er wäre jetzt auch gerne an der frischen Luft.

»Ein totes Mädchen kann dich nicht sitzen lassen«, fuhr Uwe fort. »Also hat dein Unterbewusstsein dir deinen Wunschpartner lieber gleich als Leiche präsentiert.«

»Eine interessante Theorie.« Hasi nickte, um Uwe nicht denken zu lassen, er lehne diesen Unsinn ab, nur um sich wieder selbst zu schützen. Unauffällig schielte er auf seine Uhr. Leider musste er noch einiges an Zeit überbrücken. Er hüstelte. »Das erklärt aber immer noch nicht, wieso meine Vision plötzlich in echt und ganz lebendig vor meiner Haustür steht.«

»Du unterschätzt dein Unterbewusstsein, Hartung. Wahrscheinlich hast du sie schon einmal irgendwo gesehen. Aber auch der reine Zufall ist nicht so unwahrscheinlich, wie du denkst. Die Welt ist gar nicht so groß und voller unsichtbarer Fäden, die uns miteinander verbinden.«

»Und wenn ich doch recht habe, dann wird ihr etwas passieren. Gibt es denn keine Möglichkeit, wie ich das verhindern kann?«

»Ihr wird schon nichts zustoßen, Hartung. Das ist nur deine Enttäuschungsprophylaxe. Du hast Angst vor einem erneuten Verlust.«

»Verlust – wieso? Ich habe doch nicht vor, mich näher mit Feli einzulassen. Auf keinen Fall. Im Gegenteil, ich will sie nie wieder sehen.« Er strich sich erregt das Haar aus der Stirn.

Uwe beobachtete ihn lächelnd »Lass ruhig deine Gefühle heraus. Das wird dir gut tun.«

Hasi gähnte. Schon wieder überfiel ihn eine plötzliche Müdigkeit, und er konnte nur mit Mühe die Augen offen halten. Er spürte, wie Uwe ihm seine Hände auf die Schultern legte, aber er war zu schläfrig, um sich dagegen zu wehren.

Wie durch Wasser drang die Stimme des Therapeuten an sein Ohr. »Entspann dich, Hartung. Hör auf deinen Atem. Tief einatmen und wieder ausatmen. Du bist ganz ruhig. Ja, so ist es gut.«

Mit jedem Atemzug fühlte er, wie seine Lebensgeister zurückkehrten. Er streckte sich unwillkürlich.

»Siehst du«, sagte Uwe, »das war wieder ein kleiner narkoleptischer Anfall.«

»Das täuscht.« Hasi lächelte. »Ich habe nur einmal gegähnt, nichts weiter. Und jetzt bin ich hellwach.«

Uwe hob beschwichtigend die Hände. »Okay. Trotzdem würde ich dir gerne ein paar Strategien gegen Narkolepsie mit auf den Weg geben.«

»Was denn für Strategien?«

»Bei Aufregung solltest du einfach versuchen, dich auf deinen Atem zu konzentrieren. Es hat sich bewährt, dabei mehrmals laut *Om* zu sagen.«

»Om? Was heißt das denn?«

»Om, das ist der Klang des Absoluten und bringt Körper und Seele in Einklang. Oder, wenn du willst, ist es auch einfach nur ein Laut, der dir hilfreich sein kann. Versuch es mal! Das wird dir helfen, dich zu entspannen.«

»Warum soll ich mich denn entspannen wollen? Ich soll ja gerade nicht entspannt sein, sondern wach, dachte ich.«

»Das ist so etwas wie eine paradoxe Intervention. Manchmal musst du das Gegenteil von dem tun, was dir das Naheliegende zu sein scheint. Du entspannst kontrolliert, um dich proaktiv aus der gefährlichen Situation zu entfernen, damit du nicht mehr ohnmächtig der Überwältigung ausgeliefert bist.«

Es klang etwas kompliziert, aber Hasi wollte kein Spielverderber sein und schloss die Augen. »Om. Om.« Er kam sich etwas komisch vor. Und dann stellt er fest, dass dieser mehr gesummte als gesprochene Ton irgendwie wirkte, und zwar gar nicht unangenehm. Er versuchte es noch ein paar Mal und fühlte, wie die letzten Reste seiner Müdigkeit von ihm abfielen, als ob er gerade aus einem erfrischenden Schlaf erwacht sei.

Als er die Augen öffnete, sah Uwe auf seine Uhr. »Unsere Zeit ist um, Hartung. Wie geht es dir mit diesem Angebot?«

»Fabelhaft, danke.« Hasi erhob sich erleichtert und schüttelte seinen eingeschlafenen Fuß.

»Wollen wir noch einen Termin ausmachen, um zu sehen, wie es dir damit ergangen ist? Vielleicht nächste Woche?«, fragte Uwe.

Hasi zog die Wollsocken aus und gab sie dem Therapeuten. »Nein. Danke für das Angebot, aber es wird schon gehen.«

Gerade so, als würde sie ihren eigenen Galgen zimmern

Hasi entfernte die Schutzfolie von der Oberfläche des fabrikneuen Induktionsherds mit einem befriedigenden Ratsch und stellte einen Topf mit Wasser für die Nudeln auf. Zum ersten Mal, seitdem er in die Villa eingezogen war, konnte er endlich eine richtige Mahlzeit für sich kochen. Kikis Präsentkorb war eine wahre Goldgrube.

Der Nudeltopf sah genau so unbenutzt aus wie der fast leere Küchenschrank in dieser sterilen Musterküche. Wahrscheinlich war er selbst das Einzige in diesem Raum, was nicht keimfrei war. Mit seinem neuen Vorrat an Lebensmitteln, Champagner, Wein und sogar einer Variation von Trüffelpralinen konnte man bestens über die Runden kommen, bis Dahlkamp von seinen Reisen zurückkehrte. Und dann musste er schleunigst eine einträgliche Arbeit finden, denn es ging ja nun wirklich nicht an, sich von seiner Cousine aushalten zu lassen.

Während das Wasser auf dem Herd allmählich zu köcheln begann, blickte er durchs Küchenfenster. Es hatte geregnet, und jetzt brachen ein paar Sonnenstrahlen durch die Wolken und ließen Büsche und Blumen in allen Regenbogenfarben schillern, so als ob sämtliche Pflanzen mit funkelnden Kristallen übersäht wären. Zum ersten Mal, seitdem er bei Dahlkamp eingezogen war, fühlte er sich ausgeglichen und zufrieden.

Den ganzen Morgen über hatte er probeweise immer wieder seinen neuen Laut vor sich hin gesprochen, um ihn in Krisensituationen parat zu haben. Nur für alle Fälle. Vor dem Haus brachte ihm das einige komische Seitenblicke von Spaziergängern ein, weil er dabei wie ein Goldfisch auf dem Trockenen aussah, aber die Leute mochten denken, was sie wollten, so was hatte ihn noch nie gestört.

»Momm … momm … momm …« Glücklich schüttete Hasi die Nudeln ins sprudelnde Wasser. Uwes Om hatte er für seinen Gebrauch ein wenig modifiziert. Mit dem warmen M als Anlaut, so hatte er bald gemerkt, brachte diese magische Silbe seinen Körper – und auch seinen Geist – noch viel besser ins

Schwingen. Von den Lippen bis über den Kehlkopf konnte man mit dem Summen dieses satten Klangs bis in die Tiefe des Bauchs hineinvibrieren, herrlich. Mit dieser sehr angenehmen Schwingung kam ihm zum ersten Mal seit Jahren die Erinnerung daran zurück, wie seine Mutter im Kirchenchor gesungen und zum Einsingen vor den Konzerten so herrliche Laute von sich gegeben hatte, über deren Merkwürdigkeit er sich als kleiner Junge vor Lachen gekringelt hatte.

Mit der Entdeckung des harmonisierenden Summtons hatte sich die Ausgabe für eine Therapiestunde also bereits gelohnt, auch wenn der Preis für so eine Dienstleistung mit knapp neunzig Euro ziemlich happig gewesen war. Was die Sache mit der Schlafkrankheit anging, war er sich allerdings nicht so sicher. Im Rückblick konnte sich vielleicht auf diese Weise seine kleine Konzentrationsschwäche erklären lassen, wie er diese unwiderstehliche Müdigkeit zu nennen pflegte, die ihn oft zu unpassenden Zeiten während seines Studiums überkommen hatte. Die Narkolepsie könnte auch für den merkwürdigen Unfall bei seiner Fahrprüfung verantwortlich gewesen sein, damals, als er Gas und Bremse verwechselt zu haben schien. Vielleicht war er aber in Wirklichkeit unter dem Prüfungsstress kurz am Steuer eingenickt. Ausschließen konnte man das in der Tat nicht. Und auch in manch anderer Situation, zum Beispiel während einer Abendessenseinladung mit älteren Herrschaften, wo er mitten im Essen kurz aus der Unterhaltung herausgefallen war, konnten seine schlechten Manieren unter Umständen auf das Konto eines narkoleptischen Anfalls gegangen sein. Er erinnerte sich noch sehr gut an die pikierten Blicke, die ihm nicht nur von seiner Tischnachbarin, sondern auch von den übrigen Gästen zugeworfen wurden, als das Dessert aufgetragen wurde. Damals hatte er seine Verunsicherung mit einem Lächeln überspielt und sich dann nichts weiter dabei gedacht, weil selbstverständlich niemand ein Wort darüber verloren hatte. Heute fragte er sich allerdings ernsthaft, ob er nun den Bruchteil einer Sekunde weg gewesen war oder etwa einen ganzen Gang verpasst und, dem Gesichtsausdruck seiner Tischnachbarin nach zu urteilen, dabei auch noch hörbar geschnarcht hatte? Aber wie konnte man wissen, ob man wesentliche Momente seines Lebens verschlafen hatte, wenn sie einem nicht fehlten? Diese knifflige Frage hatte ihm auf dem Nachhauseweg von Uwe Kopfzerbrechen bereitet, ohne dass er einer Lösung nähergekommen war.

Doch Krankheit hin oder her, man musste nicht alles Ungeschick, das einem im Leben widerfuhr, gleich auf irgendeine Unpässlichkeit schieben. Schließlich stand er nicht als Gauner oder Frauenmörder vor Gericht, dessen Rechtsanwalt haarsträubende Geschichten von traumatischen Kindheitserlebnissen herauskramen musste, nur um einen Richter milde zu stimmen. Wie angenehm es auch war, sich einfach mit einer kleinen Theorie von allen bedauerlichen Missgeschicken entlasten zu können, hatte es doch mehr Anstand, selbst die Verantwortung für sein Handeln zu übernehmen.

Er nahm die dampfenden Nudeln vom Herd, schüttete das Wasser ab und vermischte sie mit zwei Teelöffeln von einer der vielversprechenden Gourmetsoßen aus Kikis Wunderkorb.

Ein Regenschauer prasselte gegen die Fensterscheibe, als er sich zum Essen an die Theke mit ihrem schönen Blick nach draußen setzte. Wo blieben bei diesem Wetter eigentlich die vielen Schmetterlinge? Ein Regentropfen musste sie doch wie eine Kanonenkugel aus der Flugbahn werfen. Oder konnten sie diese Wasserbomben mit ihren Flügeln wegschmettern wie Pingpongbälle?

Die Vorstellung erinnerte ihn unangenehm an sein Missgeschick mit der Vase. Den ganzen Tag hatte er es erfolgreich aus seinen Gedanken verdrängen können. Zum Glück – da es sowieso keine Lösung für das Problem gab. Die junge Restaurateurin hatte nichts mehr von sich hören lassen, was er unter normalen Gesichtspunkten recht unhöflich gefunden hätte, aber in diesem Fall ersparte es ihm immerhin die Notlüge, die er sich zurechtgelegt hatte, um sie noch an der Türe abwimmeln zu können. So anziehend er diese Feli auch fand, es war einfach zu gefährlich, sie noch einmal ins Haus zu lassen. Meistens waren es ja die Frauen, die über kurz oder lang Abstand zu ihm nahmen, aber dieses Mal hatte er es durch seine lausige Konversation anscheinend im Vorfeld bereits geschafft, jede weitere Annäherung abzublocken. Angesichts ihrer reizenden Erscheinung war es bedauerlich, aber wenn er es sich recht überlegte, hatte so ein Verzicht durchaus auch etwas Ritterliches an sich.

Was die Scherben anging, sollte er vielleicht doch mit Kikis Hilfe die Terrassentür einschlagen und einen Einbruch vortäuschen, um die Vase als Versicherungsschaden melden zu können. Kiki hatte recht, er brauchte einen Ausweg. Bei der astronomischen Summe an Schadensersatz würde er sich bei Dahlkamp ansonsten für den Rest seines Lebens versklaven müssen. Und was sprach eigentlich gegen einen kleinen Einbruch? Niemand wurde geschädigt, außer der Versicherung, die sowieso immer einen Riesenreibach machte. Sie würden es mitten in der Nacht tun, wie bei einer Internatsfete, und alle Lichter löschen, damit kein Nachbar sehen konnte, dass jemand zu Hause war. Und Handschuhe brauchten sie, um keine Fingerabdrücke zu hinterlassen. Ganz professionell.

Der Gong der Türklingel riss Hasi aus seinen Gedankenspielen, und er verschluckte sich fast an einer Nudel.

»Hallo? Wer ist da bitte?«, rief er im Flur durch die geschlossene Haustür.

»Ich bin es natürlich. Feli! Mach schon auf, wir sind doch verabredet!«

Er öffnete die Tür einen Spalt. »Es tut mir leid, das muss ich wohl verschwitzt haben. Wolltest du nicht vorher anrufen?« Wenn er es wäre, der vor der Haustür stünde, würde so eine Antwort reichen, damit er sich taktvoll vom Acker machte.

»Wollte ich auch, aber jetzt bin ich doch hier«, antwortete sie ungeduldig. »Darf ich reinkommen? Es regnet.«

»Ähm, eigentlich passt mir das momentan schlecht. Ich esse gerade.« Ungastlicher konnte man kaum sein, dachte er. Es tat ihm fast körperlich weh.

»Kein Problem«, sagte sie ohne jede Logik und grinste ihn an, als ob er etwas Lustiges gesagt hätte. »Hilfst du mir kurz?«

»Womit?«

»Mit meinen Arbeitsmaterialien.« Ohne seine Antwort abzuwarten, lief sie zu einem vor dem Haus geparkten brandneuen Mercedes. »Mach schon. Ich kann nicht alles alleine hereintragen.«

»Schöne Kutsche«, sagte er, als sie ihm einen riesigen Karton in die Arme drückte. »Dein Dienstwagen?«

»Die Kutsche gehört meiner lieben Mutter. Sie wird von Scheidung zu Scheidung reicher.« Feli nahm eine Tragetasche und eine dicke Papierrolle aus dem Wagen und knallte den Kofferraum zu.

»Kümmere dich gar nicht um mich«, sagte sie, als sie ins Haus kamen. Er registrierte, dass sie mit ihren schlammigen Schuhen den frisch geputzten Boden verdreckte.

»Aber die Räume sind jetzt gar nicht dafür –«

Es hatte keinen Zweck, sie war längst an ihm vorbeigerauscht.

»Bringst du die Sachen rein?«, hörte er ihre Stimme aus dem Kaminzimmer.

»Dieser Raum ist ideal. Hier auf dem Boden vor dem Kamin habe ich genügend Platz. Und meine Sachen können wir auf den Glastisch stellen!«

Hasis Herz sank, als er den Raum betrat und hilflos mit ansehen musste, wie Feli ihn bereits für ihre Zwecke umräumte.

»Rück den Sessel da noch etwas weg. Ich muss ungehindert an den Couchtisch heran«, sagte sie, ohne zu ahnen, dass sie mit jedem Handgriff das ihr vorbestimmte Ende ein Stück mehr heraufbeschwor. Gerade so, als würde sie ihren eigenen Galgen zimmern. Diese tragische Einsicht ließ Hasi seinen Anflug von Ärger darüber vergessen, dass er seit Felis Ankunft nicht mehr Herr im eigenen Haus war.

»Möchtest du nicht mit in die Küche kommen? Ich habe Nudeln gemacht«, versuchte er es noch einmal.

Feli lachte ihn an. »Nein danke. Aber du kannst mir hier Gesellschaft leisten. Hast du vielleicht einen Schluck Wein?«

»Natürlich. Der Wein ist in der Küche, vielleicht trinken wir ihn dort?«

Sie runzelte die Stirn. »Na gut, dann später halt!«

Feli nahm eine Wanne aus ihrem Karton und stellte sie auf genau den Glastisch, der demnächst ihren gewaltsamen Tod herbeiführen würde, wenn ihm nicht schleunigst etwas einfiel, um sie aus dem Zimmer zu locken. Der Behälter war mit blauem Kunststoffgranulat gefüllt und erinnerte ihn an eine Katzentoilette.

»In die Wanne stelle ich die fertig geklebten Teile. Die Kugeln geben leicht nach und gleichzeitig halten sie das Produkt, sodass es nicht umfällt und in Ruhe trocknen kann.«

Hasi manövrierte sich unauffällig zwischen Feli und den Glastisch, um sie notfalls auffangen zu können. Zu seiner Bestürzung setzte sie sich im Schneidersitz auf den Boden direkt davor.

»Die Kugeln sind also gar nicht trocken?«, sagte er, nur um Interesse zu zeigen. Eigentlich hatte er gar nicht richtig zugehört.

Feli lachte. »Ich mag deinen Humor! Sehr englisch.« Sie breitete eine große Rolle Millimeterpapier auf dem Boden aus. »Hier auf dem Papier sortiere ich die kleinen Teile, damit ich sie zusammenkleben kann wie ein Mosaik. Gibst du mir mal den Laptop rüber?«

Hasi reichte ihr das Gerät, und sie öffnete es auf ihren Knien.

»Setz dich zu mir! Ich habe die Vase hier.«

Er setzte sich neben sie auf den Boden und schaute auf den Monitor, wo die Umrisse eines Hohlkörpers in komplexen verschiedenfarbigen Linien zu sehen waren.

»Das ist ein vollständiges 3-D-Modell. Es gibt noch ein oder zwei andere I Ging-Vasen aus der Zeit. Der Computer hat mir diese Simulation von einer Katalogabbildung berechnet. Siehst du die Drachen? Eine wirklich schöne Arbeit in zwei Ebenen. Aber auch sehr komplex.«

Erst jetzt erkannte er, wie aus dem wirren Geflecht von Linien die Umrisse der Drachen und der I Ging-Plättchen auftauchten.

»Im ersten Schritt muss ich jede einzelne Scherbe positionieren und nummerieren. Danach kann ich mit dem Kleben anfangen. Und zum Schluss kommt das Ganze in den Ofen.«

»Hier in den Backofen? Ich fürchte, die Vase wird gar nicht hineinpassen!«, sagte er.

Sie lachte, und er bemerkte, wie sich ein süßes Grübchen auf ihrer Wange bildete. Ihr blondes Haar hatte sie im Nacken zu einem losen Knoten gebunden, und ein paar vorwitzige Strähnen hatten sich gelöst und fielen ihr über die Stirn. Sie wischte sich das Haar aus dem Gesicht wie ertappt.

»Nein. Ein normaler Backofen wird gar nicht heiß genug. Im Museum haben wir in der Werkstatt einen Spezialofen. Der brennt das Stück bei tausend Grad, dann sieht die schöne Vase aus wie neu.«

»Das ist ja fabelhaft.« Feli war betörend schön. Und dazu auch noch unerhört kompetent. »Wäre es nicht besser, die Vase gleich ins Museum zu bringen und dort zu restaurieren?«

»Willst du mich etwa loswerden?«

»Hm, nein, gar nicht. so war das nicht gemeint. Ich dachte nur –« Natürlich hatte er es so gemeint: Sie sollte hier weg, und zwar so bald wie möglich.

Feli lächelte. »Das geht sowieso nicht. Die Werkstatt ist gerade voll mit assyrischen Tonscherben. Ach übrigens, hattest du nicht vorhin was von Nudeln gesagt? Ich habe heute Abend noch nichts gegessen.«

»Ja natürlich. Gern. In der Küche kann ich dir was warm machen.«

Es ging ihm schon etwas besser, als sie das Kaminzimmer verließ und ihm in die Küche folgte.

»Deine Kochkünste erinnern mich an meine Studentenzeit, bei mir gab es auch immer Spaghetti mit kaum was drauf«, sagte sie, während sie den Rest Nudeln mit einem Glas Rotwein hinunterspülte. »Aber diese Küche ist ja super. Das nächste Mal koche ich.«

»Wann wäre denn das nächste Mal?«

»Übermorgen«, sagte sie. »Und ich bringe die Zutaten mit, keine Widerrede.«

Als er sie an der Haustür verabschiedete, gab sie ihm einen Kuss auf die Wange, und für einen Moment freute er sich trotz allem, sie schon bald wiederzusehen.

So jemand glaubte, über dem Gesetz zu stehen

Lydia lehnte sich zurück und trank einen Schluck Tee. Inzwischen war er längst kalt geworden. Vor dem Computerbildschirm verging die Zeit beängstigend schnell. Wenn man sich zu lange im Virtuellen aufhielt, dann war das echte Leben auf einmal vorbeigerauscht, bevor man es merkte. Sie hatte ihre jungen Kollegen ermahnt, deren Hände mit ihren Smartphones verwachsen zu sein schienen, und doch passierte es ihr selbst immer öfter, dass sie sich in den unendlichen Weiten des Netzes verlor. Auf der Web-Seite des *Art Loss Register*, eines Unternehmens aus London, das weltweit die meisten berühmten gestohlenen Kunstwerke in seiner Datenbank führte, hatte sie gerade die Abbildung eines nach fünfundvierzig Jahren unter dubiosen Umständen wieder aufgetauchten Gauguin betrachtet. Sie konnte sich vorstellen, was hier mit »dubiosen Umständen« gemeint war. Die Nachkommen des Kunsträubers verhandelten mit den Nachkommen des Sammlers und schlossen einen Deal, bei dem viel Geld die Hände wechselte. Das Ganze natürlich unter Ausschluss der Polizei, um das unersetzliche Gemälde nicht zu gefährden. Wahrscheinlich war es genauso, wie Melli ihr erzählt hatte: Kunstwerke verschwanden einfach spurlos, um irgendwann nach langer Zeit wieder aufzutauchen. Sogar einen Klimm hatte sie im Register gestohlener Kunst gefunden. Bei einem Villeneinbruch in München vor zwei Jahren hatte jemand das großformatige Ölgemälde für den Abtransport brutal aus dem Rahmen geschnitten. Natürlich war es eine barbarische Art, so mit einem Kunstwerk umzugehen, aber immerhin hatten die Diebe seinem Werk eine Ehre erwiesen, wenn sie seine Kunst für wertvoll genug hielten, sie zu rauben. Und Klimm würde sich darüber freuen, dachte Lydia. Es war allerdings zu bezweifeln, dass er es bis in die hochkarätige Sammlung Hartmanns geschafft hatte. Dieser kunstbesessene Computermillionär Hartmann hatte nach Lydias Schätzung an die hundert Millionen Euro für Meisterwerke der klassischen Moderne ausgegeben. Und das war nur bekannt aus der Zeit, in der er noch selbst aktiv auf dem Kunstmarkt gesichtet wurde. Ein altes Foto zeigte ihn bei Sotheby's – ein schmalbrüstiger, blasser Mann mit leicht debil wirkendem Grinsen im Gesicht, Baseballmütze, T-Shirt und buntem Hemd, fast noch ein Junge, dachte sie. Er würde inzwischen kaum älter als vierzig sein. Wo steckte er heute nur? Von einem Tag auf den anderen hatte er vor zehn Jahren seine Residenzen in München, Berlin und London verkauft und seine Luxusimmobilien, verteilt über halb Europa, abgestoßen. Allein die Villa an der Côte d'Azur war für dreißig Millionen an einen russischen Oligarchen gegangen. Und dann war Hartmann mit seinem Vermögen untergetaucht. Seitdem hatten die Diebstähle spektakulärer Kunstwerke deutlich zugenommen, wie Melli ihr ausführlich dargelegt hatte. Und keines dieser gestohlenen Objekte war bisher wieder aufgetaucht. Es waren unverkäufliche Kunstwerke, die Hartmann für kein Geld der Welt legal hätte erwerben können. Für jemanden, der sonst alles haben konnte, war das wohl der ultimative Kick. Irgendwo in einem unerreichbaren und bestimmt äußerst pompösen Versteck saß er vermutlich umgeben von diesen Kunstschätzen und fühlte sich wie ein Gott. Selbstherrlich, übermächtig und amoralisch. So jemand glaubte, über dem Gesetz zu stehen, und das war leider allzu oft auch die Realität. Und natürlich machte er sich nicht selbst die Hände schmutzig, dachte Lydia. Dafür gab es Mittelsmänner. Und das war die Schwachstelle, über die man an ihn herankommen konnte.

Lydias Gedanken wurden von Paul unterbrochen, der ohne anzuklopfen in ihr Büro platzte. »Ich habe was«, rief er und warf eine Akte auf den Tisch, wobei er die Teetasse anstieß.

»Entschuldigung.« Mit dem Hemdärmel wischte er den übergeschwappten Tee von der Tischplatte, während Lydia den Ordner öffnete. Zwei grimmig aussehende, blonde junge Männer, die sich wie ein Ei dem anderen glichen, waren auf der ersten Seite abgebildet.

»Die Zwillinge. Kenne ich«, stellte sie fest. »Das ist doch über fünfzehn Jahre her. Was soll ich mit den ollen Kamellen?«

»Es ist der Match«, rief Paul, »die gleiche DNA wie bei unserem Fall. Mindestens einer von denen war bei dem Einbruch dabei, das ist damit erwiesen. Das Mordopfer hat ihm in die Hand gebissen!« Er strahlte Lydia an wie ein junger Hund, der sein erstes Stöckchen apportiert hatte.

Lydia wollte gerade antworten, doch dann hielt sie inne. Paul stand vor ihr und bebte, er leuchtete geradezu vor Erregung, und sein Zustand erinnerte sie daran, mit welchem Enthusiasmus sie in seinem Alter eine solche Entdeckung gemacht hatte. Überhaupt war jeder neue Fall damals ein neues Abenteuer gewesen. Ein weißes Blatt, auf dem sie Stück für Stück Erkenntnisse zusammengetragen hatte, bis es zu diesem einen besonderen Moment gekommen war, der einer kleinen Erleuchtung gleichkam. Sie war so stolz gewesen. Auf sich, auf die Kollegen im Team. Doch jetzt, als sie in Pauls erwartungsvolles Gesicht sah, wurde ihr auf einmal bewusst, dass all das nicht mehr für sie galt. Wahrscheinlich schon lange nicht mehr, sie hatte es nur nicht gemerkt.

»Frau Klimm! Das ist doch eine wichtige Neuigkeit, oder?« Pauls Stimme rief Lydia in die Gegenwart zurück. Unsicherheit hatte sich in seine Begeisterung gemischt. Sie musste sich zusammenreißen. Es war nicht die Zeit für Grundsatzüberlegungen.

»Tut mir leid, Paul, aber das ist leider keine gute Neuigkeit«, sagte sie, während sie in der Akte blätterte. »Damals ging es um den Einbruch in ein Juweliergeschäft am Ku'damm. Obwohl einer von ihnen erwiesenermaßen daran beteiligt war, mussten sie beide am Ende freigesprochen werden. Das sind die Fakten. Kannst du dir vorstellen, warum?«

Lydia bemühte sich um Geduld mit dem jungen Kollegen, obwohl ihre bleierne Müdigkeit allmählich die Übermacht gewann.

Paul dachte angestrengt nach. »Vielleicht hat der eine dem anderen ein Alibi gegeben? Aber wie soll das gehen, wenn es eindeutige Beweise gibt? Was waren das denn damals für Beweise?«

»Blut. Verletzung an einer Glasscherbe.«

»Hm.« Er dachte nach. »Na ja, also dann weiß man zwar, dass einer beteiligt war, aber noch nicht wer, ja? Wenn jetzt beide einfach die Aussage verweigern, was sie ja dürfen, um sich selbst nicht zu belasten, dann kann es immer der andere gewesen sein. Eineiige Zwillinge haben die gleiche DNA, oder? Wie soll man dann eindeutig einen verurteilen?«

»Ganz genau. Im Zweifel für beide Angeklagten. Und selbst wenn wir jetzt die Zwillinge finden, wird die DNA uns wieder keinen Schritt weiterbringen, leider.«

Paul schien auf die Hälfte seiner Größe zusammengeschrumpft.

»Tut mir leid. Wir werden natürlich trotzdem weiter in diese Richtung ermitteln. Was hast du noch über diese Jungs?«

»Nichts weiter, leider. Sind nicht mehr straffällig geworden. Oder haben sich nicht erwischen lassen. Keine Ahnung.«

»Wenn ich dir mal einen Rat geben darf: Sag nicht immer ›keine Ahnung‹. Damit verkaufst du dich unter Wert, Paul.«

»Danke, Frau Klimm. Ich werde es mir merken.«

Lydia griff zum Telefon. »Sabinchen, kannst du mal rüberkommen?«

Sabine Fritsch, die zerbrechlich wirkende weißblonde Computerspezialistin, schwebte lautlos ins Büro.

»Hier. Ich hab was für dich.« Lydia schob ihr die Akte zu. »Check mal diese Zwillinge aus. Jost und Sven Behnke. Was haben die in den letzten fünfzehn Jahren gemacht? Wo leben sie? Für wen arbeiten sie? Irgendwelche Spuren werden sie ja wohl im Netz hinterlassen haben.«

»Garantiert.« Sabine nahm die Akte und verließ ohne weitere Worte den Raum.

Eine Stunde später hatte Lydia die Resultate auf ihrem Computerschirm. Nach ihrem spektakulären Freispruch hatten sich die Behnke-Brüder bei der Bundeswehr verpflichtet. Bis zu ihrem Ausscheiden acht Jahre später war ihr Lebenslauf aktenkundig. Anschließend hatten sie mit ihren Abfindungen einen privaten Sicherheitsdienst in Leipzig aufgezogen. Kein unüblicher Berufsschritt für Ex-Soldaten. Doch irgendetwas musste schiefgelaufen sein, denn zwei Jahre später schienen sie auf die schiefe Bahn geraten zu sein. Es gab eine Anzeige wegen Körperverletzung, die aber fallen gelassen wurde. Auch wegen Hehlerei und Geldwäsche standen sie im Visier der Fahnder. Doch eine Hausdurchsuchung bei ihrer Firma hatte keine schlüssigen Beweise erbracht. Vor drei Jahren waren die Zwillinge quasi über Nacht von der Bildfläche verschwunden und hatten ein marodes Geschäft und einen Haufen Schulden zurückgelassen. Damit verlor sich ihre Spur. Jemand musste ihnen dabei geholfen haben, ihre Spuren im Netz zu beseitigen.

Und jetzt waren sie wieder aufgetaucht, um einen unverkäuflichen Matisse zu stehlen, *Le poisson rouge*, das Meisterwerk, das perfekt in Hartmanns Sammlung passte. Eine Erkenntnis, die angesichts der Zwillings-DNA wahrscheinlich zu nichts führen wurde, dachte Lydia und packte ihre Tasche. Sie würde jetzt nach Hause gehen und sich ins Bett legen.

Vielleicht hatte sie nur ein schlechtes Gewissen, weil sie ihn so ausnutzte

»Wie kommst du denn mit meiner kleinen Restauratorin zurecht«, hatte Tante Pudel scheinheilig gefragt. Und Hasi hatte »gut« geantwortet, aber das reichte ihr natürlich nicht. Sie warf ihm einen listigen Blick zu. »Die junge Dame sieht ja auch ganz manierlich aus, oder?«

»Hm.« Er trank einen Schluck Tee, um nicht weiter darauf eingehen zu müssen.

»Soso!« Tante Pudel lächelte nur bedeutungsvoll. Wie hätte er ihr auch sein Dilemma erklären können? Natürlich gefiel Feli ihm, schon der Gedanke an ihre seidigen blonden Haare und die Grübchen, die sich bildeten, wenn sie lachte, ließen sein Herz fast stillstehen. Und auch sie schien ja irgendwie Gefallen an ihm zu finden. Würde eine Frau darauf bestehen, für ihn zu kochen, wenn sie ihn nicht sympathisch fand? Die angenehmen Gedanken an Feli wurden schnell von der Erinnerung durchkreuzt, wie sie als blasse Leiche dagelegen hatte. Konnte das wirklich eine halluzinierte »Enttäuschungsprophylaxe« sein, wie Uwe ihm weismachen wollte? Die Sache war beunruhigend und er wusste keine Antwort darauf. Nur eines war sonnenklar. Tante Pudel würde ihn nur auslachen, sollte er den Fehler machen, ihr von seiner haarsträubenden Vision zu erzählen.

»Nimm noch was von der Apfeltorte, oder schmeckt's dir nicht?« Sie hielt ihm das Tablett hin.

»Doch, doch. Fabelhaft«, versicherte er und hob demonstrativ noch ein großes Stück auf seinen Teller. Ein wenig merkwürdig war es schon, was für eine Mühe Tante Pudel sich heute mit seiner Bewirtung gab. Aber vielleicht hatte sie nur ein schlechtes Gewissen, weil sie ihn so ausnutzte. Sie hatte ihn zum Tee eingeladen und ihn gebeten, den Auszug ihres Untermieters zu überwachen. »Wir wollen doch nicht dass mir nachher meine Silberlöffel fehlen, oder?«, hatte sie ihn unterbrochen, als er nachfragen wollte, ob das wirklich nötig sei. Ihm war schleierhaft, warum sie ihre kleine Kellerwohnung an Studenten vermietete, wenn sie ihnen so misstraute.

»Wie findest du denn mein Souterrain?«, fragte sie.

»Schöne Bude. Deine Studenten können sehr zufrieden sein.«

»Freut mich, dass die Wohnung dir gefällt. Ich habe noch gar keinen Nachmieter.«

»Die werden bei dir Schlange stehen, wenn sich das herumspricht.«

»Hast du eigentlich schon eine Bleibe, wenn dein Haushüten vorbei ist?«

»Ich?« Er verschluckte sich an einem Krümel und bekam einen Hustenanfall.

»Wer denn sonst?«

»Aber ich bin doch gar kein Student mehr!«, sagte er, als er wieder zu Atem gekommen war.

»Ach was, solange du keinen ordentlichen Beruf hast, bleibst du für mich Student.«

»Vielen Dank, dass du an mich gedacht hast, Tante Pudel, aber es geht nicht«, sagte Hasi. »Leider«, fügte er schnell hinzu, als er sah, wie sich ihr Gesicht verfinsterte. »Ich werde mich erst einmal bei Freunden einquartieren, bis ich mir wieder eine eigene Bude leisten kann.«

»Was denkst du von mir? Ich werde doch von meinem Neffen keine Miete nehmen.«

»Wirklich, ich komme gut zurecht, mach dir keine Sorgen.«

»Papperlapapp, du brauchst ein ordentliches Zuhause. Als Dauergast herumgereicht zu werden, das ist doch kein Leben.«

»Aber ich werde bestimmt bald eine Beschäftigung finden.«

»Dann brauchst du erst recht eine schöne Wohnung. Oder hast du etwas an meinem Haus auszusetzen?« Sie schnaubte beleidigt.

»Nein, natürlich nicht. Es ist ganz zauberhaft, alles, und dazu der Garten und deine schönen Rosen. Herrlich.«

»Na gut. Dann sind wir uns ja einig, mein Häschen.«

Ratlos trank er einen Schluck Tee. Ihm fiel auf die Schnelle keine Ausrede mehr ein, die sie nicht sofort zerpflücken würde. Vielleicht sollte er Kiki fragen, wie man das Angebot ablehnen konnte, ohne die Tante zu vergrätzen. Die Cousine hatte immer für alles eine pfiffige Idee.

»Hasi?« Tante Pudel schaute ihn seltsam an.

»Ja, bitte?«

»Schläfst du mir hier etwa ein? Nicht sehr höflich, muss ich sagen.«

»Ich? Nein, ich habe nur nachgedacht.«

Sie schaute ihn misstrauisch an. »Schnarchst du immer beim Nachdenken?«

»Ich glaube, ich kriege eine Erkältung, da rasselt mein Atem etwas, nichts weiter«, improvisierte er. Das hätte ihm gerade noch gefehlt, dass Tante Pudel etwas von seiner Schlafkrankheit spitzkriegte. Schnell aß er den Rest seines Tortenstücks auf und erhob sich förmlich.

»Ich muss allmählich los. Danke für den Tee und deine fantastische Apfeltorte, Tante Pudel.«

Sie stand ebenfalls auf und nahm zu seiner Verblüffung seine beiden Hände in ihre und hielt sie fest. Er sah verlegen zu ihr hinab, und es fiel ihm zum ersten Mal auf, wie klein sie geworden war. Sie lächelte ihn warm an.

»Schön, dass du hier wohnen willst, Hasi! Ich freue mich. Wir zwei beide werden gut miteinander auskommen. Wann, sagtest du, kommt dein Hausbesitzer noch mal zurück?«

»Ähm, in ein paar Wochen, glaube ich.«

»Na bestens. Bis dahin wird die Vase auch wieder heil sein, oder gibt es Probleme dabei?«

»Ich hoffe nicht. Vielen Dank noch mal für deine Hilfe.«

»Wird schon klappen. Ich habe nur Gutes von der Restauratorin gehört.« Sie brachte ihn zur Tür. »Ich erwarte dich also bald hier mit deinem Gepäck.«

»Aber –«

Sie winkte ab. »Ich habe noch eine gute Matratze auf dem Dachboden. Fast wie neu. Und Bettwäsche brauchst du auch nicht zu kaufen.« Sie öffnete eine kleine Schatulle und nahm einen Zwanzigeuroschein heraus. »Ich schulde dir ja noch Geld für das Rasenmähen.«

»Danke«, sagte er und steckte den Schein resigniert ein. Den Moment, um noch mit Anstand ablehnen zu können, hatte er nun endgültig verpasst. Wahrscheinlich hatte er das verdient für sein Malheur mit der Vase, dachte er, als er nach Hause radelte.

Zumindest im weißen T-Shirt würde sie nicht als Leiche enden

Das Millimeterpapier auf dem Boden im Kaminzimmer war mit Scherben übersäht. Und neben jede einzelne Scherbe hatte Feli eine Nummer notiert, wie Hasi vom Flur aus sehen konnte. Seit dem Nachmittag arbeitete sie ernst und konzentriert daran, die Fragmente der Vase zu sortieren. Er hatte ihr eigentlich als Gastgeber Gesellschaft leisten wollen, doch es störte sie, wenn man ihr bei der Arbeit zusah, und deshalb musste er seinen Zuschauerplatz auf dem Sofa im Wohnzimmer aufgeben und den Raum verlassen. Während er sich die Zeit damit vertrieb, den üblichen Hausputz zu machen, konnte er nicht widerstehen, ihr hin und wieder unauffällige Blicke durch die halb offene Tür zuzuwerfen. Das Licht brach sich in ihren feinen Nackenhärchen, wenn sie über die vielen kleinen Scherben gebeugt war und sie mal hier, mal da verschob, bis sich allmählich eine Ordnung herauszubilden schien. Es rührte ihn, sie bei ihrer Beschäftigung zu beobachten. Nicht etwa nur, weil sie so schön war, sondern weil sie ihre Sache so hingebungsvoll machte.

»Wie wäre es mit einem Tee?«, fragte er durch den schmalen Türspalt. Dabei fiel ihm etwas auf, was er bisher nicht registriert hatte. Er schloss die Augen, um die Erinnerung an seine Halluzination noch einmal vor dem inneren Auge wie einen Film abzuspielen. Da lag die Leiche in ihrer orangefarbenen und schwarz gemusterten Schmetterlingsbluse und der sich langsam ausbreitenden dunkelroten Blutlache unter ihrem Kopf auf dem Parkett am Rande des Teppichs. Da stand der zersplitterte Glastisch. Aber in seinem Erinnerungsbild gab es kein Millimetepapier. Und die Scherben der Vase lagen auch nicht um die Tote herum.

»Hallo, ja, ich nehme gerne einen Tee.« Felis Stimme drang von ferne zu ihm.

»Natürlich! Entschuldigung, ich war gerade in Gedanken«, murmelte er und ging in die Küche. Dabei strahlte er vor Erleichterung. Solange sie sich auf dem Millimeterpapier aufhielt, solange sie mitten in dieser Arbeit steckte, konnte ihr gar nichts passieren!

Als er wenig später mit dem Tablett zurückkam, fühlte er sich so beschwingt, wie schon lange nicht mehr. Eine Bluse in unheilvollen Schmetterlingsfarben trug sie auch nicht, warum war ihm das nicht schon vorhin aufgefallen? Zumindest im weißen T-Shirt würde sie schon mal nicht als Leiche in seinem Haus enden. Das war eine äußerst beruhigende Entdeckung.

»Ich habe ein ganz schlechtes Gewissen, wenn ich dich hier so schuften sehe«, sagte er, als sie auf dem Sofa im Wohnzimmer ihren Tee tranken. »Kann ich dir denn gar nicht helfen?«

»Auf keinen Fall, aber trotzdem danke.« Sie warf ihm einen strengen Blick zu. »Das muss professionell gemacht werden, oder man kann es gleich knicken.«

Manchmal, und insbesondere jetzt, bedauerte er es, in seinem Leben keine besonderen Kenntnisse erworben zu haben, die ihn zu einem professionellen Spezialisten auf irgendeinem Gebiet gemacht hätten. Er hatte zwar alles Mögliche studiert, gelesen und einige Tätigkeiten sogar in der Praxis ausprobiert, aber war dabei immer nur Amateur geblieben, ohne die Hingabe und Ernsthaftigkeit, die er bei Feli bewunderte.

»Du kannst mir beim Kochen helfen, wenn du möchtest«, sagte Feli, als sie eine Stunde später aus dem Kaminzimmer kam.

Unter ihrer Anleitung schnitt er Paprika, Pilze und ein paar merkwürdige Wurzeln und Stängel klein, die sie aus einem Chinaladen mitgebracht hatte, während sie bei der Zubereitung des Essens über ihren Alltag in der Restaurationsabteilung des Pergamonmuseums plauderte, wo sie zu ihrer Frustration trotz ihres Hochschulabschlusses und ihrer Professionalität noch kein einziges Artefakt selber instand setzen durfte, sondern als Praktikantin nur mit den niedrigsten Aufgaben betraut wurde und es schon eine riesige Auszeichnung bedeutete, wenn sie von Zeit zu Zeit einem der vollberuflichen Restauratoren assistieren durfte. Hasi versuchte, genauso sorgfältig zu sein, wie sie mit den Scherben, und legte alle geschnippelten Zutaten nebeneinander auf ordentliche kleine Häufchen.

»Und wo hast du chinesisch kochen gelernt?«, fragte er, während sie mit einer großzügigen Bewegung sein komplettes Schnittwerk in eine riesige Pfanne wischte.

»In Singapur. Einer der Ehemänner meiner Mutter war dort als Diplomat stationiert, und ich habe sie besucht, wenn ich in den Sommerferien aus dem Internat kam.«

Ihr leiblicher Vater war tödlich verunglückt, als sie noch ziemlich klein war, und ihre Mutter hatte dann noch mehrmals geheiratet, erzählte sie ihm. Hasi hatte den Eindruck, Feli hielt nicht viel von den Männern ihrer Mutter.

»Mein Vater ist auch gestorben, als ich klein war. Er hat sich erschossen.«

»Oh, das muss ja schlimm für dich gewesen sein. Warum hat er das getan?«

»Er hatte unser Familienvermögen verspekuliert.«

»Und deshalb bringt man sich um?«

»Für ihn war es wohl Ehrensache.«

»Ehrensache – Frau und Kinder mit Schulden zurückzulassen? Ich bin platt. Ist das etwa so ein adeliges Ding?«

»Bei mir wird sich diese Frage jedenfalls nicht stellen. Ich habe gar nicht die finanzielle Fallhöhe.«

»Dann muss ich mir ja keine Sorgen um dich machen«, sagte sie, und Hasi war sich für einen Moment unsicher, ob sie das als Scherz meinte.

»Was machst du eigentlich beruflich?« Die Frage, die er befürchtet hatte, war endlich gekommen.

»Ähm, nichts Besonderes gerade. Ich habe vor ein paar Wochen mein Studium abgebrochen.«

»Super, ein Rebell!«

»Na ja, eigentlich habe ich nur zu lange studiert.«

Sie rührte in der Pfanne. »Und was machst du jetzt?«

Er unterdrückte einen Seufzer. »Ich, ähm, ich bin dabei, meine Perspektiven auszuloten.«

»Halt mal«, unterbrach Feli und drückte ihm einen Topf mit

Soße in die Hand, den sie vom Herd genommen hatte. »Und langsam in die Pfanne geben.«

Während sie weiterrührte, schüttete er den Inhalt vorsichtig dazu. Und damit war sein heikles Thema vom Tisch. Er wusste nicht recht, ob er erleichtert oder beleidigt sein sollte. Feli wandte sich gleich wieder dem Kochen zu, kommandierte ihn herum, ließ ihn das passende Geschirr suchen, die Soße abschmecken und den Wein ordentlich dekantieren.

Zum Essen setzten sich auf die hohen Hocker an der Küchentheke.

»Und?« Sie sah ihn erwartungsvoll an.

»Schmeckt zauberhaft.« Er fand, das Chinesengericht passte recht gut zu ihr: bunt, süß und gleichzeitig salzig, ein wenig sauer und wegen des Gewirrs an verschiedenen Geschmacksnoten insgesamt ziemlich verwirrend.

»Zauberhaft«, wiederholte sie, »das gefällt mir.«

Hasi nickte, plötzlich bedrückt. Wenn sie ihn so anlächelte wie jetzt, schnürte es ihm fast die Kehle zu.

»Ich werde dir jetzt das I Ging legen«, sagte sie, als sie mit dem Essen fertig waren und er Teller und Besteck in die Geschirrspülmaschine stellte.

»Wie bitte?«

»Keine Angst, das ist nichts Schlimmes. Und ich habe alles dabei.«

Bevor er protestieren konnte, zog sie eine schwarz glänzende Holzschatulle aus ihrer Tasche. Er folgte ihr ins Wohnzimmer, wo sie den Kasten auf dem Sofatisch platzierte. Wie ein kleiner Sarg, in dem man seinen Hamster oder Wellensittich beerdigen konnte.

»Lassen wir das doch lieber. Ich habe deine Zeit doch wirklich schon mehr als strapaziert.«

»Ach, komm schon, das musst du mal gemacht haben! Ich habe das I Ging extra für dich mitgebracht.« Sie drückte ihn auf das Sofa. »Bleib sitzen und entspann dich.«

Sie selbst nahm auf einem kleinen Sessel gegenüber Platz, öffnete den schwarzen Sarg, auf dessen Deckel Hasi ein goldenes chinesisches Schriftzeichen bemerkte, und reichte ihm eine Kerze, die in einem kleinen Messinghalter steckte. »Kannst du die mal anzünden?«

»Wozu?«

»Für die Stimmung. Jetzt sei nicht so misstrauisch!«

Sie nahm eine schmale, mit Symbolen verzierte Holzschiene aus dem Kasten und steckte ein Räucherstäbchen in eine dafür vorgesehene Aussparung.

»Ich hoffe, das ist nichts Psychedelisches.«

»Nur Weihrauch. Lass dich einfach mal auf den Prozess ein und überlege dir lieber, was du fragen willst.«

»Ich muss zuerst eine Frage stellen?«

»Genau. Und das Orakel gibt dir dann die Antwort.« Aus einem Samtfutteral zog Feli nun ein Bündel dünne Holzstäbchen. »Man nennt es auch Schafgarbenorakel, weil es mit diesen getrockneten Pflanzenstängeln gelegt wird.«

»Und wie antwortet es mir? Erscheint dann eine Schrift auf der Wand oder so was?«

Feli ging nicht darauf ein, sondern holte mit ernster Miene ein Buch aus der Schatulle. »Erst müssen wir mit Hilfe der Stäbchen dein Symbol bestimmen. Insgesamt gibt es vierundsechzig Hexagramme. Die bestehen alle aus den zwei Urkräften Yang und Yin, die geschlossene Linie und die unterbrochene Linie. Man kann auch ganz einfach Ja und Nein sagen, genauso funktioniert das binäre System im Computer, nur dass die Chinesen das schon dreitausend Jahre früher entdeckt haben.«

Hasi betrachtete das goldene Symbol auf dem Sargdeckel. Wenn man so wollte, sah es tatsächlich aus wie ein Strichcode. »Dieses Hexagramm ist dann also eine Kombination aus der Yinlinie und der Yanglinie, oder?«

»Richtig. Und jedes Hexagramm hat eine bestimmte Bedeutung, eine Art Kraftprinzip, aus dem sich Ratschläge für Verhaltensweisen und Tendenzen für die Zukunft herleiten lassen. I Ging heißt übrigens Buch der Wandlungen. Weil sich alles immer in einem Transformationsprozess befindet. Das ist chinesische Philosophie.«

»Ach so«, sagte Hasi. Dieses I Ging klang nicht halb so bedrohlich, wie er befürchtet hatte. Nur, was sollte er für eine Frage stellen? Etwa wann er Feli als Leiche auf dem Wohnzimmerboden finden würde? Oder ob sich ihr Tod vermeiden ließe und was er dafür tun oder lassen müsste? Das ging doch gar nicht!

»Hast du dir eine Frage ausgedacht?«, fragte sie ungeduldig.

»Was für eine Art Frage soll das denn sein?«

»Was immer du willst. Aber es sollte schon mit dir persönlich zu tun haben.«

»Hm.« Hasi überlegte angestrengt. Persönliche Fragen waren ihm normalerweise ein Graus. Außerdem, wie konnte er sein Problem möglichst taktvoll formulieren, ohne zu viel zu verraten, und sich gleichzeitig einen brauchbaren Rat einholen? Sein Gesicht leuchtete auf, als ihm eine blendende Lösung einfiel. Es war ganz einfach.

»Kann ich die Zukunft ändern?«, sagte er.

»Wie? Das ist deine Frage?« Sie starrte ihn verdutzt an.

»Ja. Warum nicht?«

»Das ist kein Spiel! Du musst das Orakel schon ernst nehmen. Frag etwas, das dich beschäftigt. Etwas Konkretes, bitte.«

»Die Zukunft beschäftigt mich aber sehr. Und eine Antwort auf diese Frage interessiert mich mehr als alles andere. Im Übrigen hast du selbst gesagt, ich darf fragen, was ich will.«

Eine kleine Zornesfalte war auf ihrer Stirn erschienen, doch dann nickte sie. »Du meinst wohl deine berufliche Zukunft, oder?«

»Nein, eher die Zukunft allgemein, also im Ganzen.«

»Gut, wie du willst. Das Orakel wird schon damit umgehen können.« Sie sah ihm tief in die Augen. »Konzentriere dich auf deine Frage. Du musst jetzt die ganze Zeit daran denken.«

»Kein Problem«, sagte Hasi. Er dachte ja sowieso seit Tagen an nichts anderes.

»Gut, dann können wir anfangen. Bist du bereit?«

»Was soll ich denn machen?«

Sie reichte ihm das Bündel Stäbchen. »Nimm ein Stäbchen heraus und lege es zur Seite. Das ist für die heutige Sitzung der Beobachter.«

Er tat, was sie sagte, und bemühte sich, dabei ganz ernst zu bleiben. Sich von einem Holzstängel beobachten zu lassen, das konnte ja was werden.

»Jetzt teilst du die übrigen Stäbchen nach Gefühl in zwei Bündel.«

Er machte aus dem Bündel zwei ungefähr gleich große Teile.

»Und du denkst dabei die ganze Zeit weiter an deine Frage, ja?«

»Natürlich. Gerne.«

»Nun nimmst du aus dem rechten Haufen ein Stäbchen und klemmst es dir zwischen kleinen Finger und Ringfinger der linken Hand, den Rest legst du hin. Gut. Und jetzt nimm den gesamten linken Haufen in die linke Hand. Vorsichtig bitte, ohne das eingeklemmte Stäbchen fallen zu lassen. Und mit der rechten Hand zählst du jetzt immer vier Stäbchen heraus und legst sie vor dich auf den Tisch, bis ein Rest von vier oder weniger Stäbchen übrig bleibt.«

Es war ein wenig mühsam, bis er alle Stäbchen in seiner Hand zu Viergrüppchen vor sich ausgelegt hatte, und er fing an, unruhig zu werden. Drei Stäbe blieben am Ende übrig. »Und was mache ich damit?«

»Die drei klemmst du zwischen Ring- und Mittelfinger der linken Hand. Jetzt nimmst du den zweiten Haufen vom Tisch, wieder mit der linken Hand, und teilst ihn ebenfalls in Vierergrüppchen. Und die übrig gebliebenen klemmst du zwischen Zeige- und Mittelfinger.«

»So richtig?« Er hielt ihr seine linke Hand mit den eingeklemmten Stäbchen entgegen.

»Machst du gut. Aber vergiss nicht, an die Frage zu denken.«

»Ich bemühe mich.«

»Und jetzt nimm die eingeklemmten Stäbchen aus deiner Hand und leg sie beiseite. Die zählen für diese Runde nicht mehr.«

Sie wies ihn an, die vor ihm liegenden Häufchen wieder zu bündeln und den ganzen Vorgang noch einmal zu wiederholen. Die dabei zwischen seine Finger gesteckten Stäbchen tat er wieder beiseite, und sie ließ ihn die Prozedur daraufhin noch ein zweites Mal wiederholen. Sechs Viererhäufchen lagen anschließend vor ihm. Feli schlug einen Notizblock auf und zeichnete eine unterbrochene Linie, in deren Mitte sie ein Kreuz machte. Er atmete auf. Dieses Abzählen der Stifte kam ihm kindisch vor, und es ermüdete ihn noch dazu.

»Das ist eine sogenannte bewegte Linie, das heißt, sie kann sich wandeln, und dann ergeben sich noch weitere Tendenzen«, erklärte sie auf seinen fragenden Blick hin.

»Also kann sich meine Zukunft verwandeln?«, fragte Hasi hoffnungsvoll.

»Geduld! So weit sind wir noch lange nicht. Das ist erst die unterste Linie. Wir müssen die gesamte Prozedur noch fünf Mal machen, erst dann haben wir das komplette Zeichen.«

»Muss das denn sein?«

»Jetzt stell dich nicht so an! Eine Zeremonie muss schon ein bisschen anstrengend sein. Sonst funktioniert es nicht«, sagte sie streng.

Das Räucherstäbchen war schon heruntergebrannt, als sie eine halbe Stunde später die letzte Linie, die oberste der sechs, einzeichnete. Hasi schwirrte der Kopf vor lauter Auszählen, sich seine Frage merken zu müssen und dann auch noch dabei ernst zu bleiben. Schließlich schüttelte er erleichtert seine linke Hand aus, die vom Festklemmen der vielen Stäbchen ganz steif geworden war. Es war inzwischen dunkel geworden, und im flackernden Kerzenschein wirkte Felis Gesicht fast ein wenig unheimlich.

»Wie lautet nun deine Frage an das Orakel?«, fragte sie ihn feierlich.

»Ob ich die Zukunft ändern kann«, wiederholte er müde. Sie konnte schon ziemlich stur sein.

»Hier ist die Antwort, die dir das I Ging gegeben hat.« Sie zeigte ihm die sechs Linien, die sie untereinander gezeichnet hatte. In zwei der Linien hatte sie kleine Kreuze gemacht.

»Aha, und was bedeutet das nun?«

»Machst du bitte mal ein Licht an?«

Feli nahm das Orakelbuch und verglich die dort abgebildeten Hexagramme mit ihren sechs Linien. Dann zeigte sie auf ein Symbol. »Siehst du, da ist es: Nummer 29. Augenblick.« Sie blätterte in ihrem Buch, dann runzelte sie die Stirn. »Das Zeichen heißt *Kan*, und es bedeutet Gefahr. Hier steht sogar: wiederholte Gefahr.«

»Gefahr? Und wieso wiederholt?«, fragte Hasi und blickte auf seine Schuhe, um sein Entsetzen vor ihr zu verbergen. Das Orakel konnte doch unmöglich wissen, was ihm passiert war.

»Weiß ich auch nicht. Es ist dein Orakel, nicht meins.«

»Kann es nicht sein, dass das Orakel mich falsch verstanden hat?«

Feli schaute ihn an wie einen Erstklässler und wandte sich wieder dem Buch zu, ohne seine dumme Frage einer Antwort zu würdigen. Er beugte sich zu ihr hinüber, während sie die Interpretation vorlas. »Dies ist eine Zeit der Gefahr. Du kannst ihr nicht ausweichen. Überwinde deine Furcht, gewöhne dich an die Gefahr. Nur wer die Verhältnisse mit dem Herzen durchdringt, kann der Situation Herr werden. Der Weise aber nutzt die Wiederholung, um daraus zu lernen.«

»Klingt wie ein Spruch aus einem Glückskeks.«

Sie legte das Buch beiseite. »Klar, die Texte sind manchmal etwas kryptisch, aber das liegt daran, dass sie eine Übersetzung der chinesischen Zeichen sind. Die Sprache des Orakels ist sehr poetisch. Du musst die Metaphern interpretieren und in Bezug zu deiner Situation setzen.«

Er schluckte. Irgendwie schien dieses I Ging sein Problem zu kennen.

»Was ist los?« Feli musterte ihn neugierig.

»Was soll los sein? Ich überlege nur, was das bedeuten kann.«

»Ist dir in letzter Zeit etwas Gefährliches passiert?«

»Nicht dass ich wüsste«, sagte er schnell.

Hasi stand auf und machte noch eine Stehlampe an, um die

Schatten, die sich in den Ecken des Raumes gebildet hatten, zu vertreiben und um seine Verwirrung zu verbergen.

»Schauen wir mal, was die beiden bewegten Linien bringen. Vielleicht gibt es ja einen Ausweg für dich.«

»Die Sechs an der ersten Linie. Hm.« Eine kleine Falte erschien zwischen ihren Augenbrauen.

»Was ist?«

»Ach, es sagt, dass es hier nicht weitergeht. Du verlierst den rechten Weg, und die Folge ist Unheil.«

»Klingt ja nicht gerade ermutigend. Und was meint der andere Bewegungsmelder?«

»Das ist die vierte Linie. Moment.« Sie las langsam vor. »Ein Krug, eine Schale als Zugabe, Tongeschirr einfach zum Fenster hineingereicht, das ist kein Makel.«

»Kein Makel, das ist ja schon mal was. Aber Tongeschirr würde ich eigentlich eher selten durchs Fenster hineinreichen.«

Feli schüttelte den Kopf. »Du bist immer so ungeduldig! Hier steht in der Interpretation: Wenn du eine Opfergabe gibst, anstatt zu kämpfen, dann kommt die Antwort zu dir, so wie das Licht durch das Fenster in den dunklen Raum fällt.« Sie lächelte. »Das ist doch schon mal ein kleiner Lichtblick, oder?«

»Da habe ich ja noch mal Glück gehabt«, sagte er mit aufgesetzter Fröhlichkeit. War mit dem Krug vielleicht die Vase gemeint? Wie konnte das Orakel etwas davon wissen? Es war tausende von Jahre alt und kannte ihn doch gar nicht! Und warum durfte er nicht kämpfen? Wenn Feli etwa die Opfergabe sein sollte, dann würde er das aber ganz bestimmt nicht zulassen.

Unterdessen sah sie nachdenklich aus dem Fenster in die Dunkelheit. »Ich glaube, ich hab's«, sagte sie nach einer Weile und schaute ihn zufrieden an. »Dir ist ja eine kostbare Vase zerbrochen. Das ist doch eine Gefahr, jedenfalls was den Schaden betrifft, oder?«

»Wenn man so will.«

»Und mit Wiederholung der Gefahr könnte dann die Rückkehr des Hauseigentümers gemeint sein. Das macht doch Sinn, findest du nicht?«

»So gesehen schon«, sagte Hasi ohne große Überzeugung.

»Dann bin ich die Antwort, die zu dir kommt! Vielleicht nicht gerade durch das Fenster, aber durch die Haustür. Ich kann dich von dieser Gefahr erlösen, indem ich die Vase restauriere. Ist das nicht unglaublich, wie das Orakel das alles auf den Punkt bringt?«

»Fabelhaft.« Er nickte erleichtert. Felis harmlose Interpretation des Orakelspruchs war deutlich mehr nach seinem Geschmack als seine eigene.

»Dann muss ich jetzt aber jeden Tag kommen, damit die Vase bald fertig wird.«

»So eilig ist es auch wieder nicht!«

Doch Feli hörte gar nicht mehr zu, sondern sammelte die I Ging-Stäbchen ein, um sie mit dem übrigen Zubehör wieder in ihrer Schatulle zu verstauen.

Als sie sich an der Haustür von ihm verabschiedete, gab sie ihm einen Kuss auf die Wange »Tut mir leid, dass du so ein schlechtes Zeichen bekommen hast. Aber mach dir keinen Stress, zusammen werden wir das schon hinkriegen.«

Hasi winkte ihr hinterher, als sie mit dem großen Mercedes abfuhr. Beim Gedanken daran, dass das Orakel seine Lage zu kennen schien, wurde ihm schlecht. Oder interpretierte er einfach viel zu viel in einen blöden chinesischen Spruch hinein?

Sein Drahtesel war halsbrecherische Geschwindigkeiten nicht gewohnt

Hasi schob sein Fahrrad am plätschernden Brunnen vorbei und entfernte dabei mit der freien Hand ein paar Blätter, die auf den Schultern einer der Nixen klebten, deren Aufgabe darin bestand, am Beckenrand zu sitzen und mit ihren Füßen die Wassertemperatur zu testen. In der Nacht nach dem merkwürdigen Orakel hatte es wieder ein Gewitter gegeben, und der Garten sah ziemlich zerzaust aus. Der kryptische Spruch des Orakels hatte ihm eine unruhige Nacht beschert, was bei ihm äußerst selten vorkam. Aber die unheimliche Warnung vor der Wiederholung einer Gefahr steckte ihm so in den Knochen, dass das nächtliche Unwetter in seine Träume eingedrungen war und darin zu einer Horde chinesischer Dämonen wurde, die rund um das Haus herumtobte. Jetzt schien die Sonne und der Himmel war wieder strahlend blau, und alles sah so wunderbar friedlich aus, dass ihm die schlimme Nacht schon ganz unwirklich vorkam. Beim Frühstück auf der Terrasse war ihm eine vielversprechende Idee gekommen, für deren Umsetzung er seinen Drahtesel nun zur Straße brachte. Doch bevor er seine alte Ledertasche auf den Gepäckträger schnallen und sich in den Sattel schwingen konnte, klappte eine Autotür und eine ihm mittlerweile wohlbekannte Stimme drang an sein Ohr.

»Guten Morgen, Herr von Quermaten, wie schön, dass ich Sie antreffe!« Es war diese verschlagene Dame von der Polizei, die ihrem Auto entstieg.

»Sie müssen mich entschuldigen, Frau Hauptkommissarin, ich habe gleich einen Termin«, erwiderte er kühl. Dieses mütterliche Lächeln kannte er schon, doch noch einmal ließ er sich nicht davon täuschen.

»Nur ganz kurz. Sonst müsste ich Sie vorladen, und das möchte ich Ihnen doch gerne ersparen.«

»Sehr rücksichtsvoll, vielen Dank.« Er stellte sein Fahrrad gegen den Gartenzaun. »Kann ich Ihnen vielleicht noch eine kleine Hausdurchsuchung anbieten?«

»Aber nein, ich bitte Sie! Ich verstehe ja, dass Sie mir böse sind, aber wenn es um Mord geht, dann muss eben jeder Stein umgedreht werden, was bleibt mir anderes übrig?«

»Und um welchen Stein handelt es sich heute?«

»Kommen Sie bitte mit zum Wagen!«

Zögernd folgte er der Kommissarin zu ihrem Fahrzeug. Sie entriegelte die Beifahrertür.

»Steigen Sie ein.«

»Das geht aber wirklich nicht. Ich muss zu meiner Therapiegruppe.«

»Keine Angst. Wir fahren nirgendwo hin.« Sie nahm neben ihm hinter dem Steuer Platz und holte ein Tablet aus der Ablage. »In der Sonne ist es einfach zu hell.«

Sie strich ein paar Mal über den Bildschirm, bis zwei Fotos erschienen. »Haben Sie diese beiden schon einmal gesehen?«

Hasi betrachtete die beiden Gesichter auf dem Tablet. »Sind das Zwillinge?«

»Eineiige Zwillinge sogar.«

Er schüttelte den Kopf. »Daran hätte ich mich bestimmt erinnert. Solche Zwillinge sieht man nicht so oft. Sie sehen sehr unvorteilhaft aus.«

»Und einzeln? Kommt Ihnen eins dieser Gesichter von irgendwoher bekannt vor? Denken Sie in Ruhe nach. Vielleicht nur eine zufällige Begegnung.«

Er schaute sich die Fotos noch einmal genau an. Beide hatten kurz geschnittene blonde Haare und starrten ihn aus wasserblauen Augen mit bedrohlicher Gleichgültigkeit an. Wie Krokodile, die auf ihre Beute warten. »Was haben die denn verbrochen, wenn man fragen darf?«

»Sie stehen unter Mordverdacht.«

»Oje, das ist ja furchtbar. Aber ich habe bestimmt keinen von ihnen gesehen. Jedenfalls nicht bewusst. Glauben Sie denn, ich bin in Gefahr?«

»Nein, wieso?«

»Ich frage ja nur. Weil Sie mich extra aufsuchen. Als ob diese Herren etwas von mir wollen könnten.«

»Nein, keine Sorge. Die haben schon, was sie wollen. Wahrscheinlich sind sie sowieso längst im Ausland untergetaucht.«

»Dann ist ja gut.« Wenn sie glaubte, dass ausgerechnet er diese Subjekte kennen sollte, dann hatte sie ihn offenbar immer noch unter Verdacht. Was für eine haarsträubende Vermutung, dass er mit solchen Gestalten ein Ding drehen könnte. »Darf ich jetzt gehen?«

Sie nickte. »Danke für Ihre Zeit, Herr Quermaten.«

»Viel Erfolg noch.« Er schwang sich auf sein Fahrrad und radelte schnell davon, bevor die Kommissarin es sich womöglich wieder anders überlegte. Irgendwie hatte sie sich auf ihn eingeschossen. War er vielleicht am Anfang zu freundlich gewesen? Aber woher sollte er wissen, wie man korrekt mit Ermittlungsbeamten verkehrte? Oder hatte Ingo ihn etwa angeschwärzt und die Polizei noch einmal auf ihn gehetzt? Das wäre ihm durchaus zuzutrauen, dachte Hasi.

In einer Sache hatte er die Kommissarin allerdings tatsächlich angelogen. Er hatte natürlich keinen Termin mit seiner Therapiegruppe. Dieses absurde Abenteuer war vorbei, und es bestand kein Grund, sich der aufdringlichen Runde noch einmal zu stellen. Er sah auf die Uhr und trat in die Pedale. Die Zeit wurde knapp. Als er in die Mommsenstraße einbog, kamen ihm zwei Frauen aus seiner Gruppe auf dem Bürgersteig entgegen. Zum Glück schienen sie ihn nicht erkannt zu haben, Erklärungen oder gar Rechtfertigungen hätten ihm jetzt gerade noch gefehlt. Die Therapiestunde war offensichtlich schon vorbei und Ingo womöglich schon auf dem Heimweg. Das wäre sehr ärgerlich. Vor Uwes Haus hielt er Ausschau. Und schließlich entdeckte er, wie sich zwischen zwei geparkten Autos ein Fahrradfahrer mit Ingos unverkennbarem Kapuzenshirt auf den Sattel eines Rennrads schwang und davonradelte, bevor Hasi ihm ein Zeichen geben konnte.

Er wendete kurz entschlossen und nahm die Verfolgung auf. An der Kreuzung bog Ingo in die Leibnizstraße ab, ohne sich um die rote Ampel zu kümmern. Hasi führte sich nur ungern wie ein Verkehrsrowdy auf, aber dies war sozusagen ein Notfall, da konnte ihm das empörte Gehupe in seinem Rücken gestohlen bleiben. Es war anstrengend genug, Ingo nicht aus den Augen zu verlieren. Sein alter Drahtesel war solche halsbrecherischen Geschwindigkeiten nicht gewohnt und klapperte, als drohte er jeden Moment auseinanderzufallen. Hasi geriet bald aus der Puste, und es war nur seinem jahrelangen Fahrradtraining zu verdanken, dass er überhaupt so lange durchhalten konnte. Glücklicherweise rangierte aus einer Baustelle ein Lastwagen heraus, der selbst Ingo zum Anhalten zwang, sodass er wieder aufholen konnte. Doch bevor er dicht genug heran war, um Ingo auf sich aufmerksam machen zu können, entwischte dieser durch eine entstehende Lücke, und die Raserei ging weiter, über die Gotzkowskybrücke über die Spree nach Moabit, wo Ingo in die Turmstraße einbog. Hasi lag mittlerweile um Längen zurück und konnte gerade noch sehen, wie Ingo mitten durch den Verkehr über die Gegenfahrbahn witschte und neben einem Dönerimbiss in einer Hofeinfahrt verschwand. Es war ein Wunder, wie der Mann bei seinem Fahrstil ungeschoren davonkam, dachte er, als es ihm endlich gelungen war, ebenfalls auf die andere Straßenseite zu gelangen. Im Hinterhof fand er Ingos Rennrad an ein Geländer gekettet. Er kettete sein Fahrrad daneben an und schaute an den grauen Mietshausfassaden empor, während er versuchte, wieder zu Atem zu kommen. Wie sollte er Ingo hier finden? Er wusste ja nicht einmal seinen Nachnamen. Neben ein paar Mülltonnen war ein Hauseingang, Die Tür war nur angelehnt, sodass er in den ziemlich verwahrlosten Flur treten konnte. Ein leichter Uringeruch lag in der Luft. Hier schien sich niemand um so etwas wie Putzen zu kümmern. An der Seitenwand waren die Briefkästen der Wohnungen aufgereiht. Die Namen auf den Schildern sagten ihm nichts. Erst jetzt fiel ihm ein, dass er einfach die Kommissarin nach Ingos Nachnamen hätte fragen können. Hinter Hasis Rücken knarrte eine Tür.

»Scheiße, wie kommst du hierher? Spionierst du mir jetzt schon nach?«

Ingo stand mit einer Mülltüte in der Hand hinter ihm.

»Entschuldige, Ingo, ich wollte dich bei Uwe treffen, und dann bin ich hinter dir hergefahren, weil –«

»Du bist echt krank, Mann.« Ingo schüttelte angewidert den Kopf und trat an ihm vorbei.

Hasi folgte ihm auf den Hinterhof. »Ich möchte nur mal mit dir reden.«

»Ich aber nicht mit dir, capisco?«

»Es geht um das I Ging.«

»Ja, ja. Und als nächstes habe ich wieder die Bullen am Hals. Noch mal verscheißerst du mich nicht.« Ingo warf die Mülltüte in einen Abfalleimer und blieb vor der Haustür stehen. »Hau schon ab.«

»Ist gut, wie du willst. Übrigens, man hat mir gestern das I Ging gelegt. Ich dachte nur, dass dich das interessiert.« Er sah, dass Ingo zögerte, und fasste nach. »Ich habe nämlich eine ganz seltsame Weissagung bekommen.«

»Eine Weissagung? Meinst du ein Hexagramm?«

»Ja genau. Mit zwei Bewegungslinien.«

»Gleich zwei. Hm, das ist ungewöhnlich. Habt ihr das I Ging auch korrekt gelegt? Wer hat dir dabei geholfen?«

Es schien Hasi, als habe Ingo vergessen, dass er ihn gerade noch zum Verschwinden aufgefordert hatte.

»Ich hatte eine Expertin für chinesische Kultur zu Gast. Die weiß genau Bescheid. Und die Gebrauchsanweisung für das Orakel hatte sie auch dabei.«

»Das Buch der Wandlungen meinst du wohl.« Ingo schaute Hasi mit neuem Interesse an. »Willst du reinkommen?«

»Meinetwegen.«

»Bitte sehr«, sagte Ingo, ging eine Treppe hinab und öffnete mit einer einladenden Geste seine Wohnungstür.

In der Wohnung roch es nach Schweiß und Maschinenöl. Hier war tagelang nicht gelüftet worden. Zuerst konnte Hasi im Dämmerlicht nur Konturen erkennen, und erst als Ingo einen Deckenstrahler anknipste, sah er, dass der Raum fast zur Gänze mit Elektroschrott vollgestellt war. Bildschirme, Computer, Kaffeemaschinen, Mikrowellen und sonstige Geräte, die alle eins gemeinsam hatten. Kabel, Stecker und Drähte quollen aus ihren Bäuchen, als hätte hier ein zerstörungswütiger Elektriker seinen Hass auf Maschinen ausgelebt.

»Mein Maschinenpark«, erklärte Ingo stolz. »Ich hole mir die Technik von den Recyclinghöfen und kann dir mit den Ersatzteilen jedes defekte Gerät instand setzen. Also, wenn du was hast, bring es vorbei. Ich mach dir auch einen guten Preis.«

»Ich werde es mir merken.«

»Kannst mich auch deinen Freunden empfehlen. Fernseher kaputt, Waschmaschine im Arsch, was auch immer.«

Hasi schaute sich um. Die Wohnung bestand aus zwei heruntergekommenen Zimmern und war ein dunkles Loch. Draußen war strahlender Sonnenschein, aber hier unten brauchte man offenbar zu jeder Tageszeit künstliches Licht. Natürlich war Tante Pudels Souterrain auch nicht viel heller, aber dafür blickte man in Blumen und grüne Büsche und nicht auf eine Reihe überquellender Mülltonnen. Auf einmal war er froh, nach dem Sommer bei Tante Pudel einziehen zu können. Womöglich wäre er sonst auch in so einem Loch gestrandet. Und Ingo war im Gegensatz zu ihm immerhin ein Akademiker mit Examen. Er mochte gar nicht weiter daran denken.

»Mach's dir bequem«, sagte Ingo und räumte ein paar Tastaturen von einem fleckigen Polstersessel. »Willst du einen Kaffee?«

»Danke, nicht nötig«, sagte Hasi und ließ sich vorsichtig auf dem durchgesessenen Sessel nieder. »Ach, hier. Ich habe dir noch etwas mitgebracht!« Hasi zog die letzte Flasche Rotwein von Kikis Geschenkekorb aus seiner Ledertasche.

»Danke, Mann.« Ingo wischte einen Haufen Müll vom Tisch und setzte die Flasche im gewonnenen Platz ab.

»Dann schieß mal los!« Er pflanzte sich auf einen Drehstuhl und rollte heran. »Was war denn deine Frage an das I Ging?«

»Kann ich die Zukunft ändern?«

Ingo lachte. »Nicht schlecht, Herr Specht! So was Abgefahrenes hätte ich dir gar nicht zugetraut. Und welches Zeichen hast du dafür gekriegt?«

»Es heißt *Kan* oder so ähnlich und bedeutet wiederholte Gefahr mit Betonung auf der Wiederholung.«

»Ist ja geil. Gefahr, das ist doch exakt dein Problem«, rief Ingo. »Da zeigt sich mal wieder: Auf das I Ging ist Verlass.«

»Aber woher kann es denn so was wissen? Es kennt mich doch gar nicht.«

»Mann, habe ich dir doch schon erklärt. Beim Befragen des I Ging wird die Trennung zwischen Materie und Geist aufgehoben. Deshalb ist dieses Auszählen ja so komplex.«

»Das stimmt allerdings«, seufzte Hasi. »Und dauert unheimlich lang.«

»Jedenfalls steht man dabei für einen Moment außerhalb des Zeitflusses«, fuhr Ingo fort, »das ist der Zweck der Sache, und deshalb weiß das Orakel alles, was zukünftig geschieht oder geschehen ist.«

»Aber nach der Vergangenheit hatte ich ja gar nicht gefragt. Und auch nicht, was passieren wird, sondern ob ich es ändern kann.«

»Stimmt auch wieder.« Ingo dachte einen Moment nach. »Was haben denn die beiden bewegten Linien gebracht?«

»Die erste war nicht so angenehm. Irgendwas mit Unheil auf dem Weg.«

»Kenne ich. Der Weg ist geschlossen und so weiter. Das Zeichen hatte ich auch mal. Und die andere Linie?«

»Ein merkwürdiger Spruch. Deshalb bin ich eigentlich hergekommen.«

»Okay.« Ingo rollte auf seinem Drehstuhl vor Hasi hin und her, der einen Zettel aus seiner Jacke fischte.

»Ich habe es aufgeschrieben, jedenfalls nach der Erinnerung.« Er las vor. »Ein Krug als Zugabe und dazu Tongeschirr, das durch ein Fenster hineingereicht wird.«

Ingo drückte seine Hände gegen die Stirn und verharrte lange in dieser Position. Gerade als Hasi sich fragte, ob er unter einem Migräneanfall leide, hob er den Kopf. »Mann, du weißt, was das bedeutet, oder?«

»Ich tappe noch im Dunkeln. In der Interpretation stand was

von opfern statt kämpfen und dass die Antwort dann zu mir kommen wird. Aber was hat das mit meiner Frage zu tun, ob ich die Zukunft ändern kann?«

»Alles.« Ingo strahlte ihn an. »Genauer geht es doch gar nicht.«

»Verstehe ich nicht«, sagte Hasi.

»Ich erkläre es dir. Der Krug soll natürlich diese Vase sein, die dir runtergefallen ist.«

»Das habe ich mir auch gedacht. Aber Tongeschirr? Das gibt es im Haus überhaupt nicht.«

»Du musst in Symbolen denken. Wofür steht der Ton?«

»Ich weiß nicht. Für Lehm und Erde. Na ja, und fürs Töpfern vielleicht.«

»Du bist schon auf dem richtigen Dampfer. Das ist so ein Archetypus und wird auch in der Bibel erwähnt. Aus Lehm schuf Gott den ersten Menschen. Verstehst du, der Ton steht für die Schöpfung. Und das Tongeschirr wird dir durch das Fenster, also von einer Welt außerhalb, angeboten.« Ingo sah ihn erwartungsvoll an. »Klingelt der Wecker jetzt?«

»Nicht direkt.«

»Also gut. Mit dem Geschirr kann nur die Zeit gemeint sein, weil es aus Gefäßen, also Schalen und so weiter besteht, die gefüllt und dann konsumiert werden. Eben wie die Zeit, die vergeht.«

»Da wäre ich nie drauf gekommen.«

Ingo lächelte wie eine dicke Katze, die ein Tellerchen Sahne aufgeleckt hat. »Und das Fenster öffnet sich nach draußen. Das heißt, es stellt die Verbindung zu einer anderen Welt her. Kannst du mir folgen?«

»Ich bemühe mich.«

»Hast du schon mal von parallelen Universen gehört?«

»Ist das was mit Science-Fiction?«

»Es hat mit der Zeit zu tun. Alle Möglichkeiten passieren gleichzeitig in parallelen Welten. In dem einen Universum bist du jetzt bei mir, in einem anderen Universum bist du von einem Laster überfahren worden, und in einem dritten sitzt du wegen Mordes im Knast. Kannst du dir das vorstellen?«

»Keine sehr angenehme Vorstellung«, sagte Hasi.

»Alles, was geschehen kann, wird auch durchgespielt, nebeneinander«, fuhr Ingo ungerührt fort. »Bei jeder Wahl, die du triffst, teilt sich die Welt in zwei Universen auf. In dem einen Universum bist du mit deiner getroffenen Wahl und dem, was sich daraus ergibt, während in dem anderen Universum dann der Teil von dir existiert, der die andere Wahl getroffen hat mit allen Konsequenzen, die daraus folgen.«

»Dann müsste es mich ja doppelt geben.« Hasi lächelte. Es war erstaunlich, mit welchem Ernst Ingo diese Verrücktheiten von sich gab.

»Nicht nur doppelt, sondern millionenfach. Deshalb gibt es unendlich viele Universen.«

»Ach ja? Und wo sollen die sein?«

»Überall, wie unterschiedliche Membranen. Oder stell dir eine unendlich große Zwiebel mit unendlich vielen Schalen vor. Und in einer dieser Schalen stecken wir jetzt gerade.«

»In einer Zwiebel?«

»Metaphorisch gesprochen.« Ingo warf ihm einen mitleidigen Blick zu.

»Und wie, bitte sehr, hängt diese metaphorische Zwiebel denn nun deiner Ansicht nach mit dem Tongeschirr und dem Fenster zusammen?«

»Das Geschirr symbolisiert, wie gesagt, die Zeit, der Ton die Schöpfung, also ist das Tongeschirr ein Symbol für die sich schöpfende Zeit, also für die Zukunft. Ist das so weit klar?«

»Formidabel gedeutet, muss ich schon sagen. Respekt.«

Ingo nickte selbstgefällig. »Gut. Das Tongeschirr, also die Zukunft, wird dir durch das Fenster von außerhalb hereingereicht. Das ist die Lösung, Mann. Vom I Ging für dich serviert. Ein echt cooles Zeichen! Du kannst deine Zukunft von außerhalb aus einem parallelen Universum bekommen, das heißt nach dem Orakel, dass deine Vision mit dieser toten Frau noch veränderbar ist. Jedenfalls unter gewissen Bedingungen.«

»Was denn für Bedingungen?«

»Irgendwas mit der Vase und einem Opfer, das scheint mir

eher persönlich gemeint zu sein. Sorry, Mann, ich bin Physiker und kein Psychologe.«

Hasi seufzte. »Und was soll ich jetzt machen?«

»Du musst nichts machen. Das Tongeschirr wird dir ja gereicht, sagt das Orakel. Also einfach in dich gehen und abwarten, klaro?«

Hasi nickte, obwohl er nicht geringste Ahnung hatte, was das bedeuten sollte.

Ingo rollte dicht an ihn heran, sodass Hasi seinen Atem riechen konnte. »Du wirst das schon wuppen, wenn es so weit ist.«

»Danke.« Hasi erhob sich. »Ganz herzlichen Dank.«

Er war wirklich dankbar. Das ganze Gerede mit dem Universum und so weiter war ihm zwar wie böhmische Dörfer vorgekommen, aber Ingos Enthusiasmus hatte ihn wenigstens aus seiner bedrückten Stimmung herausgerissen. Irgendwie würde das Universum schon alles in Ordnung bringen. Er drückte Ingo zum Abschied die Hand.

»Wenn was ist, dann melde dich einfach«, sagte der und reichte ihm eine Karte zum Abschied. »Und vergiss nicht, mich weiterzuempfehlen. Ingo's Superspecial Repair Service für alles, was einen Stecker hat.«

Die kahle Wand sprang ihr entgegen wie eine Ohrfeige

Lydia sah Kriminalkommissaranwärter Paul Spitzer mit müdem Blick hinterher, als er auf dem Weg zu seinem neuen Auftrag aus ihrem Büro stob. Immer sprang er herum, war leicht glücklich zu machen und begierig, ihr zu gefallen. So erinnerte Paul sie an einen eifrigen jungen Hund, während sie sich selbst immer mehr wie eine alte Katze fühlte, die dann am zufriedensten war, wenn man sie in Ruhe ließ und sie sich hinter einer warmen Heizung zusammenrollen durfte.

Sie versuchte sich daran zu erinnern, wie es war, den Adrenalinkick zu fühlen, wenn sie einer neuen Spur wie ein Bluthund hinterherjagte. Damals, am Anfang ihrer Laufbahn, hatte sie freiwillig ganze Nächte durchgearbeitet, nur um einen Mord schneller aufzuklären. Jetzt lag sie um zehn Uhr mit einer Schlafmaske im Bett und dachte beim Einschlafen bereits resigniert daran, dass am nächsten Morgen alles von vorne anfangen würde. Den Dreck anderer Leute wegzumachen, die wirklich Bösen laufen zu lassen oder, wie in diesem Fall, gar nicht erst in ihre Nähe zu kommen. Das Vorhersehbare an diesem täglichen Geschäft kotzte sie an.

Nachdem sie Paul klargemacht hatte, dass die Zwillingseinbrecher zu überführen, ohne an ihren Auftraggeber heranzukommen, nicht mehr als ein mickriger Etappensieg sein würde – sollten sie die beiden überhaupt vor die Flinte bekommen –, hatte der junge Kollege mit einer zugegeben zündenden Idee ihr Interesse wieder kurzzeitig aufflammen lassen. Anstatt nach einem millionenschweren Computernerd zu suchen, der die Fantasie und vor allem die Mittel hatte, sich auf diesem Planeten unauffindbar zu machen, brachte es wesentlich mehr, den Spuren seiner Privatyacht zu folgen. Es gab nur ein paar hundert Luxusyachten dieser Größenordnung auf der Welt, und es war überhaupt kein Problem, Hartmanns Schiff über das Internet ausfindig zu machen und seinen Weg zu verfolgen. Vor zwölf Jahren hatte er die imposante Hundertmeteryacht bei einer britischen Werft in Auftrag gegeben. Bezeichnenderweise hatte er sie *Motherboard* getauft. Nur drei Jahre später wurde die Yacht dann im Hafen von La Guaire vor Caracas an einen mexikanischen Telekommunikationsmilliardär weiterverkauft. Danach trug sie den eher fantasielosen Namen *Esmeralda* und lag inzwischen nach einem Brandanschlag zur Verschrottung in einem Hafendock von Veracruz. Hartmann selbst war in den Tagen des Verkaufs der *Motherboard* in einem Schachcafé in Caracas gesichtet worden, von wo aus er eine Videoansprache für die Fans beim Jahrestreffen eines anarchistischen Computerclubs gehalten hatte. Lydia hatte sich den Auftritt im Netz angesehen und war erschrocken über das Aussehen des damals noch jungen Mannes. Sein Gesicht war fleckig und narbig, offenbar gezeichnet von einer Hautkrankheit, und seine Stimmbänder angeschlagen, sodass er seine Vision für die Zukunft des Computers in krächzendem Englisch herüberbrachte. Lydia, die sowieso kein Wort verstand, hatte es nach einer Minute weggeklickt. Kurz nach dieser letzten digitalen Spur war Hartmann von der Bildfläche verschwunden. Es gab weder weitere Sichtungen, noch hatte er sich je wieder an seine Nerd-Gemeinde geswandt. Es sprach also einiges dafür, dass er sich irgendwo in Lateinamerika aufhielt, vielleicht in Venezuela, vielleicht auch in Uruguay, das seit jeher ein sicherer Hafen für Leute war, die viel Geld und etwas zu verbergen hatten.

Lydia hatte sich nach dem Gespräch mit Paul direkt ans Telefon gehängt, um in Venezuela Amtshilfe der dortigen Kollegen zu erbitten. Sie sprach ein passables Spanisch, und wenn eine Chance bestand, Hartmanns jetzigen Aufenthaltsort zu lokalisieren, würde sie hinfliegen. Schon eine simple Hausdurchsuchung würde Hartmann überführen, denn wo wollte ein leidenschaftlicher Kunstsammler, der seine Kostbarkeiten nur für sich selbst hatte, sie sonst aufheben als in den eigenen vier Wänden seines Exils? Damit würde sie am Ende ihrer Laufbahn doch noch einen Hintermann wegsperren können, und es gäbe einen selbstherrlichen Tycoon auf der Welt weniger, der sich mit einem Fingerschnippen alles besorgen konnte, was ihm gerade einfiel. Das Problem war nur, dass die Behörden in ganz Lateinamerika nach einem diplomatischen Zwischenfall nicht gerade gut auf die Deutschen zu sprechen waren. Ein kolumbianischer Minister, auf Staatsbesuch in Deutschland, war bei einer Drogenrazzia in einem Frankfurter Bordell festgenommen worden. Und unglücklicherweise hatten die hessischen Kollegen von der Drogenfahndung die diplomatische Immunität des Gastes verletzt und ihn eine ganze Nacht in der Zelle behalten, bevor die Sache aufgeklärt wurde. Derzeit war kein einziges südamerikanisches Land bereit, der deutschen Polizei in irgendeiner Hinsicht Amtshilfe zu gewähren. So war der kleine Hoffnungsfunken, der kurz aufgeflammt war, schnell wieder erloschen. Das Klingeln des Telefons unterbrach Lydias Gedanken. Der Pförtner meldete zwei Besucher.

Wenig später schlürfte Lydia ihren Jasminblütentee und schaute zu, wie die beiden Kunsttransporteure vorsichtig ihren großen Klimm von der Wand nahmen, um ihn in Noppenfolie zu verpacken. Ihr erster Gedanke war gewesen, selber nicht dabei zu sein, wenn Melli das Bild abholen ließ. Dann hatte sie es aber richtiger gefunden, den Abtransport bewusst mitzuerleben. Es war ihre eigene Entscheidung, sich von dem Bild zu trennen. Wenn sie die Kontrolle über ihr Leben behalten wollte, dann musste sie nun dazu stehen, selbst wenn es wehtat. Es war ja nur eine Leihgabe, in zwei Monaten konnte sie es wiederhaben, hatte Melli ihr versprochen.

»Wiedersehen«, sagte sie, mehr zu ihrem Bild als zu den beiden Männern, und schaute ihnen hinterher, wie sie ihre sperrige Fracht an den Schreibtischen des Teams vorbei zum Lastenfahrstuhl lavierten. Die Kollegen im Großraumbüro beobachteten den Abtransport mit betont unbeteiligten Gesichtern, aber sie konnte die Erleichterung im Raum fast körperlich spüren. War das riesige Aktgemälde wirklich so schwer zu ertragen gewesen? Vielleicht waren die heftigen Pinselstriche, die grellen Farben und die brutale Vitalität nichts für übersensible Gemüter, aber das hier war immerhin die Mordkommission, da sollte man sich nicht so anstellen. Sie ging kopfschüttelnd in ihr Büro zurück. Die kahle Wand sprang ihr entgegen wie eine Ohrfeige, der Raum wirkte fremd. Als sie sich an ihren Schreibtisch setzt, spürte sie die Leere hinter ihrem Rücken. Hatte sie sich zu sehr in der Nische ihrer Trauer eingenistet und dabei daran gewöhnt, ihre Leere mit Klimm auszufüllen? Vielleicht war das ein Zeichen dafür, dass sich noch mehr in ihrem Leben ändern musste, aber sie wusste nicht, was. Ohne Hobbys, ohne Familie, ohne besonderes Interesse für Kunst, außer der von Klimm natürlich, hatte sie nur ihre Arbeit, für die sie schon lange nicht mehr brannte. Und sie würde jetzt aus Verzweiflung bestimmt nicht etwa anfangen zu reisen oder sich einen Hund zulegen.

Die Tür öffnete sich und ihr Stellvertreter, Hauptkommissar Torsten Nagel, schaute herein. »Störe ich?«

»Was soll denn die Frage? Ich habe nur ein Bild abholen lassen, ich bin nicht krank.«

Torsten grinste. »Dann sind Sie bereit für eine gute Nachricht?«

Sie zuckte mit den Schultern. »Oje, noch so ein glücklicher Hund.«

»Wie bitte?« Torsten sah sie eher verwirrt als beleidigt an.

»Entschuldigung, ich war gerade abgelenkt. Was gibt es denn?«

»Wir haben einen Fahndungserfolg. Die Zwillinge sind gesichtet worden. Ich habe es Ihnen schon gemailt.«

Lydia schaltete den Monitor ein und öffnete die Mail. Es war ein kurzer Filmausschnitt, auf dem von schräg oben zwei Gestalten zu sehen waren. Für den Bruchteil eines Augenblicks wurden ihre Gesichter von der Kamera erfasst, dann waren sie auch schon vorbei. Mehrmals ließ sie die grießeligen, unscharfen Gestalten Bild für Bild an sich vorbeiziehen, und mit dem Zoom holte sie einen Ausschnitt nah genug heran, um die Augen des einen unter seine Baseballkappe zu sehen und die Andeutung einer Narbe, während der andere, umsichtiger als sein Zwilling, die ganze Zeit auf den Boden sah. Lydia hätte nicht sagen können, dass sie die Männer wirklich wiedererkannt hätte.

»Das kommt von einer Überwachungskamera am Potsdamer

Platz. Wir haben das über die Gesichtserkennung bekommen«, sagte Torsten.

»Die scheinen sich ja ziemlich sicher hier in Berlin zu fühlen.«

»Zu sicher.«

Lydia sah, dass Torsten dieses Glitzern in den Augen hatte. Er konnte es offensichtlich kaum erwarten, die neue Fährte aufzunehmen.

Sie nickte. »Gut, dann kümmere dich um eine Ringfahndung. Ich mache Schluss für heute. Ruf mich an, wenn es Neuigkeiten gibt.«

Aber wozu das Ganze?, fragte sie sich, während sie ihre Tasche packte. Solange es kein Verfahren gab, um die DNA von eineiigen Zwillingen eindeutig voneinander abzugrenzen, hatten die beiden wenig zu befürchten.

Lydia gähnte und erhob sich. Am besten war es, jetzt nach Hause zu gehen, um mit einem Glas Rotwein in Ruhe nachdenken zu können oder um es ganz sein zu lassen und sich mit einem Krimi aufs Sofa zu verziehen. Was war nur los mit ihr? Sie war zweiundsechzig Jahre alt. Sie hatte die depressiven Schübe ihrer Wechseljahre längst hinter sich gelassen. Es wäre lächerlich, noch in diesem Alter in eine Midlife-Krise zu kommen.

Die Devise *No brown after six* galt nicht nur für den englischen Gentleman. Hasi hatte für den heutigen Abend sein einziges Paar schwarze Schuhe aus dem alten Koffer geholt. Als er sie aus ihrem Samtbeutel nahm, sah er, dass das Leder an den Sohlennähten bereits etwas stumpf geworden war und gehörig eingefettet werden musste. Während die aufgetragene Schuhcreme einzog, dampfte er vorsichtig seinen Anzug unter einem feuchten Tuch auf. In der Einladung stand unter Kleiderordnung »Cocktail«, wofür er mit seinem guten schwarzen Anzug passabel gerüstet war. Wahlweise kombinierte er ihn mit Smokingschleife für Galaveranstaltungen oder mit Krawatte für die sonstigen Einladungen, sodass er sich den Smoking sparen konnte. Ein geerbter grauer Cut, den man inzwischen immer seltener für Hochzeiten und Beerdigungen brauchte, hing bei Kiki auf dem Dachboden.

Als er sich vor dem Spiegel den Schlipsknoten band, entdeckte er einen kleinen Fleck auf dem Revers. Vetter Brezels englisches Tuch war natürlich bester Qualität und für den schicken Korvettenkapitän in der Savile Row einst maßgeschneidert worden. Der Anzug passte ihm auch gut genug, aber altersbedingte Abschabungen im feinen Tuch blieben bei Kleidung aus zweiter Hand nun mal nicht aus. Hasi bückte sich, um mit dem Finger in die Schuhcremedose zu tippen. Dann tupfte er ganz vorsichtig einen Hauch schwarzer Schuhcreme auf die schadhafte Stelle und strich den Tupfer sanft nach den Seiten aus. Wie ein Restaurator betrachtete er kritisch seine Retouchierversuche, tupfte hier und da ein wenig daran herum, bis sich der Schaden für den ungeübten Blick nicht mehr erkennen ließ. Zufrieden verschloss er die Schuhcremedose und machte sich daran, seine Schuhe blitzblank zu polieren.

Es war noch etwas zu früh, als er in seiner Abendgarderobe die Treppe herunterkam. Bevor Feli ihn abholen wollte, war gerade Zeit genug für einen kleinen Kontrollgang durch die Zimmerfluchten. Nachdem er die Fensterläden überprüft hatte, blieb er im Kaminzimmer vor der Wanne stehen, in deren blauem Granulat der halb fertige Vasencorpus stand. Feli hatte wirklich wunderbare Arbeit geleistet. Die bauchige Innenform zusammenzukleben hätte er sich vielleicht auch noch zugetraut, aber wie sie es geschafft hatte, aus den vielen Scherben das komplizierte, filigrane Netzwerk zu rekonstruieren, das die Vase umhüllte wie ein orientalischer Sichtschutz, konnte man nicht anders als genial nennen. Ab und zu, wenn er eine Tasse Tee oder ein paar Kekse brachte, hatte er ihr für kurze Momente zugesehen, schweigend, um ihre Konzentration nicht zu stören. Manchmal unterbrach sie dann ihre Arbeit, um ein paar Fotos von der jeweiligen Werkphase zu machen. »Kann ich für meine Karriere vielleicht mal brauchen.« Er konnte nur hoffen, dass diese Fotos niemals auf Umwegen an Dahlkamp herangetragen wurden. Der würde sich vielleicht wundern! So wie sich vor einiger Zeit Kiki gewundert hatte, als sie das Foto eines Barockschranks aus ihrem eigenen Elternhaus im Katalog eines Antiquitätenhändlers in Charlottenburg entdeckt hatte.

»Kann ich dir nicht doch irgendwie behilflich sein? Ein paar geklebte Teile für dich halten zum Beispiel. Es ist ja kaum mit anzusehen, wie du hier ohne Pause schuftest.«

»Danke, besser nicht. Zum Trocknen kommt alles in die Wanne, da ist es sehr gut aufgehoben.«

Sogar dieses blaue Granulat war nützlicher als er, dachte Hasi resigniert. Es musste doch irgendetwas geben, was er ihr zu bieten hatte! Er ging in seine Stube, um das neueste Bündel Post durchzusehen, das Kiki ihm mitgebracht hatte. Es waren die üblichen Einladungen für Vernissagen und Empfänge, und auch ein gesetztes Abendessen war dabei, wo dringend noch ein einzelner Tischherr gebraucht wurde. Er war in der Berliner Gesellschaft schon immer ein gern gesehener Gast gewesen. Seine Wahl fiel schließlich auf die Einladung zum diesjährigen Cocktailempfang des Clubs von Berlin. Der Event war, wie er sich erinnerte, ansprechend festlich, aber trotzdem locker genug, sodass man ihm eine unangemeldete Begleiterin nicht verwehren würde. Mit der Einladung in der Hand stürmte er aus dem Zimmer und trat ungeduldig vor dem Kaminzimmer auf und ab, bis sie endlich zu ihm aufschaute.

»Feli, hast du einen Moment, bitte?«

»Eigentlich nicht. Was gibt es denn?«

»Hättest du Lust, heute Abend mit mir auszugehen? Der Club von Berlin macht einen Cocktailempfang. Das ist meistens ganz nett, und es gibt gutes Essen und Tanz.«

Sie nahm die Einladung, mit der er vor ihr herumwedelte. »Cocktails? Was trägt man denn da so? Ich habe nur einen Koffer mit meinen Straßenklamotten hier in Berlin.«

»Auf jeden Fall kurz – aber schick.«

»Schade, ist nichts Schickes dabei.«

»Das ist auch nicht so wichtig. Ich würde mich sehr freuen, wenn du mich begleitest, wie auch immer.«

»Ich könnte mir aber auch einen Fetzen von meiner Mutter ausleihen. Die hat bestimmt was Passendes.«

»Ist aber wirklich nicht nötig.«

Aber wenn Feli sich einmal etwas in den Kopf gesetzt hatte, dann zog sie es durch, das kannte er schon von ihr. Ihre Mutter besaß ein großes Haus hier irgendwo in der Nähe, mit »Personal und allem Schnickschnack«, wie Feli erklärte, während sie selbst in Neukölln zur Untermiete wohnte. Und das war auch schon alles, was sie zu diesem Thema zu sagen hatte. Feli schien nicht besonders gut auf ihre Mutter zu sprechen zu sein. Sie verabredeten, sich in zwei Stunden wieder bei Hasi zu treffen, um mit ihrem Wagen zum Empfang zu fahren.

Während er auf sie wartete, dachte er an die Mütter, die er so kannte, und versuchte sich vorzustellen, wie Feli wohl in einem Kleid ihrer Mutter aussehen würde. Sicher war es eine schrecklich altbackene Kledage. Er nahm sich fest vor, den ganzen Abend nur ihr hübsches Gesicht anzusehen und ihren Aufzug mit keiner Silbe zu erwähnen, es sei denn, jemand würde es wagen, sich abfällig darüber zu äußern, dann würde er selbstverständlich in den höchsten Tönen loben, was auch immer sie für einen Sack anhatte.

Vor dem Haus fuhr nun ein Wagen vor, und er hörte ihre

Schritte auf dem Kiesweg. Als er ihr die Tür öffnete, blieb ihm fast die Luft weg.

Sie lächelte ihn an. »Nimmst du mich so mit?«

»Und wie! Aber – so etwas trägt deine Mutter?«

»Wieso? Gefällt es dir nicht?«

»Doch, schon. Ich hätte nur nicht gedacht, dass –« Hasi kam ins Stottern. Feli trug ein extrakurzes, raffiniert geschnittenes Minikleid aus roter, changierender Seide. Es saß wie angegossen auf den Hüften, betonte ihr stupsig herausragendes Gesäß und war dazu noch vorn ziemlich unverschämt ausgeschnitten.

»Entschuldige, du siehst so umwerfend aus, dass ich nur noch stammeln kann«, sagte er und beugte sich vor, um ihr einen Begrüßungskuss zu geben. Als er zurücktrat, bemerkte er, dass die zarte Berührung einen kleinen schwarzen Fleck neben ihrem Ausschnitt zurückgelassen hatte, der verdächtig nach Schuhcreme aussah. Hasi stockte der Atem, und er musste den Impuls unterdrücken, gleich an ihrem Ausschnitt herumzurubbeln, was die Sache natürlich nur noch schlimmer gemacht hätte.

»Wollen wir?«, fragte sie.

»Einen Moment noch!« So konnte sie unmöglich gehen. Er lief durch das Wohnzimmer auf die Terrasse und pflückte eine volle Rosenblüte ab. Beim Abstreifen der Dornen unterdrückte er einen Schmerzenslaut. In seiner Jackentasche befand sich für alle Fälle immer die eine oder andere Sicherheitsnadel, die ihm jetzt sehr zupass kam. Auch wenn eine Blumencorsage schon eine eher altmodische Angelegenheit war und er riskierte, sich bei Feli lächerlich zu machen, war der verräterische Fleck damit verdeckt. »Die Farbe der Blüte passt blendend zu dem Rot deines Kleides«, sagte er, um seine Verlegenheit zu überdecken.

»Du bist süß!« Sie grinste ihn an. »Ich fühle mich wie ein Teenager. Haben wir damit jetzt ein Date?«

»Date – das klingt so nach Hollywoodfilmen, und dabei passiert dann am Ende immer ein Mord oder so was.«

»Dann sagen wir doch einfach Verabredung, oder hast du da auch was dagegen?«

»Ganz und gar nicht!« Er bot ihr seinen Arm an und geleitete sie zum Wagen. Sie entriegelte die Beifahrertür, und er ließ sich in den weichen Ledersitz der Mercedeslimousine fallen. »Nett von deiner Mutter, dir ihren Wagen zu leihen.«

»Sie hat noch mindestens zwei andere«, antwortete Feli knapp.

Hasi machte sich eine mentale Notiz, sie nicht noch mal auf die Mutter anzusprechen. Stattdessen unterhielt er sie während der Fahrt mit despektierlichen Anekdoten über die illustre Berliner Gesellschaft, die sie auf dem Empfang erwartete.

Die Vereinsvilla des Clubs lag in einer grünen Seitenstraße im Tiergarten, und nach etwas Suchen und Rangieren fanden sie in der Nähe einen Parkplatz. Als er Feli über den roten Teppich in die Eingangshalle führte, stieg fast so etwas wie Stolz in ihm auf, als er sah, wie sich diverse Herren nach seiner Begleiterin umdrehten. Und deren Begleiterinnen taxierten wiederum ihn mit Interesse. Aber ihm war nur wichtig, dass er endlich die Chance hatte, Feli etwas bieten zu können und ihr einen gelungenen Abend zu bereiten.

Feli kannte noch niemanden in der Stadt, und so führte er sie von Gruppe zu Gruppe, um sie allen möglichen Bekannten vorzustellen, natürlich ohne ihre gemeinsame Geschichte mit der Vase zu erwähnen. Das sollte ihr kleines Geheimnis bleiben, und das Schöne daran war, dass es sie zu Komplizen machte und auf eine verschwörerische Weise miteinander verband. Er nahm einem vorbeikommenden Kellner zwei Champagnergläser vom Tablett, um mit ihr anzustoßen.

»Danke, dass du mich mitgenommen hast. Das ist mal was anderes als Döner bei Murat. Mein Abendessen mit den üblichen Verdächtigen auf der Sonnenallee«, sagte sie. Hasi hätte gerne noch eine Frage zu Murat gestellt, wenn er nicht in dem Moment Thomas erblickt hätte, der durch die Menschenmenge schlich wie eine Hyäne auf Beutezug in der Savanne.

»Vielleicht sollten wir uns mal auf den Weg zum Buffet machen«, sagte er, um der Begegnung auszuweichen. Doch es war zu spät, Thomas war schneller.

»Soso, mein Freund, hier treibst du dich also rum!« Er grinste ihn frech an. Der erwartete Schlag auf den Rücken blieb aus, Thomas begnügte sich damit, ihm den Arm um die Schulter zu legen, während er Feli vieldeutig zuzwinkerte. »Der Hasi und ich, wir kennen uns noch aus der Penne. Da waren wir *so*!« Und damit kreuzte er demonstrativ zwei Finger, nur um ihn anschließend damit in die Seite zu pieksen. »Willst du mir deine charmante Freundin nicht vorstellen?«

»Doch, natürlich. Darf ich bekannt machen? Thomas – Felicitas.« Er trat einen Schritt beiseite, um sich aus Thomas' Umklammerung zu befreien.

Thomas schüttelte vorwurfsvoll den Kopf. »Dass du mir diese schöne Frau unterschlagen hast – unverzeihlich.« Er blinzelte Feli zu. »Er arbeitet nämlich für mich. Pass gut auf ihn auf, das ist mein bester Mann.«

Feli ignorierte Thomas und schaute über ihn hinweg wie über ein lästiges Insekt. Doch Thomas ließ nicht locker.

»Was ist los? Das Leben ist zu kurz für ein langes Gesicht!«

»Wie weise. Hast du das aus einem Glückskeks?«

Hasi beeilte sich, die Wogen zu glätten.

»Ich habe bei Thomas mal gejobbt, aber Immobilien verkaufen lag mir leider nicht.«

»Wem liegt so was schon?«, sagte Feli und hängte sich bei Hasi ein, während sie Thomas einen verächtlichen Blick zuwarf. »Wollten wir nicht gerade zum Buffet?«

Thomas blinzelte irritiert. »Apropos wollen, Hasi, ich wollte mit dir ...«

Feli unterbrach ihn ungeduldig. »Was auch immer! Es gibt nichts Überflüssigeres als Immobilenmakler.«

»Hähä, höhö.« Thomas' Versuch zu lachen verunglückte. »Sehr lustig, meine Süße. Geh schon mal vor. Ich muss noch ein paar Takte mit meinem Freund reden. Allein unter Männern, klaro?«

Feli funkelte ihn böse an. »Du stehst mir in der Sonne.«

Thomas hob die Arme. »Na, na! Das ist ein freies Land.«

Sie schob sich ganz dicht an ihn heran. »Zisch ab, oder ich trete dir in deine winzig kleinen Eier.«

Thomas trat zurück und schaute Hasi verblüfft an. »Mannomann! Die Kleine geht aber ran.«

Hasi straffte sich. »Sie heißt weder die Süße noch die Kleine, und jetzt wirst du uns entschuldigen.«

Würdevoll bot er Feli seinen Arm und ließ Thomas stehen.

»Komische Freunde hast du«, sagte Feli, als sie in der Schlange vor dem Buffet warteten.

»Er behauptet nur, mit mir befreundet zu sein. Ich konnte ihn noch nie leiden. Schon zu Schulzeiten nicht, und ich frage mich immer, was er von mir will.«

»Du bist super interessant für ihn. Pass auf! Der will bestimmt deine guten Kontakte abgreifen. Null vertrauenswürdig. Und ein Kokskopf ist er auch noch.«

»Wirklich?«, fragte Hasi, ehrlich verblüfft. »Woran siehst du so etwas?«

»Die Augen. Ein bisschen crazy. Er hat einen schlecht unterdrückten Zitterich, und seine ramponierte Nase ist auch bald für eine Generalüberholung fällig.«

»Meine Güte, du überraschst mich immer wieder!«

Eine Sorgenfalte erschien auf Felis Stirn. »Sag mal, Hasi? Ich hoffe, dieser Typ hat nichts gegen dich in der Hand!«

»Was meinst du damit?«

»Nur so ein Gefühl. Toxische Typen will man nicht in seinem Leben haben. Ich hatte mal so einen Schleimer in der Schulklasse. Nach vorne heraus jovial und harmlos, und eines Tages wollte er mich hinter dem Fahrradschuppen überfallen.«

»Und, was hast du getan?«

»Ich habe ihm die Hand gebrochen.«

Hasi griff einen Teller. »Ich glaube, wir sind jetzt an der Reihe. Darf ich dir auftun?«

Sie nahm einen zweiten Teller. »Lass mal, mein Kavalier, das mache ich selbst.«

Er betrachtete sie unauffällig von der Seite, als sie zu Tisch gingen. Feli glich trotz ihrer Zierlichkeit eher einer Straßenkämpferin als einer höheren Tochter. Er wusste plötzlich nicht mehr, worüber er mit ihr reden sollte.

Erst später, als zum Tanz gebeten wurde, fühlte Hasi sich wieder in seinem Element. In der Pause, als er im Treppenhaus auf sie wartete, während sie sich frisch machte, stand plötzlich Thomas wieder neben ihm, aufgetaucht wie eine lästige Krankheit.

»Na, wo steckt deine kleine Kratzbürste?«

»Sie heißt Felicitas.«

»Ich weiß immer noch nicht, ob sie nun deine Freundin oder dein Bodyguard ist.«

»Wozu sollte ich wohl einen Bodyguard brauchen?«

Thomas lachte und klopfte ihm auf die Schulter. »Und wie geht's denn sonst so? Wie lange musst du noch auf diese Hütte aufpassen?«

»Noch zwei Wochen.«

»Und dann fängst du wieder bei mir an, ja? Ein neues Quartier mache ich auch für dich klar. Natürlich mietfrei unter Freunden, versteht sich.«

»Ich habe andere Pläne. Und eine Wohnung habe ich auch schon, besten Dank.«

»Jetzt sei doch kein Spielverderber! Das Geschäft läuft bombig. Du kannst mich doch nicht so hängen lassen.«

»Du findest genug Leute, die das mit den Immobilien besser können als ich.«

»Aber keiner kommt so super an bei den Kunden. Du hast einen Schlag bei den Damen, das muss man dir lassen. Die löchern mich schon nach dir. Was soll ich ihnen denn sagen?« Thomas zog ein Bündel Geldscheine aus seiner Jackentasche. »Hier, mein Freund. Es soll auch dein Schaden nicht sein. Nimm das erst mal als Vorschuss.«

Hasi versuchte sich zu wehren, als Thomas ihm die Scheine in die Jackentasche stopfte, doch da kam Feli wieder die Treppe hoch und es blieb keine Zeit, das Bündel wieder herauszuholen. »Wir sehen uns«, sagte Thomas mit einem angedeuteten Salutieren und war verschwunden.

»Schon wieder dieser Typ?«, fragte Feli. »Ich dachte, er hätte was dazugelernt!«

Hasi tastete unschlüssig nach den Geldscheinen in seiner Jackentasche. Genau diese Art von Verstrickung hatte er unbedingt vermeiden wollen.

»Tanzen wir noch mal«, erinnerte ihn Felis Stimme daran, dass er ihr doch heute einen schönen Abend bereiten wollte.

Es war schon weit nach Mitternacht, als sie vor Dahlkamps Villa hielten. Feli machte den Motor aus und drehte sich zu ihm. »Das war ein superschöner Abend. Ich hatte so einen Spaß!«

»Ich auch. Es war sehr schön mit dir. Danke, Feli.« Er beugte sich vor, um ihr einen Abschiedskuss zu geben, doch sie schlang ihren Arm um seinen Nacken und zog ihn für einen langen und heftigen Kuss zu sich heran. Feli konnte mindestens so gut küssen, wie sie kämpfen konnte, und zu Hasis Entzücken schmeckten ihre Lippen nach Zimt und Zucker. Als sie sich wieder voneinander lösten, blieb er mit seinem Revers an den Dornen der inzwischen ramponierten Rose hängen, und das erinnerte ihn daran, dass er noch etwas zu erledigen hatte. Er machte vorsichtig die Sicherheitsnadel mit der Rose von ihrem Kleid ab. Feli sah ihn erwartungsvoll an, es dauerte jedoch eine Weile, bevor er etwas sagen konnte.

»Feli, ich muss dir etwas gestehen.«

»Du bist schwul.«

»Wie kommst du jetzt darauf?« Hatte es vielleicht mit seiner Art zu küssen zu tun?

»Also verheiratet. Nein, noch schlimmer, du kannst mich nicht leiden.«

»Um Himmels willen. Ich mag dich sehr! Und ich bin auch nicht verheiratet. Es ist etwas – anderes. Bei unserer Begrüßung habe ich dir einen Fleck ins Kleid gemacht. Ich wollte es dir nicht früher sagen, weil ich dachte, es macht dich vielleicht befangen.«

Nachdem Hasi ihr vielleicht einen Tick zu ausführlich erklärt hatte, wie es zu diesem Fleck gekommen war, brach Feli zu seiner Erleichterung in schallendes Gelächter aus. Sie sah auf das Kleid herab. »Das macht doch nichts! Meine Mutter hat mehr Fummel, als sie tragen kann, wirklich! Und ich finde dich –« Sie schüttelte den Kopf, unschlüssig. »Ich weiß gar nicht, wie es sagen soll, sehr – witzig. Nicht doof witzig, sondern im besten aller möglichen Sinne.«

»Das ist sehr nett von dir. Aber wenn ich das Kleid ersetzen kann oder wenigstens reinigen lassen, dann würde ich das gerne tun.«

Feli legt den Kopf schief und sah ihn unverwandt an. »Ich wollte dich eigentlich fragen, ob ich noch mit reinkommen soll. Aber irgendwie ist die Stimmung jetzt nicht mehr so besonders romantisch, oder?«

»Es tut mir leid, ich habe alles vermasselt.«

»Ach was! Morgen ist schließlich auch noch ein Tag. Ich komme wieder gegen vier, okay?«

Hasi schaute ihr hinterher, bis die Rücklichter des Wagens in der Dunkelheit verschwanden. Feli verwirrte ihn. Sie war ganz und gar nicht die zarte Elfenfee, nach der sie aussah.

Sterbende waren selten angenehme Menschen

Noch während er vor sich hin dämmerte, spürte Dr. Gaetano Ortiz dieses nagende Gefühl wieder in sich hochsteigen, das ihn seit Tagen heimsuchte. Es würde noch einen Moment dauern, bis er wach genug sein würde und ihm einfiel, was ihn so belastete. Der Wecker hatte noch nicht geklingelt und Sonnenlicht drang in schrägen Streifen durch die geschlossenen Jalousien. Er beobachtete, wie die leuchtenden Strahlen Staubkörner in der Luft zum Glühen und Tanzen brachten, und versuchte sich mit ganzer Aufmerksamkeit auf das Lichtspiel zu konzentrieren, um diesen Moment, der noch nicht verdorben war, zu verlängern. Doch es hatte keinen Zweck. Mit Wucht erfasste ihn die Erinnerung an die Aufgabe, die ihm bevorstand. Immer wieder hatte er in den letzten Tagen das unvermeidliche Geständnis vor sich hergeschoben, er hatte lahme Ausreden und Halbwahrheiten erfunden, um seinen ungeduldigen Patienten ruhig zu stellen, allerdings mit schwindendem Erfolg. Gestern hatte ihm sein todkranker Arbeitgeber ein Ultimatum gestellt und angekündigt, dass er mit einem Telefonat die ganze Kolonie hochgehen lassen würde, wenn Ortiz nicht endlich seinen Job machte. Schließlich habe er nicht mehr zu verlieren als sein Leben, und das sei ja weiß Gott nicht viel, hatte er mit heiserer Stimme gekrächzt und mit einem hässlichen Lachen die Diskussion beendet. Was würde aus der Kolonie werden, wenn ihr reicher Gründer nicht mehr lebte? Inzwischen sprach Ortiz, dem man Frömmigkeit weiß Gott nicht nachsagen konnte, jeden Tag ein stilles Dankgebet, wenn er seinen Patienten morgens lebend in seinem dunklen Krankenzimmer antraf. Jeder Morgen, an dem Hartmann aufwachte, sicherte Ortiz und der Gemeinschaft einen weiteren Tag im Paradies. Auch was das angedrohte Auffliegen der Insel anging, war die Situation höchst prekär. Es würde Hartmann nur eine Mail kosten, damit die venezolanische Küstenpolizei nicht mehr wie bis jetzt – von dem exzentrischen Milliardär gut bezahlt – ihren Bogen um das behütete Paradies machte, sondern mit einer Sondereinheit der Steuerfahndung eine Kolonie enterte, die es auf der Karte gar nicht gab.

Der Mann war Ortiz ein Rätsel. Nur um seinen Willen und ein dämliches Kunstobjekt zu bekommen, drohte er jetzt damit, das Leben der ganzen Gemeinschaft aufs Spiel zu setzen. Vielleicht war diese Art von dramatischem Größenwahn etwas typisch Deutsches. Bei Hartmann gab es keine Kompromisse. Wenn es darum ging, den eigenen Willen durchzusetzen, auch gegen jeden Widerstand, kannte er kein Maß. Hartmann saß in seiner abgeschirmten Todeszelle und kreiste im Angesicht seines nahenden Endes nur noch um sich selbst, wie einst Hitler in seinem Bunker. Auch er hatte ein ganzes Volk mit in den Untergang ziehen wollen.

In den letzten Tagen hatte Hartmanns Krankheit einen deutlichen Schub gemacht, und inzwischen war er körperlich so geschwächt, dass er nicht mehr aus eigener Kraft seiner Apparatur entsteigen konnte, seiner Versorgungsbahre, wie Hartmann sie sarkastisch nannte. Und da er die Anwesenheit von niemandem, nicht einmal die seines Arztes, mehr als ein oder höchstens zwei Mal am Tag ertrug, passierte es immer öfter, dass sein reicher Arbeitgeber über Stunden im hermetisch abgeschotteten Zimmer im eigenen Kot gelegen hatte wie ein Greis in einem billigen Altersheim, bevor ihn Ortiz mit diskretem Takt aus seiner Not erlöste, während sich der süßliche Geruch der Verwesung im Raum ausbreitete wie ein Vorbote des Todes. Es quälte Ortiz fast mehr, die hygienische Grundversorgung seines Patienten nicht ordentlich leisten zu können, als dessen körperlichen Verfall mit ansehen zu müssen. Ortiz war lange genug Arzt gewesen, um sich von der Hybris zu verabschieden, jeden Kranken heilen zu können, aber dass Hartmann unnötig leiden musste, das sah er einfach nicht ein.

Geistig hatte Hartmann nicht nachgelassen, leider, denn etwas weniger Kurzzeitgedächtnis würde die Situation seines Arztes erheblich entspannen. Im Gegenteil, es kam Ortiz so vor, als sähe Hartmann alles überdeutlich, wie durch eine Brille, die zu scharf geschliffen war. So hatte er seinen letzten obsessiven Wunsch keineswegs vergessen und immer wieder bei Ortiz nachgefragt, warum die bestens bezahlten Mitarbeiter in Berlin nicht in der Lage seien, die Ware zu beschaffen. Damit zweifelte er natürlich auch die Kompetenz von Ortiz selbst an, dem mächtigen Kanzler seiner Kolonie, dem er buchstäblich sein Leben anvertraut hatte. Was würde es für ihn und Marirosa bedeuten, wenn Hartmann mit seiner Drohung ernst machte?

Seiner Frau gegenüber hatte Ortiz die Sorge um ihre Zukunft natürlich verschwiegen, und er verbarg seine Angst hinter einer Fassade geschäftiger Fröhlichkeit, die er nicht mehr lange aufrechterhalten konnte, ohne dass sie ihn durchschaute. Er sah sie zärtlich an, wenn sie neben ihm schlief, ihr Kopf auf ein dickes Kissen gebettet wie eine alternde Prinzessin. Ihr Atem ging in beruhigendem Rhythmus auf und ab. Ortiz hätte bis ans Ende ihres Lebens einfach nur daliegen können und dem Atem lauschen, mehr bräuchte er nicht, um glücklich zu sein. Marirosa hatte sich am Abend vorher nur flüchtig abgeschminkt, ihre fülligen Wangen zeigten noch Spuren von zartem Gesichtspuder, und die geschlossenen Augen wurden betont durch angedeutete Schatten verwischter Wimperntusche. Sie roch wie eine Blume, und er sog ihren Duft ein wie ein Rauschmittel.

Mit einer Berührung so leicht wie eine Feder strich er ihr das Haar aus dem Gesicht, und Marirosa wachte auf mit einem Lächeln, wie es nur eine Frau konnte, die sich auch in der Tiefe ihrer Träume sicher und geborgen fühlte. Ihr verschleierter Blick rührte ihn wie ein unschuldiges Kind. Er durfte sie nicht enttäuschen.

Marirosa zog ihn zu sich heran. Ortiz merkte, wie ihn schon die Berührung ihres puderig weichen Oberarms erregte. Er rollte sich auf seine Frau mit der schläfrigen Sparsamkeit eines Raubtiers und vergrub sein Gesicht in der warmen Kuhle ihres Nackens, während er mit einer Hand ihr dünnes Nachthemd gerade weit genug hochstreifte, um ohne Aufwand in sie einzudringen.

Drei Stunden später, nachdem er auf dem Campus alle Erledigungen des Tages hinter sich gebracht hatte und es keine Entschuldigung mehr gab, den gefürchteten Gang weiter aufzuschieben, stand Ortiz vor der schweren Stahltür zu Hartmanns abgeschiedenem Krankenzimmer und tippte den Zugangscode ein.

Oft hatte ihn sein schwieriger Patient bereits mit irgendeiner Unfreundlichkeit oder einem Vorwurf begrüßt. Sterbende waren selten angenehme Menschen. Immer wenn Ortiz den Raum betrat, war Hartmann gerade dabei, sich im Scheinwerferlicht eine seiner Kostbarkeiten anzusehen, sie regelrecht mit seinen geweiteten Pupillen unter flatternden Lidern aufzusaugen. Wenn er sich an Ortiz wandte, dann meistens, um ihn mit gehässigem Scharfsinn, am liebsten mit einer Fangfrage, seines Banausentums zu überführen. So musste der Doktor sich wie ein Schuljunge über irgendwelche Details, Deutungen oder über eine Biografie des Künstlers belehren lassen. Auf diese Weise hatte Ortiz sich im letzten Jahr ganz nebenbei einige Kenntnisse über Kunst und Geschichte angeeignet, die – wie ihm die pragmatische Marirosa erklärte – doch ganz nützlich sein würden, wenn es eines Tages darum ging, den Nachlass des reichen Mannes zu veräußern. So sehr er Marirosa liebte, diesen undankbaren Zug an ihr mochte er nicht, und er hatte sich dagegen verwahrt, Spekulationen über die Zeit danach anzustellen oder gar Hartmanns Erbe zu verplanen, noch bevor er unter der Erde war. Marirosa hatte beleidigt geschwiegen und ihn mit Missachtung bestraft, bis er schließlich einlenkte und sich bei ihr für sein Misstrauen entschuldigte. Marirosa hatte recht. Es gab viel Praktisches zu organisieren, wenn Hartmann starb, und das konnte jetzt ganz schnell gehen.

Heute gab es keine Beleidigung und auch kein Gestichel zur Begrüßung. Es war so still im Raum, dass der Arzt schon fürchtete, Hartmann sei über Nacht verstorben, und erst das stetige grüne Blinken des EKG auf dem Monitor beruhigte ihn. Trotzdem war etwas anders als sonst, und er wagte kaum, die Stille zu brechen. Ortiz desinfizierte sich die Hände, bevor er leise den Raum durchquerte und an die Liege herantrat. Hartmann lag mit geschlossenen Augen da, sein Gesicht sah im fahlen Licht eingefallen und grau aus. Ortiz unterdrückte den Impuls, die

Hand seines Patienten in seine zu nehmen. Stattdessen wartete er, bis er etwas sagte.

»Und?«, flüsterte Hartmann schließlich heiser. Ortiz, der an nichts anderes als an die Vase denken konnte, wusste natürlich genau, was er meinte. Er beschloss aber, dennoch zu versuchen, auf Zeit zu spielen.

»Guten Morgen, Herr Hartmann. Wie fühlen Sie sich heute?« Er kontrolierte die Sauerstoffwerte auf dem Monitor, als stünden da die Antworten auf alle Fragen. Leicht lüftete er Hartmanns Kragen und sah sich die gerötete Haut um den Port an, durch den das Morphium floss. »Ich denke, ich werde ihn austauschen.«

Hartmann schwieg, während der Arzt die täglichen Fragen der Visite abarbeite. Schließlich fasste Ortiz den Mut, sein Versagen zu beichten. »Die Deutschen haben sich endlich zurückgemeldet«, sagte er leise. »Sie haben mehrere Versuche gemacht, an die Vase heranzukommen, aber es gab Schwierigkeiten. Der Hausmeister wurde verhaftet, und seitdem wird die Villa rund um die Uhr von der Polizei bewacht. Unsere Partner in Berlin weigern sich jetzt kategorisch, den Auftrag zu Ende zu führen. Sie sind nicht bereit, in eine offensichtliche Falle zu laufen – nicht für alles Geld der Welt. Ich verstehe ja, wie sehr Sie sich diese Vase wünschen, aber ich weiß beim besten Willen nicht, was ich noch machen soll, Herr Hartmann, glauben Sie mir!«

Ortiz sah Hartmann an, der mit geschlossenen Augen dalag und weiter schwieg. Schließlich dachte er, sein Patient müsse wieder eingeschlafen sein, und beugte sich über ihn. Zu seiner Bestürzung erkannte er, dass Hartmann weinte. Zunächst liefen ihm die Tränen aus den geschlossenen Augen über seine Wangen. Dann brach er in lautes, hemmungsloses Schluchzen aus.

Ortiz wusste nicht, wie er reagieren sollte, und unterdrückte den Impuls, die Flucht anzutreten. Sein unberechenbarer Arbeitgeber hatte es mal wieder geschafft, ihn aus der Fassung zu bringen.

»Herr Hartmann, bitte weinen Sie nicht! Vielleicht ist es ja besser so. Ich möchte nicht, dass Sie Ihre letzten Tage damit verbringen, dem Unmöglichen nachzutrauern.«

Hartmann weinte weiter, ohne Ortiz zu beachten.

»Ich bringe Ihnen den Katalog von der Sotheby's Auktion in New York. Da ist sehr viel Chinoiserie dabei, und stellen Sie sich vor, sie findet morgen statt. Sie könnten über Internet mitbieten. Oder ich übernehme das für Sie per Telefon.«

Nach einigen Minuten, die sich wie eine Ewigkeit anfühlten, wischte Hartmann sich die Tränen aus dem Gesicht und wandte sich an Ortiz.

»Sehen Sie, was Sie mir antun, Ortiz? Ihre Unfähigkeit ruiniert mir die letzten Tage auf dieser Welt. Wollen Sie diese Verantwortung übernehmen?« Seine Stimme war eisig, sein Blick klar. Jede Spur seines emotionalen Ausbruchs war verschwunden. Er zeigte mit seinem knochigen Finger auf die Vitrine, die als einzige im dunklen Raum von einem Scheinwerfer beleuchtet wurde.

»Da hinein soll die I Ging-Vase. Ins oberste Fach, sodass das Licht schräg durch die durchbrochene Schale ein filigranes Muster auf die Wand wirft.«

Ortiz schüttelte verwirrt den Kopf. Hatte Hartmann seine Erklärung nicht verstanden oder gar nicht zugehört?

»Es tut mir leid, die Vase ist einfach nicht zu beschaffen, da müssen wir realistisch sein.«

»Ich muss gar nichts, Ortiz. Außer sterben. Sie aber werden mir nicht mehr unter die Augen treten mit solchen defätistischen Aussagen. Verstanden? Ich erwarte mehr von Ihnen. Tun Sie was. Schaffen Sie die Vase her, wie, ist mir ganz egal, und wenn dabei Köpfe rollen. Enttäuschen Sie mich nicht noch einmal. Ich will Sie hier nicht mehr sehen, ohne dass Sie meine Vase dabeihaben.«

Nachdem Ortiz die Türe zu Hartmanns Refugium hinter sich geschlossen hatte, rannte er im Laufschritt zu seinem Büro, um noch einmal mit Berlin zu telefonieren. In seinem schlechten Englisch versuchte er, dem wortkargen Deutschen, der ans

Handy gekommen war und mit echtem Namen gar nicht Müller hieß, die Dringlichkeit der Lage klarzumachen. Als der unhöfliche Müller ihn zum wiederholten Mal mitten im Satz abwürgte und einfach auflegte, kam Ortiz endlich auf die Lösung, auf die er schon längst hätte kommen sollen. Er musste den Deutschen ein neues Honorarangebot in absurder Höhe anbieten. Eines, das sie einfach nicht ablehnen konnten. Jeder Mensch hatte seinen Preis, und in diesen Tagen war Geld nun wirklich das kleinste Problem.

Sie musste endlich einen Schlussstrich ziehen

Die Gäste der Vernissage von »Klimm – Kunst – Werk« wurden erst in einer Stunde erwartet, und Lydia nutzte die Möglichkeit, allein und unbeobachtet die noch menschenleeren Räume der Galerie Mellenhoff abzugehen und die Ausstellung ganz privat auf sich wirken zu lassen. Es war wirklich nicht nötig, dieses beklemmende Gefühl, Klimms Bilder wieder auf riesigen weißen Wänden hängen zu sehen, mit dem Ausstellungspublikum zu teilen. Seit seinem Selbstmord vor vier Jahren hatte sie sich rigoros geweigert, Mellis charmantes, aber hartnäckiges Bitten zu erhören. Nur auf Drängen von Freunden und Sammlern hatte sie eine einzige Ausstellung in Erinnerung an den Verstorbenen erlaubt. Es war ihr damals so vorgekommen, als würden die Werke in einer grell erleuchteten Obduktionshalle wie die nackten Leichen ihrer Mordfälle seziert und analysiert. Und sie als trauernde Witwe hätte man am besten gleich dazuhängen können, so allein hatte sie sich inmitten von Klimms Verehrern gefühlt. Noch einmal hatte sie sich dieser hässlichen Erfahrung nicht aussetzen wollen und seitdem alle Bilder, die Klimm ihr hinterlassen hatte – und es waren viele –, unter Verschluss gehalten. Sie hingen nebeneinander und übereinander an jedem nur möglichen freien Stück Wand in ihrer Schöneberger Altbauwohnung. Und dann im Dezernat natürlich noch das berüchtigte Aktbild, das ihr zu einem eigenen Büro verholfen hatte.

Der riesige Akt war das erste Bild, das ihr förmlich entgegenschrie, als sie die Galerie betrat. Es füllte die Wand aus, die dem Eingang gegenüberlag, sodass es die Blicke aller Besucher gleich auf sich ziehen musste. Strategisch perfekt, das musste man Melli lassen. Jeder wurde durch das wuchtige Werk sofort in Klimms Bann gezogen. Zu ihrer eigenen Überraschung hatte sie Freude daran, das intime Bild hier so brillant ausgeleuchtet und perfekt präsentiert zu sehen. Klimms Malerei brauchte Raum und Licht und Luft, und das kriegte sie hier. Ganz gegen ihre Erwartung spürte Lydia, dass auch sie mit jedem Schritt mehr

Luft zum Atmen bekam. Das Entscheidende war Abstand. In der Enge ihres Büros hatte das Bild einfach keine Chance gehabt, sich im Raum zu entfalten. Sie musste unwillkürlich lächeln, überrascht von ihrer Einsicht.

Mellenhoff eilte mit zwei Champagnerkelchen auf sie zu. »Meine Liebe, nimm ein Gläschen! Ich habe den Mädels aufgetragen, uns schon mal ein paar Appetizer warm zu machen, damit wir Kraft tanken können für den großen Abend.«

Lydia stieß mit ihm an, während er sie lauernd beobachtete. »Und was sagst du? Unser Klimm kommt hier fantastisch zur Geltung, das musst du zugeben.«

Sie zuckte mit den Schultern. Melli war ein Experte darin, sich selbst über den Klee zu loben, man musste ihn nicht auch noch auf Gedanken bringen.

»Ist es noch so schlimm?« Der Galerist sah sie besorgt an.

»Natürlich sind sie gut gehängt, aber es tut weh«, sagte sie und tätschelte seine wulstige Hand.

»Das weiß ich doch, meine Liebe. Aber irgendwann musst du dich auch abnabeln. Es bekommt dir nicht, dich so an Klimm zu klammern. Das sage ich dir ohne Hintergedanken als Freund, nicht als Galerist. Diese Bilder hindern dich, dein eigenes Leben zu leben.«

»Ist das nicht etwas übertrieben, Melli? Klimms Werke sind auch ein Teil von mir, und den kann ich ganz gut in mein eigenes Leben integrieren.«

»Und was für ein wunderbarer Teil von dir. Trotzdem: Du glaubst gar nicht, wie elektrisierend es sein kann, sich von Kunstwerken zu trennen. Radikal. Ich hatte jahrelang einen Rauschenberg. Ich liebte ihn wie ein eigenes Kind, und nie im Leben wollte ich ihn verkaufen, doch irgendwann habe ich es dann doch getan. Aus therapeutischen Gründen. Und das hat mir einen richtigen Energieschub gegeben, weil ich plötzlich frei war für Neues.«

Er sah ihr tief in die Augen. »Verstehst du, meine liebe trauernde Künstlerwitwe, man muss von Zeit zu Zeit mit den alten Gewohnheiten brechen.«

»Willst du mich jetzt auch therapieren?«

»Ach, ich meine ja nur ...« Melli hob entwaffnend die Hände. »Ein guter Galerist muss auch Psychologe sein. Schau mal, da kommen unsere Appetizer.«

Eine seiner hübschen Assistentinnen brachte ein Tablett mit mehreren schmalen Gläsern mit frittierten Köstlichkeiten. Während Lydia an einer Garnele knabberte und durch die Räume schlenderte, dachte sie darüber nach, ob an Mellis Küchenpsychologie doch etwas dran war. Vielleicht war ihre Trauer tatsächlich zur lieben Gewohnheit geworden, zu einer in düsteren Farben tapezierten Nische, in der sie sich allzu bequem eingerichtet hatte. Und die Dinge, mit denen sie sich umgab, dienten nur dazu, dieses lähmende Gefühl aufrechtzuerhalten. Warum sonst holte sie sich immer noch in Klimms unpraktischem Sportwagen regelmäßig einen Hexenschuss? Und warum hingen seine schwarzen Sakkos immer noch in ihren Kleiderschränken wie tote Krähen? Es war ein schönes Leben mit Klimm gewesen, aber dieses Leben war vorbei, und nach vier Jahren Trauer war nun der Zeitpunkt gekommen, sich dieser Einsicht zu stellen. Sie musste endlich einen Schlussstrich ziehen.

»Übrigens, Melli, falls es Interessenten für das große Bild gibt, lass es mich wissen.«

Mellenhoff verschluckte sich fast. »Das Aktbild? Entschuldige Lydia, aber – ist das dein Ernst?«

Sie schaute sich mit gespieltem Interesse eine kleine Landschaft in Öl an, ein Bild, das sie natürlich auswendig kannte. »Vielleicht. Wenn der Preis stimmt.«

»Oh, mach dir darüber keine Sorgen. Das war sein allerletztes Werk. Was ganz Besonderes. Dafür stehen mir die Sammler Schlange.«

Lydia ließ die Luft in ihre Lunge strömen, um zu überprüfen, ob das Gefühl der Leichtigkeit immer noch anhielt. Sie hegte keinen Groll mehr gegen Klimm, hasste ihn nicht für die Brutalität, sie alleine gelassen zu haben. Sie hatte es eigentlich immer schon gewusst, dass sie genauso gehandelt hätte, wenn sie in seiner Situation gewesen wäre. Nur hatte sie es sich nicht eingestanden – oder ihm vielleicht nicht gegönnt. Doch auch sie hätte es heimlich gemacht. Jeder Liebende würde versuchen, den Selbstmord seines Partners zu verhindern. Aber in Klimms Fall wäre es egoistisch gewesen. Klimm hatte im Nachhinein mal wieder recht behalten.

»Ich glaube, ich weiß schon, wer deinen Klimm unbedingt haben will«, sagte Mellenhoff gedehnt, so, als ob ihm die Idee gerade gekommen sei und er nur laut überlegte.

»Du hast also schon hinter meinem Rücken verhandelt, ohne zu wissen, ob ich ihn überhaupt verkaufen will. Du solltest dich schämen, Melli.«

»Sei nicht so streng mit mir, wir haben nur ein wenig geplaudert.«

»Mit wem geplaudert?«

»Ein interessanter Mann und ein echtes Glückskind. Macht einen Abenteuertrip nach dem anderen, und ständig passiert irgendwas. Einer bricht sich die Arme, einer kriegt Malaria, einer friert sich die Zehen ab. Aber er selbst kommt ohne jeden Kratzer davon. Das ist schon legendär. Ich stelle ihn dir bei Gelegenheit vor, meine Liebe. Er will seine chinesische Sammlung abstoßen und auf moderne Kunst umsatteln.«

»Chinesische Sammlung? Hat er so eine rote Villa am Grunewald?«

»Ja, genau.« Mellenhoff sah sie verblüfft an. »Du kennst ihn?«

»Dahlkamp meinst du. Nein, ich kenne nur seinen Haushüter.«

Mellenhoff räusperte sich diskret. »Der Mann ist übrigens nicht nur ein Abenteurer und Kunstliebhaber, sondern auch Witwer.«

Sie lachte laut auf. »Melli! Willst du mich etwa verkuppeln?«

»Entschuldige, bitte! Das ist mir nur so rausgerutscht.«

»Ich war seit Jahren nicht mehr mit einem Kerl aus. Vielleicht würde es mir mal gut tun.«

»Sehr schön, ich bring die Sache auf den Weg.« Mellenhoff schaute auf seine Uhr. »Die Gäste werden gleich kommen.«

Lydia nippte zufrieden an ihrem Champagner. Es war nur ein spontaner Einfall gewesen, aber so schlecht war die Idee nicht. Jemanden kennenlernen, was gemeinsam unternehmen, vielleicht zusammen auf Reisen gehen, falls man sich mochte. Vielleicht sogar Sex, wer weiß. Und ihren Job würde sie an den Nagel hängen. Nur noch den Matisse-Fall ordnungsgemäß zu Ende bringen, den Sack zubinden und dann die Kündigung einreichen. Auch wenn man ihr die Beamtenpension kürzen würde – was kümmerte sie das? Sie hatte genug Klimms zu verkaufen, um einmal um die Welt zu reisen und danach ein Leben in Komfort zu führen.

Mellenhoff trat noch einmal an sie heran. »Meine Liebste, das hätte ich jetzt fast vergessen in der Aufregung: Ich habe doch noch was aus der Gerüchteküche für dich.«

Sie zog eine Augenbraue hoch. »Ein Gerücht? Nichts weniger hatte ich von dir erwartet.«

»Also, was diesen Computermillionär Hartmann betrifft, so wird gemunkelt, dass er krank ist. Keine Ahnung, an was er leidet, es soll aber chronisch sein. Man sagt, er hält sich irgendwo in einer Privatklinik in Südamerika auf. Vielleicht hilft dir das ja weiter.«

Die ersten Gäste betraten die Galerie, und Mellenhoff ging zum Eingang, um sie zu begrüßen. Lydia wappnete sich für den Ansturm der Gäste und ihre dummen Fragen.

Es war hoffentlich nichts Perverses, mit allem anderen würde sie fertig werden

Geduldig wartete Feli vor der Vase auf das Kommando von Hasi, der mit gezückter Kamera neben ihr in einem Sessel kniete.

»Augenblick noch bitte. Ich glaube, von hier habe ich besseres Licht.«

Sie fand es sehr süß, wie er sich ins Zeug legte, um ein gutes Abschlussfoto für sie zu machen. Rührend und auch ein wenig absurd. Denn er war es schließlich gewesen, der sie eindringlich gebeten hatte, keiner Seele zu verraten, dass die Vase je einer Restauration bedurft hatte, damit er nicht etwa noch nachträglich in Schwierigkeiten käme. Ein bisschen naiv war er schon und entschieden zu vertrauensselig für sein eigenes Wohl.

Nachdem Hasi endlich die perfekte Position gefunden hatte, setzte sie bedeutungsvoll die letzte Scherbe ein und sah dabei stolz lächelnd in die Kamera. Wie vorgesehen, passte das Fragment perfekt. Es war das letzte Puzzlestück im filigranen Flechtwerk, und es fügte sich fugenlos mit einem fast hörbaren kleinen Klick ein. »Meine erste eigene Restauration«, sagte sie mehr zu sich selbst und richtete sich auf, um auf dem Display die Bilder zu begutachten, die Hasi geschossen hatte.

»Und auch noch fabelhaft gelungen. Gratuliere«, antwortete er und gab ihr einen flüchtigen Kuss auf die Wange.

Als ob er ihre Arbeit beurteilen konnte, dachte Feli in einem Anflug von Ärger. Natürlich konnte sie ihm seine Erleichterung nicht verdenken, schließlich hatte sie ihm damit ganz schön aus der Klemme geholfen. Dumm war nur, dass sie die Fotoserie von ihrem Werkzyklus nicht benutzten konnte, ohne ihn bloßzustellen. Wie lästig. Aber kein Versprechen – vor allem keines, das zu ihrem Nachteil geriet – durfte für immer gelten. Es war ihr gutes Recht, diese Restaurationsarbeit spätestens nächstes Jahr in ihrer Bewerbungsmappe zu präsentieren, zumal sie sich in Berlin sowieso nicht noch einmal vorstellen würde. Welchen Schaden sollte das also anrichten? Nach dem Pergamonpraktikum standen ihre Chancen für das Metropolitan oder auch das British Museum nicht schlecht. Und bis dahin würde auch Hasi nicht mehr in der Villa sein, dachte sie und beschloss, von jetzt an keinen Gedanken mehr an das Thema zu verschwenden.

Sie nahm die Kamera an sich, um noch ein paar weitere Aufnahmen von dem fertigen Stück zu machen. Die Vase sah fantastisch aus, besonders weil sich auf der Vergrößerung noch die präzise gearbeiteten Klebefugen erkennen ließen. Erst nach dem Brennvorgang würden sie mit dem Porzellan verschmelzen und völlig unsichtbar werden.

»Morgen Mittag haben wir einen Termin für den Brennofen im Pergamonmuseum.«

»Morgen schon! Das ist ja wunderbar.« Er strahlte sie begeistert an, und sie konnte nicht anders, als zurückzustrahlen. Hasis Charme war entwaffnend, und sie hatte sich seit langem nicht mehr so auf Händen getragen gefühlt wie in den letzten Tagen. Aber war das genug, damit es auch für mehr als eine flüchtige Affäre reichte? Bislang hatte sie eher einen Hang zu Machos gehabt, die sich gerne groß aufspielten. Hasis völlig unambitionierte Heiterkeit hatte sie von Anfang an gereizt. Vielleicht sollte sie jetzt, nachdem die Arbeit getan war, doch mit ihm schlafen. Bei ihrem ersten Kuss im Auto hatte sich seine Haut kühl und seltsam weich angefühlt. Wahrscheinlich würde er sich beim Sex keine übertriebene Mühe geben, und zu ihrem Erstaunen merkte sie, dass diese Vorstellung sie erregte. So wie auch die Tatsache, dass er irgendein Geheimnis zu haben schien. Immer wieder hatte sie sich in den letzten Wochen gefragt, wie die spontanen Einbrüche von erratischem Verhalten in seinem ansonsten so souveränen Auftritt zu erklären waren. Dass er ihr zu Beginn die Türe vor der Nase zugeschlagen hatte, seine seltsam panische Reaktion, nachdem sie ihm das Orakel gelegt hatte. Woher kam dieser Mangel an Entschlossenheit, obwohl er sich offensichtlich zu ihr hingezogen fühlte? Führte er ein Doppelleben? Eine Freundin vielleicht? Oder einen Liebhaber? Mit seinem gepflegten Aussehen hätte er gute Karten in der anspruchsvolleren Schwulenszene. Oder er war verheiratet und von seiner Frau aus dem Haus geworfen worden, weswegen er hier in der Villa Zuflucht nehmen musste? Irgendetwas verschwieg er ihr ausdrücklich. Es war hoffentlich nichts Perverses, mit allem anderen würde sie schon fertig werden. Es machte sie neugierig, dass sie dieses fehlende Puzzlestück einfach nicht finden konnte, wo sie es doch so gerne eingesetzt hätte wie die letzte Scherbe in die I Ging-Vase, die sie jetzt vorsichtig aus dem Granulat nahm und auf ihr Podest vor dem Fenster im Nebenzimmer stellte.

Als sie zurück ins Kaminzimmer kam, war Hasi schon dabei, ihre provisorische Arbeitsstelle aufzuräumen. Er hatte das Millimeterpapier zusammengerollt und rückte nun den Glastisch wieder an seinen Platz. Nachdem sie mit ihm ihre Gerätschaften im Kofferraum des Wagens verstaut hatte, ließ sie sich im Sessel vor dem Kamin nieder und schloss die Augen. Wann würde sie wieder die Möglichkeit bekommen, an einem so besonderen Artefakt zu arbeiten? Morgen ging es zurück zu den langweiligen Arbeiten in den Katakomben des Museums. Katalogisieren und aufräumen und den Kollegen bei der Arbeit zusehen. Nichts, das irgendeine bleibende Bedeutung hatte. Hasi setzte sich neben sie.

»Wie wäre es mit einem Glas Champagner zur Feier des Tages?«

Feli schlug die Augen auf. »Kennst du das Gefühl, wenn man einen Berg bestiegen oder eine Prüfung abgelegt und jetzt Zeit hat, seinen Erfolg zu genießen, es aber gar nicht kann?«

Hasi runzelte die Stirn. »Nun ja, ich war noch nie bergsteigen, höchstens spazieren. Und ehrlich gesagt war ich nie besonders gut im Ablegen von Prüfungen irgendeiner Art. Aber ich würde denken, man sollte das auf jeden Fall feiern, dann kommt die Freude über das Gelingen schon von selbst.«

Feli seufzte. Hasi war zwar süß, aber er hatte null von ihr verstanden.

»Na gut, lass uns Champagner trinken.« Sie stand auf und sah an sich herab. Ihr T-Shirt war leicht verschwitzt und hatte trotz aller Sorgfalt beim letzten Arbeitsgang mit der Vase ein paar Klebstoffflecken abbekommen. »Ich ziehe mir nur noch etwas anderes an.«

»Natürlich. Im ersten Stock ist das Badezimmer. Wenn du möchtest, kannst du dich auch etwas frisch machen. Ich meine – ich wollte damit nicht sagen, dass es nötig wäre.«

»Du machst dir eindeutig zu viele Gedanken, Hasi.«

Sie nahm ihre Tasche von der Garderobe und ging die Treppe hoch. Gestern war sie im KaDeWe gewesen. Ihre Mutter hatte darauf bestanden, dass sie sich ein paar schöne Sachen kaufen sollte. Die Bluse aus exquisiter Seide mit ihrem wilden psychedelischen Schmetterlingsmuster aus orangefarbenen und schwarzen Wirbeln auf weißem Grund passte wie für sie gemacht und stand ihr perfekt. Sie würde Hasi bestimmt gefallen.

Im Kaminzimmer praktizierte Hasi sicherheitshalber gegen das Einschlafen Uwes Summton. »Momm, momm, momm – MOMM!«, summte er vor sich hin, während er ein Tablett mit Gläsern, Champagner und ein paar Schälchen mit Nüssen und Chips bereitstellte. Inzwischen konnte er mit dem kleinen Mantra auch Beethovens Fünfte nachsummen.

Als Feli in ihrer neuen Schmetterlingsbluse in den Raum kam, wurde er kreidebleich, als hätte er ein Gespenst gesehen.

»Nein!«, platzte es aus ihm heraus.

»Nein? Gefall ich dir nicht?« Feli trat unwillkürlich einen Schritt zurück.

»Verlass sofort das Zimmer!«

»Spinnst du? Was ist los?«

»Du musst gehen, auf der Stelle!« Zu ihrem Erstaunen sah sie, dass ihm der Schweiß ausgebrochen war.

»Willst du mich etwa loswerden?«

Hasi nahm den Kopf zwischen die Hände. »Nein, natürlich nicht! Wo denkst du hin?«

Sie setzte sich ungerührt an den Kamin.

»Du könntest uns ein Feuer machen.«

Er kam auf sie zu und nahm sie am Ellenbogen, um sie aus dem Sessel zu zerren. So hatte sie Hasi noch nie erlebt, und irgendwie gefiel es ihr. Zumindest machte es sie neugierig. Etwas musste mit ihm passiert sein, während sie im Badezimmer gewesen war.

»Nicht so heftig!« Sie stand auf und trat einen Schritt zurück.

»Dann zieh wenigstens diese Bluse aus!«

»Also wirklich, Hasi. Das geht mir jetzt doch ein bisschen zu schnell.«

Er machte wieder eine Bewegung auf sie zu und versuchte, sie in Richtung Tür zu drängen.

»Hey, aufhören! Was ist los mit dir?«

So plötzlich wie er sie attackiert hatte, ließ er jetzt die Arme hängen.

»Es tut mir leid, Feli. Ich weiß, du musst mich für verrückt halten, aber das ist wirklich nicht leicht zu erklären …«

Sie rückte ihre Bluse zurecht. »Dann versuche es! Ich bin ja nicht blöd.«

»Gut, ich sage es dir. Aber nicht hier. Lass uns in die Küche gehen.«

»Dann nimm wenigstens den Champagner mit.«

Für einen Moment war nichts anderes zu hören als sein leises Röcheln

Bis sie die Küche erreichten, hatte Hasi seine Meinung geändert. Es war überhaupt keine kluge Idee, Feli von seiner Halluzination zu erzählen, von diesem kurzen, hässlichen Blick, den er in die Zukunft geworfen hatte. Vom Bild ihres gewaltsamen Todes. So eine verstörende Offenbarung musste jedes normale Mädchen in die Flucht schlagen! Wer wollte schon mit jemandem zusammen sein, der allen Ernstes behauptete, einen tot am Boden liegend gesehen zu haben? Er konnte geradezu fühlen, wie sich Felis skeptischer Blick in seinen Rücken bohrte. Kein Wunder, so wie er sich aufgeführt hatte. Doch als sie in der Bluse mit dem Schmetterlingsmuster wie ein wahr gewordener Alptraum ins Kaminzimmer getreten war, da war ihm in Panik nichts anderes eingefallen, als ihr dieses bunte Totenhemd, das ihr am Körper haftete wie ein böser Fluch, schnellstens vom Leib zu reißen. Was er natürlich nicht getan hatte, aber sie musste seine Absicht gespürt haben und war erschrocken vor ihm zurückgewichen.

Mit immer noch zitternden Händen stellte er das Tablett mit den klirrenden Gläsern auf den Küchentisch und machte sich daran, die Champagnerflasche möglichst langsam und umständlich zu öffnen, während er fieberhaft nachdachte, um irgendeine plausible Erklärung für sein seltsames Verhalten zu erfinden. Aber er konnte keinen Plan fassen, solange die Bilder dieses verfluchten Schmetterlings sich gewaltsam vor jeden Versuch eines klaren Gedankens schoben. Mit dem Schmetterling hatte alles angefangen. Und nun, ausgerechnet als Feli mit der Arbeit fertig war und er sie wohlbehalten hätte verabschieden können, erschien sie in diesem Aufzug. Es gab so viele Blusen auf der Welt, warum musste es gerade diese sein? Oder hatte sie gar keine Wahl gehabt? War es Schicksal – und würde nun alles genau so passieren, wie er es vorhergesehen hatte, egal was er tat?

»Also, was ist denn jetzt?«, fragte Feli, nachdem die teure Flasche endlich mit einem satten Schmatzer aufgegangen war.

Hasi legte den dicken Korken bedächtig zur Seite, als handele es sich um ein kostbares Schmuckstück.

»Das kann ich dir gleich sagen. Lasst uns doch erst anstoßen!«

Er goss den Dom Perignon ein und erhob das Glas. »Auf deine tolle Arbeit!«

Doch Feli wollte von Trinksprüchen nichts wissen. Sie sah ihn fordernd an.

»Also, ich habe eine – Überraschung für dich geplant. Deswegen wollte ich dich nicht im Kaminzimmer haben.«

»Was denn für eine Überraschung?«

»Eine überraschende Überraschung«, sagte er mit schwacher Stimme.

»Soll ich raten? Ist es drüben im …?«

»Nein – im Gegenteil. Es ist ganz woanders. Nicht im Kaminzimmer. Keinesfalls dort.«

Feli runzelte unzufrieden die Stirn. Und dann hatte er glücklicherweise doch noch eine Idee. Er musste sie auf der Stelle in ein todschickes Restaurant ausführen und anschließend in einen Club. Schließlich hatte er ja noch dieses Geldbündel, das Thomas ihm aufgedrängt hatte. Sie würden gemeinsam die Nacht durchtanzen, dann würde er darauf bestehen, sie nach Hause zu bringen. Danach wäre die Villa für sie tabu und die tödliche Gefahr für immer gebannt.

Bevor er ihr seinen herrlichen Plan präsentieren konnte, läutete der Gong.

Feli nippte an ihrem Champagner. »Ist das deine Überraschung?«

Hasi schwankte zwischen Erleichterung und Besorgnis. Vielleicht war es die Kommissarin, die ihn noch einmal verhören wollte? Dann gab es einen guten Grund, Feli zu verabschieden, dachte Hasi, als er die Tür öffnete.

Er trat verblüfft einen Schritt zurück. »Was willst du denn hier?«

Vor ihm stand Thomas und grinste ihn an. »Manno, habe ich dich erschreckt?«

»Nein, aber – was kann ich für dich tun, Thomas?«

»Ich war gerade in der Gegend, da dachte ich mir, ich schau mal bei meinem alten Freund Hasi rein. Gucken, dass der keinen Unsinn macht. So wie ich dich kenne, hast du um die Zeit doch bestimmt gerade einen Tee aufgesetzt, oder?«

Ohne seine Antwort abzuwarten, trat Thomas breitbeinig ein. Er sah sich um und nickte zufrieden, als beantworte er eine wichtige Frage, die keiner gestellt hatte.

Hasi erkannte sofort, dass Thomas in einer seiner merkwürdigen Hochphasen war. Er sprach zu laut und zu enthusiastisch für den Anlass, und seine Augen waren glasig. Feli war sich sicher, dass er Koks nahm, und Hasi wunderte sich, dass er in Anbetracht der abrupten Stimmungsschwankungen, die er bei Thomas erlebt hatte, nicht selbst darauf gekommen war.

»Ehrlich gesagt, Thomas, es passt mir jetzt gar nicht. Ich habe Besuch.« Noch mal würde er nicht erlauben, dass Thomas ihn in den eigenen vier Wänden überrollte. »Und es wäre im Übrigen nett, wenn du dich telefonisch oder besser noch schriftlich anmeldest, bevor du bei mir aufkreuzt.«

»Klar, Hasi, das nächste Mal – bestimmt«, sagte Thomas ungerührt und blickte zur Haustür. Bevor Hasi reagieren konnte, trat ein großer blonder Fremder herein, der offenbar im Schatten einer der Eingangssäulen gewartet hatte. Der Mann schaute verschlossen wie ein Panzerschrank und war bestimmt genauso schwer.

»Entschuldige bitte. Das ist –?«

Thomas streckte den Arm wie ein Showmaster aus und stellte seinen Begleiter vor. »Das ist mein lieber alter Freund – Herr Müller.«

Der Mann streckte seine Pranke vor und fixierte Hasi aus harten Augen. »Angenehm.«

Hasi schüttelte automatisch die ausgestreckte Hand und ignorierte den unhöflichen Blick. Dieser Mann konnte niemals ein lieber alter Freund von Thomas sein. Ein Bodyguard vielleicht – oder sein Dealer.

Thomas schien seine Gedanken zu erraten. »Tja, Herr Müller ist Immobilienmakler und seit kurzem in meiner Firma tätig.

Ich wollte ihn dir gerne vorstellen. Du hast doch gesagt, du wolltest wieder für mich arbeiten?«

»Das habe ich nicht gesagt.«

Hasi überlegte, von woher ihm dieser Mensch bloß bekannt war. Er hatte ihn irgendwo schon mal gesehen, aber dieser Mann sah nicht aus wie jemand, mit dem er sich freiwillig getroffen hätte. Und einen Müller kannte er nicht – nur einen Herbert von Müller, und der sah ganz anders aus.

»Wir sind gleich wieder weg, alter Junge«, sagte Thomas unbeirrt und legte ihm einen Arm um die Schulter, was Hasi gar nicht mochte. »Herr Müller wollte dich nur mal kennenlernen, das ist alles. Man will doch wissen, was für Mitarbeiter man hat.«

Hasi machte einen Ausfallschritt und wand sich aus der Umarmung. »Danke, aber ich habe jetzt wirklich keine Zeit dafür.«

Thomas sah ihn mit Sorgenfalten auf der Stirn an. »Das ist aber wichtig. Mir liegt viel an einem guten Betriebsklima.«

Der Panzerschrank nickte ernst. »Klima ist sehr wichtig.«

Hasi straffte sich. »Ich muss Sie beide bitten, nun zu gehen.«

In dem Moment trat Feli aus der Küche. »Aha. So sieht also deine Überraschung aus.«

»Deine kleine Freundin hat es erfasst!«, rief Thomas erfreut und viel zu laut, bevor Hasi zu Wort kommen konnte. »Überraschung! Je später der Abend, desto schöner die Gäste.« Er lachte ohne Sinn und klopfte Hasi wieder auf die Schulter. »Alter Schwede, willst du uns nichts anbieten? Wo bleibt denn nur deine berühmte Gastfreundlichkeit!«

Feli drehte sich auf dem Absatz um und ging zu Hasis Entsetzen auf das Kaminzimmer zu. Auf einmal stürzten die Gedanken auf ihn ein und drehten sich wild in seinem Kopf herum wie Kugeln in einer Lottotrommel. Sollte seine Vision sich jetzt auf diese Weise bewahrheiten? Würde Feli über die Schwelle zum Kaminzimmer direkt auf die Glasplatte stürzen und in ihrer Schmetterlingsbluse den Tod finden, während er hier im Flur mit seinen ungebetenen Gästen Smalltalk machte?

»Nein, Feli, warte! Bleib doch hier. Die Herren wollen gleich wieder gehen!« Zur Not musste er sie mit Gewalt aus dem Zimmer herausholen, bevor ihr dort etwas passieren konnte.

Doch der Blonde hielt ihn am Arm zurück. »Schönes Haus. Respekt.«

Hasi zuckte zusammen, als hätte ihn ein elektrischer Schlag getroffen. Es musste die körperliche Berührung gewesen sein, denn als der Mann ihn anfasste, wusste er im gleichen Moment, wo er ihn schon mal gesehen hatte. Er war einer der beiden Zwillinge auf dem Fahndungsfoto, das die Kommissarin ihm gezeigt hatte. Sein Mund wurde trocken, und zu seiner Bestürzung stellte er fest, dass er vor Angst kein Wort herausbrachte. Was wollte dieser Verbrecher hier? Und was hatte Thomas mit dem Mann zu tun?

Er rang sich ein gequältes Lächeln ab. Seine Angst durfte er auf keinen Fall zeigen. Man musste Zeit schinden. Das hatte er bereits im Internat verinnerlicht, als er einem Schlägertypen aus der Zwölften einen Schneidezahn ausschlagen musste. Nur dass er sich an diesem Panzerschrank vor ihm wahrscheinlich eher die Hand brechen würde. Besser wäre es, ihn aus dem Haus herauszulocken, und dann schnell wieder hineinzulaufen, die Tür zu verriegeln und die Polizei zu alarmieren.

»Wenn Sie sich für das Haus interessieren, müssen Sie sich unbedingt die Pagoda ansehen. Wenn Sie mir bitte folgen würden?«

Der Hüne kräuselte die Stirn. »Pagoda?« Er folgte Hasi nach draußen, behielt jedoch dabei einen Fuß in der Haustüre, während er sich zügig umsah.

»Schön.«

Der Blonde trat unbeeindruckt wieder ins Haus. Hasis kümmerlicher Plan war wie ein Kartenhaus in sich zusammengefallen, und in der Zwischenzeit hatte er auch noch vergessen, sich um Thomas zu kümmern.

»Arschloch!«, schallte Felis Stimme wie zur Antwort aus dem Kaminzimmer.

»Sie bleiben hier!«, sagte Hasi zu dem Blonden und eilte ihr zur Hilfe.

Feli und Thomas standen sich mitten im Raum angriffslustig gegenüber.

»Was hast du ihr getan?«

Thomas rieb sich die Wange und zeigte auf Feli, mit der Weinerlichkeit eines Schuljungen. »Wieso ich? Sie hat angefangen! Die Kleine hat sie ja nicht mehr alle.«

Hasi ignorierte Thomas und wandte sich an Feli. »Alles okay mit dir? Lass uns rausgehen!«

»Wenn du diesen Vollidioten eingeladen hast, dann war das keine gute Idee, Hasi!«

»Ich habe ihn nicht hergebeten. Im Gegenteil, ich will, dass er verschwindet.« Hasi drehte sich zu Thomas. »Und zwar sofort!«

Er ging drohend auf Thomas zu, doch der entzog sich ihm und schüttelte in gespielter Empörung den Kopf. »Ist ja gut! Da will man seinem Freund helfen – aber wer nicht will, der hat schon. Ich lasse dich gleich mit der kleinen Kratzbürste allein. Konnte ja nicht wissen, dass du auf Sadomaso stehst.« Er zwinkerte Feli zu.

Hasi schaute Feli in die Augen. »Wie wäre es, wenn du uns einen schönen Tee machen würdest«, sagte er langsam und hielt ihren Blick, als könnte er ihr durch Gedankenübertragung klarmachen, was er erreichen wollte. »Die Teekanne steht im Küchenschrank.«

Aus dem Flur war auf einmal ein Stimmengemurmel zu hören, was eigentlich nicht sein konnte, es sei denn, der Hüne sprach mit sich selbst. Bevor sich Hasi einen Reim darauf machen konnte, trat der Blonde mit erhobenen Händen in den Raum. Feli schrie spitz auf, als ein zweiter Mann hinter dem Hünen auftauchte. Er trug eine dunkle Strumpfmaske über dem Gesicht und stieß den Blonden, der das Ganze erstaunlich gefasst über sich ergehen ließ, mit einer Pistole vor sich her wie in einem zweitklassigen Kriminalfilm.

»Ganz ruhig«, sagte der Blonde, als müsste er für den Eindringling sprechen. »Keine Panik. Ich denke, wenn wir tun, was er will, wird keinem etwas geschehen, richtig?

»Hmmpf«, bestätigte der Maskierte dumpf.

»Wollen Sie Geld? Kein Problem!« Thomas zog mit großer Geste seine Brieftasche hervor. Er schien vom Auftauchen eines bewaffneten Mannes nicht besonders beunruhigt zu sein, was Hasi nicht wunderte, denn im gleichen Moment hatte er das abgefeimte Manöver der drei durchschaut.

»Sie können Ihre lächerliche Maske ruhig abnehmen, ich weiß genau, wie Sie aussehen. Da brauche ich mir ja nur Ihren Zwillingsbruder anzuschauen. Außerdem sind Sie beide mit Foto zur Fahndung –«

Hasi hielt erschrocken inne. In seiner Empörung waren die Worte einfach aus ihm herausgesprudelt. Alle vier starrten ihn an, und er ahnte, dass er etwas Törichtes getan hatte. Jetzt war es zu spät, und völlig unpassend fiel ihm seine Mutter ein, die ihm als Kind immer eingeschärft hatte, seine Worte wohl zu überlegen, weil das einmal Gesprochene zu den Dingen gehörte, die man nicht mehr zurückholen konnte, wenn sie in der Welt waren. Zur Antwort ließ der Maskierte seinen Bruder los und zog seine Maske ab. »Zufrieden?«

Eine Narbe verlief quer über seine Wange.

»Wie praktisch! So kann man Sie beide auseinanderhalten«, sagte Hasi, während ihm der zutiefst deprimierende Gedanke kam, dass in Krimis die Geiseln, die ihren Geiselnehmer erkannt hatten, in der Regel die Begegnung nicht überlebten.

»Ah, ein Spaßvogel«, sagte der narbige Hüne. Bevor Hasi reagieren konnte, hatte er Feli grob gepackt. Sie stieß einen überraschten Schrei aus. Der Narbige riss sie unsanft an sich und hielt ihr seine Pistole an den Kopf. Hasi fiel das Herz in die Hose. Hätte er Thomas und seine beiden Komplizen doch nur in dem Glauben gelassen, auf ihr abgekartetes Spiel hereingefallen zu sein.

»Gut. Du willst also lieber die harte Tour. Die chinesische Vase, wo ist sie?«

Feli trat ihn gegen das Schienbein. »Lass mich los, Idiot.« Der Mann schien den Tritt gar nicht zu spüren, sondern lachte, als hätte sie einen guten Witz gemacht. Er zog sie an den Haaren ein Stück in die Höhe. Feli zitterte und fing an zu wimmern, ihre ganze Tapferkeit war dahin.

Hasi ballte in ohnmächtiger Empörung die Hände. »Macht Ihnen das Spaß? Sich an einer wehrlosen Frau zu vergreifen? Sie sollten sich schämen!«

»Niemand muss zu Schaden kommen. Wir wollen nur die Vase«, sagte der angebliche Immobilienmakler seelenruhig.

»Dann gib ihnen doch die Scheißvase, Hasi!«, sagte Feli mit schwacher Stimme.

Hasi zögerte, und der Geiselnehmer verlieh seiner Forderung Nachdruck, indem er in die Decke schoss. Für einen Moment war alles still, nur das entfernte Tocken einer Standuhr war von irgendwo im Haus zu hören, und der Putz rieselte leise aus dem Loch in der Decke und formte einen kleinen Schneehaufen vor Hasis Füßen.

Doch das registrierte er kaum, weil er in diesem Moment zu sehr mit sich selbst beschäftigt war. Damit, dass seine Augenlider immer schwerer wurden und ihm zufielen und seine Beine drohten, unter ihm wegzuknicken, sodass er ins Schwanken kam, als sei er betrunken. Eine bleierne Müdigkeit erfasste seinen ganzen Körper, als würde er von einer fremden Macht überrollt, wie von einer schwarzen Monsterwelle. So sehr er auch mit den Augen blinzelte, um wach zu bleiben, es gelang ihm nicht, dagegen anzukämpfen, und schließlich konnte er nicht anders, als gewaltig und mit weit offenem Mund zu gähnen. Feli und die drei Männer sahen ihn an, als hätte der Wahnsinn ihn gepackt. Sogar der narbige Hüne ließ überrascht die Pistole sinken.

Feli fing sich als Erste. »Ist dir etwa langweilig, Hasi?« Ihre Stimme war eisig. »Brauchst du noch etwas Entertainment? Vielleicht kann dir ja einer der Herren was vorsingen?«

»Entschuldigung«, sagte Hasi schwach. »Ich kann nichts dafür, wirklich. Es ist alles einfach zu – aufregend für mich ...« Er sackte langsam in die Knie und sein Kopf nach vornüber wie bei einer Marionette, wenn der Puppenmeister die Fäden lockerlässt.

»Jetzt reiß dich am Riemen und hol schon das Ding, damit wir alle endlich nach Hause können!«, rief Thomas mit schriller Stimme.

Als Hasi den harten Boden unter seinem Körper spürte, bevor ihn der Schlaf überwältigte wie sonst, wenn er sich zu sehr aufregte, schoss ihm noch ein Gedanke durch den Kopf. Ganz wehrlos war er seiner Narkolepsie nicht ausgeliefert. Es gab etwas, das ihn wach machen würde, er wusste nur im Moment nicht genau, was, und es war doch so furchtbar schwer nachzudenken, wenn man gerade in den schönsten Schlaf versank, weit weg aus dieser unangenehmen Gegenwart.

Mit letzter Willensanstrengung riss er die Augen auf. Nur nicht gehen lassen! »Momm, momm«, intonierte er Uwes Mantra. Und seine innere Stimme skandierte: Wach bleiben. Nur wach bleiben. »Momm.«

»Was hat er? Ist der krank?« Der erste Zwilling warf Thomas einen fragenden Blick zu, doch der zuckte verständnislos mit den Schultern.

»Ein Trick vielleicht.«

Hasi ließ sich nicht beirren. »Momm, momm.« Er fühlte den Ton in seinem Körper vibrieren. Wo vorher die Welle der Müdigkeit durch ihn hindurch gegangen war, strömte nun neue Energie wie helles Licht. Und mit der Vibration kam allmählich seine Kraft zurück. Dafür, dass er sich mitten in einem bewaffneten Raubüberfall befand, fühlte er sich großartig.

»Das ist kein Spiel, Mann«, rief der Narbige und drückte Feli seine Pistole wieder an die Schläfe, sodass sie aufschrie.

»Ich weiß, wo die Vase ist. Ich gebe sie euch!«, rief sie schrill.

»Momm«, summte Hasi ein letztes Mal, dann war er wieder hellwach, berappelte sich und stand erfrischt auf.

»Momm. Lassen Sie die Dame los, dann bekommen Sie die Vase. Momm.«

Zu Hasis Entsetzen ließ der Hüne Feli nicht los, sondern stieß sie grob vor sich her in die Mitte des Raums, ausgerechnet dahin, wo der Glastisch stand.

»Momm«, murmelte Hasi noch einmal zur Sicherheit, um

nicht gleich wieder in Sekundenschlaf zu fallen. Er musste Zeit gewinnen, um sich einen Plan zurechtlegen zu können, aber egal wie langsam er sich zum Raucherzimmer hinbewegte, wo die Vase noch ungesehen von den brutalen Zwillingsbrüdern auf ihrem Podest stand, ihm fiel einfach nichts mehr ein. Plänemachen gehörte sowieso nicht zu seinen Stärken, und alle seine Bemühungen, das Schicksal in eine andere Richtung zu zwingen als die von ihm vorhergesehene, waren bislang jämmerlich gescheitert. Er hatte total versagt. Jeder Versuch, den offenbar unaufhaltsamen Sog der Ereignisse umzulenken, hatte allenfalls zu einem mickrigen kleinen Umweg geführt, und nun war die Situation exakt so eingetroffen, wie er sie in seiner Vision gesehen hatte. Das Schicksal wollte offenbar keine Korrekturen zulassen. Feli befand sich in der Gewalt eines Mannes, der sie ohne mit der Wimper zu zucken auf den Glastisch stoßen würde, wenn es ihm gefiel. Und was dann passieren würde, war bekannt, er wollte sich das Bild nicht noch mal vorstellen. Aber woran lag es, dass er es nicht schaffte, die Ereignisse zu ändern, obwohl er die Zukunft doch schon kannte und damit eigentlich einen Vorteil gegenüber seinen Kontrahenten besaß? Alles was es brauchte, war jetzt eine Idee, um dieses Wissen für sich auszuspielen. Vielleicht musste er unberechenbarer werden. Etwas Unerwartetes tun, um die Verbrecher aus dem Konzept zu bringen. Dass er fast eingeschlafen wäre, hatte die Männer irritiert, doch um das Schicksal zu beeindrucken, reichte es offensichtlich nicht. Aber was konnte er denn noch tun? Sollte er etwa einen Handstand machen oder sich die Kleider vom Leib reißen, als sei er wahnsinnig geworden?

Vorsichtig nahm Hasi die Vase vom Podest. Dieses Ding war die Wurzel allen Übels, alles hatte damit angefangen. Am besten hätte er die Scherben gleich in den Mülleimer werfen sollen. Wahrscheinlich würden er und Feli auf der Stelle umgebracht, wenn die Verbrecher die Klebspuren entdeckten. Dies waren immerhin die beiden Männer, die ein junges Mädchen brutal getötet hatten, als sie ihnen beim Raub eines Gemäldes in die Quere kam.

Die Vorstellung, wie die beiden Schlägertypen mit der Vase bei einer Porzellanbrennerei vorstellig wurden, um darum zu bitten, diese doch möglichst beim nächsten Termin brennen zu lassen, war unfreiwillig komisch. Und im gleichen Moment fiel ihm dann auch ein, was zu tun war.

Thomas' hysterische Stimme aus dem Kaminzimmer rief ihn in die Gegenwart zurück. »Mann, du bist so was von weg! Lass die Vase rüberwachsen und gut ist.«

»Meine Herren, hier ist das gute Stück.« Hasi betrat mit feierlicher Miene das Kaminzimmer und hielt die Vase hoch wie eine Trophäe. »Aber erst lassen Sie die Dame gehen.«

»Zug um Zug«, sagte der Narbige und lockerte leicht den Griff um Felis Schulter, ohne sie loszulassen. Hasi zögerte einen Moment, weil er sich noch nicht ganz entschlossen hatte, für welchen der beiden Zwillinge er sich entscheiden sollte. Logisch wäre der Narbige, ihn mochte er am allerwenigsten von den beiden.

»Na bitte, geht doch. Unser Hasi ist ein artiger Junge«, sagte Thomas. Die Gehässigkeit in seinem Ton gab Hasi die letzte Sicherheit. Er durfte nicht mehr artig sein.

»Sind Sie sportlich?«, fragte er freundlich, und noch bevor irgendjemand den Sinn seiner Frage verstanden hatte, setzte er nach: »Hepp!«

Und damit warf er die kostbare I Ging-Vase in hohem Flugbogen dem Geiselnehmer zu, als wollte er einen Korb schießen. Das Schicksal schien sich in diesem Moment dafür entschieden zu haben, den Verlauf der Zeit gewaltig zu entschleunigen, denn Hasi kam es vor, als erlebe er die nächsten Sekunden in endlos langer Zeitlupe, so als würde sich ein Film Bild für Bild vor seinen Augen abspulen. Der narbige Mann konnte sich nicht schnell genug entscheiden, seine Waffe fallen zu lassen, um zu versuchen, die Vase in der Luft zu fangen. Aber um wenigstens eine Hand frei zu haben, stieß er Feli von sich weg. Sie kam ins Taumeln und stolperte genau auf die tödliche Kante des Glastischs zu. Hasi stockte der Atem. Doch wie ein Torwart beim Elfmeterschießen warf sich Thomas zwischen Feli und den

Glastisch, um in der Parodie eines Fallrückziehers das kostbare Wurfgeschoss aufzufangen. Seine Rettungsaktion hätte gelingen können, wenn er nicht mit dem Fuß in den Teppichfransen hängen geblieben wäre. Sich um die eigene Achse drehend und beide Arme hochgerissen, fiel er stattdessen ungeschützt und ohne eine Chance, den Sturz noch abzufangen. Sein Kopf krachte mit einem hässlichen Geräusch in die spitze Ecke der Glasplatte. Die Vase landete auf dem Parkett, wo sie beim Aufprall zu explodieren schien, und die Porzellanstücke wurden bis in den letzten Winkel des Raumes geschleudert.

Feli, ohne zu ahnen, dass sie knapp dem Tod entkommen war, rannte in Hasis Arme und verbarg ihren Kopf schutzsuchend an seiner Brust.

Die Zwillinge betrachteten bekümmert die verstreuten Scherben der Vase und schenkten dem am Boden liegenden Thomas kaum Beachtung. Hasi sah, dass sich unter dessen Hinterkopf eine Blutlache ausbreitete. Er hatte gar nicht gewusst, wie rot Blut sein konnte. Für einen Moment war nichts anderes zu hören als ein leises Röcheln, aber dann erstarb auch das.

»Ist er tot?«, fragte Feli mit schwacher Stimme.

Die Zwillinge ignorierten sie. Der Narbige hob kopfschüttelnd eine Scherbe mit einem Drachen auf und steckte sie ein.

»Ja, er ist tot.« Hasi nickte. Wenn in dem ganzen verstörenden Wirrwarr eine Sache für ihn sicher war, dann das, auch ohne näher hinzuschauen, wie Thomas mit weit aufgerissenen Augen nun leer und sinnlos an die Decke starrte. Hasi versuchte, so etwas wie Mitgefühl für den alten Schulfreund zu empfinden, irgendeinen versöhnlichen Gedanken über Thomas zu fassen, eine schöne gemeinsame Erinnerung vielleicht. Es fiel ihm nichts ein.

Abgesehen davon war er zufrieden. Irgendwie hatte seine Idee funktioniert. Er hatte es geschafft, genau wie der verrückte Ingo es gesagt hatte, durch ein Opfer das Eintreten der Prophezeiung zu verhindern. Oder befand er sich jetzt in einem parallelen Universum, wo Felis Leiche einfach durch die von Thomas ersetzt worden war? Die Sache ging über seinen Verstand, und es tat ihm nicht gut, weiter darüber nachzudenken. Es war ja auch völlig egal, denn er war hier und Feli lebte. Mehr musste man gar nicht wissen.

Er spannte sich, weil die Zwillingsbrüder ihn nachdenklich musterten. »Sie sind Zeuge dafür, dass wir nichts mit diesem Unfall zu tun haben«, sagte der Narbige. »Und sollten Sie den Rand nicht halten können, wir wissen ja, wo wir Sie finden«, sagte der andere.

Hasi nickte stumm und sah, wie die beiden Männer sich anblickten und dann in einer fast synchronen Bewegung den Raum verließen. Hinter ihnen hörte er die Haustür zufallen. Er hob zärtlich Felis Gesicht und wischte eine Träne weg. »Jetzt ist alles gut.«

»Nichts ist gut«, wimmerte Feli. »Warum musstest du ausgerechnet meine Vase zerstören? Nach all der Arbeit, das ist nicht fair.«

Hasi lächelte nachsichtig. »Irgendetwas musste geopfert werden, sonst hätte es nicht funktioniert.«

Feli sah ihn irritiert an. »Was hätte nicht funktioniert?«

»Ach nichts«, sagte Hasi.

»Nichts?«, echote Feli mit einem plötzlich scharfen Ton in der Stimme. »Siehst du überhaupt, was du angerichtet hast? Meine gesamte schöne Arbeit hast du mutwillig zerstört! Völlig ohne jeden Verstand, du Vollidiot.«

»Das tut mir leid.«

Hasi zuckte zurück, weil Feli ausholte und ihm eine saftige Ohrfeige gab. »Mir tut es auch leid!«

Hasi seufzte und ging in den Flur. »Dann rufe ich jetzt wohl besser die Polizei.«

Es lohnte sich nicht, über den Zufall nachzudenken

Hauptkommissarin Lydia Klimm steckte ihr Handy wieder ein und bahnte sich durch die Menge der Galeriebesucher einen Weg nach draußen. Sie hatte ein schlechtes Gewissen, die Ausstellung und den bestürzten Melli zu verlassen, noch bevor es losgehen sollte. In wenigen Minuten würde er mit einer launigen Rede auf den verstorbenen Künstlerfreund die Ausstellung eröffnen, und der frühe Besucheransturm zeigte, dass Klimms Werk auch vier Jahre nach seinem Tod noch auf ungebrochenes Interesse stieß. Klimm selbst hätte von ihr erwartet, dass sie sich heute als Künstlerwitwe an seiner Stelle feiern ließ, dass sie geduldig alle Lobeshymnen über sich ergehen lassen würde, dass sie mit seinen Sammlern und Bewunderern auf sein Wohl – was auch immer das für ihn jetzt bedeuten mochte – trinken und im Anschluss die halbe Nacht in der Paris Bar Anekdoten über ihn austauschen würde.

Als sie sich in ihren Sportwagen zwängte, musste sie dann doch unwillkürlich lächeln. Die Wahrheit war, dass Klimm, wenn er noch gelebt hätte, ihren Abgang wahrscheinlich gar nicht bemerkt hätte, so erfüllt war er immer von sich selbst gewesen, und zu gerne hatte er sich im Kreis seiner jungen Studentinnen anhimmeln lassen. Sie ließ den Motor aufröhren und machte sich auf den Weg nach Zehlendorf. Es war abzusehen, wie der Abend ausgegangen wäre, wenn sie jetzt geblieben wäre. Sie hätte zu viel Champagner getrunken, wäre irgendwann rührselig und traurig geworden. Und dann hätte sie am nächsten Morgen in Katerstimmung Melli angerufen, um Klimms letztes Aktporträt zurückzufordern. So ein Rückfall in ihre Trauerperiode war das Letzte, was sie gebrauchen konnte. So gesehen hätte der Anruf vom Dezernat, der sie auf den Weg zum Tatort schickte, zu keinem besseren Zeitpunkt kommen können. Wenn sie an Götter oder Schicksalsmächte glauben würde, dann wäre das ein Wink von oben gewesen, der ihr sagen wollte, dass sie mit ihrer Abnabelung von Klimm auf dem richtigen Weg war.

Sie fuhr auf die Avus und gab Gas. Zu ihrer Überraschung flackerten ihr Interesse am Fall und der alte Spürhundinstinkt noch einmal auf. Sie nahm die Ausfahrt an der Argentinischen Allee und bog kurz hinter dem Mexikoplatz in den kopfsteingepflasterten Weg am Grunewald ein.

Vor der Villa standen bereits Polizei- und Notarztwagen. Sie war gespannt, was der junge Schnösel ihnen dieses Mal für eine Räuberpistole auftischen würde. Er stand jetzt neben einem blassen Mädchen mit verquollenen Augen im Flur und machte ein Gesicht, als wolle er sich am liebsten in Luft auflösen. Lydia erinnerte sich an die ausführliche Schilderung der eingebildeten Leiche, die er ihr vor nicht allzu langer Zeit gegeben hatte. Kein Zweifel – neben ihm stand jetzt die junge Frau, die er beschrieben hatte. Selbst die Kleidung stimmte. Sie sah verheult aus, aber sie lebte, und den finsteren Blicken nach zu schließen, die sie dem Grafen zuwarf, schien sie nicht gut auf ihn zu sprechen zu sein. Lydia nickte ihm knapp zum Gruß zu. »Wie schön, nun haben Sie ja Ihre Leiche endlich wiedergefunden, Herr Quermaten.«

Er schüttelte nur den Kopf und deutete wortlos nach hinten. Lydia trat durch die Tür zum hinteren Zimmer und überflog mit einem Blick den Tatort. Der Boden war mit Scherben übersät, offenbar von chinesischem Porzellan. Neben dem zersplitterten Glastisch lag der leblose Körper eines Mannes, um seinen Kopf hatte sich eine Blutlache gebildet. Der Notarzt hatte seine Untersuchung beendet und gab ihr einen kurzen Bericht. So etwas war ihr noch nicht vorgekommen. Abgesehen von der eigentlichen Leiche passte dieses Szenario haargenau auf die detaillierte Beschreibung, die Quermaten ihr nach seinem ersten Notruf an die Polizei gegeben hatte. Hatte er diesen Tatort etwa nach seiner eingebildeten Vorstellung inszeniert? Dann wäre es eindeutig Mord.

Jemand hüstelte hinter ihrem Rücken. Quermaten war lautlos herangeschlichen. »Entschuldigen Sie, ich möchte nur melden, dass bei dem Überfall auch eine Vase zerstört wurde.«

»Überfall?« Sie drehte sich zu ihm herum. »Eins nach dem anderen. Wer hat Sie überfallen?«

»Diese beiden Zwillinge, vor denen Sie mich gewarnt hatten. Für den Unfall hier können sie aber nichts – also jedenfalls nicht direkt. Das war Thomas Beyerle selbst. Ein Schulfreund von mir, der die beiden hier angeschleppt hat. Er ist über den Glastisch gestolpert, als er eine Vase auffangen wollte.«

»Das Ganze sieht doch genauso aus, wie Sie es mir neulich beschrieben hatten. Woher wussten Sie das alles?«

Er zuckte mit den Schultern, und nur ein Anflug von Gesichtsröte verriet Lydia, dass er hier etwas zu verharmlosen versuchte. »Reiner Zufall. Da war wohl meine Fantasie mit mir durchgegangen, tut mir leid.«

Lydia nickte knapp. Es lohnte sich nicht, über den Zufall nachzudenken. Wie fast alle ihrer Kollegen wurde sie ab und an mit Ereignissen konfrontiert, die sich nicht mit Logik erklären ließen oder das Prinzip der Kausalität auf den Kopf stellten. So etwas konnte natürlich nur Zufall sein, aber es kam ihr vor, als würde sie gerade kurz durch ein kleines Fenster in eine unbekannte Dimension schauen.

Sie bat den jungen Mann und das blasse Mädchen in die Küche, wo sie die beiden in Ruhe befragen konnte. Die Kleine entpuppte sich als echte Überraschung, sie steckte den Schock wesentlich besser weg, als ihre zarte Gestalt vermuten ließ. Und sie war eine zuverlässigere Zeugin als Quermaten, der zu ihrer Irritation zwischenzeitlich sogar einzunicken drohte. Präzise und nachvollziehbar erklärte diese Felicitas ihr, wie Quermatens alter Freund unter einem Vorwand zusammen mit den Zwillingen in der Villa aufgetaucht war und sie unter massiven Drohungen und mit Waffengewalt dazu nötigen wollte, ihnen eine inzwischen zerstörte chinesische Vase auszuhändigen. Sie musste wohl wertvoll gewesen sein, als sie noch heil war, denn Quermaten selbst schien sich nicht besonders für den toten Freund zu interessieren, dafür umso mehr dafür, dass die Kollegen den Bruch der Vase in ihr Protokoll aufnahmen.

Sie sah auf die Uhr. Die Zwillinge konnten nicht weit gekommen sein. Diesmal würde ihnen ihre gleiche DNA nichts nützen. Für einen gemeinsam begangenen bewaffneten Raubüberfall mit Todesfolge würden sie mindestens acht Jahre absitzen. Noch interessanter war allerdings die Identität des Toten. Lydia ließ sich ihre Bestürzung nicht anmerken, als Quermaten ihr von seinem Verhältnis zu Thomas berichtete. Sie hatte die ganze Zeit mit ihrer Theorie danebengelegen, obwohl ihre Schlussfolgerung, dass es im Matisse-Fall einen Mittelsmann gegeben haben musste, absolut korrekt gewesen war. Aber warum war sie nicht darauf gekommen, dass es auch ein anderer als Quermaten hätte sein können – ein Immobilienmakler zum Beispiel? Offensichtlich konnte sie sich nicht mehr auf ihre Intuition verlassen.

Die Küchentür ging auf und Kriminalkommissaranwärter Paul schaute herein. »Frau Hauptkommissarin?«

Sie drehte sich verärgert um. »Ich habe doch ausdrücklich gesagt, dass wir nicht gestört werden wollen.«

»Es ist nur, wir haben sein Smartphone gefunden. Ich meine das von dem Toten.«

»Ja und? Was ist damit?«

»Da ist der Name dieses ermordeten Mädchens gelistet. Melinda Lorenz. Und dann ist da noch das Foto von einer chinesischen Vase.«

Lydia warf einen grimmigen Blick auf das Display und hielt es Hasi hin. »Kennen Sie das?«

Er nickte verblüfft. »Das ist ja unsere I Ging-Vase! Thomas muss sie fotografiert haben, als er mich das erste Mal besucht hat!«

»Wie wertvoll war diese Vase eigentlich?«

»Eine ähnliche wurde für neunzehn Millionen bei Sotheby's versteigert, hat mir der Hauseigentümer berichtet.«

»Oh«, sagte Lydia, »dann können wir ja nur hoffen, dass der Eigentümer gut versichert ist.«

Sie war erstaunt, dass Quermaten immer noch nicht von selbst darauf kam, dass sein ehemaliger Schulfreund ihn von Anfang an dieser Diebesbande ausgeliefert haben musste. Als sie ihm die Zusammenhänge erklärte, geriet er sichtlich außer Fassung.

Lydia ließ ihn allein mit seiner hübschen Freundin, wenn es überhaupt seine Freundin war, denn die beiden sprachen kein Wort miteinander. Doch ihre Beziehung interessierte sie nicht. Als Tatverdächtiger war er entlastet, und der letzte Fall ihrer Karriere konnte als gelöst zu den Akten gelegt werden. Gleich morgen würde sie ihr Kündigungsschreiben aufsetzen. Wozu noch warten, bis die Zwillinge gefasst waren, wenn der eigentliche Täter, ihr Auftraggeber, sowieso unerreichbar für das deutsche Gesetz blieb? Sie hoffte nur, dass er in seinem Luxusexil von einem lateinamerikanischen Drogenkartell entführt würde oder in einem schwülen karibischen Krankenhaus an seiner Krankheit verendete. Um dann natürlich noch in der Hölle für Melindas Tod zu schmoren. Im Flur blieb sie kurz stehen, um die Fotogalerie des Hauseigentümers auf seinen abenteuerlichen Reisen zu betrachten. Der Mann war etwa in ihrem Alter. Und nicht unattraktiv. Eins zu null für Melli, dachte Lydia.

Als sie die Villa verließ, blieb sie einen Moment neben dem opulenten Springbrunnen stehen, dessen Figuren und Meeresgetier von unten durch das Wasser beleuchtet wurden. Eine so komprimierte Anhäufung von Hässlichkeit war ihr schon lange nicht mehr untergekommen. Hier müsste einiges geändert werden, bevor sie dem Mann einen Klimm verkaufen würde. Oder gar mit ihm ausgehen.

»Frau Klimm?« Paul kam aus dem Haus gelaufen.

»Was gibt's denn noch?«

»Gerade kam eine Unfallmeldung. Auf der A24 ist ein Laster auf die Gegenfahrbahn geraten und frontal mit einem PKW zusammengekracht.«

»Ja und?«

»Der Lastwagenfahrer ist nur leicht verletzt. Aber im PKW saßen die beiden Zwillinge. Sie wurden eindeutig identifiziert.«

»Und, was ist nun mit ihnen?«

»Ach so! Ich frag noch mal nach.«

»Also wirklich, Paul. Du wirst deinem neuen Vorgesetzten ganz schön auf den Wecker gehen!«

Paul rief den Einsatzleiter an und erhielt die Information, dass beide Zwillinge auf der Stelle tot gewesen waren.

Lydia nickte zufrieden. »Das ist ja mal eine gute Nachricht.«

Berufsbedingt hatte sie den Zufall nicht leiden können, aber zum ersten Mal in ihrer Karriere hatte er nun für ausgleichende Gerechtigkeit gesorgt. Das war nicht mehr zu toppen. Gleich morgen würde sie ihren Schreibtisch räumen, und die Vorstellung der verblüfften Gesichter von Polizeipräsident und Staatsanwalt zauberte ein Lächeln in ihr Gesicht.

Der Katzenzustand war seine Lösung für das Hartmannproblem

Dr. Gaetano Ortiz stach mit einer Einwegspritze in den versiegelten Infusionsbeutel und zog genau zwanzig Tropfen Midozolam heraus, die er auf einen Löffel Zucker träufelte. Im Gegensatz zu einer intravenösen Verabreichung würde auf diese Weise die Wirkung gemildert werden und wahrscheinlich noch dazu verlängert. Er gönnte sich zum ersten Mal ein leichtes Palliativum für seine derzeitige – Unpässlichkeit. Nötig hatte Oritz das Morphinderivat selbstverständlich nicht. Die Dosis war gerade ausreichend, um seinen Gedanken die Schärfe zu nehmen, ihre Spitzen zu kappen und ihn darauf vorzubereiten, den schwierigen Gang in den abgeschirmten Trakt anzutreten.

Bald musste er einen neuen Medizinschrank besorgen, um die im Monatsrhythmus weiterhin eintreffenden Lieferungen vom Festland sicher zu verwahren. Es gab nur Anlass zu unbequemen Fragen, wenn er die schmerzlindernden Medikamente plötzlich abbestellen würde. Sein Problem war, was er auf die Dauer mit den Kisten von Infusionszubehör, den eingeschweißten Tranquilizern, den Windeln und den Verbänden tun sollte, die sich wie im Märchen vom Süßen Brei immer höher auftürmen würden. Verbrennen konnte er sie schließlich nicht, ohne Aufsehen zu erregen, und Tonnen von hochwirksamen Medikamenten ins Meer zu werfen, in dem seine eigenen Kinder badeten, war auch keine Option. Wie viel von dem Morphin konnte er auf Dauer selber vertragen? Das Opfer würde er von nun an verstärkt erbringen müssen, um den Bestand zu dezimieren. Keine Mission, die von Bedeutung war, kam schließlich ohne Minimalverletzungen aus. Sonst würde ihm nichts anderes übrig bleiben, als den überquellenden Inhalt seiner Medikamentenschränke unauffällig in sein Boot zu laden und auf einer der kleinen unbewohnten Inseln zu vergraben wie einen pharmazeutischen Piratenschatz.

Der jetzige Zustand war noch neu und musste durchdacht werden. Die letzten Tage hatte Ortiz hartnäckig, aber vergeblich versucht, die Zwillingsbrüder in Berlin zu erreichen. Nachdem er ihnen eine nicht unbeträchtliche Vorauszahlung überwiesen hatte, waren sie bereit gewesen, das Projekt doch noch einmal anzugehen. Ob es ihnen inzwischen gelungen war, die Vase zu akquirieren, stand in den Sternen, aber mit jedem erfolglosen Anruf war es Ortiz klarer geworden, dass es mit diesem letzten Wunsch seines Patienten nichts mehr werden würde. Heute hatte er die Nummer aus seinem Telefonverzeichnis gelöscht, denn es interessierte ihn nicht mehr, was aus dem Auftrag geworden war.

Nachdem er sein Büro hinter sich geschlossen hatte, machte Ortiz sich wie jeden Tag auf den Pilgerweg zu Hartmanns Gemächern. Hinter der äußeren Glastüre zum Korridor blieb er stehen, um eine Weile nachzudenken und, wichtiger noch, um Zeit verstreichen zu lassen. Gewissenhaft stellte er sich vor, welche Anweisungen Hartmann ihm wohl für den heutigen Tag mitgegeben hätte, und notierte sich die imaginierten Aufgaben im Geiste, um sie später *seinen* Untergebenen auszurichten. Es war wundervoll, dass er, Ortiz, nun in dem kleinen Inselreich das Sagen hatte.

Mit mildem Blick betrachtete er die verriegelte Metalltür des Patientenzimmers. Er machte keine Anstalten, den Öffnungscode einzugeben, der nur ihm bekannt war. Bei seinem letzten Besuch hatte Hartmann ihm schließlich in unmissverständlichen Worten verboten, ihm ohne die Vase wieder unter die Augen zu kommen. Und wer war er, ein bescheidener Leibarzt, sich dem Befehl seines Arbeitgebers zu widersetzen?

Vier Tage lag diese Begegnung inzwischen zurück. Im Geist rekapitulierte Ortiz den letzten Besuch noch einmal. Ja, er hatte sich absolut korrekt verhalten. Er hatte Hartmann kein Milligramm Morphium mehr dagelassen als die übliche Dosierung im Infusionsbeutel. Er hatte nichts getan, um den Zustand seines Patienten zu verändern, zu beschleunigen, zu verbessern oder – um Himmels willen! – etwa zu verschlechtern. Ihm waren die Hände gebunden. Niemand, nicht einmal beim Jüngsten Gericht, würde ihm einen Vorwurf machen können. Hartmann hatte auf seinen eigenen ausdrücklichen Wunsch keinen Besuch mehr in seinem dunklen Krankenzimmer erhalten. Und dass er ihm den Internetzugang abgeschaltet hatte, diente nur zu seinem eigenen Schutz und dem Wohl der Insel. Nun blieb Ortiz nichts anderes übrig, als abzuwarten.

Er lächelte, plötzlich beseelt durch eine Erinnerung aus Studienzeiten. Er hatte sich damals, was ungewöhnlich für einen pragmatischen Medizinstudenten war, für Quantenmechanik interessiert und gerne mit Vorträgen darüber brilliert. So genau hatte er die Materie zwar nicht durchdrungen, aber wer konnte von sich schon sagen, dass er wirklich etwas von subatomaren Dingen verstand? Das theoretische Gedankenexperiment Schrödingers, das ihn damals wie heute begeisterte, drehte sich um eine Katze in einer versiegelten Kiste zusammen mit einer Giftampulle, deren tödlicher Inhalt durch atomaren Zerfall mit fünfzigprozentiger Wahrscheinlichkeit freigesetzt und damit das Tier töten würde. Solange man die Kiste nicht öffnete, war die Katze mathematisch gesehen also zu gleichen Teilen tot wie lebendig, und sie befand sich damit genau in dem von der Quantentheorie beschriebenen Zustand zweier gleichzeitig existierender Möglichkeiten, die sich erst durch den Prozess der Beobachtung zu einer Entscheidung konkretisieren mussten. Das Gedankenspiel war ein typisches Paradoxon, das entstand, wenn theorieverliebte Atomphysiker die Phänomene der subatomaren Welt auf ein makroskopisches System, auf Dinge in der realen Welt übertragen wollten. Aber nun bot sich für Ortiz die Gelegenheit, dieses Experiment auf das echte Leben anzuwenden. Das makroskopische System war in diesem Fall keine unglückliche Katze, sondern der todkranke Hartmann. Ortiz entschied sich für die Kopenhagener Interpretation, an die er sich vage erinnerte, und schloss in Analogie darauf, dass er erst in dem Moment, wenn er die verriegelte Stahltür aufmachte, wirklich wissen konnte, ob Hartmann lebte oder tot war. Solange Ortiz den Raum nicht betrat, standen für seinen Arbeitgeber noch beide Möglichkeiten offen. Der Katzenzustand war seine Lösung für das Hartmannproblem, denn wenn er nicht nachsah, blieb die Frage nach Leben und Tod für immer und ewig in der Schwebe.

Konnte er damit leben? Ja, er musste sogar. Wie Sigmund Freud glaubte auch Ortiz, dass es einen gesunden Weg zur Selbsterhaltung gab. Man durfte zur Not Schwieriges bewusst *abdrängen*. Die Methode erlaubte es, sich dem Leben zuzuwenden, unbeschwert durch unlösbare Probleme, und sie hatte nichts mit dem subversiv zerstörerischen Potenzial der Verdrängung gemeinsam, bei der das Abgespaltene eines Tages aus dem Unbewussten explosionsartig zurück ins Bewusstsein bersten würde wie gärender Hefeteig aus einem geschlossenen Behälter. Was Ortiz im Übrigen daran erinnerte, die Fugen der Türe zu Hartmanns Patientenzimmer beizeiten auf ihre Dichtigkeit zu prüfen, damit keine unangenehmen Gerüche nach außen entwichen.

Ja, er konnte damit leben. Das war er seiner Frau schuldig. Und seiner kleinen Gemeinschaft. Ortiz nickte feierlich wie ein Priester, der die schweigende Kirchengemeinde hinter sich spürte, während nur er als Geweihter den Blick auf das Allerheiligste im Tabernakel richten durfte. Die Eucharistie, die Wandlung von Brot zu Fleisch, war dabei, sich in diesem profanen Krankenzimmer in umgekehrter Richtung zu vollziehen. Jesus gab sein Leben, um die Menschen zu befreien, aber der abwesende Hartmann würde eines Tages von der kleinen Kolonie zu einem Gott erhoben werden, und Gott brauchte den Menschen, um seinen Willen auf Erden kundzutun. Gott wohnte an einem unerreichbaren Ort. Gott war nicht verfügbar für die Fragen des Alltags, sondern sprach in Rätseln und Orakeln, die übersetzt werden mussten. Dieses heilige Amt musste er, Ortiz, als Priester übernehmen. Es machte alles so viel Sinn, dachte er, und es kamen ihm die Tränen, sodass er sich vor der Türe setzen musste, um sich der Größe des Gedankens hinzugeben.

Niemand durfte eingeweiht werden, der Ort würde zum Schrein. Er würde sich selbst das Beichtgeheimnis abnehmen müssen, war fortan Sünder und Priester in einer Person. Bedauerlich war nur, dass der Schrein mit Kostbarkeiten gefüllt war, zu denen es keinen Zugang geben konnte, wie zu den Grabbeilagen der Pharaonen. Gerade Marirosa durfte er mit dem Wissen nicht belasten, denn es stand zu befürchten, dass sie ihn wegen der Schätze so lange bedrängen würde, bis die Kolonie aufflog und er wie der Fischer mit seiner Frau wieder im Pisspott der Favelas landete. Aber auch ohne Hartmanns Kunstschätze zu veräußern, war ihr Leben gut genug, das war seine Meinung. Das Geld auf Hartmanns Off-Shore-Konten würde für die Erhaltung der Kolonie noch einige Jahrhunderte reichen.

Nach außen hin musste Ortiz seinen Patienten weiter versorgen. Dabei spielte ihm in die Hand, dass die abergläubischen Inselbewohner dessen Existenz schon lange ignorierten. Hartmann war für sie eine unsichtbare Kraft, die das Leben seiner Angestellten zusammenhielt und ihnen Sinn gab, aber gesehen hatte ihn seit langem keiner mehr. Das würde so bleiben, bis eines Tages die Erinnerungen an Hartmann ganz verblasst waren und die Inselbewohner nur noch von ihrem gütigen Herrscher Dr. Ortiz sprachen. Die Legendenbildung würde einsetzen und Hartmann zu einem *deus absconditus* werden – einem Gott, dessen Existenz nicht angezweifelt wurde, obwohl er weder anwesend noch spürbar war, sondern sich von den Menschen ganz zurückgezogen hatte.

In der Zwischenzeit würde Ortiz sich Gedanken machen über eine nachhaltige Gemeinschaft. Einen glücklichen Inselstaat wie Thomas Morus' Utopia. Alles würde ausgerichtet sein auf ein gutes Oberhaupt, genau so wie bisher. Dessen Wohl zu dienen war der Sinn der Kolonie. Und nichts würde sich daran ändern. Er, Ortiz, war und blieb der erste Diener seines kleinen Staates.

Denken Sie an Ihre Zukunft!

Nachdem sich das Aufgebot an Polizeibeamten, Kriminalkommissaren, den weiß verhüllten Spezialisten der Spurensicherung und als Letzter der unheimliche Tatortreiniger mit einem futuristischen Desinfektionsapparat und ätzenden Putzmitteln am zweiten Tag endlich verzogen hatte, brauchte Hasi noch geschlagene zwei weitere Tage, um die Villa wieder in einen Zustand zu bekommen, der ihm als Hüter des Hauses keine Schande machen würde. Die Scherben der Vase waren ordentlich in einem offiziellen Plastikcontainer der Asservatenabteilung gesichert, den ihm die Polizei zur Verfügung gestellt hatte. Und obenauf lag der polizeiliche Schadensbericht, der klarstellte, dass ihn selbst keinerlei Verschulden an ihrer Zerstörung traf. Niemand brauchte zu wissen, dass er die Vase mutwillig als Wurfgeschoss benutzt hatte, und er war Feli ausgesprochen dankbar, dass auch sie diese Tatsache mit keinem Sterbenswörtchen erwähnt hatte, obwohl sie ihn deswegen sogar geohrfeigt hatte. Er vermisste die gemeinsamen Nachmittage mit ihr. Aber es war ihr nicht zu verdenken, dass sie ihn jetzt hasste, weil er einen Scherbenhaufen aus ihrem schönen Restaurationswerk gemacht hatte. Wortlos war Feli an ihm vorbei aus dem Haus gestürmt, als die Befragung vorbei war. Und er hatte keinen Versuch gemacht, sie zurückzuhalten. Was hätte er ihr denn auch sagen können? Etwa, dass er ihr auf diese Weise das Leben gerettet hatte? Dass er ihren gewaltsamen Tod vorhergesehen hatte und ihn nur durch den Wurf der Vase ungeschehen machen konnte? Spätestens wenn er hätte erklären müssen, wie Ingo ihm den Orakelspruch des I Ging interpretiert hatte, wäre er sowieso ins Stottern gekommen. Und dessen Theorie von parallelen Universen kriegte er selber nicht gut genug zusammen, um sie vortragen zu können, ohne sich zu verheddern.

Ein wenig – zugegebenermaßen nicht allzu viel – tat es ihm auch leid um Thomas, der offenbar an Felis Stelle stürzen musste, damit sie mit einem blauen Auge davonkam. Andererseits konnte Thomas genauso gut jetzt in irgendeinem parallelen Universum am Leben sein und Feli wäre dort das Opfer. Oder, wenn er sich richtig erinnerte, gab es noch eine Million anderer Welten und Möglichkeiten. Aber man würde ihn sofort in die Klapsmühle einweisen, wenn er solche Ansichten ernsthaft vertreten wollte. Und wie ließ sich überhaupt nachprüfen, ob sich die hiesige Realität wirklich verändert hatte, wenn man doch gar nicht mit Sicherheit wissen konnte, was passiert wäre, wenn er die Vase nicht geworfen hätte? Hasi merkte, dass er vom Nachdenken Kopfschmerzen bekam. Es tat ihm nicht gut, sich noch länger mit den überspannten Theorien des arbeitslosen Physikers zu beschäftigen. Es war angenehmer, das Leben so zu akzeptieren, wie es sich ergab, und in Zukunft besser die Finger von Orakeln zu lassen, die zu nichts taugten, als einen kirre zu machen.

Nur Kiki war ohne jede Einschränkung zufrieden und lobte seine Geistesgegenwart. »Genial, wie du die Kurve gekriegt hast, mein Häschen. Hätte ich dir gar nicht zugetraut«, hatte sie mit einem anerkennenden Blick auf den amtlich beglaubigten Scherbenhaufen in der Plastikbox gesagt. Und dann hatte sie ihm Nathalie vorgestellt, eine zarte Schönheit mit seidenblonden langen Haaren, die Kiki bei ihren Benefizveranstaltungen assistierte. »Geh mal mit ihr aus, bei ihr ist auch gerade eine Beziehung zu Bruch gegangen. Da habt ihr doch schon was gemeinsam.«

Er hatte diese Nathalie zu einer Lesung im Freitagssalon mitgenommen, und da sich das vorgestellte Buch als knochentrocken herausstellte, war er mit ihr ausgebüxt und hatte sie stattdessen zu einem Italiener eingeladen. So hatte das Geldbündel von Thomas schließlich auch noch eine gute Bestimmung gefunden.

Nathalie studierte Psychologie und wollte Therapeutin werden. »Das finde ich großartig«, sagte er. »Ich habe sehr viel für Psychotherapie übrig.«

Sie lachte. »Wirklich? Das kann ich mir gar nicht vorstellen.«

»O ja, ich habe selbst eine Gruppentherapie gemacht und fand die Erfahrung außerordentlich bereichernd. Besonders das Feedback der Gruppe. Man lernt ja so viel Neues über sich.«

»Und was machst du so beruflich?«, wollte sie wissen. Da war sie schon wieder, die unvermeidliche Frage, und bedauerlicherweise viel zu früh am Abend.

»Ach, lass uns nicht über Berufliches reden«, antwortete Hasi lässig und war selbst ganz verblüfft über sich. Es gab so viele amüsantere Gesprächsthemen, und der Abend verging wie im Traum. Am Ende entdeckten sie auch noch, dass sie beide gerne Fahrrad fuhren, und so schlug er auch gleich eine gemeinsame Radtour vor, um ihr eine malerische Strecke hinter dem Wannsee zu zeigen, vorausgesetzt, sie fände seinen Vorschlag nicht zu forsch.

»Ich bin jetzt für ein paar Tage weg, aber ruf mich doch nächste Woche an«, sagte sie und schrieb ihm ihre Telefonnummer auf eine Serviette.

Das versprach Hasi nur allzu gerne und küsste sie zum Abschied auf die Wange. Erst zu Hause begann er, sich über diesen Abend zu wundern. Was für ein glücklicher Zufall es war, Nathalie kennenzulernen, kaum nachdem Feli ihm abhandengekommen war. Oder war es gar kein Zufall, sondern lag daran, dass er sich jetzt in einem parallelen Universum befand, in dem sein Schicksal einen anderen Verlauf nehmen würde? In diesem Fall wäre an dem neuen Universum nichts auszusetzen, dachte er zufrieden.

Es ging dann viel schneller als erwartet, dass Dahlkamp zurückkehrte. Hasi war gerade dabei, die Rosen neben dem Hauseingang zu gießen, als ein Kleinbus vorfuhr. Zwei braun gebrannte Draufgängertypen in paramilitärischer Kleidung hievten einen dritten Mann heraus, und ein Vierter klappte einen Rollstuhl auf. Verblüfft erkannte Hasi, dass es nicht etwa einer der Mitstreiter, sondern der legendär unverwundbare Dahlkamp selbst war, der im Rollstuhl saß und den seine drei Bergkumpels nun unter großem Hallo ins Haus schoben.

»Bin dummerweise unter einen kleinen Schneerutsch geraten, beide Beine gebrochen«, erklärte Dahlkamp zur Begrüßung. »Keine Ahnung, warum«, sagte er kopfschüttelnd, offenbar immer noch ungläubig. »Früher hätte ich jede Lawine schon im Anmarsch gerochen.«

»Das tut mir leid«, sagte Hasi und verkniff sich wohlweislich eine Erklärung, die ihm auf Anhieb in den Sinn kam. Auch hier schien sich das neue Universum bemerkbar zu machen.

»Sonst alles in Ordnung?«, fragte Dahlkamp, nachdem seine Freunde abgefahren waren, um Vorräte einzukaufen, denn bis zu seiner Rekonvaleszenz bestanden sie darauf, ihm noch Gesellschaft in der Villa zu leisten.

»Kann ich Ihnen einen Tee machen?«, fragte Hasi, während er Dahlkamp ins Wohnzimmer schob. »Gut, dass Sie schon sitzen. Es ist nämlich einiges passiert.«

Während er den Tee servierte, begann Hasi, ihm den Verlust seiner wertvollen Vase beizubringen, in dem er lange ausholte und die ganze Geschichte erzählte. Natürlich nur ab der räuberischen Geiselnahme. Mit allem anderen, was davor geschehen war, musste man seinen Auftraggeber nicht behelligen.

»Ein Überfall? Mit Waffengewalt? Unglaublich!« Dahlkamp ballte die Fäuste. »Da lebe ich hier seit zwanzig Jahren, und ausgerechnet wenn endlich einmal was anständig Gefährliches passiert, bin ich nicht zu Hause!«

Er nickte beeindruckt, als Hasi schilderte, wie er die Eindringlinge mit Hilfe der Vase überlistet hatte. »Bravo! Genauso hätte ich das auch gemacht. Wo ist die Vase jetzt?«

Hasi brachte ihm die Asservatenbox mit den Scherben. »Das ist leider alles, was davon übrig ist. Und der polizeiliche Schadensbericht. Es tut mir wirklich unendlich leid, Herr Dahlkamp. Ich weiß ja, die I Ging-Vase war das wertvollste Stück in Ihrer Sammlung.«

»Halb so schlimm, Herr von Quermaten, ich wollte das gute Stück sowieso loswerden. Ehrlich gesagt frisst mir die Versicherung dafür die Haare vom Kopf.«

»Aber verkaufen geht doch jetzt nicht mehr.«

Dahlkamp lachte freundlich. »Stimmt. Jetzt kassiere ich die Versicherungssumme und spare mir den Umstand und die Kosten für eine Auktion.« Er trank zufrieden einen Schluck Tee.

»Wissen Sie was, Herr von Quermaten? Ich bin Ihnen wirklich zu Dank verpflichtet und würde Ihnen deshalb gerne einen Erfolgsbonus zahlen. Sagen wir ein Prozent der erzielten Versicherungssumme? Wären Sie damit einverstanden?«

Hasi schüttelte entsetzt den Kopf. »Ich bitte Sie!«

Dahlkamp zögerte. »Ich verstehe. Zwei Prozent. Aber das ist auch mein letztes Angebot.«

»Ich wollte nicht handeln, Herr Dahlkamp. Vielen Dank, aber ich möchte kein Geld dafür. Das wäre nicht richtig.«

»Sind Sie sicher?«, fragte Dahlkamp. »Denken Sie an Ihre Zukunft! Bei zwei Prozent des Erlöses käme schon ein schöner Batzen zusammen.«

»Danke, aber das wäre mir nicht recht.«

Dahlkamp nickte. »Nun gut, wie Sie wollen. Wie kann ich Ihnen denn sonst danken?«

»Ich habe nur getan, was getan werden musste.« Hasi trank seinen Tee aus. »Wenn Sie erlauben, hole ich jetzt schnell meine Sachen, und dann müsste ich mich auch allmählich auf den Weg machen.«

Er ging in sein Zimmer und packte seine Habseligkeiten in den Koffer. Als er wieder die Treppe herunterkam, verabschiedete ihn Dahlkamp im Flur mit einer Umarmung wie einen alten Freund. »Kommen Sie mich mal besuchen bei Gelegenheit! Vielleicht hätten Sie ja auch Lust, mal eine Bergtour mitzumachen, wenn ich wieder auf den Beinen bin. Sie haben bestimmt das Zeug dazu.«

»Danke, ich werde darüber nachdenken«, versprach Hasi, obwohl er jetzt schon wusste, dass er sich garantiert nie auf ein Abenteuer einlassen würde, das in Dahlkamps Welt diesen Namen verdiente.

Das Flurtelefon klingelte und Dahlkamp hob ab. »Für Sie!«

Hasi hoffte nur, dass es nicht die Polizei war, die ihn noch mal vernehmen wollte, und nahm zögernd das Telefon entgegen.

»Hasi, mein Lieber, wie gut, dass ich dich noch erreiche«, hörte er die militärische Stimme seines Vetters Brezel. »Ich weiß durchaus, man ist auf dem letzten Drücker. Aber kannst du mir zeitnah aus der Klemme helfen?«

»Natürlich, jederzeit, Brezel. Was soll ich machen?«

»Ich muss auf einen Spezialeinsatz. Bin überraschend abkommandiert. Kannst du meine Wohnung hüten in der Zwischenzeit? Für acht Wochen etwa? Verpflegungsaufwand und Wohngeld natürlich inklusive.«

Hasis Herz machte einen Freudensprung.

»Selbstverständlich, das mache ich sehr gerne. Ab wann denn?«

»Ab sofort. Du musst in einer Stunde da sein. Spätestens.«

»Kein Problem, Brezel. Ich schaffe das schon.«

»Großartig. Auf dich kann man sich verlassen in der Not.« Brezel hängte ein, bevor Hasi sagen konnte, dass er seinen gepackten Koffer bereits in der Hand hielt.

Als er davonradelte, fiel ihm auf, dass sein neues Universum schon wieder eine kleine Verbesserung für ihn parat hatte. Eigentlich sollte er jetzt bei Tante Pudel einziehen, doch nun hatte er einen gnädigen Aufschub bekommen. Er freute sich schon, den Rest des Sommers in Brezels angenehmer Behausung verbringen zu können. Was für eine herrliche Gelegenheit bot sich da, seine neue Bekanntschaft Nathalie einzuladen! Wie wunderbar sich doch alles regelte. Auch mit Dahlkamp war er jetzt im Reinen. Nachdem er dessen großzügiges Angebot abgelehnt hatte, fühlte er sich befreit von allen Schuldgefühlen. Dabei musste er an die Zahlen denken, die Dahlkamp angedeutet hatte. War die Vase nicht mindestens siebzehn Millionen wert gewesen? Und davon hätte er ein Prozent bekommen sollen. Das wären dann –

Hasi verbot sich, die Summe genauer auszurechnen. Aber so viel war klar: Wenn er das Geld angenommen hätte, wären all seine finanziellen Probleme mit einem Schlag gelöst gewesen.

Er verscheuchte diesen unnützen Gedanken, trat kräftig in die Pedale und nahm sich vor, niemandem jemals etwas davon zu erzählen.

坎 **Das 29. Zeichen des I Ging** ䷜

Kan – Das Abgründige, das Wasser

Das wiederholte Abgründige.
Wenn du wahrhaftig bist, so hast du im Herzen Gelingen,
und was du tust, hat Erfolg.

I Ging – Das Buch der Wandlungen
Aus dem Chinesischen übersetzt von Richard Wilhelm, 1924

Sue & Wilfried Schwerin von Krosigk

Das Autorenpaar Sue & Wilfried Schwerin von Krosigk schreibt seit über zwanzig Jahren gemeinsam Drehbücher für das Fernsehen. Geprägt sind beide von langjährigen Auslandsaufenthalten in New York und London, von wo sie unter anderem ihre Vorliebe für den angelsächsischen Humor mitgebracht haben. Inzwischen leben sie in Berlin, und wenn sie nicht in ihrer Charlottenburger Wohnung vor den Computerbildschirmen sitzen, dann erforschen sie die Stadt, die sie jeden Tag aufs Neue überrascht. »Der Minutenschläfer« ist ihr erster gemeinsamer Roman.

Christoph Spielberg
Man stirbt nur dreimal
Ein Dr.-Hoffmann-Krimi
9,95 €
ISBN 978-3-89809-539-6

Oberarzt Dr. Felix Hoffmann ist irritiert: Der Tod seines Patienten kam nicht unerwartet – warum also die vielen Nachfragen? Plötzlich ist Hoffmann der Hauptverdächtige in zwei Mordfällen – und mehr denn je auf die Hilfe seiner cleveren Freundin Celine angewiesen …

»Ein ebenso kurzweiliger wie intelligenter Roman.«

Abendzeitung München

Krause & Winckelkopf
Ostkreuz
Ein Friedrichshain-Krimi
9,95 €
ISBN 978-3-89809-530-3

Ein Sprengstoffanschlag am Bahnhof Ostkreuz lässt den Verkehr für Stunden zusammenbrechen. Es hat einen Toten gegeben. Kommissar Martaler und seine Kollegin Sabrina Zielinski vom Staatsschutz nehmen die Ermittlungen auf – getrieben von der Ahnung, dass dem ersten Anschlag ein weiterer folgen könnte …

»Spannend bis zum Schluss.«

Bezirksamt Friedrichshain-Kreuzberg

Christoph Spielberg
Der Ein-Euro-Schnüffler
Ein Neukölln-Krimi
9,95 €
ISBN 978-3-89809-536-5

Oskar Buscher bessert mit einem Ein-Euro-Job sein schmales Hartz-IV-Budget auf. Als er eines Nachts auf mehrere Hundeleichen in einem Müllcontainer stößt, ist er bald nicht mehr nur den harmlosen Kleinkriminellen des Bezirks auf der Spur, sondern gerät in die Fänge eines mafiös agierenden Clans …

»Spielberg erzählt glaubwürdig und rasant.«
Berliner Zeitung

Krause & Winckelkopf
Holzmarkt
Ein Friedrichshain-Krimi
9,95 €
ISBN 978-3-89809-541-9

Der Student Jakub Lelek stand kurz davor ein kleines Puppentheater in den S-Bahn-Bögen am Holzmarkt zu eröffnen. Jetzt liegt er erstochen im Zimmer seines Wohnheimes. Bei seinen Ermittlungen trifft Kommissar Martaler auf rivalisierende Puppenspieler und exzentrische Professoren, auf undurchsichtige Geschäftspartner und auf die schönen Freundinnen des Toten. Es ist nicht leicht herauszufinden, wer in dem verworrenen Spiel die Fäden in der Hand hat ...

»Empfehlenswerter, fesselnder Krimi aus dem Herzen Berlins, der beim Lokalkolorit die richtige Dosierung findet.«
Urbanite

Bernd Mannhardt
Keimzeit
Ein Moabit-Krimi
10,– €
ISBN 978-3-89809-524-2

Vor dem Pinkelhäuschen am Moabiter Stephanplatz liegt ein Toter. Es handelt sich um den erfolglosen Foto-Künstler Stephan Klein, der nicht nur mit dem Inhaber der örtlichen Kunstgalerie über Kreuz lag, sondern auch mit den Leuten, die ihn mittels Luxussanierung aus seiner Altbauwohnung vertrieben haben. Kommissar Hajo Freisal findet sich bei seinen Ermittlungen unversehens in einer Schlangengrube aus Kulturschaffenden, Gentrifizierungsgegnern und Bauträgern wieder – und sieht sich bald mit einer bizarren Wendung des Falls konfrontiert.

Thomas Knauf
Berliner Weiße mit Schuss
Ein Prenzlauer Berg-Krimi
9,95 €
ISBN 978-3-89809-527-3

Im Mauerpark wird eine Leiche gefunden. Schnell bestätigt sich die Vermutung, dass es sich bei dem Toten um einen Jugendlichen handelt, der in der Nacht des Mauerfalls spurlos verschwand. John Klein kommt einem dunklen Geheimnis auf die Spur, die bis ins Pankower Rathaus führt und bald weitere Tote fordert …

»Ein aktuelles Thema mit sehr gelungenem Lokalkolorit.«

ekz-Informationsdienst

Christine Anlauff
Der Fall Garnisonkirche
Ein Verloren-in-Potsdam-Krimi
9,95 €
ISBN 978-3-89809-537-2

Ein Sprengstoffanschlag zerstört den Turm der Potsdamer Garnisonkirche. Wenige Tage zuvor ist Justus Verloren ein Manuskript zugespielt worden, das den Hergang des Anschlags minutiös schildert! Justus geht der Sache nach – und verstrickt sich in einem Geflecht aus Hass, Eifersucht, Gier und Politik ...

»Temporeich, humorvoll und pointiert.«
Potsdamer Neueste Nachrichten

Tom Wolf
Roter September
Ein Brandenburg-Krimi
10,– €
ISBN 978-3-89809-542-6

Auf dem Wiesnacker Blutstein liegt ein toter Rebenhändler aus Baden-Württemberg. Alles deutet auf einen Raubmord hin. Doch Leo Pauluth, Revierpolizist im verdienten Ruhestand, wittert mehr. Als Privatdetektiv auf eigene Faust begibt er sich in die junge märkische Weinwelt und kommt einem Geheimnis aus dunkler Vorzeit auf die Spur.

»Wer Brandenburg liebt, der sollte das Buch lesen. Es ist perfekt für die ersten lauen Balkonabende im Frühling.«
Antenne Brandenburg